U0552668

国家社会科学基金一般项目资助
"玛丽莲·罗宾逊小说研究"(17BWW053)

中西部的心灵：
玛丽莲·罗宾逊小说研究

The Mind of the Midwest:
A Study of Marilynne Robinson's Novels

乔娟 ◎著

中国社会科学出版社

图书在版编目(CIP)数据

中西部的心灵：玛丽莲·罗宾逊小说研究 / 乔娟著 .—北京：中国社会科学出版社，2024.2

ISBN 978-7-5227-2951-0

Ⅰ.①中… Ⅱ.①乔… Ⅲ.①玛丽莲·罗宾逊—小说研究 Ⅳ.①I712.074

中国国家版本馆 CIP 数据核字(2024)第 035287 号

出 版 人	赵剑英
责任编辑	慈明亮
责任校对	李　莉
责任印制	戴　宽

出　　版	中国社会科学出版社
社　　址	北京鼓楼西大街甲 158 号
邮　　编	100720
网　　址	http://www.csspw.cn
发 行 部	010-84083685
门 市 部	010-84029450
经　　销	新华书店及其他书店

印刷装订	三河市华骏印务包装有限公司
版　　次	2024 年 2 月第 1 版
印　　次	2024 年 2 月第 1 次印刷

开　　本	710×1000　1/16
印　　张	16.25
插　　页	2
字　　数	265 千字
定　　价	89.00 元

凡购买中国社会科学出版社图书，如有质量问题请与本社营销中心联系调换
电话：010-84083683
版权所有　侵权必究

序

乔娟的专著《中西部的心灵：玛丽莲·罗宾逊小说研究》即将付梓，她把200多页的专著校订稿邮寄到北外并邀请我为其专著作序。看到自己当年指导的访问学者有如此大的成就，感到非常激动！此时能为她的专著作序也感到非常荣幸！一是为她在学术上取得新的进步而欣慰，二是为玛丽莲·罗宾逊研究领域又添新彩而高兴。

我与乔娟大约在15年前相识，当时，她在给我的邮件中表达了期待到北外在我的指导下访学的意愿，言辞恳切，诚挚求教。2009年秋天，她如愿以偿，我们在北外校园里见面了。她非常珍惜在北外宝贵的访学机会，最大限度地随堂选听了英语学院为英美文学研究生所开设的课程，还旁听了我为高年级本科生开设的美国文学课程，在文学世界的大海中如饥似渴地学习，消化、吸收着自己所需要的营养，试图弥补自己之前文学知识体系的漏洞，补齐自己的短板，从而为日后在英美文学领域的进一步深造和研究打下比较坚实的基础。

时间匆匆，在几年后的一次学术研讨会上我们再次相遇。那时，她刚刚在北京语言大学取得博士学位。在会议间隙的交谈中得知她在读博期间研究的是美国女作家玛丽莲·罗宾逊，博士学位论文是《从地域到无域：玛丽莲·罗宾逊小说研究》。那时我对这位作家也有关注，玛丽莲·罗宾逊在其作品中对人的精神生活的关注以及她特有的心理叙事是我的研究兴趣所在。与我关注的研究问题有所不同，乔娟特别关注罗宾逊作品中的历史书写。

《中西部的心灵：玛丽莲·罗宾逊小说研究》是乔娟的国家社科基金项目"玛丽莲·罗宾逊小说研究"的结项成果，是她在博士学位论文基础上更深入研究的心血之作。此刻，翻看着她邮寄来的专著纸质校订稿，回想起那次在研讨会期间的交谈，我实实在在地感觉到历史记忆是乔娟对玛丽莲·罗宾逊作品研究最深刻且持久的聚焦点,她也确实在罗宾逊小说研究上取得了不俗的成绩,为她取得的最新研究成果感到高兴,可喜可贺!

《中西部的心灵:玛丽莲·罗宾逊小说研究》最显著的特点就是她对作品中废奴书写的深刻解读。全书着力在文化和思想发展的纵向脉络中对美国中西部进行考察,关联不同时期的精神领地意象,从而勾勒出区域文化图谱。在专著的第二章"历史记忆"中,她把对小说人物的分析与对废奴思想谱系的解读融为一体,通过对埃姆斯家族祖父和父亲之间无法调和的矛盾去理解两代人所代表的激进废奴和渐进废奴思想的差异。在此基础上,她透过小说人物的生活方式和生存选择,深入分析了基列这一"应许之地"对于个体成长的允诺以及这种允诺的虚幻性。研究逐层递进,深刻挖掘出了小说的思想主旨。

另外一个值得关注的维度是专著对于人文神性的探讨。作者认为"道成肉身"这一原则巧妙地将人文和神性结合在一起,这一概念对于我们理解罗宾逊的人文化宗教思想至关重要。在第四章对罗宾逊"日常美学与宗教信仰深刻交织"的创作理念进行阐释时,作者紧扣人际关系的关联性特点,分别从人物关联和场景关联两个角度展开,紧紧抓住小说创作的方方面面,深度阐释对世俗生活的体察与神圣世界的感知之间的互文互释的关系,从而将道德劝诫提升至灵魂释然的神性高度。正是在人和场景的关联中,伦理关系被细致呈现;也正是在日常的人与人的伦理关系中,神性原则得以体现。

此外,专著对于罗宾逊叙事特质全面而详细的分析同样值得读者关注。故事于生命的成长而言意义重大,因此,故事的叙述方式也显得举足轻重。作者对罗宾逊叙事特质的研究遵循从微观技巧到宏观意象的基本思路,这一思路暗合了从结构主义叙事学到后结构主义叙事学的逻辑顺序。在第五章"叙事之美"中,作者从叙事技巧入手,研究罗宾逊的美学思想和表征,既包括近距离的对文本表述的纹理再现,也包括远距离的美学效果的功能讨论,使读者对沉静叙事与心灵书写间的彼此呼应关系形成综合理解。特别应该提到的是,在这一章中,作者创造性地对罗宾逊小说中关于心灵书写的方法进行了归纳和诠释:罗宾逊小说秉持意识接近律进行心理叙述,这种特殊的意识关联,既可以连接情节,推动故事发展,也可以平面展开,进行评述,对人物心理和思维进行刻画和展示。它既是叙述型的，又是展示型的，兼有情节推动和画面铺呈的功能，极大地提升了罗宾逊的叙事品质。她认为这种意识关联的书写方式仿佛一个一个的纽扣，将情节与情感、故事与哲理以及情节与情节联系在一起，形成了叙述上的"意识结"。这一命名既精准地把握了罗宾逊沉静叙事的本质特征，且饶有趣味、便于理解，从而为技巧研究者提供了维度上的启发。

最难能可贵的是，在乔娟的笔下，以上谈及的历史记忆、人文神性、叙事之美三个维度的论述并不呈散落状态，而是被有机地组织在心灵生成论的基本构架中。在关于心灵生成主义的基本观念的指导下，她对心灵栖所的探讨重点关注特定地域环境和特定社会关系、制度和文化共同作用下形成的人们的意识、思维、记忆、信仰和审美等智能行为。除了以上三个维度外，较为传统的文学研究内容——地域景观和身份所属也在本书中得到了翔实的阐发，从而达致对罗宾逊文学创作的全面而系统的整体研究。

在我有限的阅读范围和信息渠道中，乔娟的《中西部的心灵：玛丽莲·罗宾逊小说研究》是国内首部对于美国当代作家玛丽莲·罗宾逊进行深入研究的学术专著，相信通过对玛丽莲·罗宾逊小说进行深入而系统的研究，本书可以为玛丽莲·罗宾逊小说的经典化提供合理依据，从而拓展美国当代文学研究的范围，为深化国别文学的研究做出自己的贡献。此外，在对玛丽莲·罗宾逊小说的经典化提供合理依据的基础上，乔娟的专著为广大读者和外国文学研究者梳理并深入阐述了玛丽莲·罗宾逊的文学成就和思想观点，使人们能更深刻地理解美国国家精神中包含的人文、伦理、宗教和文化特征，进而更全面地了解美国社会的真实面貌，为新时代中外文明互学互鉴做出有益探索。

乔娟的专著《中西部的心灵：玛丽莲·罗宾逊小说研究》即将面世，这是年轻学者乔娟献给广大外国文学爱好者和研究者的一份见面礼，也是她外国文学研究的新起点、加油站。我祝愿并期待着乔娟在其研究中取得更多更新的研究成果。

北京外国语大学

郭棲庆

2023 年 3 月 19 日

目　录

绪　论 …………………………………………………………（1）
　　第一节　作家生平与主要作品 …………………………（1）
　　第二节　研究现状 ………………………………………（8）
　　第三节　研究思路与框架 ………………………………（15）
第一章　地域景观 …………………………………………（26）
　　第一节　自然景观 ………………………………………（28）
　　第二节　人文景观 ………………………………………（40）
第二章　历史记忆 …………………………………………（50）
　　第一节　林肯之乡：国家意识下的废奴演进地 ………（52）
　　第二节　应许之地：纵向脉络中的心灵庇护所 ………（61）
第三章　身份归属 …………………………………………（82）
　　第一节　种族身份：抚慰之乡的隐蔽界限 ……………（83）
　　第二节　女性身份：被构建的边缘失语者 ……………（93）
　　第三节　暮年老人：健康危机下的死亡直面者 ………（108）
第四章　人文神性 …………………………………………（116）
　　第一节　人物关联 ………………………………………（119）
　　第二节　场景关联 ………………………………………（136）
第五章　叙事之美 …………………………………………（148）
　　第一节　叙事技巧：视角、层次、声音、时序 ………（149）
　　第二节　意识联结 ………………………………………（172）
　　第三节　修辞性叙事 ……………………………………（181）
结　语 …………………………………………………………（193）
附录　玛丽莲·罗宾逊学术散文两篇 ……………………（205）
参考文献 ………………………………………………………（238）

绪　论

2012年美国国家人文基金会（National Endowment for the Humanities）向美国当代女作家玛丽莲·罗宾逊（Marilynne Robinson 1943— ）颁发了"国家人文奖章"（National Humanistic Medal），并对她的写作才华不吝溢美之词："罗宾逊博士的小说与非小说类文学作品以对道德的强调和情感的抒发，梳理了人与人生活中的伦理联系，探究了我们所居住的世界，并定义了人之为人的普遍真理。"（NEH，2013）可以说，对于这位四十多年来对文学坚持不懈的著书人，这段评价恰如其分、名实相符。

第一节　作家生平与主要作品

玛丽莲·罗宾逊，这位"非凡"（C. Miller，2009：39）的、"优雅而智慧"（NEH，2012）的女作家，以其与众不同的创作节奏给评论界和热情的读者们带来了惊喜。1980年，她的首部小说《管家》（*Housekeeping*）出版，翌年获得海明威基金会/国际笔会（Ernest Hemingway Foundation / PEN International）最佳小说处女作奖，1982年又获普利策（Pulitzer Prize）最佳小说提名奖。在首部作品大获成功后，人们都以为她的新作品会乘势而上，然而罗宾逊一反常态，沉寂了整整二十多年。如亚当·弗雷明·佩蒂（Adam Fleming Petty）所言："她被认为是当时最具潜力和希望的作家之一，然而，她对这种厚望却并无兴趣。"（2014）就在评论界担心她会步塞林格（J. D. Salinger）后尘之际，基列系列小说耀世而出。2004年，《基列家书》（*Gilead*）出版，次年获得普利策奖及国家书评人奖（National Book Critics Circle Award）。2008年，

《家园》（*Home*）出版，同年入围美国国家图书奖（American National Book Award），2009 年获得年度柑橘小说奖（Robinson，2008b）。2014 年，《莱拉》（*Lila*）出版，斩获年度美国国家图书提名奖和国家书评人奖（Robinson，2014b）。2020 年，又一新作《杰克》（*Jack*）问世，至此，罗宾逊在 21 世纪出版的作品，已形成具有典型互文叙事特点的基列四部曲。

在 2014 年的一次采访录中，罗宾逊提到了作家经历与其创作的关系，她认为：人们只可能基于自己的生活经历进行创作（Robinson，2014a）。从 1980 年至今，罗宾逊出版的五部小说都以美国西部（含中西部）① 为地域基点，立足于西部而又超越西部，探讨超越地域界限的人类共享的文化共性，强调以责任、忠诚、宽容、博爱为内涵的心灵家园，力图构建普遍而无域性的人类心灵之家。就罗宾逊的经历② 来看，她出生于远西部的爱达荷州，那里的故事是她家族记忆的一部分。在一次采访中，罗宾逊谈到祖辈们迁居西部的情况："我们家中流传着曾祖父迁居西部时的传奇轶事：遮蔽严实的马车、昏暗的森林、神出鬼没的狼群和伸手要馅饼的印第

---

① 罗宾逊的第一部小说《管家》背景设置于她的家乡爱达荷州，属于大西部范畴。而之后的《基列家书》《家园》和《莱拉》围绕爱荷华州基列小镇的人们展开，最新力作《杰克》则以圣路易斯为地点枢纽，其关注重点都属于美国中西部（Midwest）地区。考虑到罗宾逊的小说多围绕爱荷华州（中西部）基列小镇展开，中西部是她关注的焦点区域，本书认同把罗宾逊归入中西部作家的分类，谨此说明。

② 罗宾逊 1943 年出生于爱达荷州桑德波音特镇（Standpoint），从科达伦（Coeur d'Alene）高中毕业后，到位于罗得岛州的布朗大学（Brown University）求学。1966 年布朗大学毕业后，她返回西北部西雅图华盛顿大学（University of Washington）继续研究生阶段的学习，并在那里结婚生子。1968 年获文学硕士学位。罗宾逊到法国上布列塔尼-雷恩第二大学（The University of Haute Bretagne in Rennes）任教一年。之后，她返回西雅图华盛顿大学攻读博士学位，并于 1977 年以一篇对莎士比亚戏剧进行研究的论文获得文学博士学位。80 年代的罗宾逊先后在位于密苏里圣路易斯的华盛顿大学（Washington University in St. Louis，Missouri）、位于英格兰的肯特大学（the University of Kent in England）、位于马萨诸塞州的普罗温斯镇艺术工作中心（the Fine Arts Work Center in Provincetown, Massachusetts）、埃姆斯特学院（Amherst College）和马萨诸塞大学（the University of Massachusetts）以及位于亚拉巴马州的亚拉巴马大学（the University of Alabama）和位于纽约州的基德莫尔学院工作（Skidmore College in New York State）担任住校作家（Writer in residence）或客座教授（Visiting Professor）。1991 年，罗宾逊受邀任教于爱荷华大学的作家工作室（The Iowa Writers' Workshop），直至 2016 年退休。See "Marilynne Robinson"，*Wikipedia*，https：//en.wikipedia.org/wiki/Marilynne_Robinson。

安人。"(Robinson，2008c)除了早年在远西部的成长经历外，罗宾逊一生更多的时间在中西部度过，特别是从1991年起，她长期在爱荷华大学的作家工作室工作，直至2016年退休。她对美国中西部小镇生活极其了解，对那片土地怀有深厚的情感，这解释了为什么罗宾逊五部小说都以美国西部（含中西部）小镇为背景。此外，罗宾逊书写西部的另外一个条件是：她有在马萨诸塞州和美国东部其他地区，以及欧洲的二十年的生活经历。人们只有离开一个地方才可以更好地读懂那个地方。由于罗宾逊生活阅历丰富，她才可以跳出狭隘的地方主义，超越地域空间的局限，更深入而全面地呈现心灵栖所的无域性的一面。

  罗宾逊的处女作《管家》① 尝试对家园概念进行重构。小说由露丝（Ruth）以第一人称视角讲述了她和妹妹露西尔（Lucille）在爱达荷州指骨镇（Fingerbone）艰难生活的故事。故事开始于母亲海伦不堪忍受情感失落和生活重负的双重压力，最终选择驱车驶入指骨湖结束自己年轻的生命。在海伦自杀后，年幼的露丝和露西尔两姐妹经历了命运多舛的童年。她们先后在其多位女性亲属的照料下成长：先是由外婆西尔维娅·福斯特全权负责，在外婆去世后被托付给两位终生未婚的姨婆莉莉和诺娜·福斯特，不久又被转交给姨妈西尔维·费雪。故事重点集中于露丝姐妹俩与西尔维一起生活之后的生活。多年来浪迹各地的西尔维并不擅于持家。她早已习惯与自然的亲密接触：喜欢在黑暗中就餐，在家中收集各式各样的杂志和瓶罐，甚至任由树叶在家中角落堆积。对于两个女孩的穿衣打扮，西尔维也并不精心。起初，姐妹俩与西尔维的相处还算融洽；但是，随着时间的推移，露丝与露西尔逐渐对西尔维生活方式形成了不同反应。露西尔对西尔维不拘一格、特立独行的行为方式渐生厌恶，她渴望和学校其他同龄的女孩子一样梳辫子、穿裙子，住进干净整洁的房屋，渴望自己渐趋成熟的女性美貌被人关注和欣赏，最终她选择与家政课老师罗伊斯过传统社会秩序下的属于女性的居家生活。露丝则在与西尔维的朝夕相处中逐渐形成了对西尔维的绝对依赖和信任，并将西尔维当作自己在世界上唯一的亲人。在面临警长的盘问质疑、儿童监护听证会将其分开的威胁时，露丝和西尔维毅然决定两人同生共死，绝不分离。她们被迫离开指骨镇，并在逃

---

① 这本小说现有两本中译本。首译为2005年台北麦田出版社出版的林泽良、李佳纯译本。之后，2015年上海人民出版社出版张芸译本。本书采用2015年译本。[美]玛丽莲·罗宾逊：《管家》，张芸译，上海人民出版社2015年版。

离指骨镇时将家的传统安全屏障——房子烧毁,从此开始相依为命的漂泊生活。小说中,妹妹露西尔的居家选择与安定的传统之家概念相吻合;而露丝和西尔维被迫选择远离故土、流浪生活的行为也是对自由之家的追逐。秩序违背者露丝以第一人称"我"的叙述为家园概念的理解带来全新的视角,消解了居家与漂泊、秩序与流浪的对立关系。家并不意味着限制,漂泊也并不等同于无家,家园概念与认同感受紧密联系。

《基列家书》沿用了《管家》中自传体的叙述方式,以书信体形式讲述了爱荷华州基列小镇上一个牧师家族四代人的故事,并将人物故事置于百年废奴运动历史中,将普通人物的遭遇和情感与地域及民族精神塑造融为一体。[①] 小说人物选择很具典型性,有狂热的废奴主义者祖父、虔诚的和平主义者父亲、沉思的牧师"我"(埃姆斯)以及寻找安定之所的负罪之人教子杰克等。小说成功地将家族历史的陈述与埃姆斯现时境况的述说结合在一起。记忆中,祖父与父亲由于对废奴运动持有不同的态度,产生情感上的隔阂,直至祖父远离基列,回到他年轻时战斗过的地方——堪萨斯,并终老于斯,他们未能达成谅解。祖父去世后,父亲带着埃姆斯不远千里,四处打听,终于历尽艰辛,寻得祖父被埋葬的地方。在祖父的坟前,父子俩虔诚祈祷,终于获得了与祖父精神上的和解。现时,故事的叙述者埃姆斯已至暮年并患有心绞痛,然而面对阔别多年、重回故里的教子杰克,他却态度冷漠,原因似是对杰克青年时期犯下的始乱终弃之过心怀芥蒂,实则更是担心其秉性难改,不怀好意,勾引自己年轻的妻子,因此对其处处提防、充满戒备。作为牧师,祈福和传播上帝的福祉是他的天职,此时却因偏见而不愿为渴望谅解的杰克施以祝福。埃姆斯为自己的行为有悖信仰和职责而倍受煎熬。这种复杂情绪不可避免地对埃姆斯的叙事心理产生影响,成为埃姆斯对杰克态度犹疑不断、欲言又止的根源。从某种意义上讲,埃姆斯能否谅解教子杰克已然是"基列"之地是否依然享有疗伤之效的一种观念书写。

第三部小说《家园》[②]是一部关于"浪子回头"的出色变奏曲,《图书榜》称《家园》为"关于苦难与信仰、智慧与美好、忏悔与希望的强

---

① [美]玛丽莲·罗宾逊:《基列家书》,李尧译,人民文学出版社2007年版。本书相关引文出自该版本。

② [美]玛丽莲·罗宾逊:《家园》,应雁译,人民文学出版社2010年版。本书相关引文出自该版本。

有力的精神小说"（American Library Association，2008）。虽然《家园》与《基列家书》中部分事件、人物和情节重叠交织，但透过鲍顿家的小女儿格罗瑞（Glory）的观察视角，不同意识对话交流，带给读者更全面的杰克归乡经历。小说大部分篇幅涉及格罗瑞及其兄长杰克和老父亲，人物行为围绕鲍顿之家的日常琐事展开，"从厨房到客厅，从花园到门厅"。彼此言语中渗透着过度的礼貌。结尾部分，杰克离开后第二天，格罗瑞在自家的园子里与驱车来找杰克的黛拉母子不期而遇，这样的安排赋予"家园"主题特别的希望。在杰克孤独而又落魄的离去之后，这样的一幕近似全新的开始。而这种希望又不仅仅属于杰克一家，更属于基列，属于这个曾经激荡着废奴运动的西部热土。格罗瑞送给罗伯特的镶有相框的河流的照片，画面中有树、河、路、谷仓、篱笆，充满生活意味，正是人们梦境中的祥和家园。

2014年秋，罗宾逊另一力作《莱拉》①出版。在书的扉页写着："献给爱荷华"。显然，这又是一部以美国中西部小镇为背景的小说。她似乎要效仿福克纳的"约克纳帕塔法"世系来创作出属于她的"基列"谱系。诚如她多次提到的"当完成一部小说或一篇故事时，我总是怀念其中的人物，甚而有些许忧伤"（2008c）。这一次浮现的是莱拉。可怜的小莱拉在四五岁时遭人遗弃，在生命危急时刻被流浪者多尔（Doll）相救。随后莱拉跟随多尔生活，经历了苦难的童年。她们一道四处流浪，靠打零工过活。虽然居无定所，生活毫无保障，但是多尔尽其所能，承担着母亲的责任，给予莱拉保护，将其抚养长大。两人坎坷多难的生活中也伴有温馨和喜悦，莱拉只有在多尔那里才能找到家庭的温暖。多尔极为珍视与莱拉的这种母女关系，在一次与自称是莱拉生父的搏斗中，用一把刀将对方毙命，之后逃离了警方的追捕，音信全无。若干年后，莱拉在爱荷华州的基列小镇与牧师埃姆斯相遇、相识并结婚生子。即便此时，对多尔言谈举止的深切记忆依然深深地影响着莱拉，她总是在颠沛流离的生活记忆和平静安逸的生活现实之间思考挣扎。

2020年秋，已近八十高龄的罗宾逊又添力作《杰克》，为喜爱她的读

---

① ［美］玛丽莲·罗宾逊：《莱拉》，李尧译，人民文学出版社2019年版。本书相关引文出自该版本。

者们带来一份惊喜。① 至此,她已然围绕基列埃姆斯家族展开了四部曲的畅想。虽然,在《杰克》一书中,罗宾逊关注的空间从爱荷华州的基列小镇转移到了密苏里州的圣路易斯,但是这一空间跳跃早有铺垫。作者在基列系列的前三部中反复提及这座城市,在这一过程中,形成认知的悬念,在最新力作中,罗宾逊似乎有意将此谜团解开。圣路易斯是杰克和黛拉相遇的地方,是她们爱情萌发生长并努力驻足停留、组建家庭的地方,同时,也是莱拉走投无路之时的投奔去处。在《杰克》一书中,罗宾逊似乎有意解开围绕在这座城市周围的层层谜团。小说把对杰克和黛拉的爱情的细节刻画与这座城市的地方特质紧密结合在一起,为我们理解混血婚姻、种族关系提供丰富的思想资源,与此同时,为理解莱拉在同一座城市的早年经历提供参考。此外,小说在叙述技巧方面进行了较大的转变和新的尝试。阅读此书,读者可以明显地感觉到作者有意从自己见长的诗性叙述中抽离出来,进行了较大程度的改变,大篇幅的人物对话在文本中显见。显然,罗宾逊试图在她的诗性叙述中添加对话意识的内容。

作为一名公共知识分子,罗宾逊有着强烈的社会责任心。她密切关注着环境、社会传统以及现代人所面临的严重的精神危机等问题,并就此有多本专著。1989 年,她出版了《母国:英国、福利国家和核污染》(Mother Country: Britain, the Welfare State and Nuclear Pollution)。书中,罗宾逊以犀利的笔锋谴责英国政府的政治怯弱和道德虚伪。她认为,英国政府声称以经济公平和社会福利为其执政原则,但实践中却毫不顾及塞拉菲尔德(Sellafield)地区人民的身体健康,将"世界核垃圾箱"建在 19 世纪英国湖畔派诗人的圣地——大湖区(the Lake District)。在绝对经济利益当先的执政理念下,英国传统的田园式家园理想遭遇了背弃和遗忘。此书出版后,在英国被列为禁书,作家本人也遭到英国政府的起诉。虽然麻烦不断,罗宾逊并未改变初衷。她一如既往地为净化环境、保护传统而高呼。在其 1998 年出版的《亚当之死:现代思想论集》(The Death of Adam: Essays on Modern Thought)中,罗宾逊批评美国政府在中西部地区进行的核试验,同样是其虚伪道德的表现。在《亚当之死》中,罗宾逊探讨被丰富的宗教传统塑造和滋养的美国历史文化,她认为美国文化已然忽

---

① Marilynne Robinson, *Jack*, New York: Farrar, Straus, and Giroux, 2020. 目前该书尚无中译本,书中相关引文为笔者所译。

视了自身的传统,甚至对传统显现出鄙视的态度,她不断呼吁人们对传统文明中所蕴含的生命尊严和美好予以关注,提倡敬畏自然、天人合一的家园生活模式。她以美国建国的精神源泉——加尔文主义——为例,反复强调对经典的重读,她将人们对加尔文以及加尔文主义的误解归咎于对经典的忽略,"谁真正读过加尔文?谁真正了解美国的自由精神之源?人们读到的都是他人对加尔文的批判"(1998:12)。在《亚当之死》中,罗宾逊就家园、荒野放逐、加尔文主义以及废奴运动等展开论述,全方位地呈现了罗宾逊的文化思想体系,《亚当之死》成为解读罗宾逊小说创作的有力思想支撑。

2010 年,罗宾逊另一文集出版,题为《精神缺失——现代自我神话中内在性的消逝》(*Absence of Mind: The Dispelling of Inwardness from the Modern Myth of the Self*)。此书中,罗宾逊集中探讨宗教与科学的关系,批判现代科学理性主义试图以理想诠释神秘,是对人类信仰的压制,对人类想象力的扼杀。人们被这样或那样的现代思想所塑造,或是被定义为充分利用自然环境的优胜者,或是被等化为促进经济发展的力量源泉,当代人的要务是对人类本性的内在性进行思考。在 2012 年出版的《孩提时读书》(*When I Was a Child I Read Books*)中,罗宾逊延续了对自由、想象、勤俭等美国传统家园精神的讨论,批评了当代美国人不断溢胀的贪欲导致全球性的债务危机,呼吁返璞归真,倡导基督教信仰中的宽容和仁爱精神。书中,作者再次陈述了儿时在爱达荷州的经历,认为开明自由、无拘无束的探索是美国西部精神的灵魂。

2015 年,罗宾逊出版文集《万物的禀赋》(*The Givenness of Things: Essays*)。书中,作者为读者提供了 17 篇关于令人困扰的文化和精神问题的深思熟虑的论文和 1 篇奥巴马总统与罗宾逊的对谈录。作者认为:在我们这个时代,文化悲观主义很流行。我们对思想的探索越来越不感兴趣,而对创造和掌握可以带来物质福祉的技术的兴趣却变得越来越大。在当下功利主义盛行的文化氛围中,罗宾逊试图用其非凡的笔触为人们探寻希望。她一方面对当代社会提出了尖锐的批评,另一方面主张尽管人们存在失误和自我贬低,但我们必须对人类所具有的独特兴趣和价值给予尊重。在这部论文集中,她敏锐地关注到我们的时代困境和信仰奥秘。论文集以三百余页的篇幅深入考查了曾对 20 世纪众多优秀作家产生过影响的重要思想资源,呈现了伟大人物加尔文、洛克、朋霍费尔的思想如何深入人们当下的生活并对之施以影响，呼吁人们去关注精英人士在美国宗教和政治生活中如何成长为有影响的群体。

沿着对人类精神性的探讨思路，2018 年罗宾逊出版了另一部文集《我们此生的使命是什么？》（*What Are We Doing Here? Essays*）。文集汇集了关于神学、政治和当代社会等诸多主题的系列文章。作者在书中考查了爱默生和托克维尔对美国人普遍政治意识的影响，讨论了美国人日常生活中的基本规则。《我们此生的使命是什么？》呼吁美国人继续保持那些伟大思想家的传统，并将美国的政治和文化生活重塑为极具责任感的形象和适合英勇慷慨者的伟大舞台。

总之，罗宾逊非小说类文学创作探讨了环境、宗教、历史、伦理等一系列社会关切的议题。这反映了罗宾逊作为一位知识分子强烈的社会责任感和民族使命感，体现了作家对于生命本真的深度思考。文集中闪烁的思想结晶以更加美学的形式融于其小说创作中。可以说，小说创作与非小说创作相得益彰，交相辉映，共同书写了罗宾逊心中所向往的人与自然、人与人、人与自身相互协调、和谐共处的心灵家园。鉴于本书以其小说创作为主要研究对象，笔者将分析重点放于小说文本。但是，我们只有了解作者在众多社会关切问题上的观点和态度，才能保证其小说解读的顺利进行。

第二节　研究现状

《洛杉矶时报》评论罗宾逊是"一位堪称完美的艺术家，一丝不苟的学者，虔诚的基督徒以及真诚的充满思辨的思想家"（Rubin，2004）。可以说，罗宾逊是在美国当代文学史上产生了重要影响的人物。对于这位非凡的文学家，中外学界都给予了特别关注。自 1980 年罗宾逊首部小说《管家》出版后，其研究文献陆续出现，尽管罗宾逊小说创作停顿 24 年，相关研究并未停滞。2004 年，罗宾逊重回小说创作，其第二部小说《基列家书》出版，并于次年获得普利策小说奖及国家书评人奖，这极大地促发了学界对她的研究热情。从 2005 年至今，罗宾逊研究持续升温，文献数量持续增长。在 Proquest Research Library 文学与语言类中检索作家名，2005 年之后，文献数量成倍增长，尤其是 2010—2021 年，已超千条，是2000—2009年十年间研究数量的两倍多。可见，从罗宾逊小说出版伊始，学界就敏锐地注意到她的文学才华，并加以关注。随着后期基列系列作品的出版，学界对她的研究热情持续升温，越来越多的学者注意到罗宾逊在美国当代文坛的重要地位，对其展开深入研究，这里，我们就国内外学者的研究分别评述。

(一) 国外研究

总体而言，国外研究综合运用宏观和微观的多样理论，把握住了罗宾逊创作的主要脉络，拓展了研究空间，视野开阔、主题多样、研究具体、创意独特。众多学者凭借所属文化的相通性，积极发挥语境优势，围绕罗宾逊小说中的地域特质、女性书写、叙事技巧和宗教影响等问题展开深入研究，特别是关于宗教影响的研究呈现出数量上的优势。丰富多元的研究视角为我们理解这位文学大师提供了可行性路径，这里我们从几个重要的主题维度介绍代表性研究成果。

首先，研究者们显然关注到了罗宾逊小说的地域特质，多聚焦于罗宾逊所关切的美国西部，在生态整体论的视角下分析西部的自然意象，这类研究有效回应了罗宾逊小说拓展的文学想象和强调互补、平等、关系和均衡的价值观。如莫加娜（Magagna，2008）在其博士论文《定位西部：美国西部景观、文学和身份认同》中，将《管家》划入美国西部小说，单列一章讨论小说对指骨镇这一美国西部小镇的定位描述，在对露丝一家人与指骨镇的关系分析中凸显了人的意识与空间处境的融合与分离。弗洛比（Florby，1984）从生态批评视角具体分析山川、湖泊和森林等大自然的生动意象，将罗宾逊的《管家》与《瓦尔登湖》《白鲸》《哈克贝利·费恩历险记》及《了不起的盖茨比》并置，突出了《管家》的文学价值。

其次，从女性主义批评视角入手的文献已然聚合为显在的类别，此类文献大多关注罗宾逊的处女作《管家》。研究者将《管家》定位于女性小说，集中讨论细致的女性的成长体验，在讨论中往往借助弗洛伊德和荣格的精神分析法。如基克尔克比（Kirkby，1986）认为《管家》是对美国文化中居于显要位置的父权价值的反拨。温特劳布（Weintraub，1986）称《管家》本质上为女性小说，小镇景物描述中居核心位置的"湖"指女性形象。内斯特（Nester，1995）则将女性叙事的研究从个体拓展至家庭与社会，从家庭与社会的关系角度对包括玛丽莲·罗宾逊在内的八位作家进行考查，重点研究了相关作家的代表作品中与理想化家庭相联系的、含有丰富设想和期待的意象和比喻。她认为：美国的家庭生活多样而复杂，现代社会，家庭与其他机构的运行紧密联系，不可分离。这些文本抛弃、挑战、修正或改变着传统家庭意象比喻，通过这样的辩证过程，拓展了家庭生活的定义，并赋予其更加普遍的共享经验。

此外，罗宾逊的叙事技巧也是国外学界的关注重点之一。例如德达称《基列家书》"具有一种恬静之美，文体严肃、思想广博，读者很容易被它的悠扬之美而触动"（Dirda，2004：BW15）。拉玛斯库斯（LaMascus，2010）在其论文《走向玛丽莲·罗宾逊：小说〈基列家书〉与〈家园〉的对话》中，将两部小说并置考察，认为两文本中不同的叙事视角将故事线索交叉，相互作用，共同建构了埃姆斯与杰克·鲍顿的心理世界。施密特（Schmidt，2014）研究了《基列家书》的叙述者"埃姆斯"的男性叙事声音，在他看来，作者罗宾逊通过小说的叙述者埃姆斯扮演了宽容者"父亲"的角色。赛克斯（Sykes，2017）也注意到了《基列家书》叙事艺术的独特性。她将《基列家书》的叙事艺术与美国当代小说的叙事艺术进行了对比，认为：《基列家书》不同于主流的"创伤"叙事，它受到意识的内在机制的驱动，体现的是一种沉静叙事之美。

除了前面所谈的地域特质、女性主义批评和叙事技巧之外，众多研究者从宗教信仰与罗宾逊文学创作的关系入手进行探讨，研究者所注意的问题包括：信仰思想的来源、宗教意象及元素的表征、宗教仪式的呈现以及宗教史观的分析。具体如下：扎瓦拉（Zavala，2011）细化分析了罗宾逊在《亚当之死》中所探讨的宗教思想及与之相联系的传统信仰问题，探讨小说文本推崇的人性中的善良、仁慈和忠诚的品质。论文触及了《管家》中各个人物名字背后的隐含意义，讨论了《基列家书》中书信体对埃姆斯忏悔性心理叙事的影响和《家园》中叙事视角的转变对主题表达的意义。夏伊（Shy，2007）认为罗宾逊的散文集《亚当之死》和小说《基列家书》以不同的书写体裁彰显了同样的价值取向：重申和修正美国文化中的加尔文宗教传统，强调其对人的恩泽和仁慈。艾莉森（Alison，2018）论述了加尔文主义对于基列系列创作的深度影响，与此同时，他认为卡尔·巴特神学对小说的影响被忽略了。斯托特（Stout，2014）对罗宾逊小说中的宗教元素进行了深入的研究，认为《管家》和《基列家书》对约翰·加尔文的新教圣礼进行了展现。珀蒂（Petit，2010）对《基列家书》与弗兰纳里·奥康纳的《好人难寻》进行比较研究。在她看来，这两部作品实际上是同一宗教观点的各种表现，即希望罪人能得救。贝利（Bailey，2010）阐述了《基列家书》中"火"意象的主题思想以及基督教和种族之间的关系。霍布斯（Hobbs，2010）将《基列家书》中的众多仪式（如葬礼和洗礼）作为圣经符号进行解读。她以埃姆斯为分析对象，得出结论：对于小说人物而言，圣经符号承载着社会记忆功能。

由以上分析可见：国外研究者从相通的文化语境出发，结合多样研究方法，对罗宾逊小说展开多角度多层次的研究，有效涵盖了罗宾逊文学创作的核心要旨，但遗憾的是：鲜有研究者关注到罗宾逊小说中的历史维度，这显然存在对罗宾逊文学误判。直到在新近文献中，历史维度才开始被关注，如道格拉斯（Douglas，2011）关注到了《基列家书》一书对美国种族历史的书写，将种族关系史置于美国宗教多元文化发展中进行研究。论文重点挖掘宗教多元主义下，宗教人士对于蓄奴制的刻意失声的原因，但未能全面展现小说所关注的种族关系和宗教多元主义的全景联系，而这一点对于读者深入全面地理解基列系列小说至关重要。

除了历史维度的探讨不足之外，对罗宾逊小说的整体性研究成果仍显不足，具体表现在，（一）专著虽有出版，但仅围绕某部作品展开，缺少主题的延展性和系列作品的关联性。如科恩（Kohn，2013）的《玛丽莲·罗宾逊〈基列家书〉中的容光与神秘》（*Radiance and Secrecy in Marilynne Robinson's Gilead*）对单一作品《基列家书》展开研究，作者科恩认为：在《基列家书》中，虽然主人公埃姆斯出于多方面的考虑，对比他年轻近四十岁的妻子的过往经历始终保持缄默、不置一词，实则却了解至深。因为真相隐伏于神秘之中，随着神秘的面纱层层揭开，这个可怜的垂暮老人亦会焕发出熠熠生机。另有米弗图格鲁（Jana-Katharina Müftüoglu，2009）德文版研究专著：《玛丽莲·罗宾逊后现代作品〈管家〉的女性主义批评》从女性主义视角对罗宾逊首部小说《管家》予以评说。（二）除专著之外，更多的研究成果被收录于各类文学评论集中，但囿于论文集形态，未能构建起全书的整体逻辑。如提摩西·拉森（Timothy Larsen）和凯斯·约翰逊（Keith L. Johnson）主编的《基列的乳香：与玛丽莲·罗宾逊的神学对话》（*Balm in Gilead：A Theological Dialogue with Marilynne Robinson*，2019）一书，汇集了 12 篇关于罗宾逊小说研究的精品论文，重点关注小说的宗教维度，研究者或者从罗宾逊小说与加尔文、奥古斯丁思想的关联性角度对小说的形而上学思想进行研究，或者从具体主题切入研究小说的宗教关怀，或者从人物行为和心理活动中洞察小说中的宗教元素，或者从黑人教堂的发展经历来研究非裔族群所面临的认同问题。书中所选论文论证深刻而极具启发，为读者进行小说的宗教维度研究提供了有效的参考资源，但由于选题维度限制，文集未能就罗宾逊的小说创作进行全面详尽的分析。另外，一些专题文集把罗宾逊小说作为一个相关项进行考查，这类研究往往止于基本内容介绍，未能深入展开，如亨格福德（Hungerford，2010）的《后现代信仰——1960 年以来的美国文学和宗教》（*Postmodern Belief*: *American Literature and Religion Since* 1960）考查了过去六十年间美国当代宗教实践和一些代表性文学作品中的宗教想象，探讨了现今美国社会中宗教信仰和多元文化的共存状况。本书指出：后现代信仰脱离宗教教条的特征回应了美国世俗社会的多元化特点。她分析了包括玛丽莲·罗宾逊在内的美国当代一些著名作家的作品，并且认为：他们都以自己独特的观察视角触及宗教世界，以超验的叙事赋予语言在所指意义之外的宗教价值，从而祛除宗教教条，坚持信念本身即可赋予日常行为以宗教意义。另外一部文集《爱达荷州作家评论集》（*Articles on Writers from Idaho*）集中评述了包括罗宾逊在内的来自爱达荷州的作家作品，它以新颖的编写范式，将内容迥异的大量素材汇编为彼此相关、前后连贯、信息丰富的评论集（Hephaestus Books，2011），文集信息量大，文献丰富，但未能就某一主题形成连贯的分析主线。

基于上述情况，本书力求将罗宾逊小说作为整体进行考查，补充必要的历史研究维度，在现有基础上提升研究的深度和广度，为学界同仁提供相关研究借鉴，为丰富当代美国文学研究做出贡献。

（二）国内研究

相比国外对玛丽莲·罗宾逊的持续关注和多样研究视角，国内对这位屡获殊荣、备受关注的作家关注和研究都很不足。首先，译介工作起步并不算早，据笔者在国家图书馆和香港中央图书馆搜索查找，2005 年由台北麦田出版社出版其首部小说中译本《管家》（李佳纯、林泽良译），之后直到 2015 年这部小说由上海人民出版社重译出版（张芸译）。其后三部作品《基列家书》《家园》和《莱拉》由人民文学出版社分别于 2007 年、2010 年、2019 年出版中译本。2020 年出版的《杰克》目前未见其中译本。罗宾逊的 6 部非小说作品尚无中译本。滞后和不充分的译介工作导致国内学者对于罗宾逊的研究只处于起步阶段：研究视角单一，缺乏对其丰富创作思想的深度解读。

国内学界最早提及罗宾逊其名的是 1984 年《读书》第 11 期仲子的文章《作家的成长》。文章谈到，在当年《纽约时报书评周刊》举行的一次笔会上，共计 16 位青年作家受邀，罗宾逊名列其中。除罗列其姓名之外，文章并未就罗宾逊的生平和创作做任何介绍。鉴于此，国内对罗宾逊的研究起点应为 2007 年的洪满意在《安徽文学》发表的《小说〈基列〉的主题探索》。截至 2022 年 7 月 19 日，笔者在中国知识资源总库 CNKI 系列数据库搜索，结果显示：以玛丽莲·罗宾逊小说为研究对象的文献总数为 54 篇，其中，硕博士学位论文 21 篇，研究型文章已有 33 篇。较为难得的是，在算不上高产的研究成果中，有些研究热点已经呈现，并有高水平的成果产出。如关于小说中宗教元素的研究，已有北京外国语大学博士学位论文和 CSSCI 论文发表，分别是：于倩于 2014 年完成的博士学位论文《书写信仰：玛丽莲·罗宾逊小说中的宗教元素研究》和乔娟于 2019 年发表在《外国文学》上的论文《罗宾逊小说中的女性宗教气质书写》。于倩将罗宾逊小说置于美国当代文学的宗教传统中进行研究，通过对三部小说（《管家》《基列家书》《家园》）中的宗教元素进行条分缕析，得出结论：罗宾逊的正统新教信仰全面影响了她的创作，其文学书写处处体现出强烈的宗教救世情怀；把握罗宾逊作品中文学与信仰间相通互释的关系是理解其作品的关键。乔娟的文章从基督教思想中的"信""望""爱"三个角度探讨了宗教因素对罗宾逊小说中女性角色塑造的影响，强调了罗宾逊人文加尔文主义思想在人物塑造中形成的积淀性影响。此外，陆星群（2014）、徐丽（2012）、段薇（2019）分别从不同的研究视角，对罗宾逊小说中的宗教世俗化、宗教影响、宗教原型和宗教危机问题进行了探讨。

除了宗教元素的研究之外，多篇 CSSCI 论文从社会历史批评方法入手，对罗宾逊小说中的身份认同、历史记忆进行了研究，其下载量远超其他，它们共同推动了罗宾逊小说的国内传播。具体包括：金莉（2012）的《20 世纪末期（1980—2000）的美国小说：回顾与展望》将罗宾逊的《持家》（即《管家》）列入美国当代女性文学中，认为这是一部关于爱与失落、渴望与孤独、消失与记忆的书。胡碧媛

(2019)认为《管家》立足于白人主流阶层的文化逻辑,从血缘、地缘等内部属性出发,强调共同体建构的精神现实。她认为:小说以女性化的个体书写批判同质化、标准化的压制性话语,但并不排斥将个人历史置于民族建构的语境中,在叙事层面展现审慎的共同体建构和解构之思,再现包容异质性的共同体文学虚构。李靓(2018)以记忆理论为视角,考查小说叙述者埃姆斯如何通过个人记忆实现宗教认同的重构。文章从三个维度具体展开:记忆激活宗教认同、记忆修正宗教观念、记忆审视宗教悖论,由此,展示记忆在认同阐释中的思想和艺术价值。杨金才(2014)《论新世纪美国小说的主题特征》认为玛丽莲·罗宾逊的创作带有明显的日常生活转向和对人伦道德的关注。于倩(2018)在《文明的回归》一文中总结了罗宾逊的基本文学主张:重回美国文学源头,关注个人和国家身份建构,强调文学的民族性特征。文章认为,通过文学创作检视益格鲁—新教"美国信念"和传承19世纪浪漫主义文学传统是罗宾逊"对话经典"的两大重要手段。罗宾逊的文学创作呼应了当前美国主流意识形态强化国民认同的潮流,引导读者和一批美国新一代作家关注美国文学经典主题的现实意义,对美国文学的新人文主义转向起到了一定的引领作用。乔娟(2016)在《消融界限的百年求索》一文中提出:当代美国作家玛丽莲·罗宾逊的小说《基列家书》以美国普通民众是否应该接受种族共融为核心设问,讲述了中西部爱荷华州基列小镇埃姆斯家族四代人的经历,展现了美国社会从南北战争前夕到20世纪中叶百年间的种族关系衍变史。小说揭示了美国一百多年来种族观念中歧视与共融的此消彼长和美国种族制度所遭遇的困境,进而展望了未来美国多元共融的种族关系前景。以上这些成果可称得上是罗宾逊小说研究中的扛鼎之作。

此外,在生态女性批评和叙事美学方面,研究文献较多,正在形成热点趋势,如蔡利(2021)、唐东方(2016)、袁洋(2019)集中关注罗宾逊小说中的女性叙事,曾林玉(2015)、郝素玲(2013)、冯江(2019)则聚焦于小说的叙事技巧,但从期刊来源以及点击量和下载量来看,相关研究中没有产生有影响力的突出之作。

总体来看,玛丽莲·罗宾逊及她的小说创作进入国内学者视野的时间比较晚,在早期研究中,不少文章仅是对罗宾逊小说及其杂文做出描述性介绍,并未涉及产生影响深远的批评型作品,使其研究无法做到全面和深入。近年来，对于罗宾逊的关注度持续升温，研究视角呈现出多样化的趋势，但大多文献都是对单部作品的某个维度进行孤立研究，鲜有文献对罗宾逊小说进行综合性整体研究，能将作者的思想发展与小说创作相结合的系统研究更是寥寥无几。在罗宾逊笔耕不辍、佳作频出的背景下，国内罗宾逊研究尚存广阔的空间，有待学界同仁从更广阔的批评理论出发，对小说文本所宣扬的人文传统思想进行深度挖掘，相信未来国内学界对于罗宾逊小说的研究将佳作迭起、异彩纷呈。

第三节 研究思路与框架

宽广深厚的创作主题、充满人性的伦理关怀、坚定的宗教信仰以及沉静舒缓的叙述语言为玛丽莲·罗宾逊进入美国文学经典的行列铺平了道路。早在其处女作小说《管家》出版时，该作就被公认为美国当代文学经典，罗宾逊被誉为"时代精神的塑造者"（Robinson，2008c）。玛丽莲·罗宾逊是公认的美国当代最优秀的作家之一，作家本人于2012年获得"国家人文奖章"，其作品曾荣获普利策小说奖、国家书评人奖等重要的文学奖项。罗宾逊的作品已被列入美国文学经典，手稿已被耶鲁大学图书馆收藏，她的作品已被译为多种文字，并有"玛丽莲·罗宾逊研究会"成立。可以说：玛丽莲·罗宾逊是继霍桑、梅尔维尔、海明威、福克纳等小说泰斗以来的美国文学的代表人物；罗宾逊小说的研究是美国当代文学研究一个不可或缺的组成部分。

罗宾逊小说有着显著的一以贯之的地域意识，她也因此被以地域书写为基本分类依据的《中西部文学词典》收录。她的地域关切不仅体现在对特定空间的关注与热爱，更体现在基于特定空间而深入展开的对人类共有文化的理解和责任；她的创作始终强调人类心灵栖所的建构，可以说，她的小说就是对地域心灵的塑形和影响的书写。本书首先借用政治心灵哲学中的心灵生成主义对文学中的心灵研究做本体论上的梳理，在此基础上搭建五个基本思想维度：地域、历史、社会、宗教和美学。以此作为逻辑落脚点，建构起五章内容：地域景观、历史记忆、身份归属、人文神性和叙事之美。在具体章节的论证中，作者在文本细读的基础上展开文献盘整法，这是一种致力于文本细读与理论阐释相结合的分析研究。研究着力呈现跨学科、开放式的基本特点，与此同时，每一种研究方法都根据研究内容进行针对性的提取，在对现存文献全面回溯的基础上，寻找内容与方法之间的兼容性和交集点，将合理要素"熔为一炉"，发展成为整合性尝试，为文学的多语境研究贡献力量。鉴于研究对象涉及内容广泛，在分析具体文本时，作者综合运用不同的理论与方法，其中包括经典叙事学、修辞叙事学、哲学、历史学、社会学、心理学、传记理论、伦理学、现代主义和后现代主义理论、文化研究等，系统梳理罗宾逊小说内容与形式的方方面面，既有细致入微的具象研究，也有范围广泛的主题研究，将史料解读与理论阐述，微观解析与宏观阐释充分结合，开创了丰富的研究可能性。

（一）研究思路

让我们首先对"心灵"一词进行基本学理梳理。"心灵"一词在文学评论中使用频率比较高，但是就其词义内涵的考查却很少有充分而透彻的说明，似乎文学研究中所使用的"心灵"一词只是一个流行的比喻性说法。这一点与其在学术研究中的使用高频率极不相称。这里，我们从心灵生成主义的基本观念出发，阐释地域心灵研究所蕴含的多样维度，从而说明此类研究的必要性和合理性。

西方主流的心灵哲学是求真的哲学，求真的心灵哲学研究问题主要集中于：心身、心理因果性、意向性行为以及心理表征等一系列关于心灵本质的形而上的推理问题（何冠岐、郭露，2022：19）。在追问心灵的本质这一核心问题时，传统主流的心灵哲学往往将心灵研究等同于思维和意识的研究。诚然，思维和意识固然是心灵研究的基本内容，但如果只从大脑受限物理主义的角度探讨思维和意识的来源，因此将人类思维和意识还原或部分还原为大脑的物理机制，从而得出"人类心灵的属性或事实是由人脑的基本物理事实构成的"（何冠岐、郭露，2022：19）这样的结论，这势必导致心灵研究的局限性和狭隘性。

和主流求真性心灵哲学相比，文学中对于心灵的研究并不专注于心灵的本质，而更多地在诠释心灵"由什么构建"、心灵"意味着什么"以及心灵能够"做什么"，也就是说，文学中的心灵研究并不是围绕心灵本质主义的思路展开，而是沿着生成和影响的思路进行研究。从这个角度讲，文学语境下的心灵研究需要定位心灵的生成维度，并在具体维度的研究中设定某种规范性（Normative）定向，① 文本探讨偏向于对人们的感受、记忆和体会的阐释，重在解决实践问题，即帮助人类找到那把通往幸福、快乐、圆满和人生意义的心灵钥匙。

在心灵哲学的最新成果中，米歇尔·迈耶塞（Michelle Maiese）和罗伯特·汉娜（Robert Hanna）的研究深刻地阐释了关于心灵生成的理论定向，为本书关于"中西部心灵"的研究提供方向指引。他们坚持具身本质论（The Essential Embodiment），并提出了社会实践视角下的心灵哲学。这一研究认为：身体不是非心灵的，心灵也不是非身体的，身体和心灵实际上彼此互补，相互依赖的。人类具有心灵和身体上互补的双重本质的特点（Maiese & Hanna，2019：XI）。据此，他们认为：人类智慧心灵与生命有机体相互依存，而且本质上心灵和自身的有机体并没有区别。这一心灵观与传统的主流西方心灵哲学流派最显著的不同点在于它拒斥一切大脑受限物理主义（包括还原的和非还原的），并且在拒斥大脑受限物理主义的同时也拒斥了笛卡尔的心物二元论以及西方心灵哲学流派信奉的笛卡尔原教旨主义（何冠岐、郭露，2022：19）。在具身性心灵本体论基础上，迈耶赛和汉娜提出了人类思维活动和外部环境的整体性观念，这里的外部环境既包括了社会因素，也包括了自然因素，在二者中，他们更重视"社会因素对人类行为的影响"（Maiese & Hanna，2019：XI），他们强调人类心灵活动不但与身体一体，甚至和世界都是一体的。

在对思维与环境整体观的充分认知下，心灵生成主义逐渐成形。② 我们可以把这一思想理解为：人类心灵是在特定环境中的自我塑形的结果。这里的环境既包括自然环境，也包括由社会关系、社会机构和社会制度组成的社会环境。它们和人脑、身体共同构成统一的认知系统，在这个系统里，认知的产生是人类和环境各要素耦合中历史地生成的，认知系统是交互和平行的，即：在同一时刻内各因素进行功能耦合和运动，且作为主体

---

① "规范性的心灵科学"的概念是美国学者弗纳拉根（Owen Flanaga）提出来的，这是一门专门研究道德规范和幸福价值及其关系的心灵科学，这门学科研究的问题就是如何使人达到真正的幸福、快乐、圆满的心灵状态。参见高新民、束海波《中国心灵哲学的规范性维度及其意义》，《福建论坛》（人文社会科学版）2019年第6期。

② 生成主义的心灵认知观由埃文·汤普森（Evan Thompson）和弗朗西斯科·瓦雷拉（Francisco Varela）提出。See Evan Thompson, "Sensorimotor Subjectivity and the Enactive Approach to Experience", *Phenomenology and the Cognitive Sciences*, Vol. 4, No. 4, 2005, pp. 407-427.

的人和作为客体的环境有着无法割断的信息交流（何冠岐、郭露，2022：18）。这种生成主义的心灵认知观念表现为：作为一个生命体，人类和环境相互依存，相互影响，两者的关系是一种相互参与、耦合以及相互塑造的过程。其中，社会因素是环境的最为重要的部分，社会因素和人类心灵存在交互影响的关系。一方面，社会的各种因素决定着人内在和外在的行动，社会因素在某种程度上约束、构架和决定着人类的认知和自我意识，因此，社会环境直接决定了人类心灵意识的走向。在此情境下，社会关系、社会机构、社会制度对人的意识、行动和心灵都会产生影响，并直接塑造包括意识、信念、判断、思想、意向性和主体行为等的心灵属性。另一方面，人类心灵的变化也会影响智力行为的变化，进而改变社会。这一点可以做如下理解：因为每一个人都生活在社会中，都受到一种或者多种社会制度下各种机构或团体的管辖，在受到管辖的同时，人与人之间以及人与制度之间在相互交流和互相适应，从而不可避免地形成新的社会关系、社会环境；而新的社会关系和社会环境最终催生新的社会机构、社会制度、社会观念和社会文化，进而改变社会面貌。于是，心灵与社会活动的交互链条形成。在这一交互影响的认知链条中，人的意识，以及基于意识和反思的智能行为是这一互动影响体系的基础，而社会因素是可以在某些特定环境下和人类心灵活动进行同步尝试的外部条件。

当我们把心灵生成论的基本原则应用于文学阐释时，对心灵栖所的探讨将重点关注特定地域环境和特定社会关系、制度和文化共同作用下形成的人们的意识、思维、记忆、信仰和审美等智能行为。人们的这些智能行为是文学分析的切入点，具体研究中，我们往往从认知主体和被认知对象两个相互区别而又相互联系的部分展开。从认知主体方面来说，心灵栖所描述的是主体对于所认知和判断对象的态度，是一种主观感受。这种意义上的纯粹是一种心理上的或精神性的无形的存在，是来自主体的一种意志、情感、判断和观念。它所表达的是一种归属感，即主体所感知到的在家一般的感觉，如认同感、归属感、安全感、抚慰感等。当一个人有这种感觉的时候，他会感觉到幸福而满足，自信而安逸，会感觉找到了生活的意义，确切地讲，这个意义上的心灵栖所是"精神家园感"（严春友，2010：1—5）。另外，从被认知对象来说，心灵栖所是一种相对客观的存在。这个意义上的心灵栖所除了指代具体的有形的地域空间之外，更多地指向一套系统的价值观念。通常来讲，这样的价值观念系统独立于个体而存在，具有整体性的特点，是某一个团体或民族或全人类具有的共同观念。它寓于制度、伦理、宗法、习俗等各种有形的存在之中。这一心灵栖所是一个民族文化中千百年来逐渐形成的比较稳定的价值系统，或者说是传统中所蕴含的价值体系。这套系统给人们提供了一幅完整的世界和人生的图像和规则，是滋养心灵、情感和智慧的沃土，为建立起心灵大厦发挥了牢固的基础作用，同时，这套系统也是在与人类心灵互动中，在人的智能行为中逐渐被沉淀的文化累积。在对人类心灵栖所的主体感受与价值观念这两个方面的研究中，我们强调的是两者彼此联系，相互依赖的关系，即价值观念系统对于个人心灵系统的价值与意义。只有一套价值观念系统符合人们生活的心理体验时，人们才会获得井然有序、坦然心安的归属感受。人们归属感受的建立有赖于健康而公正的价值体系的确立，良好的价值体系总是能将人们的心灵惠泽和滋润，从而让人们感受到家一般的温馨之感；同理，普遍而良好的价值体系的建立来自于众多个体怡然和谐的心灵感受的创造和浇灌。

本书取名"中西部的心灵"，旨在透过一种地域意识来探讨人类心灵的生成基础和表征印记。我们知道，"心灵"这一概念的建构始于地域，在对心灵栖居所的追求中，人们往往试图给自己划一个地方范围，哲学家马丁·海德格尔认为正是"地方"将人们安置，人类的生存不能像自由漂浮的幽灵，而是与周围的世界构成一种关系来生存的，他把人描述为"世界上的一个存在物"，居住是人类生存的基本特性之一（克朗，2005：99）。雷尔夫认为："做人就是生活在一个充满许多有意义地方的世界上，做人就是拥有和了解你生活的地方。"（Relph，1976）当然，心灵研究虽然始于地域，但并不止于地域环境的研究。研究对地域的界定只是个起点，它并不足以捕捉心灵这个复杂概念联系的文化意义。心灵的基本意义并不被封存在地图格子所表明的意义中，它向外延伸，已然超出了地点的简单概念，而指向更重要的属于人们意识、记忆和感受的范畴。当我们的研究超越地域维度时，我们是在谈论生活在这一地域的人们的心灵建构，主观方面包括人们的喜怒哀乐、生活体悟、情感纠葛；客观方面包括这一区域的制度观念、历史经历、传统文化、精神信仰等。我们的研究将从具体物理空间出发，逐渐发展出影响或建构地域心灵的历史、社会、信仰和美学的维度，从而触及关于一个地方的那些超出物质和感官特征的东西，分析心灵栖所的文化底色。它赋予人们希望和意义，建立起心理世界的秩序；它不同于宗教信仰，且不以有意识的形态而存在；它总是无意识地渗透于人的观念、行为、传统、典籍、制度、风俗等一切领域之中，成为人们不自觉地遵守的规则；它是无形而遍在的不具有强制性特征的弱信仰。这里，作为心灵栖所的中西部"不再是那个在测量工作和几何学思维支配下的冷酷无情的空间。它是被人所体验的空间。它不是从实证的角度被体验，而是在想象力的全部特殊性中被体验。特别是，它几乎时时吸引着人"（巴什拉，2009：23）。无论如何，对中西部心灵的追问和阐释提供了一个通向心灵幸福这个终极目标的新路径。基于地域的心灵研究，融汇了生成主义心灵哲学的研究路径，为社会学、心理学、历史学甚至民族学等诸多涉及人类个体和族群的各种研究提供了一个新的方向。

（二）研究框架

罗宾逊小说始终围绕着最基本的人文命题——"心灵栖所"做出具体阐释，地域的、历史的、政治的、信仰的以及美学的思考都被编织进家人彼此间接受与包容的故事中。罗宾逊的系列小说中没有喧嚣热闹的生活场景，没有错综复杂的人物关系，更没有风起云涌、影响巨大的社会政治运动。罗宾逊小说总是围绕小镇上一两户家庭缓缓展开，不断拓展延伸，聚焦跳转至不同的人物对象，进而完成了类似福克纳的"约克纳帕塔法"世系的小镇书写。她所描绘的多是平凡慵懒的中西部小镇，以一两户人家简单的日常生活为其心灵书写的切面，从其简单生活纹理中洞察人们对心灵栖所的理解和思考。罗宾逊所关注的不是我们在美国传统西部文学中看到的那些勇于冒险、奋斗不息的人们，也不是在西进运动和城市化过程中陷入迷惘的一代，进入罗宾逊视野的多是现实世界的边缘人物——与指骨镇始终刻意保持着距离的福斯特家的女人们；已至暮年、久被疾病折磨而终日足不出户的埃姆斯和老鲍顿；人到中年，遭遇情感挫折而重返故里的杰克和格罗瑞；经历多舛童年、终获依靠却难以摆脱前半生经历影响的莱拉；执着于爱情却被家人和社区排斥的黛拉等。它所聚焦的是平凡的人和事，是中西部人在种族关系复杂多变的百年间的个体遭遇和心灵体验，是生活的卑微和低贱，甚至是不堪和阴暗。然而，同时，它也是人生的真相。她不曾对人物行为施以过多笔墨，而是努力尝试用流动的笔锋来讲述人们面对生存难题时所做的心理探索和栖所寻觅，具有强烈的静谧而内省的特征。

从表面来看，罗宾逊的笔触似乎局限于对家庭及家人关系的呈现，但是，如果只对罗宾逊小说做表层的人物关系关联研究是远远不够的。事实上，每个出场人物的生活经历和所思所虑都将作者所关注的人文命题推向更为深远的探索。小说人物作为一个范例，代表着整个人类，他（她）既是"他"，又是一切；他既具有他所特有的个性，又具有人类所普遍具有的共性。无论身处何地，当他们在追求属于自己的栖居之所时，总是会对自身的存在意义进行思考，总是会同时遭遇放逐荒野的无望与被救赎的希望。无论在指骨镇还是基列抑或圣路易斯，每个人物所追寻的大抵都离不开信任、包容、庇护、关爱、安定。露丝和西尔维离开指骨镇，是为了捍卫彼此间的信任关系；杰克归乡是为了寻得可以包容混血家庭的栖居之所；格罗瑞中年离职回家，很大意义上是为了获得心灵的慰藉和庇护；黛拉离开相对富足的孟菲斯的家，甚至不惜丢掉自己梦寐以求的教职，是为了追求爱情和认同。可见，心灵归属是罗宾逊小说创作一贯的持之以恒的主题关怀。它包含着对人类命运最深切的关怀，滋养着人们的情感、智慧和力量，是人类永恒绵延的精神追求。

本书对于罗宾逊小说的研究将从具象的地域景观切入，密切关注美国中西部人的生活日常，透过日常故事的叙述脉络、人物关系和情感纠葛，洞察参与其中的小说人物形象所裹挟的意识思维，以及这种思维所推动的历史进程衍变，从而揭示中西部社会历史因素和人们心灵的互动塑形过程，从代际思想矛盾中析出有关于该地域的历史记忆。此外，我们有意将这种记忆置放于更为广阔的社会建构和身份认同的语境下考查，深刻分析种族、性别和年龄等身份界限对小说人物的精神感受的影响。当然，研究并未止于此，心灵的探究不能回避它的超越性。我们将通过小说人物的矛盾冲突，透析人的神性的彰显，这种超越性并不仅仅体现在从个人到集体的数量累积，而是具有从具象升发，超越地域局限，穿越时间线性发展，达致精神的自洽和不朽。这里，我们关注的不是现实的政治目标和生活目标，而是弥漫的、舒展的、绵延的心灵的舒展和自适。此外，研究也观照到形式之美与心灵塑造的关系，罗宾逊的沉思型叙事与中西部的精神印象交相辉映。可以说：正是罗宾逊的沉思型叙事暗合了地域心灵的特质，而视角、层次、叙述、时序、意识联结和修辞性是罗宾逊心灵书写的方式和策略。

本书正文包括7个部分，除绪论与结语之外，主体部分共5章，在正文之后，笔者选译罗宾逊代表性文集《亚当之死》中的两篇文章作为附录，希望能为学界同仁，特别是玛丽莲·罗宾逊研究者或读者们提供参考。正文各章之间相互补充、相得益彰，在内容与形式两个方面形成研究合力，无一例外地指向了心灵栖所的寻觅。研究从地域出发，关注土地上生息的人、发生的事件、经历的历史和崇尚的精神，研究将基点落脚于中西部的同时，又突破地域界限，将中西部精神置于广阔的民族传统衍变中进行研究，是对现实的超越，意味着一种批判性或超越性向度，具体如下。

"绪论"，对作家作品、研究现状和本书的基本思路和框架进行总体说明。

第一章"地域景观"。本章在定位地域界限的基础上，从景观概念的词源考查入手，从自然和人文两个维度探讨罗宾逊小说文本中对地域景观的深度挖掘和塑造。山川河流、草木花卉、日月星辰等自然景观以及世代在那片土地上栖息的人们所留下的足迹——人文景观，如铁路交通、村庄房舍等都是本章研究的内容。第一节以水、气、土和火四种自然元素着手，研究由其构成或衍生的地域自然景观，每一种元素都有其具体化的形象，土构成了大地、高山、岩石、沙漠；火衍生为炊火、阳光、月光、星光、萤火等；水则与湖泊、溪流、清泉、大海联系；气则与风相关。第二节梳理作家对美国中西部小镇从19世纪中期至20世纪中期百年间的交通发展、房舍布局以及室内陈设等的描写，从而勾勒出罗宾逊笔下生动的人文景观图景。总之，这部分研究将透过小说文本对自然景物和人文足迹的细腻描写，理解罗宾逊对自然的敬畏和沉思，对人与自然和谐关系的洞察，以及她敬畏生命，关心生命的生态伦理思想。

第二章"历史记忆"。人们对于过去发生事情的意识，即记忆是心灵阐释的重要维度。罗宾逊笔下的中西部记忆以具象个体的形式出现，个体所承继的历史和传统是记忆得以运作的根本机制和属性。本章分两小节对中西部历史记忆做翔实的分析。在第一节"林肯之乡"中，我们聚焦于罗宾逊对于中西部历史参与的文学书写，通过分析林肯时代主流政治势力的废奴立场的形成和发展，深入阐释中西部在废奴运动中活跃的历史角色和担当。在第二节"应许之地"中，我们将集中剖析文本对于中西部在不同时段对于不同人物的感召力的塑造，透过小说人物的生活方式和生存选择，深入分析中西部对于个体成长的允诺以及这种允诺的虚幻性。总体来看，思想积淀和文化传承是本章讨论的主要内容，我们将中西部置放于文化和思想发展的纵向脉络中考查，关联不同时期的精神领地意象，着力勾勒出区域文化图谱。在研究中，历史和文学的元素相互作用、交相辉映、产生共鸣，空间隐喻是本章两小节的取名特色。

第三章"身份归属"。本章集中于对身份归属的思考，研究着眼于个人与特定社会群体间的认同关系，把个体置于复杂而多变的动态社会关系中进行考查。该命题超越了地域书写的特殊性，着力呈现不同身份所属在国家甚至更大范围的普遍意义，这也是罗宾逊小说内含的一种面向。本章对隐藏于小说日常故事背后的价值书写抽丝剥茧、条分缕析，分别从种族、性别和年龄三个方面，对由不同社会身份所带来的迥异感受进行分析。如透过《基列家书》中对埃姆斯家族四代人的故事演绎，研究美国从南北战争到 20 世纪 50 年代百年间种族身份的关系变迁，深刻剖析导致种族间界限感的白人盲视问题；通过对《管家》中美国 20 世纪 20 年代的"新女性"和 30 年代萧条时期的女性"流浪者"的形象解读，勾勒出 20 世纪上半叶美国普通女性在旧模式框架下对新自由生活的探索历程，从而引发研究者对美国女性现实处境和命运选择的思考；透过基列系列小说中已至垂暮之年的两位牧师（埃姆斯和老鲍顿）的所想所感，深入分析"死亡"带给老年人的疏离性心理影响。面对死亡，身患重疾的两位老者偏离了他们一贯理性客观的判断思维，或是担心身后妻儿的生活，或是面对久未相逢的儿子百感交集，两位老者顾虑重重，难以坦然面对。唯有借着家人的亲情之爱、秉持公正的包容之心，两位老者才终以释怀，安然面对死亡。

第四章"人文神性"。从玛丽莲·罗宾逊的自身经历和思想发展历程来看，显然存在着人文和神性的两个思想维度。在她的小说创作中，这两个维度有机地结合起来，她的信仰底色已然渗透到其小说创作的方方面面。在她的小说中，从人物命名到身份选择再到创作主题都显现着大量的颇有研究价值的宗教元素。小说往往通过对人与人的关系书写，深度阐释世俗生活的体察与神圣世界的感知之间的互文互释的关系，从而将道德劝诫提升至灵魂释然的神性高度。罗宾逊的小说很好地阐释了"日常美学与宗教信仰深刻交织"的创作理念。从某种意义上讲，她正是在以世俗的方式——小说创作——来表达她的信仰关怀。读者要想深刻理解美国生活的底层，就必须透过迷雾重重的小说世界，从人物的内心、行为选择以及生活抉择等方面考查信仰在人格底层的积淀作用。本章紧扣人际关系的关联性特点，分别从人物关联和场景关联两个角度展开。第一节人物关联关注多尔与莱拉、埃姆斯与杰克、露丝与西尔维三组人物；第二节场景关联则将关注点切换至教堂、帐篷会议、门廊等具体场域。正是在人和场景的关联中，伦理关系被细致呈现；也正是在日常人与人的伦理关系中，神性原则得以体现。

第五章"叙事之美"。故事于人的重要性体现在它引领心灵成长的重要功能，故事于生命而言具有重要意义，因此，故事的叙述方式也显得举足轻重。本章对罗宾逊叙事特质的研究遵循微观技巧到宏观意象的基本思路，这一思路暗合了从结构主义叙事学到后结构主义叙事学的逻辑顺序，具体论证分三节展开。第一节集中考查视角、层次、声音以及和时序等经典叙事技巧问题，从语义层面对罗宾逊小说的叙述技巧进行解析。第二节从关于叙事成规的技巧研究转移开来，从认知叙事的角度深入分析系列小说中的意识书写，以及这种意识书写在读者心理上的映射功能，意识联结是本节重点讨论的内容。第三节从近距离的微观考查进一步跳转至远距离宏观整体性的美学赏析，通过挖掘作品书写背后的文化指向对故事情节的意图进行分析，从文学意象入手探讨叙事的修辞性，修辞叙事和宗教原型是这一部分的主要研究方法。总体来看，本章从叙事技巧入手研究罗宾逊的美学思想和表征，既包括近距离的对文本表述的纹理再现，也包括远距离的美学效果的功能讨论，使读者对沉思叙事与心灵书写间的彼此呼应关系形成综合理解。

结语部分旨在对罗宾逊小说创作的突出贡献再次进行总结，将作家置于美国中西部作家传统中进行定位，同时着重指出超验主义思想和基督教伦理观对于罗宾逊心灵书写的思想滋养，从而深化对罗宾逊小说的认识，全面地评价罗宾逊小说的文学价值和文化影响。

总之，本书将文本分析和理论阐释相结合，以罗宾逊小说作为研究对象，对文本所呈现的美国中西部小镇的地域景观、历史承继、社会归属以及宗教信仰等诸方面进行深入考查，打破以往的僵化模式，将主题探讨从地域意识升华至最为广泛的生命空间。一方面探讨宗教传统、废奴思想，以及重农主义在中西部价值观念中的奠基作用，从而对中西部心灵栖所的形成、发展、运作和成效等展开全方位的集中研究，强调人类对栖身地方的身体附着与文化归依；另一方面沟通社会领域和精神领域、世俗生活和神圣空间、地域文化与无域精神以及叙述之美与心灵书写,将讨论范围扩展至对全人类,乃至对地球一切生命形态的关注,从而将小说研究推向普遍的超越地域的层面,以更加全面的眼光来理解心灵栖所的意义。

第一章

地域景观

如前文所言，人们在追求心灵栖所时，往往首先给自己划定一个地方范围，罗宾逊为自己的小说人物划定的范围是美国西部（含中西部）。她出生在远西部的爱达荷州，并以自己的出生地为背景创作了她的小说处女作《管家》。在《我的西部之根》一文中，罗宾逊曾经对《管家》的区域性特点给予了明确的解释："我开始写作《管家》时，确信这将是一本关于西部的书，那是我幼时和家人生活的地方，也是人们由于代代误读并不了解的地方。"（Robinson，1993：165）。她在讲习和接受采访的时候，也每每为西部传统辩护，为听众阐述这一区域的历史、文化和教育等。但与此同时，我们看到她的核心代表作——基列系列作品（《基列家书》《家园》《莱拉》《杰克》）都围绕中西部展开。其中，前三部作品将目光投射至爱荷华州的基列小镇，而《杰克》则将关注点转移至中西部重要的交通港口城市——圣路易斯。也正因为罗宾逊作品对中西部区域的持续关注和塑造，她被 2016 年版的《中西部文学辞典》（Greasley，2016）收录其中，并被评论界称为"中西部伦理学家"（O'Rourke，2004：63）。2020 年冬，在就最新力作《杰克》的出版所接受的采访中，罗宾逊这样解释她在文学创作中对区域的关注："我非常希望我的创作主题能在某个时候回到爱荷华州，我在这里（指《杰克》的空间背景圣路易斯）感觉有点疏远。坦率地说，如果我的小说偏离了中西部地域，我自己都会感到惊讶，因为我已经思考了这么多年，研究了这么多年，直到越来越喜欢它。"（Zhang，2020）罗宾逊如此坦诚的表述把自己创作中的地域关怀表露无遗，可以说，地域关怀是她创作的核心动机之一。①就罗

---

① 当对美国的区域行政划分进行精确界定时，我们将参照美国普查局（U. S. Census Bureau）的划分标准。这一划分标准得到各领域学者们的认同，是各国专家学者和（接下页）

宾逊小说的地域关怀，我们需要理解的是：她所关注的地域既包括远西部的出生地，也包括她长期工作和生活的中西部，在多数采访中，作家泛用西部指代那片土地。依据创作重点来看，中西部是她重点书写的区域。基于这样的理解，我们对罗宾逊小说的讨论将以其重点关注的中西部区域为核心，但不囿于简单的行政地理学划分，时常会随着她的笔，触及远西部的文化疆域，自由地游走于作家所勾勒的西部图景中。

当人们把目光投射到某一地域的时候，景观是他们所观察到的显在之物。关于景观定义，《中国大百科全书》（1990：434—436）对此进行了概括：①某一区域的综合特征，包括自然、经济、人文诸方面；②一般自然综合体；③区域单位，相当于综合自然区划等级系统中最小一级的自然区；④任何区域分类单位。当然，这种基于地理学概念的景观定义是不足够支撑文学阐释的。这里，我们从词源发展的角度来梳理这一概念的衍变。景观（Landscape）是一个美丽而难以说清的概念，是一个看似简单实则含义丰富的概念（俞孔坚，2002：15）。"景观"一词最早出现在希伯来文的《圣经·旧约全书》中，用于对圣城耶路撒冷瑰丽景色的总体描述，与犹太文化有关。在欧洲，8世纪末古日耳曼语中出现了"Landschaft"一词，意指地区、地域。约于16与17世纪之交，荷兰语"Landschap"作为描述自然景色特别是田园景色的绘画术语引入英语中，演变成现代英语的"Landscape"一词，泛指陆地自然风景（转引自黄清平、

（接上页）普通大众普遍使用的划分方法。按照其划分方法，美国版图分为西部、中西部、新英格兰和南部四大区域。西部的界定是落基山脉和太平洋海岸的大盆地以及中太平洋岛屿州夏威夷，包括两个较小的单位或分区：（1）山部区域，包括：蒙大拿州、怀俄明州、科罗拉多州、新墨西哥州、爱达荷州、犹他州、亚利桑那州、内华达；（2）太平洋区域：华盛顿、俄勒冈、加利福尼亚、阿拉斯加、夏威夷；中西部指的是美国中北部东方（基本上指的是五大湖地区）及中北部西方（基本上指的是大平原区）这一区域，范围主要包括俄亥俄州、印第安纳州、密歇根州、伊利诺伊州、威斯康星州、艾奥瓦州、堪萨斯州、密苏里州、明尼苏达州、内布拉斯加州、北达科他州及南达科他州12个州；新英格兰区域包括东北部6个州：康乃狄格州、缅因州、马萨诸塞州、新罕布什尔州、罗得岛州、佛蒙特州和沿大西洋中部3个州：新泽西州、纽约州和宾夕法尼亚州；南部则指的是（1）沿大西洋南部各州，包括：特拉华州、华盛顿特区、佛罗里达、佐治亚州、马里兰州、北卡罗来纳州、南卡罗来纳州、弗吉尼亚、西弗吉尼亚；（2）中部东南各州，包括亚拉巴马州、肯塔基州、密西西比州、田纳西州；（3）中部西南，包括阿肯色州、路易斯安那州、俄克拉荷马州、得克萨斯州。See United States Census Bureau, "2010 Census Regions and divisions of the US", https://www.census.gov/geographies/reference-maps/2010/geo/2010-census-regions-and-divisions-of-the-united-states.html.

王晓俊，1999：74）。在古汉语中并没有"景观"一词，这一词汇由日本留学生引进中国，最早于1930年出现在陈植先生的著作《观赏树木》中（转引自林广思，2006：22）。从景观概念的直观意义来看，视觉、听觉、嗅觉和触觉所观察到的物体都可以称之为"景观"。其中，涉及视觉属性的景观较多，也更容易被大众接受和理解，如在特定地点，位于我们视域范围内的地球表面和天空就是景观。这样的定义界定鲜明，但容易造成景观一元化，即物化的误解。事实上，景观是具有审美功能的景物，其内含包括人对客观事物的一种心理感知。可以说，景观不是物体的本身，而是"景"与"观"的结合，同时"景观"作为一个"知觉"的名词，由自然和文化两个维度组成，也就是说景观不只是物理实体，也是一种心理社会和文化（吴明霞等，2016：86）。

从如上景观概念的不断演变中，我们认为：这一概念包含物理实体和心理感知两个维度，物理实体是景观的起点，往往与人们生活和所处的地方相关，是人们存在的基础。当然，物理实体性景观并不能被理解为客观的、等待被填充的空白的地理空间。地理空间并不是统一和同质的，它总是会有着自己的名字，总会被赋予直接而深刻的体验，即心理感知：孤寂的、抚慰的，或是危险的。从这个角度来说，任何地域都不可避免地会在存在中被延展。人们记忆中的地方，加之人类对这一地域改造、施予作用而形成的人文印记都深深地渗入景观的塑造中，成为景观研究不可或缺的一部分。所以，对景观的研究不仅应该包括对在某一地域的山川河流、草木花卉、花鸟鱼虫、日月星辰等自然元素的考查，也应该含有对建于这一区域范围内的道路交通、房屋设计、室内陈设等人文元素的研究。本章将立足于中西部地域，围绕景观所囊括的自然元素和人文元素进行深入分析，汲取自然养分，获得精神滋养，发现生命真谛，开启地域心灵探索之门。第一节将以自然基本元素为基点，深入探讨小说中的多样自然景观，回归自然，在自然中达致圆满和充实，并发现心灵的依托。第二节透过人们居家生活和百年交通发展的景观痕迹，更深入地解读栖息之所的内涵和意义。

第一节　自然景观

在任何一种文化中，自然作为一种观念、图像、隐喻、象征都占有极为重要的位置。人们总是在新的知识背景、文化氛围、历史条件下，修正旧的自然图景，重新调整自然象征在文化中的地位，不断探究自然哲学观念（吴国盛，2010：126）。各个文明古国早期文化中，其自然观都表现为神话、传说的时期，人们习惯把大自然的现象加以神化后进行颂扬。但是自然是什么却并不容易说得清楚。阿尔弗雷德·怀特海在其《自然的概念》一书中，将自然解释为"我们通过感官在感知中所观察的东西"（2002：3）。以此出发，由于人们对感知的不同理解而引发了自然的双重性。心理学上认为，"感知"自身既包含思想的成分，也包含非思想的成分。当感知作为对非思想事物的意识来理解的话，自然即是一个脱离思想的封闭而独立的系统。然而，当感知作为对事物的理解和思想的话，自然即与感知者的思维、情感紧密联系，从而表现为一种自然观念。在怀特海看来，这是同质自然与异质自然的关系。这样的划分回应了四十六年前穆勒在《论自然》中对自然和自然观的阐释："自然一词有两个主要的含义：它或者是指事物及其所有属性的集合所构成的整个系统，或者是指未受到人类干预按其本来应是的样子所是的事物。"（qtd. in Mill, 1993：64）这一解释现已成为人们对自然最普遍的理解。

　　我们沿着逻辑的方向思考自然由什么构成的时候，会发现古希腊哲学家在追问自然实体时表现得孜孜不倦。以爱奥尼亚学派（Ionian School）[①]为代表的古希腊先哲们形成了关于自然的有教养的思想。他们从自然的本源思考出发，把宇宙万物的起源归于有形的质料，认为世界万物的起源都与自然元素有关。但是就具体哪一种元素，答案各不相同。泰勒斯（Thales）认为"水"作为产生万物的根源，是自然的本原。阿那克西米尼（Anaximenes）则明确阐述了宇宙机体呼吸的思想，认为气是万物的本原，"正如我们的灵魂是气，将我们结合起来并支配我们，嘘气和气

[①] 爱奥尼亚学派（Ionian school）也称伊奥尼亚学派、米利都学派（Miletus 是小亚细亚西南角海岸，伊奥尼亚最繁荣的城市）。由泰勒斯创立，代表人物为泰勒斯、阿那克西曼德和阿那克西米尼。爱奥尼亚学派通过大胆的思索和猜想，认为一切表面现象的千变万化之中有一种始终不变的东西，他们抛弃了古老的神话传说，试图用合理的解释代替诗人的想象和神圣的神秘的力量，敢于用人类的理智来面对宇宙。当然，这种观点不是来源于广泛的细微的科学研究的结果，而是来自一系列大胆思索，巧妙的猜测和聪敏的直观。尽管如此，爱奥尼亚学派的这种自然哲学也可算作理性主义的早期表现。参见"爱奥尼亚学派"，百度百科，https：//baike.baidu.com/item/爱奥尼亚学派?fromModule=lemma_search-box。

也包围着整个宇宙"（苗力田，1995：34）。赫拉克利特（Heraclitus）则以永生的"火"作为万物的本原，认为宇宙过去是、现在是、将来也是一团永恒的活生生的火。恩培多克勒（Empedocles）的四根说则认为世界的本源是土、气、火、水四种元素，而且，这四种元素本身是永恒存在、不生不灭的。他们之间存在着某种循环，一切的实体都是暂时的，只有四种元素、爱和斗争是永恒的（吴国盛，2010：128）。

这些被称作"自然哲学家"的智慧思考具有纯朴的原始主义色彩，但是也表明水、气、火等自然元素与生命之间的关系。元素是自然本质和力量的体现，它们是世界存在的原则，是宇宙万物的本原，也是人的本原。这种对自然本源的考究与现代科学物质学说的起源问题一脉相承。从希腊先哲的水、火、土、气的粗略猜想到19世纪末的以太设想，就它们被设想为自然的最终载体的特征而言，它们在直接的连续性中是相关的。也就是说，在现代科学的意义上，所谓物质就是回到爱奥尼亚学派去寻找时空中的某种构成自然的材料。这种对物质起源的追本溯源在文学批评中的投射反映在加斯东·巴什拉的诗学本原法则。他认为，在想象的天地里，"有可能确立一种四种本原法则，这种法则根据物质想象对火、空气、水和土的依附将它们分类"（巴什拉，2005b：4）。巴什拉提出的这四种元素与自然的生成有着紧密的联系，且与生命的起源相关（吴国盛，2010：126）。

罗宾逊在其心灵栖所的描摹中，大量使用水、火、气、土的形象。每一种元素都有其衍生的具体形象，土具体化为大地、高山、岩石、沙漠等，火衍变为炊火、阳光、月光、星光、萤火等，水则以湖泊、溪流、清泉、雨水等不同形式出现，气则与风相联系。这些无生命的自然图景往往与生动的动植物和人的生命体相互融合、交相呼应共同构成了或是温暖和煦、风光旖旎，或是苍茫辽阔、层峦耸翠的地域图景。

首先是水，水是生命的起源，因为它具有稳定、均匀、简洁而隐蔽的人性力量，因而具有家园象征性。在杰克亲手绘制、珍惜备至的基列小镇的家园图画中，有路、有篱笆、有树林，还有一座谷仓和一座废弃的房子，但其核心就是一条灵动的小河。"河流宽阔而清浅，高低不平的河床勾出几股缓缓流淌的小溪流，大一点的小沙州上花团锦簇，到处都有蝴蝶翻飞着。两岸的大树在河流上方枝柯交接，遮护着河流，水面平静的地方清澈见底。"（罗宾逊，2010：292）同样是这条蜿蜒曲折的小河，成为莱拉在基列小镇最乐于停留的地方。她在河边随性的漫步休闲让她漂泊的心安定下来。她会在太阳升起之时，在河边观察河中的鲇鱼。"和任何河流一样，基列小镇的河流总是伴着鱼味、苔藓味道，傍晚时候，随着河中小生物的跳跃泼溅，河流的气味也显得更加强烈。"（罗宾逊，2019：21—22）河流景观与人们的生命气息混绕融汇，无法分开。格罗瑞在深感无助之际总是想起这条河。在杰克、莱拉和格罗瑞三位孤独者的心中，家与这条生命之河紧密相连，他们都深深地爱着这条河。它是那么的纯净、柔和而缓慢。舒缓清澈的潺潺流水为他们带来心灵的慰藉。

　　水可以滋养大地和空气，作为最为初始的本原的生命元素，水使得栖所的形象自然化，以河流形象为核心的家园图景让人们自傲的心灵得以返璞归真，回归最初幸福的原型，让人们瞬间进入最初的某种圆满。《基列家书》中埃姆斯描述了一段在雨水中愉快玩乐的男女片段。"雨后初晴，阳光明媚，湿淋淋的树木闪闪发光。……小伙子跳起来，抓住一根树枝晃了晃，一阵'豪雨'从天而降，晶莹的水珠洒在他们身上，两个人咯咯咯地笑着。……那情景看起来很美，好像神话中的一幕。"（2007：28）晶莹剔透的水珠从天而降，与充满朝气的年轻生命融为一体，从而使得那情景看起来神圣而美好，好像神话中的一幕。除了生命的本源之外，在巴什拉看来，"水具有一种内在深处的强大力量，它能净化内在深处的存在，它们重新给予有罪的灵魂以雪的洁白"（巴什拉，2005b：158）。罗宾逊也借用费尔巴哈的评价，对水净化和洗礼功做出如下描述："水是最纯净、最清澈的液体。凭借这一点，它的天性成为神灵无瑕禀赋的象征。简而言之，水作为水，有其自身的意义。由于天生的禀赋，它被视为神圣，并且被遴选为神灵的载体。"（2007：24）爱德华和埃姆斯兄弟二人在一个炎热的下午在一条尘土飞扬的小街练习棒球。倍感炎热的爱德华和一个姑娘要水，他把水倒到头上。"他站在那儿，水淋淋的头发贴在头皮上，水珠从唇髭上滴答下来。"（罗宾逊，2007：67）阳光下浇水的爱德华背诵着《诗篇》中的诗句，仿佛胡须上滴着油的亚伦，此刻的爱德华享受着同胞兄弟在一起的快乐。爱德华唇髭上滴着的水珠在阳光的照耀下显得晶莹剔透，水珠的纯净为兄弟二人打棒球的场景增添了神圣感。虽然哥哥爱德华违背父亲的意愿，不愿子从父业，甚至成为无神主义者，但是他对家人和家乡的关注和热爱丝毫没有减少，此刻兄弟二人在棒球运动中找到了真挚的亲情。

纯净无瑕的水在宗教洗礼活动中焕发出它的神圣性，水不仅清洗了身体，而且洁净了灵魂，以具象的形态为洗礼的神圣性和救赎性做出了说明。正是水的存在和它神圣的象征意义，使得埃姆斯爱上施洗礼。"牧师的手触摸头骨时，水增加了那种奇妙的感觉，有点像接通了电流。"（罗宾逊，2007：66）"我认为，洗礼首先就是祝福。这种仪式不会提高祝福的神圣与庄严，但是承认它的神圣与庄严。它蕴涵着一种力量。可以说，我感觉到那力量穿过我的全身。"（罗宾逊，2007：23）洗礼活动中所蕴含的重生和救赎之义，因为水的存在而得到形象化的书写，水在罗宾逊的小说图景中极度地发挥着它无瑕净化的功能，而非世俗生活中的解渴清洗之效果。

　　在《杰克》一书中，杰克与黛拉在雨中相识的片段被赋予了美好的意象感。他们在雨中相遇，一见钟情。雨水成为美好的见证。杰克刚刚出狱，在此情境下，雨水更有洗净罪恶，重生救赎之意。黛拉仿佛是杰克人生的转折性契机，在雨中出现，为杰克的人生洗净尘埃，成为杰克眼中的希望所在（Robinson，2020：111—112）。"在那个美好的一天，他看到一位女士雨中抱着一摞论文走在人行道，风将一些纸业吹乱滑落，从小的父亲的教养在此时杰克的身上发挥了作用，他跨过马路，将飞落的论文帮那位女士捡拾起来，并将自己的雨伞递给对方。两个年轻人就这样在雨中相遇相识。笑声此起彼伏。"（Robinson，2020：111）

　　当杰克第一次来到圣路易斯城的时候，他感觉或者说这座城市给他的感觉是："这个地方仿佛是伊甸园的一角，所有坏的消息都不曾到来。"（Robinson，2020：84）按照《创世纪》2：10—14 的记载："有河从伊甸流出滋润那园子，从那里分为四道。"这四条支流分别是幼发拉底河、底格里斯河、基训河和比逊河。圣路易斯城位于密西西比河和密苏里河的交汇处，与《圣经》中伊甸园的地理所在颇有几分相似，正因为这几分相似，杰克把这里当作自己生活的乐园。尤其，河边是杰克最喜欢的去处，迷茫消沉的时候，他就会来到他的沙滩边看着河流。"他觉得自己应该重新思考下自己的生命。他坐在河流边的板凳上观察着鸭子、海鸥和鸽子以及偶然跑动的松鼠。"（Robinson，2020：110）河流清澈舒缓，仿佛是净化人心灵的圣泉。

　　与基列小镇中河流的舒缓、亲密和无瑕不同，指骨镇的湖水却有着多变不定的特征。小说《管家》在第一次对指骨湖进行细致描述时，就将湖水的这种明亮与黑暗的两种性质清晰地表达出来。湖面上"洒满阳光，绿色生命和不计其数的鱼儿生长其中"（2007：7），从船坞的阴暗处往湖里看，"望见布满石子和泥土的湖底，差不多和看到干燥的土地一样"（2007：7）。波光粼粼、清澈见底的湖水并不是指骨湖的全部，每个身在指骨镇的人都会清楚地感受到蕴藏在湖底的那个古老的湖，它被镇压在底下，不见天日、不含空气、无可名状，而且黑得彻底。只有将湖水表面的平静纯净和底部的深邃阴郁结合起来，才能完整地解读指骨湖以及以它为中心的指骨镇人的家园生活的幸福与忧郁。

多变而不定的指骨湖更包含着破坏和毁灭的力量。"广袤的山水、恶劣的气候，使它宛如一张白纸，加上丝毫感受不到人类历史存在的痕迹，让它一无所有。"（罗宾逊，2007：62）冬季过后，春天古老的湖将会归返，指骨镇面临着被雨水吞噬的危险。"湖里穿出的咯咯声和嘎吱声未有减弱，夜里听来教人害怕，山中晚风的声响，宛如一口长长的深呼吸。楼下，漫入的水撞击摸索，像个走进陌生屋子的盲人，而屋外，水流淅沥滴答，像贴着鼓膜的水压，像人晕倒前一刻听见的声音一样。"（罗宾逊，2007：65）这里，水以一种势不可挡之势对人的住宅形成淹没之势，它迅猛、多变、游离、不定，这种倾泻不期而至，真实而无从躲避，房屋根基浸泡水中。这是自然对人类的惩戒，仿佛《创世纪》中被大洪水冲刷涤净的大地，湖水的落后呈现出宁静的别样面貌。

> 水面风平浪静，倒落的那棵树，没入水中的半截不见了，代之的是留在水上的半截树干和枝条的倒影。一整天，两只猫潜行在树杈上间，用爪子扒玩细小的漩涡和激流。水位开始下降，我们能听见湖因受到重压而发出吱嘎声，湖水尚未解冻。冰还很厚，但那将变成石蜡的颜色，底下是一个个大白泡。在正常的天气下，浅处本该可能有一英寸的水覆在冰面上。当洪水全部压上去时，冰层塌陷，呈纤维状，而不是软化或变脆，同时向外扭拧，像未经加工的鲸须一样柔软，不易断裂。湖承受的巨大痛苦，响彻了一个下午，太阳高照，洪水近乎完美地映出无云的天空，满得像要溢出来，分外平静。（罗宾逊，2007：62—63）

狂风暴雨之后的湖水，开始逐渐恢复它平静舒缓的另一面。露丝一家的果园里，因为积水而形成了一个狭长的池塘，池塘到处都覆盖着腐朽的叶子、掉落的枯枝，澄清的湖水对周边的景物形成折射，仿佛一双眼睛，见证着指骨镇里悲欢离合的故事。池塘映出的有天空、云朵和树丛，也有露丝姐妹盘桓的脸孔和她们冰冷的双手。如果说这里的"天空、云朵、树丛"蕴含的是对美好过往的记忆，那么姐妹俩"盘桓的脸孔"和"冰冷的双手"则凸显了遭遇过大水劫难的孩子们心中所有的不安和焦虑。

　　的确，指骨镇的湖水从一开始就不仅仅带给人们美好而亲密的感受，它叙说和包含着死亡。当我们"静观水，就是流逝，就是消融，就是死亡"（巴什拉，2005b：53）。水与死亡有一种关系，消亡在深水中，或消失在遥远的天边，同深度与无限相结合，这就是人的最终归宿，这种归宿在水中取得了自己的形象。传说人死时，其灵魂往往飘过水域或沉入水底。流动的水可以带走一切，融解一切，指骨湖吞噬了福斯特家族两个人的生命。先是在铁路局工作的外公，在一次火车出轨事故中，终结了他的生命和蒸蒸日上的事业。火车一头栽入湖里，车身部分跟着滑落湖中，就像不慎摔下岩石的"鼬鼠"（罗宾逊，2007：4）一般。后又有海伦，因为不堪忍受生活的重压和情感失败的双重打击，而驱车驶入湖中。外公和海伦的离开带给家人无尽的哀思，以及不得不面对和适应的生活巨变。如镜面般的指骨湖映射着露丝一家的变迁世事，折射出露丝对原初整体而圆满的家庭生活的热切渴望，然而这种对于回归、复原和再续关爱的渴望叙述因为湖水的四季变化和游移不定的特征而变得模糊和不确定。可以说，对家庭整体感的渴望必然会遭遇主人公在自我身份的认同过程中的迷失和滑落。从小说伊始对指骨湖的景观描写中，这种缺失的意识就已存在。西尔维与姐妹俩始终怀有一种对湖泊的热情。这种来自对湖滨自然景色所带有的那种圆满和美好的向往和渴望促使她们不惜逃课，花费大量时间在湖边停留、徘徊、消磨。让她们当作临时家园的地方，湖水清澈、月光皎洁，峡角弧线优美而细长，靠水的地方长满香蒲、浅滩有睡莲，还有蝌蚪，以及小跳鲤……正是这种满是生命气息的凌乱感让这个去处成为特别具有居家感的地方，"这处地方像极了家的混乱无序，温暖、平静、充实"（罗宾逊，2007：113）。

　　《管家》中，火的力量与水的弥漫相抗衡，同时扮演着拯救者和破坏者的双重角色。火带给人们温暖，点燃希望，温暖人心。即便对于酷爱夜晚、生活习惯随性而与众不同，喜与自然融为一体的西尔维也会在孩子们

（露丝与露西尔）回到家时，在厨房的炉子上生起火，熬上热汤、烤土司，同时打开收音机，很居家地哼唱歌曲。正是"生火做饭"带给人们愉悦的心情，很好地营造了居家氛围。露丝分别与露西尔和西尔维在湖边过夜，每次一进家门，她们都会生起火。在湖边度过寒冷的夜晚后，她们依赖火温暖身体，火在此附带着重生、点燃希望的功能，"睡梦中的我直着身子，摇来晃去，感觉到自己光着的脚，听见柴火在炉中噼啪作响"（罗宾逊，2007：118）。

　　火可以构建温暖栖所，同时也可形成对旧有传统和规约的破坏。露丝和西尔维用篝火点燃了杂志和报纸也是一种火的书写。对于她们来说，在火中燃烧的是整个规约世界。西尔维烧了报纸、图书，事实上，她烧掉了所有教导露西尔进入有序世界中的文本——那种企图控制或限制再或拉回她们的规约。在所有回归整洁而有秩序的居家生活的努力付之东流后，露丝与西尔维选择离开旧宅，漂泊生活，她们最终将祖屋付诸一把大火，以摧枯拉朽之势捣毁了自己的"坟"："我想到身后的那座房子，化为火海，火焰在自身形成的狂风中跳跃、打转。幻想房子的灵魂打破窗户，推到门，所有邻居都讶异于它冲出坟墓、粉碎坟墓时那份不折不扣的轻松。"（罗宾逊，2007：213）从让人留恋的温馨之家到驱人逃离的"自家的坟"，由于对家园认同的不同理解，同样的物质空间带给外婆和露丝截然不同的感受。罗宾逊此处展现的是人们精神状态中，最物质的和最神圣的两级间的上下浮动，以上两处"火"都扮演了破坏者的角色。

　　大火中燃烧的房子不知是否可以从火海中逃过一劫，布道词的命运也是如此。"我要请你母亲把我那些旧演讲稿统统烧掉。教堂执事可以安排这件事情。那些稿子足可以点一大堆火了。……当然，她想保存哪篇都可以，不过我并不想让她为这些东西浪费太多的精力。有用也好，没用也罢，一切都已经结束了。"（罗宾逊，2007：263）有评论甚至称《基列家书》的作者仿佛沉醉于圣火意象（Bailey，2010：265）。《基列家书》从头至尾，众多的生活细节描述中都存在火的意象。从部队归来的父亲走进祖父的教堂，"第一眼看见的是圣餐桌上方墙上挂着的一幅刺绣。那幅刺绣非常漂亮，朵朵鲜花、团团火焰环绕着这样一行字：'我主上帝是净化我们的火'"（罗宾逊，2007：106）。祖父相信救赎黑人，实现共和国家园的真正和谐平等需要通过战争之火。"火升华的最高点就是纯洁化。火燃烧起爱和恨，在燃烧中，人就像火中凤凰涅槃那样，烧尽污浊，获得新

生。"(巴什拉,2005a:4)

《基列家书》中的"火"往往带有改变与转化的意义。其中,意义最为深远的是一次小镇大火,被烧毁的是小镇唯一的黑人教堂。对于这次事件,人们只看到,从此之后,非裔会众陆续离开,却没有意识到黑人教堂被烧毁的背后有着什么样的愤怒,以及这一事实又对基列小镇仅剩的三四户非裔会众造成了什么样的伤害。黑人教堂在大火中烧毁暗示了基列对非裔会众的冷漠态度,众多会众不得不搬离这个在废奴运动中祖辈们用鲜血捍卫的前哨阵地。如今返乡的杰克所面对的情况并无大的改观。对于杰克所提出的带妻儿来这里结婚的想法,埃姆斯只用淡淡的一句"黑人教堂曾经着过火"(罗宾逊,2007:248)做答,其中蕴含的忧虑溢于言表。在此情境下,杰克的离开并不意外。

火象征着光明和生命能量,这种能量可以像祖父怀着炽热激昂的热情在废奴战争中所具有的破坏性,或者像圣灵(Holy Spirit)一般具有超越性。火在书中幻化成星光、萤光、阳光等形式存在。阳光能穿透人们的皮肤,像精灵一样住进人的心里,让人的心里升起一团火,这团火不只是在燃烧,而且也使人获得了自由。已至垂暮之年的埃姆斯仿佛身处现世的边缘,特殊的处境加强了他现世经历的体验感知。"我对阳光一直十分关注,但是没有一个人能对阳光做出正确的评判。我感觉到阳光的重量——压榨出草里的水分,压榨出门廊地板日久年深的树脂的酸味,甚至像晚冬的雪,压在树身之上。阳光落在你的肩膀上就像猫卧在你的膝盖上,那样熟悉。"(罗宾逊,2007:54)此处,埃姆斯对自己不久于人世的预知及其带来的心理反应塑造了他对阳光的特殊感知,而"阳光"的意象包含了他对于现世、生命和体验的无限向往。正如巴什拉对火的描述:"原初的火具有一切品德,它给人以力量和健康,那是因为,他们感受到了经历过这决定时刻的人的舒适,感受到内在的和几乎不可战胜的力量。"(巴什拉,2005a:38)露丝和西尔维在湖边过夜的章节有两处对光的典型描写,一处是两人于清晨刚刚出发时看到的太阳,"指骨镇上方的天空黄灿灿的。几缕细长的云彩闷燃着,焕发出无比柔和的粉红色。后来,太阳投出一道悠长的光柱,翻过山,接着又一道,像一只长腿昆虫,撑开四足,破蛹而出,随后现身在黝黑的山顶上方,毛发直竖,火红而不可思议"(罗宾逊,2007:148)。另外一处是夜晚时分,莫名消失一段时间的西尔维重返时沐浴月光之下的形象。"光亮在西尔维周身勾勒出一轮类似的灵光。我能看见她的头发,但不是她头发原本的颜色;能看见她肩膀,她手臂的轮廓,以及船桨,桨不断搅乱无形无色的碎光。"(罗宾逊,2007:166)与西尔维在一起的时间里,露丝眼中的太阳温暖而美丽,仿佛出蛹的蛱蝶更是极富生机,喻指着希望和重生。到夜晚时分,皎洁的月光成为西尔维母性光晕的陪衬,这里,光是存在的祛蔽,是本真的敞亮。光使得露丝从幽暗走向光明,使她从懵懂走向清晰;光更使得露丝和西尔维的关系变得热情洋溢,从而增添了可让心灵安适的温暖之意。

  气,包含着生命的奥秘,与水一般,起伏流动、不可捉摸、无影无踪,是自由与灵性的象征。神秘诗人埃斯·塞尔"用来自天际的微微风声来说话,用阵风之间的寂静来说话"(勒克莱齐奥,2009:73)。以风的形式出现的气流是信息传递的使者。它时而充满野性、不受驯服;时而却又轻灵温柔,涤荡人们沉重的心灵,带给人以愉悦、轻松和幸福。风如阳光、星光、月光一样,是自然而原始的。大自然用风传递着奥秘与神性,唤醒了人的听觉和嗅觉,声音和气味伴随着风来到人的身边,进入人的心灵。指骨湖上那熟悉、刺鼻、饱含湿气的风中弥漫着死亡的气息,也携带着对稳定、安乐生活的回忆和渴望。满怀信心、等待母亲归来的露丝,仿佛在风中捕捉到了与母亲的心理联系:"那天我开始想念母亲。在梦里,我满怀信心地等待她,就像多年前她把我留在门廊上时一样。这样的信心犹如感受到一个迫近的人影,一种可触的移位,起风前空气的流动。"(罗宾逊,2007:122)当逃课在指骨湖边逗留的露丝和露西尔偶然看到西尔维,发现她行为举止怪异,甚为危险。生怕失去西尔维的姐妹俩从此对西尔维处处留意,心怀可能失去西尔维的恐惧:"湖上漂来的湿气,可以给任何一栋房子营造空荡的感觉。这样的气流牵引人的梦,一个人自身的恐惧,总是反映在事物固有的恐惧上。"(罗宾逊,2007:128)《管家》末尾,烧毁祖屋,从此生死未卜的西尔维和露丝仿佛化作风,化作幽灵,千百次伫立在露西尔的窗外:"……西尔维和我已在她的窗外站了上千次,我们趁她在楼上换床褥时,大力推开边门,带进树叶,扯掉窗帘,打翻花瓶,然后以某种方式,在她赶得及跑下楼前再度离开那座房子,留下一股浓烈的湖水味。"(罗宾逊,2007:220)此处,飘忽不定、充满想象的细节描写,将家人间生死相连、割舍不断的血脉亲情刻画得细致入微、极情尽致。

  生于斯死于斯,泥土是生命的起点也是终点。人类与泥土缔结起深厚的连接,他们生于大地、长于大地、向往大地,并最终以大地为归宿。渴望温暖家庭的露丝和露西尔姐妹整个夏天都在湖边流浪,她们在一座废弃的采石场找到了新的乐趣。她们小心翼翼地钻进刚好够两人待着的浅浅的洞穴。从心理学上讲,岩洞、贝壳等物质可以给人一种封闭的安全感。岩洞如母亲的子宫,唤起了人们关于庇护所的种种梦想。在这个庇护所中,生命紧缩着、酝酿着、转变着。只有在这样宁静而又安全的环境中,人的爱与灵魂才能息息相通,回归最本真的状态(高方、樊艳梅,2013:125)。两姐妹拥挤着进入浅浅的洞穴,仿佛回到了受母亲呵护的子宫,暂时性地与外界的喧嚣不安割裂开来。但是另外一方面,躲进这样狭小的空间,意味着与外界彻底失去联系,要是不幸掉落进去,没有什么人能够找到她们。正是为了拾获片刻的母性温暖,两姐妹冒着极大的危险。正如露丝所言,"矿山和洞穴,是巨大而吸引人的恐惧"(罗宾逊,2007:98)。

  土地总是以坟墓的形态象征着生命的终结。19世纪美国人用"cemetery"来指代墓地、墓园,在希腊文中,这一词汇指的是睡觉安息的地方。从某种意义上讲,旧有生命的终结意味着新生命的酝酿。衰败的物质并不意味着灭绝和无用,而是成为其他生物建构的基础材料。葬礼行为与自然万物重生联系,埋葬只是重生的预兆,而这种行为意义无论对于物或是人来讲都是至关重要的。在巴什拉看来,土的想象与贝壳联系在一起,孕育着新生。"它寻求坚硬的土地、用火烤加固的土地,但同时它又能通过冷冻盐,一种内部盐的作用,获得自然的硬化过程。"(巴什拉,2009:137)而那软体生物,这手无寸铁、最为柔弱且备受压迫的生命,就是"通过把自己保存在不动的壳里而预备它的短暂爆发,生命的漩涡"(巴什拉,2009:121)。这与人类重生的比喻不谋而合,寂静的生命突然爆发出来。如此,生命会从坟墓中复苏的譬喻甚至可以收集起厚厚的文献。死尸为土地贡献了他的残骸和遗骨,为给周围的植物提供营养,助长了新的生命。没有自然中的残骸和遗骨,土壤将会耗尽自身而变得贫瘠,地球表面将成为不毛之地。而自然生命的序列之链,也会因为基础材料的缺失而遭破坏,甚至枯竭。《基列家书》中多次出现以土埋葬家人的情景描写,坟墓的重修,坟前花卉的种植,都默默叙说着人们对土地蕴藏新的生命的理想。埋葬并不是终点,并不代表永远。一生与父亲在废奴态度上迥然不同的祖父,死在了自己曾经战斗过的堪萨斯州,并埋葬在那里。祖父的去世关闭了弥合父子关系可能的大门,"父亲一想起对自己父亲最后说的那些话就心痛欲绝"(罗宾逊,2007:9)。他无法接受这样的结果,带着年仅12岁的埃姆斯开始他艰难而漫长的救赎之旅。在长途跋涉,历经迷路、饥渴等危险后,终于在一片最寂寞的地方找到了祖父的坟地。"那只是一块几乎完全倒伏的篱笆环绕的荒地"(罗宾逊,2007:11),"几座坟丘都被棕黄色的枯草淹没。墓碑倒伏在白草萋萋的坟丘之上。它被炙热的阳光烤灼得没有一点点水分,早已干透。每走一步,许多小蚱蜢就飞起来,发出刷拉拉的响声"(罗宾逊,2007:13)。

在这片没有一点点水气、早已干透的地方,父子俩将坟墓周围平整后,四处播撒了香蜂花、雏光菊、向日葵、矢车菊、香豌豆等各色花种。播种的行为印证了基督教中对于生死观念的种植意象,播下的即是新的生命和希望。在各色花种的映衬下,父亲在祖父坟前祈祷行为的救赎感显而易见。在静谧而美好的夜晚,祖孙三代实现了心性沟通。埃姆斯和父亲的祭祖行为象征性地迎来了祖父的再次回归。

同样以土葬的方式获得再生和救赎的还有第一位埃姆斯太太和她的女儿,以及那位失去了七十个春天的孩子。多年来,除了格罗瑞偶尔回家过节、尽责关注外,一直是莱拉以她那温柔而通达的方式,去墓园照看埃姆斯家和鲍顿家的墓地,在墓地周围种满了雪莲、藏红花、黄水仙,再或郁金香、福禄花。这样细心的照料给予两位过早失去生命的孩子一丝安慰,事实上,这些逝去的生命已然被莱拉纳入自己的生命,融为一体,莱拉的所为也是让自己的心灵获得平静的一种方式。

在《杰克》一书中,杰克和黛拉这两位恋人在墓园相遇。事情的经过如下:黛拉写诗时在城市公墓园逗留了太久,因为事先不知道墓园会在晚间关闭,她被动地发现自己被锁在里面,不得不等到天亮。对于杰克而言,当时穷困潦倒的他常常为了省钱而睡在墓园。于是,两人出乎意料地在墓园相遇,按照杰克的说法,则是"他正好可以照顾她"(Robinson,2020:11)。于是,他们在此情境下不得不共度一晚,事实上,两人真正的初夜是在小说几乎四分之一后才上演,而充满了沉重型话题讨论的墓园之夜是两人相互了解的试探。他们一边等待黎明,一边讨论神的预知、启示录和《哈姆雷特》等复杂的话题,而爱情和信任就在此夜悄悄萌发生长。墓园和土地成为两人爱情的诞生和见证的场所。这里,土地景观——墓园既是两位年轻人走投无路时的避难所,也是见证爱情和重生的空间场域。

　　水、火、气和土这四种元素在罗宾逊的景观构建中无处不在。虽然它们具体的形式与功能有差异，但是罗宾逊都无一例外地将它们看作整个自然生命的一部分。它们代表着自然这个大生命体的特征，它们与生命的诞生和死亡，与自由、本真都有着直接的关联。这四种元素往往同时呈现，构成一个立体的空间；这些自然元素又与动物、植物相互交融，构成完整的生命自然空间。风景成为人物精神状态的写照，而人也成为自然的投射物，人是从风景中走出来的，他们借助风景而存在。自然元素水、火、气、土以多种具体的形式反复出现在罗宾逊的创作中，在自然空间的展开中，它们不仅构成了人物的行动空间，一种客观、物质的背景，而且还慢慢与人物展开对话，成为影响人的力量，成为某种与人物具有同等地位的主体。按照诺思罗普·弗莱的观点，"一种典型的或反复出现的形象即是原型"（2000：142）。罗宾逊笔下的自然元素即具有这样的原型意义，这些自然元素隐藏着深沉、奥秘的情感，它们令人的肉体和精神都感到愉悦，人性与人心都得到了净化。罗宾逊秉承了前苏格拉底时期古希腊思想家的思想，将作为原型的自然四元素与具体的自然如大地、大海、天空等联系起来，有意识地构建了诗意的自然空间，人物重新缔结与世界断裂的关系。外在的自然空间与人物内在的精神空间彼此呼应。人在自然中的感觉，强调人与自然的接触和沟通，寻找人的精神与心灵的归属，"人既不是自然的主宰，也不是自然的奴隶，而是人即自然，自然即人"（张艳梅等，2007：90）。在自然的关照中去表现人、以人的感觉去表现自然的叙事使得人自然化、自然人化，从而凸显出人与自然的统一，就此而论，罗宾逊对自然景观的摹绘中显著透露着生态批评的思想。在自然的空间里，作者重建人与自然的关系，使得人领悟到自然的灵性与神性，领悟到自己生命本源之所在，精神家园之所在，诗意栖居之所在。

第二节　人文景观

　　思考景观意味着考虑一个地区所呈现的外观特点是如何被赋予意义的。这意味着把地理景观看作一个价值观念的象征系统，把社会理解为构建在这个价值观念之上的人的集合体。从这个意义上讲，考查地理景观就是解读人的价值观念。地理景观的形成过程表现了社会意识形态，而社会意识形态通过地理景观得以保存和巩固（克朗，2005：25）。

罗宾逊对西部景观的描摹从她的直观个体感受入手，结合自己对于西部精神的独特的理解展开。罗宾逊首先谈及孤独，在她看来，"孤独"是一个带有强烈积极含义的词。她这样描写她所体会到的孤独，"……独自走进树林，周围孤独的气氛像电力一样堆积，然后瞬间穿过我的身体，使我毛发悚然。……我感到我自身的寂寥和孑然使得我在如此神圣的地方成为可被接受的一部分"（Robinson，1993）。可见，在罗宾逊的笔下，孤独和寂寞都不是灰色调的。相反，孤独与个体的独立和自由密切相关。在她看来，孤独"让人敏感，让人明辨是非，它甚至是人与人之间最真实的纽带"（Robinson，1993）；孤独的人总是带着某种神秘，这种神秘特质折射出个体特质，只有孤独才能让人感到极致的单一体验，这是最大的个体尊严和特权。理解了这一点，就能理解西部书写透出的陌生感、寂静和差异性。

显然，作为与人最为亲密的空间，家庭住宅形式与生活在此的人的社会观念紧密相连。对于罗宾逊来说，西部典型的那种稀稀疏疏居住形态就是人世间最美好的景象——彼此独立而相隔遥远的小镇和居所，仅提供最为必要的舒适设施：光线、温暖、晚餐、亲密。19世纪美国西部（含中西部）美丽的乡间田园以埃姆斯记忆中的母亲的农舍描述而展开，"那时候，我们这幢房子周围有一小块林地、贮存木柴的小房子和一座漂亮的小果园、一个葡萄架"（罗宾逊，2007：33）。同在基列的鲍顿一家，房子也曾经"矗立在小农场中，有园子，浆果丛、鸡屋，还有柴草棚，兔子窝，牲口棚里养着一两头牛和一两匹马"（罗宾逊，2010：5）。这种居家模式透露着某种寂寥的倾向，但与此同时却与虔诚、恩典和平静精神相通（Robinson，1993）。从孤独到个体主义然后再到尊严和个人权利。在罗宾逊的思维线索里，西部的自然景观、西部人的居住环境和行为方式与独立、自由、个性的地域精神浑然一体，熔为一炉，共同构建了这一区域吸引人们、养育人们的核心和灵魂。在她笔下，西部的傲世独立演绎为人们的去向选择和居所风貌，那里广袤而纯净的自然空间是美国独立自由精神的栖息地，是人类心灵的寓居之所。

美好的家庭住宅，总是离不开整洁而有品质的家具陈设。供人们享用美食的厨房和餐厅成为家庭欢庆活动的常规场所，既让人感觉温暖愉悦，也是家庭成员彼此间相互联系的纽带。基列小镇历经百年风霜,这一住宅结构中的焦点发生了巨大的改变。当埃姆斯还是个小男孩的时候,厨房里"有一个冰盒,一个带抽水机的洗涤槽,一个放馅饼的冷藏箱,一个烧木柴的炉子"(罗宾逊,2007:81)。而现在普通人家的厨房都朝着既实用又美观的方向迈进了一大步,以鲍顿家的厨房为例,这里除了功能齐备之外,还强调人们对于就餐环境宜人美妙的要求。"百叶窗上的蕾丝窗帘外又罩了一层紫红的窗帘,她(格罗瑞)花一分钟时间就可以把这层窗帘取下来。围了一圈淡紫色的说不清是鳍状的扇状的还是叶状花纹的紫红地毯也可以揭掉。餐柜里摆满了各种各样的小玩意儿。……瓷质的猫猫狗狗还有鸟雀,乳白玻璃的果盘。"(罗宾逊,2010:38)餐桌上的用具也很精致和讲究——蕾丝桌布、精致陶器、银质烛台,并以黄色的郁金香和白色的丁香作为衬托。

现代化进程在美国西部(含中西部)小镇普通家庭的家居陈设中以正面积极的影响呈现。这样舒适而便捷的家居设备与花团锦簇的室外花园相结合构建了20世纪中期让人魂牵梦绕的家园图景。花与花园成为罗宾逊笔下必不可少的人文元素。事实上,从中世纪起,花园就是人们观赏和静思的地方,随着时间推移,其表现方式发生了变化。英国17世纪末的威廉和玛丽时代,花园设计采用几何图形。规则有序的几何图形把花园与周围世界分开(克朗,2005:30)。花园看上去与野生自然形成鲜明的反差,其中园墙和篱笆扮演了十分有意义的角色,它们将花园与四周较凌乱的自然环境分割开来,使得园中精心设计的人工图案产生了最佳的视觉效果。因此,花园成为典型的人文景观,在那里自然被调遣、被驯服甚至被折磨。

返乡的格罗瑞在第一时间将目光投向花园,似乎那里才会勾起她对家的记忆。家的房子比周围的房子高出很多,每一处都妥帖舒适、宽厚仁慈,因而显得美丽异常。门廊处的一大丛凌霄花以及屋前那棵枝繁叶茂的橡树、苹果树、樱桃树和杏树、丁香、凌霄花、玉簪花和鸢尾昭示着主人家人丁兴旺,孩子们健康活泼。欣欣向荣的花园美景让人联想到将家打理得井井有条、一丝不苟的母亲。而孩子们在花园中的嬉戏打闹成为他们成长过程的固有记忆。

阔别二十多年,历经人生波折而重归故里的杰克试图"修复"、还原家的旧有面貌。"妈妈的鸢尾花畦又种上了,阿第伦达克椅又修好了,后门廊台阶上的踏板换过了。有他在，有点像让一家子又恢复了以前的活力，和父亲以前那样，忙忙碌碌地打理着屋子。"（罗宾逊，2010：310）杰克带着为异族妻儿寻得一枝之栖的愿望重回故园。他的衬衫袖子上面满缀着由黛拉亲手绣制的星星和花卉，"从袖扣到肘部，白线在白布上绣出一片复杂的图案，最后一朵花在靠近肩膀"（罗宾逊，2010：183）。这正是促使他回乡的动力渊源。同样，晚年娶妻生子的埃姆斯家的花园被莱拉"收拾得草木葱茏，繁花似锦"（罗宾逊，2007：226）。文本中花的形象让人联想到空间带给人们的温暖、舒适和安全的感觉，如此惬意的家正是人与自然最初和谐共处的那个有机统一体的心灵安适天地。正是这样的美好记忆让人魂牵梦绕，重获动力，踏上归途。充满生活意味的花繁叶茂的景观正是人们梦境中苦苦追寻的祥和之所。这是罗宾逊理想人文景观的浓缩。

花卉对温馨家园的塑造在《管家》中以更加纤细而娇美的形态出现。花的纤弱、娇美让人联想到家人彼此间的亲密关系，这种情谊吸引着漂泊异乡的子女重归故园。外婆"把玫瑰养在钢琴上的花瓶中"（罗宾逊，2007：9），花期过后，她就把掉落的花瓣放进高高的中国坛子里，有"干丁香花苞、百里香和肉桂棒"（29）。喜爱绘画的外祖父则是在书中特定页码夹了相应的花。P 字母页码夹了三色堇（pansy），Q 部分夹了安妮皇后的蕾丝（Queen Anne's lace），R 页码则是玫瑰（rose），拖鞋兰则因兰花（orchid）的缘故被放在 O 页（罗宾逊，2007：126—127）。外婆和外公对各式花的珍视反映了他们对稳定、舒适的居家生活的美好憧憬。

杰克在自己生活窘困之际，为了第二天的约会，自掏腰包买了一大束玫瑰花。当然，其实他对这次约会并不确定，他甚至需要喝几口朗姆酒才能有所行动。虽然，他对自己丝毫没有信心，在窘迫的杰克心中，花依然是表达爱意的象征。他带着玫瑰和书看望黛拉，却在黛拉的门口徘徊不前，不知如何决定，如何言语。最终几经反复，他将玫瑰花瓣洒满黛拉门前台阶，美好和浪漫溢于言表。诚如黛拉所言："你用玫瑰花瓣洒满我的门前台阶。那真是具有诗意。"（Robinson，2020：98）

在与黛拉的关系逐渐熟络的过程中，杰克有意识地改变自己，他开始参加社区教堂的活动，甚至做起了社区女性的华尔兹舞伴。结束了一天的舞蹈训练，杰克在回家的路上买了小束的天竺葵，并把它放到了窗边。"这是为了给黛拉留下好印象而提升自己居所环境的第一步。"（Robinson，

2020：163）这里，杰克在假想自己邀请黛拉到自己寓所的情景，尽管这仅仅是个假设。然而，这一行为事实上有效地改变了他自己对于居所的印象。他甚至在梦境中出现这样的场景："一天夜里他听到警察从楼梯急步而来，然而，这一次，警方人员犹豫了，他们被窗边的天竺葵花篮所吸引，仿佛这小小的花篮驳斥着什么，仿佛这小小的天竺葵驱散了警方对于杰克之流的某种习惯性的偏见和厌恶。"（Robinson，2020：163）

在对房屋结构、家居陈设和户外庭院完成深入描摹之后，罗宾逊笔下的人文景观拓展至更大的范围：现代交通。在小说中，我们可以清晰地看到美国西部地区从19世纪中期至20世纪中期，百年间的交通发展脉络。在交通变革发生以前，北美西部处于一片原始状态，地区之间联系困难。徒步或马车是人们出行的重要方式。在《基列家书》中，罗宾逊对祖辈和自己儿时的故事叙述中透视出这一时期的交通状况。南北战争中，马是极其重要的工具。身为牧师的祖父几乎戎马一生，他骑着大马，腰里别着一支大手枪，帮助约翰·布朗转移马队。废奴小镇中"地下铁路"系统，也是因为一位陌生人"勒马问路"而坍塌，面临泄密的危险。由此可见，19世纪中期的美国，自然主义和农本主义观念深入人心，郊区和小城镇是美国人生活方式的草根象征和意象源泉。人们对于自身生活空间的理解还受到地域范围的极大限制。人们习惯于日出而作、日落而息的生活方式，倾向于寻求更朴素的环境和更传统的家庭生活方式。内战前的那个时代，美国的改革派们相信只有到乡村去，才能避免城市中的罪恶和贫穷，才能建设与自然和谐的聚居区。直至1892年，埃姆斯和自己的父亲远赴堪萨斯寻找祖父坟地时，旅行显得还是那么艰难，"没有火车可坐之后父亲雇了一辆四轮马车……路简直糟糕透了。人走过的地方，黄土没过脚脖子，车走过的地方留下深深的车辙"（罗宾逊，2007：9）。

然而，现代社会的到来，将这种自给自足的交通方式彻底改变了。19世纪末20世纪初，美国历史上最为人们熟知的内容——铁路的修建，宛若延伸的臂膀，拓宽了人们生活的视野，改变了人们的生活方式。从东到西的铁路大建设正深刻而广泛地影响着整个国家甚至整个北美。正如切斯特·怀特所说："没有多少东西在改变这个国家经济组织方面比铁路做得更多，它的革命性效果怎么赞扬都不过分。它对工业化的作用比其他任何因素都大。"（转引自钱乘旦，2009：100）这里，怀特所强调的是铁路在国家经济发展中的巨大作用，事实上，横贯大陆的铁路的修建在将西部有机地纳入全国经济发展的统一轨道，形成全国市场的同时，它更重大的意义在于结束了西部孤立的封闭状态。从此，西部人有更多的机会与外界相联系，西部小镇以更加主动的方式、更高效的速度融入国家整体现代化的步伐当中。不久之前的农耕理想之家在现代冲击面前难以为继。

作为便捷、高效的交通运输方式，火车成为那个时代的伟大象征，搭乘火车为人们带来了漂泊四方的机会。在《管家》中，露丝外祖父的西迁是美国铁路工业大发展时期的缩影。外祖父在铁路局工作，正值美国铁路大建设的工业化过程，外祖父随着铁路铺设而西迁，来到爱达荷州，开始的新的定居生活。如果铁路铺设是美国西进运动中代表进步的经济表征，那么，外祖父是在这场轰轰烈烈的工业大发展中的一个参与者。

> 有一年春，我的外祖父离开他的地下穴室，走到铁路边，登上一辆列车西行。他告诉售票员他要去山里，那人安排在这儿下车，这也许不是恶意的玩笑，或根本不是玩笑，因为这儿的确有山，数不清的山，没有山的地方则有丘陵。小镇本身建在一片相对平坦的地带，那儿以前是湖的一部分。仿佛曾有一段时期，事物的尺寸自行更动，留下诸多谜样的边缘，例如过去想必是山的地方和现在的山之间，曾经的湖和现在的湖之间。(罗宾逊，2007：2)

初来乍到，外祖父发现：西部原本不是一个宜居的地方，这里，除了山就是山，是一片需要人们开拓垦殖的荒野。大自然留给西进者的只有挑战和不易，在这片满眼山丘、生活艰难的地方，如同外祖父一样怀揣梦想的人扎根下来，生育子女，开始在西部的生活。面对极为艰难的自然条件，他们勇敢地建造居所、打造家园。怀着对开拓和发展观念的极大信任，外祖父一代深信凭借自己力量，在荒瘠的土地上建造属于自己的房子。这栋房子的基本要求是坚固耐用，外祖父孜孜不倦，仿佛要将永恒的意念注入居家住房的建造中。"在这几代长辈的轮替中，我们始终住在同一座房子里，我外祖母的房子，建造者是她的丈夫埃德蒙·福斯特，他在铁路局工作，在我尚未出世的多年前就已撒手人寰。是他让我们落脚在这个不宜居住的地方。"(罗宾逊，2007：1)可以理解的是：外祖父在大西部爱达荷州建造房子的时候，费尽心思，所建造的房子极为牢固。这栋房子就是他曾经计划在这里长长久久居住在的证明，是他意志的表现。自此,外祖父及福斯特家族后代们都把家安到了这片多山的土地。正是火车的停靠代替外祖父做出了选择,从此,福斯特一家人的命运鬼使神差般地与文中反复出现的动态发展的铁路景观相联系。

除了外祖父的人生轨迹受到美国铁路西进发展的深度影响之外,福斯特家族的另外一个人物西尔维对于火车和铁路同样陷入了痴迷,她多年来习惯随车流浪的生活,她以火车时刻作为时刻表,对她来说,时针跟分针就是火车的班次表。她习惯在湖边看火车,仿佛远行的火车能带走她寻家的愿望。虽然文本并未明示,但从小说对指骨镇人们的服饰和生活状态的描写,都可判断小说的时间背景应该是20世纪30年代,即美国经济大萧条时期(Galehouse,2000:119)。勒孔特·斯图尔特所作的名画《非法车厢》也曾对小说所描述的西尔维热衷的漂泊不定的生活方式予以展现:成千上万的人(包括妇女)在美国经济大萧条期间,搭乘货车车厢(可能非法,但却无须花钱),奔赴各地寻找工作,寻找新的家园。透过小说对西尔维特立独行的习惯的描述,我们看到了铁路对人们观念和生活的巨大改变。19世纪末期铁路的不断延伸,在拓宽人们生活区域的同时,也促成了美国社会计时方法的改变。1883年11月18日,主要铁路公司将美洲大陆划分为四个统一时区,宣布不再顾及任何"当地时间"[1]。为了铁路运行的目的,住在各时区的人均使用同一时间。自此,时区的划分、计时制的统一,火车的高速运转,将之前自耕农社会下安居于一方水土的人们带离故土,四散他乡。工业经济的发展彻底改变了人们的时空观以及以时空观念为基点构建的地域意象。急速行驶的文明列车将人们带离昔日温馨淳朴的中小城镇。此时,人们对地域的理解也发生了巨大的改变。地域意识中与地理方位相联系的部分不断淡化,发生迁移,人的感受被置于核心位置,心灵归属成为地域人文景观探讨的重要维度。

疾驰的列车势不可挡,它毫不犹豫地将过往历史甩到身后,哪怕那段

---

[1] 19世纪后期每一个十年,铁路铺设总长度都在出现迅速的增长:1860年的3万英里,1870年5.2万英里,1880年的9.3万英里,1890年的16.3万英里,到1900年的19.3万英里。1880年前的美国社区使用自己的"当地时间",人们按天文规则设定时间:烈日中天为正午时分。相比之后的全国统一时间,这种"当地时间"的计时方式缺乏精准性,不利于各地商业活动的协调。参见钱乘旦总主编,李剑鸣策划《世界现代化历程·北美卷》,江苏人民出版社2009年版,第49页。[美]艾伦·布林克利:《美国史》,邵旭东译,海南出版社2009年版,第500—502页。

历史就在不远的过去,并且也曾创造了属于自己的辉煌。渴望关爱的露丝和露西尔两姐妹仿佛像无人照料的孤儿,她们不断逃课逗留在指骨湖边,百无聊赖的姐妹俩仔细地观察着残留在渡船头的基桩,"以前那儿是个船坞,六根桩子仍在,上面一般栖息着五只鸥鸟"(罗宾逊,2007:79)。湖滨、基桩和船坞是繁荣一时的大运河时代的象征意象,19世纪上半叶大规模的运河开凿使得美国各区域内部以及区域之间的交通状况得到很大程度的改善。① 就在运河热火朝天的开凿高峰时期,以铁路交通为代表的更为高效、便捷的运输方式却对前者的持续发展、甚至生存形成了致命的威胁。废弃的船坞象征着曾经风光一时的运河航线,最终在铁路大发展时期陨落,缓慢而悠闲的渡船交通方式被更快的铁路运输所代替。铁路的大规模修建和发展最终将这个国家带入了高速发展的现代化阶段。

然而,对于铁路和火车这类典型的现代人文景观,罗宾逊并不是单纯地给予讴歌,她保持着一种审慎的观察视角。恰如作家对火车远近景观截然不同的描写,远观时,"火车从树林里穿出缓缓爬上桥,滚滚白烟因风而微微倾斜、模糊。隔着如此远的距离,火车显得毫不起眼……像麦管上的毛虫一样有条不紊"(罗宾逊,2007:80)。然而,在西尔维带着露丝湖边过夜的那晚,火车与之前截然不同,她们俩人将船停在桥下,等着从桥上飞驰而过的火车。火车通过时,"整座长长的桥像脊椎一样灵敏、紧张,伴着一声警笛而鸣咽…… 我们在桥底下越荡越远……随后桥开始隆隆地震动,仿佛要塌了似的。每个结合处受到剧烈磅礴的冲击"(罗宾逊,2007:168—169)。此时,整座桥就像是人脊椎骨,在火车的重压下,紧张地抖动,整个身体都在颤抖摇晃,而夜晚的天空中,在火车飞驰而过后,弥漫着高热污浊黝黑的油烟。桥是勾连自然湖泊两岸美丽优雅的风景,在这里,它迎头遭遇了工业文明的代表——火车,自然传统与现代冲击以火车在桥上风驰电掣般急驶的图景加以呈现。在这一图景中,自然和工业力量之间保持着势均力敌的张力,形成了对峙关系。这种思想图景始终存在于作者关于自然与人类文明关系的书写中。《管家》中,外祖父对

---

① 从1815—1860年大规模的运河开凿运动中,美国共修建完成30多条运河,投入资金1.88亿美金。通过伊利运河的疏通,以伊利湖为代表的大湖水系与大西洋水系真正实现了水路连接;以伊利——俄亥俄运河、迈阿密——伊利运河、沃巴什——伊利运河、伊利诺伊——密歇根运河为代表的多条干线运河紧密地把大湖水系与密西西比水系连接在一起,从而实现了北美三大水系的水路畅通。参见钱乘旦总主编《世界现代化历程·北美卷》,第49页。

西部的期待最终落空，他的美好设计、雄心壮志和未来规划，统统在一次火车事故中落空。这场始于工业期许的西部旅程在一次交通事故中戛然而止，伴随工业进步的发展信心似乎也在事故中遭受重挫，这场事故是自然力量对人类工业文明的对抗象征。《管家》的背景设置在19世纪中后期到20世纪30年代，这是从美国铁路大发展到经济大萧条的时间区段，在这段时间，不断高涨的进步信心被1929年的经济危机所击中，被震得千疮百孔。小说中，外祖父一手打造的牢固房屋，在早春雪融的季节里，变得摇摇欲坠，隐喻之义不言而喻。"我们从楼梯走到门旁，途中激起一连串错综复杂的细流，贴着地板翻腾。……沙发和扶手椅出奇发暗。靠背里的填充物瘪了进去，每块垫子中央都有个浅坑，我们一碰垫子就渗出水来。"（罗宾逊，2007：63）

可见，虽然罗宾逊小说中始终存在着工业文明对自然的入侵和改变力量的书写，且这种书写折射出美国中西部小镇百余年的社会变迁轨迹；然而，罗宾逊对工业化文明却始终保持着适度距离，并加以审慎的批判。在罗宾逊笔下，工业化景观是小镇风景的一部分，小镇及小镇人在现代性潮流的裹挟下，正在经历着复杂而深刻的变化，但这种变化并不表现为现代性对自然力量的纯粹碾压，或非此即彼的冲突，而是塑造了两种力量张弛对峙的景观图景。当我们把观察视角转向《家园》中的一角，两种力量的对峙转换为较为柔和的融合存在。在20世纪，运载着整个民族穿越时空，改变了整个国家的人文景观不再是火车，而是汽车。汽车在第一次世界大战前开始普及，在20世纪前半叶直至"二战"以后对美国物质景观和文化生活产生了深刻影响。小说末尾，在杰克即将离开基列时，他将废弃多年的德索托车（De Soto）修好，带着格罗瑞和父亲在镇上兜风。整个场面颇为欢欣，让人心情愉悦、心旷神怡。罗宾逊这么描述汽车开过基列边缘地带，直至乡村区域时看到的场景："天是湛蓝湛蓝的，小山的梯田上新抽的玉米闪着莹绿的光，牧场里的牛有些和牛犊站在一起，有些躺在枝叶交叠的橡树的浓荫下。"（罗宾逊，2007：168）一家人乘车在乡间小路通行，车子与眼前的乡村美景巧妙地融合在一起，"镇子退去了，迎来了一片乡村风景。一排排的玉米之间，树林的背光面，起伏的牧场，溪流的分岔处，尽是傍晚靛蓝的阴影，凉风送来一阵成熟的田野、流水、牛群和夜晚的气息"（罗宾逊，2010：325）。于此，罗宾逊笔下地域景观的深层意义显现出来：它并不仅限于地理空间意义，而更多地指向人类初始与自然和谐共处的生存状态以及心灵与生命万物相互对话的精神状态。在人们与自然接触感知的时刻，自然景观往往给人带来独一无二，不可复得的美好瞬间。美好的田园美景因为注入人的经验和记忆而被赋予"灵韵"①。被湖水围绕，四季变幻不定的指骨镇和静谧平和、简单如初的基列小镇，因其温馨、甜美的自然景观，让人心生眷恋。正是这种眷恋之情使得人们获得回到纯正美好的人类本真状态的动力，从而获得生命与精神的自由，恢复心灵的纯粹状态。故乡的玄妙与美好就在于此。

---

① 本雅明用语。他在《中央公园》（1938—1939）一文中说道："灵韵就是人际经验的投射，他在自然中的出现就是人际经验向自然的转换，那就是：眼神有了回应。"参见王才勇《现代性批评与救赎——本雅明思想研究》，学林出版社2012年版，第73页。

第二章

历史记忆

《中西部文学辞典》一书在引言部分阐释了中西部作家的收录标准——"作者创作与中西部具有显著关联,这种关联性并不局限于作者的出生地和生活地;作者创作对于中西部、中西部生活、中西部人和他们的表达、经历和价值的关注;作者创作的品质和影响力。"(Greasley, 2001:7)我们可以发现:罗宾逊的小说创作完美地诠释了这一标准。她出生在远西部的爱达荷州,人生的大多时光在美国中西部地区度过,她的创作紧紧围绕着她的童年成长之地和之后的工作生活之所,但与此同时,由于作家旅居东部和欧洲的经历和广泛的思想涉猎,她对中西部的理解多了几分思辨的特性。她对中西部的理解是深刻和动态的,个体记忆是她文学创作想象的根基,在此基础上,将自己对历史和传统的认知、思辨和态度融合其中,想象的中西部跃然纸上。可以说,罗宾逊试图以故事的形式为中西部发声,塑造中西部的地方记忆。

谈到对于美国不同区域的记忆,典型的理解大致如下:南部因其种植园经济的社会影响、奴隶制度的历史存在和政治影响,而具有了鲜明的区域历史记忆;新英格兰六州因其特别的历史开创意义而始终与宗教自由追求、新大陆开垦以及严苛的加尔文式的早期清教社会联系在一起,工业与市场、财富和享受同样是这一东部区域的典型特质;西部(特指远西部)则具有典型的探险、淘金的狂热气质,西海岸和煦的暖风和充沛的阳光似乎与新鲜、自由和不羁联系一起;然而,当人们思考中西部记忆时,他们似乎达成如下共识:中西部缺乏地理上的明确的界限界定、历史事迹的连贯性和文化领域的标志性现象,显然,中西部成为界限模糊、定义内涵缺乏的代名词。

作为心理学、认知科学、人类学、社会学等多种自然科学和人文学科都共同关注的问题,"记忆"一词既指人们在个体或特定群体与文化中维持和发展起来的对于过去所发生事情的意识,也可以指人们获得和保持对于自身经验的心理印象的活动(彭刚,2014:1)。显然,这是关于心灵阐释的重要维度。罗宾逊就是以小说的形态记录中西部人们对于过往事件的意识,这里的"人们"是记忆行为的完成者,以林林总总的小说人物得以体现。虽然记忆以主观个体的形式出现,但其植根于文化传统和社会体制之中,也就是说,文化传统和社会体制是"记忆运作的根本机制和属性"(刘颖洁,2021:115)。换言之,正是特定区域的文化传统和社会体制塑造了个体记忆,于是,个体生命被打上了更为宏大的社会历史的烙印,小说中的每个个体都必然以集体或社会的形态存在,因此,透过人物意识的分析,是触及区域历史记忆的有效途径。

需要注意的是,基于个体人物的历史记忆书写更多的是认知性的,而非事实性的。因此,我们在研究中所关注的是罗宾逊在小说创作中对某种"思维版图"(Morrissey,1997:8)的书写。这是一种想象性的存在,属于想象的共同体的一部分,是"地理区域与精神领域的对等的平衡的结合"(Heaney,1980:132)。这样的记忆从未,也不可能被固定化,它总是随着时代的不同而发生变化,总是处在"形成的过程中"(Morrissey,1997:14)。当然,历史记忆始终是来自不同时期、不同场域下的不同的中西部人的故事,它由典型而具体的个人故事构建而成,也就是说:抽象的精神气质来源于或者说基于个体故事。因此,关于地域性的历史记忆说到底就是故事的叙述和传承(Cronon,1992:1368)。

诚如作者所言:"这样,整个国家将有机会倾听西部的故事,并被它的激情和梦想所触动,而这些故事曾被我们一度忘记和遗弃。"(Robinson,1993)可见,捡拾历史记忆,对于罗宾逊而言是有趣而积极的事业。虽然,小说形态的记忆书写是一个人物累积、故事穿插的建构过程,而非历史原貌的复原,但在客观宏大历史已然被后现代思潮冲击解体的语境下,记忆本身就是通向历史真实的路径,记住人们所经历的事情、所思考过的事件、所确信过的观念本身就是一桩神圣的道德义务。本章将依从动态视阈原则,对罗宾逊作品中所关注和呈现的中西部历史记忆展开深入探讨,全章由两个小节组成。在第一节"林肯之乡"中,我们将聚焦罗宾逊对于中西部历史参与的文学书写,通过分析林肯时代主流政治势力的废奴立场的形成和发展,深入阐释小说中祖父和父亲代际矛盾的根源,说明在国家意识结构下,中西部在废奴运动中的活跃的历史角色和担当。在第二节"应许之地"中，我们将集中剖析小说文本对于中西部在不同历史时段对于不同人物的感召力，透过小说人物的生活方式和生存选择，深入分析中西部对于个体成长的允诺以及这种允诺的虚幻性。总体来看，思想和文化的承继是本章讨论的主要内容，我们将中西部置放于文化和思想发展的纵向脉络中考查，关联不同时期的精神领地意象，着力勾勒出地域文化图谱。在研究中，历史和文学的元素相互作用、交相辉映、产生共鸣，空间隐喻是本章两小节的命名特色。

第一节 林肯之乡：国家意识下的废奴演进地

美国第 16 任总统林肯因他解放黑奴的宏大政治理想和为之所做出的牺牲而被人们缅怀。我们发现，林肯的名字与中西部区域有着紧密的联系。中西部各州拥有超过美全境一半以上的以"林肯"命名的地名。伊利诺伊州以西呈扇形散开的五个州：威斯康星州、爱荷华州、密苏里州、内布拉斯加和堪萨斯州包含美国所有被命名为"林肯"的社区中的55%，其中，爱荷华州占了五分之一，堪萨斯州则占了七分之一。以上这些州在地理上均属于中西部范围（Cayton，2001：112）。据调查，在美国人最喜欢借用的 5 位总统名中，中西部人尤其喜欢林肯之名，美国全境共有 214 处地方以林肯命名，其中近三分之二属于中西部，正因如此，中西部被称为文化上的"林肯之乡"（Cayton，2001：112）。我们在此节借用人们普遍认可的这一称谓指称中西部区域的同时，也蕴含对奴隶制问题的特别关注，有效呼应罗宾逊小说对于空间和主题的特别观照。罗宾逊的基列系列小说特别关注中西部在废奴运动中的角色担当和该区域中种族意识的演变影响，为中西部地域精神的塑造和传承发挥了特别的作用。

在罗宾逊关于中西部的书写中，地域的历史参与是其显性维度，废奴成为罗宾逊深度关切的命题，小说对历史问题的特别关注集中体现在对废奴运动的细致书写中。可以说，罗宾逊笔下的中西部是围绕废奴运动展开丰富活动的"林肯之乡"。作者是如何展现这一区域作为"林肯之乡"的历史参与性的？历史与文学如何在玛丽莲·罗宾逊的作品中相互关照，产生共鸣？这是我们在这部分要讨论的内容。

前文所述，罗宾逊将基列系列小说的前三部《基列家书》《家园》《莱拉》设定于中西部爱荷华州的基列小镇。关于基列，作者在其文集中，曾明确说它的原型是爱荷华州的泰伯（Tabor）小镇（Robinson，2012：180），据考查，19 世纪中叶，一批废奴主义者在爱荷华州的西南角建立泰伯小镇，并将其发展成为激进废奴主义者们隐藏、撤退和寻求补给的地方，泰伯小镇因其废奴前线的战略位置吸引了那代人中的大量的传奇人物，包括军事行动者吉姆·莱恩（Jim Lane）和约翰·布朗（John Brown）。① 据此，基列因与泰伯小镇显在的互文关系而获得了浓厚的废奴文化背景。在最新出版的《杰克》一书中，场域转至同在中西部区域的圣路易斯。主人公杰克和黛拉在这里相识，并努力经营着他们的爱情。因种族不同，他们不得不面对无法被社会认同的情境。在杰克和黛拉跨种族的爱情故事里，他们相遇相识的城市——圣路易斯在美国废奴史上同样有过耀眼的表现：其一，1833 年，著名反奴隶制出版人伊莱贾·洛夫乔伊（Elijah Lovejoy）在圣路易斯创办《圣路易斯观察者报》（*St. Louis Observer*），大力抨击奴隶制度，号召人们以群体的力量推翻奴隶制。以这座城市命名的这份报纸在美国废奴运动中很有影响力，为废奴思想的传播发挥了作用；其二，美国司法史上臭名昭著的斯科特诉桑福德案（Dred Scott v. Sandford，1857）就发生在圣路易斯。这起案件几经周折，最终上诉至最高法院。然而，最高法院以黑人不是美国公民为由，拒绝了斯科特的请求。这起案件因最高法院忽视美国业已存在的自由黑人群体，甚至否定《密苏里妥协案》的合法性而引起轩然大波，成为废奴运动走向激进的催化剂，而圣路易斯这座城市也因此被深深地刻在废奴史中。

---

① 吉姆·莱恩（1814—1866）是美国内战前堪萨斯流血冲突中的一名游击民兵领袖。约翰·布朗（1800—1859）是美国废奴主义领袖，他组织反奴隶制的武装活动，后被绞死。不像大多数北方人认为应该通过和平手段来解决奴隶制废存问题，约翰·布朗认为应该采取暴力行动。他说："这些人只是说话。我们需要的是行动！"（"These men are all talk. What we need is action-action!"），1856 年 5 月在堪萨斯的波特瓦托米运动（Pottawatomie Massacre）中，他和他的同伴杀害了 5 名南方支持奴隶制度者。1859 年，他在弗吉尼亚州哈珀斯费里发动武装起义，要求废除奴隶制，并逮捕一些种植园主，解放了许多奴隶。但他的起义最终被弗吉尼亚的军事家、将军罗伯特·李派军队镇压，他被逮捕并被处决。参见"约翰·布朗"，百度百科，https：//baike.baidu.com/item/%E7%BA%A6%E7%BF%B0%C2%B7%E5%B8%83%E6%9C%97/4753066? fr = aladdin。

在了解基列和圣路易斯两座城市的场域背景后，我们再来看小说中核心人物的重要经历。在《基列家书》中，对于祖父和他的同伴们，有这样的交代："他们去过莱恩和奥伯林，懂得希伯来文和希腊文，有他们的洛克和米尔顿。"（罗宾逊，2007：53）这里，我们看到了具体空间场域——莱恩神学院和奥伯林学院。两所学院都位于中西部"林肯之乡"，并都曾深入介入废奴运动，了解它们的历史内蕴对于理解祖父及其同时代友人至关重要。

在美国废奴史上，莱恩神学院和奥伯林学院都发挥过精神指引的作用。两所学院均主张教会人士和宗教信徒应利用自己的力量为废奴事业做出贡献。在培养废奴人才和教育黑人方面，两所学院均做出了独特的历史建树。追溯两所学院的创建史，我们发现：1832年，北部宗教领袖、长老会牧师莱曼·比彻（Lyman Beecher）来到俄亥俄州的辛辛那提，创建了莱恩神学院（Lane Theological Seminary），该学院后来成为当地废奴运动的中心，许多逃奴往往先在莱恩神学院落脚，然后再辗转到北方去。自从比彻牧师来到莱恩，比彻这一姓氏就与神学院的名字紧密联系在一起，比彻家族多位成员为与之密切联系的莱恩神学院带来殊荣。例如比彻牧师的儿子——爱德华·比彻（Edward Beecher）在伊利诺伊州创建了一所基督教机构伊利诺伊学院并任院长，该学院接受黑人学生，对他们进行教育，培养他们自救的能力；比彻牧师的女儿哈丽叶特·比彻·斯托（Harriet Beecher Stowe），随父亲在中西部辛辛那提度过了18年的时光，并在那里与卡尔文·埃利斯·斯托结婚，婚后夫妻二人积极帮助黑人奴隶逃亡。这些经历最终促成斯托夫人创作了《汤姆叔叔的小屋》这部废奴文学的经典之作。哈丽叶特·比彻·斯托因此进入美国历史名人堂（Zelazko）。

与莱恩神学院一样，奥伯林学院（Oberlin College）的早期历史也同样与一些基督教牧师的名字关联在一起。1833年，牧师约翰·杰伊·希彭（John Jay Shipperd）在俄亥俄州建立了奥伯林学院，该院建立的目的之一是服务废奴运动，因而学院向黑人开放，雇佣废奴主义者做导师，并收留黑人逃亡者。1835年，奥柏林学院成为美国首批招收非裔美国人的大学。围绕在这家学院周围的是一系列废奴主义者的名字，如为其提供基金支持的长老会教徒、废奴主义者刘易斯·塔潘（Lewis Tappan）；在奥伯林学院担任院长职务的"奋兴运动"领袖查尔斯·芬尼（Charles

Finney);在芬尼指引下成为宗教信徒,并在奥伯林宣传废奴主张的废奴运动领袖西奥多·韦尔德(Theodore Weld)。他们共同努力,促使奥伯林学院成为营救逃亡黑奴的"地下铁路"上的重要驿站。可见,围绕在这两所学院周围的多是废奴史上极有影响力的人,他们辗转中西部,不是为了猎奇探险或攫取财富,而是为了信仰和福音的传播,他们在美国废奴运动中发挥了不可替代的引领作用。换言之,他们是美国西进运动中的一支不可忽视的重要力量,他们缔造了西进的美国精神。在这支力量中,来自各教派的牧师和信徒是其主流力量,他们奠定了美国废奴运动的价值底色。

罗宾逊将基列系列小说的空间场域设置于废奴精神的发源之地和废奴运动的前沿阵地,并聚焦于四代牧师之家埃姆斯家族,这样的环境设定和人物身份选择应该不是偶然,显然,她对美国废奴历史和宗教复兴史有着深刻且全面的思考。小说在废奴运动与宗教活动之间架起了思想弥合的桥梁,作者有意还原林肯生存的那个时代下风起云涌的政治变局以及人们身在其中的各种反应,让读者有机会从另外一个视角去认识和理解废奴。罗宾逊勾勒的废奴运动与福音派宗教布道运动(即美国历史上的第二次宗教大觉醒)有着千丝万缕的联系。这场宗教人士的参与的废奴运动,在广泛的社会动员中极大地扩大了废奴思想的传播。因为这场社会运动中政治元素与宗教元素的相互重叠和影响,在埃姆斯家族历代牧师身上,读者总是可以看到政治意识和宗教身份的紧密联系,废奴行动派与保守派之间的深刻矛盾演化为小说文本中的父子抵牾,小说叙述逐层递进,触及问题的实质,已至对于任何一个人物的解读都离不开这两个维度的综合考量。我们将梳理宗教信仰和废奴运动的脉络肌理,逐层呈现宗教因素和废奴运动的复杂而微妙的关系。

小说中,祖父激进的废奴思想来源于梦境幻象。年幼的祖父偶尔在拔完树桩,极度劳累下,在梦境中产生幻象。他"看见上帝向他伸出一双胳膊,胳膊上戴着锁链","铁锁链一直陷到骨头,周围都红肿、溃烂"(罗宾逊,2007:51)。祖父将此"胳膊上戴着锁链的上帝"幻象理解为上帝的召唤,以极大的热情积极投身废奴运动中。小说并没有对祖父从缅因州迁移至堪萨斯州的具体原因给予深入具体的分析,只提到祖父是当时从北方各地赶赴堪萨斯的自由土壤党人的一员。从小说对祖父的牧师身份的描写,以及那句关于上帝幻象的描述来分析,我们可以推测：他是那个时代千千万万加入废奴运动的福音派牧师之一。事实上，小说对于祖父这样一位激进的历史参与者，采用了虚实结合的手法，将历史人物、历史场所和历史事件引入虚构故事，增加了小说的可信度。文本内，泰伯小镇是祖父及伙伴早年办学的地方，"他们中的某些人甚至在泰伯创立了一所规模不大但相当不错的学院。……他们仍然是勇敢的老人，他们这些人"（罗宾逊，2007：53）；文本外，泰伯是作者创作基列小说的空间原型，而泰伯小镇之父约翰·托德（John Todd）是祖父的人物原型（Robinson，2012：180）。这一信息对于我们理解祖父这一人物至关重要。结合史料研读，我们发现：约翰·托德与小说中的祖父有相似的经历和政治主张。两人均在19世纪上半叶福音派和废奴主义者的大本营——奥伯林学院深造学习，并且那段经历深度影响了他们对于奴隶制的态度。① 1853年，托德和他的废奴同伴们在爱荷华州的西南角建立泰伯小镇，并在那里发展了自己的军事武装，建立了靶场，并最终将这座小镇发展成为激进废奴主义者们聚集地和约翰·布朗一行的军事训练地。托德甚至把自己的家和其他产业充当废奴主义者的军械库，在他家的地下室藏了200支步枪。这个爱荷华州西南边陲小镇因其在废奴前线的战略位置吸引了那代人中的大量传奇人物，包括军事行动者吉姆·莱恩和约翰·布朗。参照如上史料，再考察小说文本，我们发现年轻时的祖父与约翰·托德两个人的精神气质极为相似，他"是约翰·布朗的熟人，和吉姆·莱恩也挺熟"（罗宾逊，2007：49）。身为牧师，他却深信战争是净化的力量（罗宾逊，2007：106），甚至身穿血衣、腰别手枪，站在讲道坛上，慷慨陈词，号召教徒为消灭奴隶制而战。他热情高涨，时常带着枪进入教堂，为会众讲述上帝的仁慈和恩典，天罚和报应，以此方式鼓动人们为废奴发起战争。

祖父的形象随着事态的发展而变化，前期的祖父是自由土壤党人，到后期他的废奴态度转向激进，暗中支持激进派约翰·布朗，不惜以流血的

---

① 南北战争前的奥伯林学院是福音派复活主义者和社会改革家的聚集地。托德曾在奥伯林学院接受培训和学习。1842年，作为奥伯林的学生，托德在一封中表达了自己的军事信念："我相信，世界上没有人在为美国革命做出正当化解释的同时，能因奴隶们为了争取自由而进行的抗争进行谴责。" See Timothy Larsen and Keith L. Johnson, *Balm in Gilead: A Theological Dialogue with Marilynne Robinson*, Downers Grove: IVP Academic, 2019, p.11.

方式来保护可以藏匿北逃黑奴的"地下铁道"(The Underground Railroad)①。小说借用父亲的回忆对这段历史进行叙述,在父亲的叙述中,史料与虚构无缝结合,祖父对于废奴运动的投入和付出跃然纸上。奥斯瓦托米(Osawatomie)战役后,约翰·布朗一行成为联邦政府军搜捕的对象。作为牧师的祖父对极端废奴主张怀着极大的认同,并积极掩护布朗一行人逃离。在护送布朗一行逃跑归返的路上,祖父与前来追捕的一名掉了队的联邦士兵撞了正着。为了掩护布朗及其小分队撤退,祖父开枪打伤了这位联邦士兵,并在他的栗色大马逃之夭夭之后,将他留在原处,任他死活。考虑到"那个年代,那个地方,一个人除了枪伤,还可能死于很多别的原因"(罗宾逊,2007:115),父亲有理由相信,士兵"已经死在那茫茫无际的荒原"(罗宾逊,2007:116)。祖父为自己的行为给出的理由是:为了掩护约翰·布朗一行人的撤退,同时也为了保护会众们煞费苦心修建的保护北逃黑奴的地窖、地道、夹层和假坟墓。这里,虚实结合的叙述使得故事的历史性更为突出,历史真实呼之欲出。基于如上托德和祖父相似的人生经历和政治主张,史料和文学的解读可以相互借鉴、彼此参照。显然,关于托德的史料叙述对于祖父形象的文学解读大有裨益,与此同时,祖父形象的文学阐释同样可以有效地启发人们对于托德以及他服务的废奴事业的深度认知。

到此,罗宾逊为读者展现了在废奴浪潮中,播撒废奴思想之种的教会牧师们如何深度参与到令人激情澎湃、备受鼓舞的废奴事业中。然而,罗宾逊并未在此收笔,基列系列小说的创作也并不是仅仅为了复苏那段激情澎湃的历史。纵观罗宾逊小说基本基调,我们发现:对待祖父所持有的激进废奴观,小说始终展现给读者的是一种克制犹疑的基本态度,这种基本态度首先反映在小说文本中叙述者"我"对于家族长辈嫌隙的基本态度:作为后辈的叙述者"我",无论作何选择,对于另外一方都会有某种深深的愧疚,所以,对于家族纷争,"我"似乎总是试图忘却或者回避。"我"和父亲似乎达成某种默契,总是在回避堪萨斯的部分,"可是我们家似乎有一条不成文的规定,不谈论堪萨斯州的往事,不谈论那场战争"(罗宾

---

① 关于"地下铁道"(The Underground Railroad)的记载如下:从19世纪早期开始,有一个传奇性的废奴网络"地下铁道"一直在秘密帮助奴隶逃亡到自由的北部或加拿大。到19世纪50年代,已有大约十万黑人通过地下铁道获得自由。See "Underground Railroad", *Wikipedia*, https://en.wikipedia.org/wiki/Underground_Railroad.

逊，2007：49）。这种回避主义背后的实质是小说对于废奴过往历史的犹疑的态度。除了作为家族后人的"我"的有意回避之外，这种克制犹疑的态度还表现在普通后辈对于激进废奴的记忆态度中。这一点可以通过对祖父所支持的约翰·布朗做类比考查而得出。① 历史学界普遍认为约翰·布朗是"整个19世纪最有争议的美国人"（Anderson，2014：5—7）。一些历史学家认为布朗是疯狂的疯子，例如肯德·乔德（Ken Chowder）认为他是"美国恐怖主义之父"（2000：81），他认为布朗的行为是极端的恐怖主义，他的杀戮已与解放黑奴脱离了关系。与此同时，大卫·雷诺兹（David S. Reynolds）却欢呼他"杀死奴隶制，点燃内战之火，并播种民权"（2005：8）；著名作家拉尔夫·沃尔多·爱默生（Emerson，2007）和亨利·大卫·梭罗（Thoreau）也对约翰·布朗加以盛赞。

　　祖父曾经的倾力废奴之举被家族后人刻意回避；约翰·布朗因武力解放黑人的行为而饱受后辈诟病，甚至史学界对他也莫衷一是。可见，无论是文本内家族后辈出于善意的回避，还是文本外民族后人对于激进废奴主义者的模棱两可的态度，它们都是对历史故意为之的淡忘，甚至可以说，这种淡忘不仅仅是针对历史，而且是对于记忆本身的淡忘，是故意为之地对于特定历史的抹杀。然而，当我们对埃姆斯有意为之的回避和后来者不经意的淡忘进行剖析时，我们逐渐意识到：无论如何，回避和淡忘甚至扭曲都是徒劳的。回顾家族史无法避免堪萨斯记忆，而堪萨斯记忆其实质是面对奴隶制暴政的伦理回应，这种回应必然围绕祖父和父亲就基督教对于奴隶制的态度分歧而展开。

　　在19世纪的历史语境下，废奴运动是伴有宗教信仰元素的道德主义的一种行为表现，基督教将奴隶制度看作一种内含着死亡、私刑和暴力的暴政。基于此，大多宗教废奴主义者认为奴隶制与基督教无法相容，他们

---

① 小说中家人与小镇人对祖父的不理解和冷漠，甚至嘲讽的态度折射出后人对曾经为废除奴隶制、争取平等自由而不惜付出鲜血代价的废奴领导人约翰布朗的态度。历史学家普遍认为约翰·布朗对南北战争的发起有着重要作用。弗吉尼亚州长怀斯说："把他看做是疯子的人本人倒是错的……他是个头脑清醒、勇敢、刚毅、单纯和坦率的人。"亚伯拉罕·林肯总统称他是一个"被误导的狂热者"。约翰·布朗在被绞死之前，告诉《纽约先驱报》的一位记者说："如果人们认为我有必要为促进正义目标的实现而付出我的生命，有必要把我的鲜血同我的子孙们的鲜血以及其权利被这个蓄奴国家的邪恶、残酷和不公正的法令所践踏的千百万人的鲜血汇合在一起，那么，我说，就这样办吧！"参见［美］约翰·霍普·富兰克林：《美国黑人史》，张冰姿等译，商务印书馆1988年版，第247页。

或是宣扬奴隶制是一种道德犯罪，因此支持消除奴隶制（C. Finney，1876：324），或是谴责政治系统对奴隶制度的包容，称其是"最大的罪恶"（P. Finney）。到 60 年代，大多数北方白人达成共识：奴隶制度是无法接受的。但是，就废奴问题，不同的人却给出了不同的见解，小说中的祖父和父亲的矛盾代表了废奴思想间的分歧。祖父深信基督教《新约》教义"有求你的，就给他"（《马太福音》5：42），他有一种虔诚的普遍责任观念，而且，这种责任观念体现在现时的生命活动中；而父亲则纠结于基督教伦理中不能杀戮的戒律，他选择做一名基督教和平主义者。从某种意义上来看，两人都是基督教教义的遵从者，但考虑到当时的社会历史背景，处于 19 世纪 50 年代的美国，整个社会的政治中心就是围绕废奴或蓄奴而展开的，并且这一中心问题已然演变为地区冲突。在民选主权原则下，堪萨斯成为废奴运动的前沿阵地。这些新移民有着各不相同的种族观念，并在不同观念的指引下，以强烈的政治热情加入到废奴与蓄奴的斗争中，从 1854—1861 年内战爆发，至少有超过 30 起政治冲突和杀害（Kansas Historical Society，2010）。更有甚者，1850 年，在联邦政府的妥协下，《逃亡奴隶法案》得以通过，这一恶法更加剧了逃亡奴隶、营救者、废奴人和捕奴人及联邦法院等多种角色间的矛盾和冲突，事态变得极为复杂，冲突变为常态。在此语境下，父亲的和平主义原则，事实上类同于与南方蓄奴势力站在同一个立场。祖父和父亲之间的裂痕实质上代表的是基督教伦理信条彼此间的不可通约性。正是两者价值观的不可通约性导致了无法弥合的价值悖论。罗宾逊从基督教伦理的纵深处进行挖掘，通过对父子故事的陈述，将废奴时代中西部废奴主义者的内部分歧及其思想根源和发展走向加以细致勾勒。

如果从道德结果论和原则论的角度来看，这一问题看似也同样无解，两人的矛盾依然无法化解。祖父倾向于从原则论出发确定对于奴隶制的基本态度，他的行为选择往往基于事件的基本性质和本质；而父亲则更多地从结果论的角度观察问题，倾向于以结论预判的方式做出行为选择，类似边沁的功利主义道德观。由于不同的认知视角，祖父和父亲对于废奴方式秉持不同的观念，而观念之争又引发无法弥合的家族代际矛盾，祖父和父亲之间的分歧其实质是国家问题的微观反映。后人在谈及废奴时总是会不经意间忽略废奴主义者的内部区别，而将他们笼统地视为南北战争的促发者，这样的认识显然是不全面和不准确的。事实上，在 19 世纪 50 年代，包括中西部人在内的大多数美国人至少在原则上是反对奴隶制的，问题的关键是如何结束它，以及结束奴隶制后的系列影响，人们在与之相关的系列问题上各执其词：直接主义者认为应该立即释放所有奴隶，以后再解决安置问题；渐进主义者则认为应该逐渐解放和重新安置非洲的黑人（Brenton，2008）。显然，渐进主义者的路径更具包容性，这种思路在当时也赢得了更多普通民众的认可。小说中，家族后人和小镇后辈的淡忘和回避，意味着他们倾向于渐进废奴的思想。多元的甚至分歧严重的废奴观念始终并存，并在这片土地上竞争碰撞，融合发展成为民族精神的内核，这是中西部地域记忆的核心，理解了这点才能真正理解"林肯之乡"的灵魂所在。

　　罗宾逊作品中叙述者"我"的思想疑难折射出整个国家在那个时代所面对的认知困难，小说人物的苦恼与时任美国总统的林肯在对废奴问题上的忧虑相互映照，问题的核心是一致的。"林肯"之名在美国文明史上与黑人解放和种族平等紧密联系在一起，在林肯为废除奴隶制孜孜不倦的奋斗中，中西部始终是他政治思想的滋养源头。林肯的废奴理念是循序渐进、逐渐变化的。相比激进的废奴主义者，在反对蓄奴的政治谱系图中，林肯必定是被置放于最右的一级，即保守派。尽管林肯从道德的角度反对奴隶制，但他并不能算作废奴主义者的一员，与托德和布朗这类从法律之外寻求废奴路径的废奴主义者不同，林肯努力在现有的政治和法律体系中寻求解决问题的方法。[①] 我们可以看到：在林肯的整个政治活动中，对黑人解放和对于非裔的社会和政治地位的思考从未间歇，他在政治上赢得了废奴主义者的支持，其思想不断发展和演变，林肯对于废奴的态度，既有基于原则论的是非判断，又有基于结果论的策略选择，这两种思想聚集为中西部"林肯之乡"在废奴问题上的历史记忆。可以说，祖父所经历的堪萨斯流血事件是"林肯之乡"无法磨灭的一段历史，林肯总统废奴观衍变中的每一种思想元素，从民选主权到逐步废奴再到种族平等，都映照在罗宾逊的基列系列小说中。

　　倡导并秉守自由原则的中西部在这段非凡的历史中到底承担着什么样

[①] "维护联邦统一"是林肯政府的纲领口号。基于这个目的，在内战初期，林肯认为："如果我能拯救联邦而不解放一个奴隶，我愿意这样做；如果这是为了拯救联邦需要解放所有的奴隶，我也愿意这样做。" See Roy Basler ed., *Abraham Lincoln: His Speeches and Writings*, Cleveland: World Publishing, 1946, p. 388.

的历史角色，这一历史角色又留给这一区域怎样的精神遗产，这是林肯对于自己政治思想之源的地域回应，也是罗宾逊小说赋予中西部的最核心历史记忆。回答如上问题，我们首先需要确认的是美国中西部的显著地域标识：这一全新区域代表自由，并且，它对自由价值的认可是工具性的，是为民族构建服务的，他的终极目标是民族精神的构建，而非地方主义的偏好（Cayton，2001：120）。中西部不是隔离东部与西部的障碍，而是连接南部和北部的桥梁。这一中心地带代表着融合美国两大区域（南部和北部）的潜质，并将这一融合后的区域与大西部统一（Cayton，2001：114）。在具有国家意识的修辞蓝图中，没有哪个区域比哪个区域更优越。但是，自由制是比奴隶制优越的。这是一种基于国家前途考量中的地区意识，即：中西部代表着是种族化的文明观（Cayton，2001：119）。这里我们要传达这样一种观念：中西部的气候和地理风貌并不能构建起该区域独特的地方性，唯有政策和制度可以（Cayton，2001：118）。塑造地方性的并非土地和气候，而是普遍的人类文明题写，这也是当我们在谈论"林肯之乡"时的核心所指，在此意义上，中西部各州被称为"林肯之乡"。

第二节　应许之地：纵向脉络中的心灵庇护所

按照《创世纪》（15：17）所指，"应许之地"（Promised Land）指的是上帝允诺给亚伯兰（后改名为亚伯拉罕）的土地，具体指埃及河以东、幼发拉底河以西的一条狭长地带。① 在美国文明发展史上，早期移民乘着五月花号来到北美，怀着"乌托邦的冲动，希望建立一个良好的人类秩序模型"（Robinson，1993）。在心怀寻找宗教庇护所神圣使命的早期移民者眼中，北美大陆就是应许之地。他们应着上帝的允诺，为着自身最为纯正和虔诚的信仰而获得这片土地。约翰·温思罗普（John Winthrop）在船队抵达目的地前，做了题为《基督徒慈善的典范》（"A Model of Christian Charity"）的演讲。在演讲末尾，他号召新移民坚信，"我们将建造一座山巅之城。人们将会注视着我们……耶和华我们的上帝

---

① 当那日，耶和华与亚伯兰立约，说："我已赐给你的后裔，从埃及河直到幼发拉底大河之地，就是基尼人、基尼洗人、甲摩尼人、赫人、比利洗人、利乏音人、亚摩利人、迦南人、革迦撒人、耶布斯人之地。"（《创世纪》15：17）

必在我们要为业的土地赐福于我们"。

　　这里,应许与迁移密切相关,应许之地往往内含着人类按着某种神圣的期待,迁移活动之意,这种迁移的最大特征是自愿原则下的自由流动。当然,从自愿流动的基本特征考虑,早期被贩卖到北美大陆的黑奴显然没有应着神圣之约字面允诺,他们被动地来到这里,被当作财物进行买卖,奢谈愿望和信念,对于自己是否会在这片土地上永久定居并不知晓。然而,多年之后,中西部成为包括漂洋过海、历经艰险、饱受屈辱的非洲后裔在内的众多新移民的"应许之地"。[①] 我们对中西部应许之意的研究并不止于地区性探讨,更是对此地区文化在国家历史纵向发展脉络中所扮演角色的追问,研究特别关注国家制度在促成中西部应许之地中的作用和影响,以及应许之意对不同个体的具象表现和反映。

　　中西部何以成为新移民的应许之地?历史地看,这与两部法案密不可分。他们分别是:《西北条例》(Northwest Ordinance)和《宅地法》(Homestead Act)。首先,让我们回顾一下《西北条例》的颁布过程。自18世纪末"西进运动"大规模兴起之际,美国政府和国会就有关西部政治体制、政权组织形式等问题制定了一系列法令和条例。其中最重要的是1787年的《西北条例》,它正式规定了西部由领地到州转变的法律程序和条件,为美国西部各州加入联邦奠定了法律基础。条例强调西部领地或州的政体必须是"共和制",在西部领地内"不得有奴隶或强迫劳动",必须保证领地居民的民权和自由。这一规定体现了美国人民追求民主和自由、独立和平等的理念,其核心精神被融入1787年宪法中,成为指导整个国家政治生活的至高无上的原则。事实上,《西北条例》中的第6款中对于该区域内施行废奴的规定,将此地与自由紧密地联系在一起,从此意义上,旧西北被称为自由之地。中西部领地在历史划定之初,就旗帜鲜明地支持自由劳动,这里不允许奴隶和强迫劳动,但这并不意味着在这里谋生的人无须付出辛苦。事实是这里有大量的艰苦的劳动。可以说,旧西北的故事是关于劳动尊严的赞歌。可以理解的是:奴隶制的禁止使得该区域

---

　　① 从1787年《西北条例》(Northwest Ordinance)到20世纪初,中西部(俄亥俄河北部区域)逐步发展成为人们印象中的应许之地。这里生活的人们民族所属混杂多样,他们为工业革命所带来的种种变化而欢呼,而鲜有像新英格兰人和南部人为自然乡村的消逝而缅怀。许多人认为中西部是可按照自身愿望塑造的地方,这是一片远离传统,时刻准备变化、追求成功的地方。[美] 艾伦·布林克利:《美国史》,第303—304页。

的发展更快也更具包容性，相比一河之隔的肯塔基州以及南部腹地，这里的经济获得了充足的发展，俄亥俄河不仅成为自由与奴役的分割线，也是发展与欠发展的分界线，是勤劳和懒惰的分界线（Cayton，2001：12），历史的发展显示：对奴隶制度的排除似乎可以有效地提升劳动尊严和效率。

另外一部对于该地区影响深远的法案则是《宅地法》，它是美国政府于1862年，也就是在美国南北战争的第二年，由林肯总统签署的关于西部土地分配的法令，也有"份地法"或"移居法"之译。《宅地法》是在南北战争期间美国的重要法令之一。法令规定：凡一家之长或年满21岁、从未参加叛乱的合众国公民，在宣誓获得土地是为了垦殖目的并缴纳10美元费用后，均可登记领取总数不超过160英亩（1英亩＝0.40公顷）作为份地，登记人在宅地上居住并耕种满5年，就可获得土地执照，从而成为该项宅地的所有者。据统计，依据《宅地法》以及其补充法令，到1950年，联邦政府有2.5亿英亩土地授予移民。《宅地法》最初的目的是要在南北战争中保证北方的军队的粮食安全，但事实上这一法案的执行带来远非战争粮库的意义，它的意义远远超越战争粮库。它确立了小农土地所有制，遏制了奴隶制种植园向西扩展，为美国农业资本主义的发展创造了有利条件，进而直接将中西部推到时代的前沿，成为一代人心目中的应许之地。按照罗宾逊的观点，《宅地法》和圣经的《申命记》（Deuteronomy）一样，均是人类历史上最具诗意的立法（Robinson，1993）。

基于1787年的《西北条例》，早期中西部地区（或称旧西北）获得了以市场和资本为信条的发展时机（Cayton，2001：10）。到19世纪上半叶，俄亥俄州河域的北部史称"应许之地"，有关宗教的、教育的和治理的大量社会实验在此区域展开。大量西欧移民（以德国和爱尔兰移民为最）、东部各州的移民以及大量震颤派教徒（Shakers）、摩门教徒（Mormons）、英国改革派纷至沓来，按照他们的理念建设这一区域，展开各种社会实验（Cayton，2001：10）。19世纪30—40年代，大量的学校在俄亥俄、印第安纳、密歇根、伊利诺伊州涌现，这些服务于经济发展和共和国民主的学校逐步批量塑造了小镇经济和民主政治体制下的青年男女。总之，19世纪上半叶的中西部弥漫着希望、拓荒的氛围。来这里的人们大多雄心勃勃，充满期待和希望。中西部成为美国境内移民最为多样，价值观念最为复杂的区域。当时的欧洲本土有着复杂的民族问题，因此大量移民带着保留生产方式、保留田园、抵御工业化的愿望来到这里。据统计，1820—1860 年，约有三分之一的移民来自爱尔兰。约五百万的德国移民来到这里，许多人来到美国购买农场或城市做工（"U. S. Immigration Timeline"，2018）。对于欧洲移民者来说，这里是农业天堂，是重建田园故乡的美好之地。

《宅地法》同样也带来了巨大的移民大爆炸。1880—1920 年，超过两千万的移民到来。他们大多数来自南欧、东欧和中欧。许多人来到中西部新兴城市工作（"U. S. Immigration Timeline"，2018）。中西部成为包括欧洲人和亚洲人在内的世界各族各国人竞相奔赴的地方，这是中西部移民大发展时期。这里成为人们通过努力实现梦想的最佳之地。这片大草原经历了一个显著的定居热潮，在一代人之内，这一区域的美国农场数量翻番。在长期的地区冲突中，这里发展成为人们坚持以自由家庭农场模式定居的新区。在此过程中，移民、机遇、自我激励、努力工作和民族主义在中西部人的个人生活和政治生命中占据了显著的主题性位置，并继而发展为中西部人的精神脊梁。在南北战争中，中西部农民为联邦军队输送了半数以上的士兵，并提供了充足的粮食，对北方取得战争的胜利起了重要的作用。林肯所代表的价值观念成为美国中西部这一广袤的中心地带（或称腹地）的社会文化标识。

如果说对于欧洲移民来说，这里是重建家园的理想之所；那么，对于美洲非裔而言，这里则是寻求庇护和自由的上佳之地。从 1862—1900 年，至少有六十万个家庭从中受益，数以千计的美籍非裔从南方迁到北部各州，追寻自由和新的家园，他们被称为逃离者（exodusters）。以堪萨斯为例，据统计，19 世纪 70 年代，该州迎来了 17108 名黑人移民。到 1880 年，堪萨斯州的黑人人口总数达到 43107 人（Kansas Historical Society，2011）。非裔美国人在美国全境开始了自由的流动，中西部是他们早期迁移的首选之地。此时的中西部人成功地发展了运河运输和铁路运输。在此交通保障基础上，中西部迅速地获得经济的极速发展，他们"征服"土著、驯服荒野、将地貌景观从森林转变为农场、教堂、学校和城市，这一切被学者们界定为文明的发展（Cayton，2001：11）。这是一段快速而无情，且容不得也来不及质疑的经济大发展时期，是被热烈讴歌的时代，是不计代价的进步（Cayton，2001：11）。

如上所述，《西北条例》和《宅地法》极大地释放了生产力，吸引了大量的人口蜂拥而至，极大地促进了美国中西部的大发展。在这一发展模式中，自由劳动（free labor; yeoman）的允诺是地区发展的力量核心来源。以自由农和家庭农场主为代表的自由劳动是中西部地区的标志（Cayton，2001：119），"在这些农场劳动的人们并非雇主与被雇佣者，而是男人、女人和他们的子女，他们以家庭为单位，或者在自家的农场上耕作、或者在他们的家里忙碌、或者在他们的商店里忙碌，所有的产品都是家庭所有，一方面，并不喜欢资本介入；另一方面，排斥雇佣和奴隶制度"（Cayton，2001：119）。这一自由劳动体系鼓励身无分文的劳动者通过劳动积累财富，进行投资，购买工具和土地，雇佣下一批劳动者；以此类推，逐步实现财富的积累和个人的自我提升。正是这种基于自由劳动的农场经济孕育了属于中西部的自我提升价值链条——独立主义、个体主义精神以及平等的提升机会。可见，基于自由劳动、财富积累、家庭单位的农场劳作模式奠基了自由、平等、家庭、个体的中西部文明；而这一文明价值与以市场、资本、个体、自由、民主为核心的美国国家价值观念的主体序列相一致，成为美国国家精神的最为重要和基本的组成部分。在广袤的中西部土地上，或是宣传小册、或是游行口号、或是口头演讲、或是诗歌创作、或是酒吧小馆、或是沙龙派对，人们总是在谈论自己的美国身份，这种应许和希望的思想在整个 19 世纪蓬勃发展。

这是"摩天大楼之父"的美国建筑学家路易斯·萨利文（Louis Sullivan）的生存时期，是弗兰克·劳埃德·怀特（Frank Lloyd Wright）的时代，也是达尔文主义在美国备受争议的时代。当时的中西部确信"发展"的可能和必要性，甚至将这种必要性推崇至至高无上的位置。发展成为社会的正当性。这一时期涌现出来的最为的重要的历史书写者弗雷德里克·杰克森·特纳（Fredrick Jackson Turner，1861—1932），他的论断、研究成果和基本态度，极大程度地影响了后来者。特纳的思想脉络承接美国先父托马斯·杰斐逊，认为民主政治是边疆经验的产物（Cayton，2001：65），中西部区域在此基础上建立的"自由之国"（Cayton，2001：51）是普通大众的"应许之地"。特纳认为边疆是塑造美国性格的决定性因素，也是美国历史的独特之处。他所定义的边疆具体指的是丰饶自由的土地，人们在这片土地上的定居催生了自力更生、个体主义、创造力、永恒的精力、移动性、唯物主义和乐观主义。晚年的特纳特别强调地域主义在抵消拓疆行为中能量分散性所应发挥的重要作用。一直以来，特纳总是将历史和当下的认知联系起来，探索国家将扩张主义冲动融入社区生活发展的管理通道（Faragher），这发展成为此阶段下中西部应许的招牌。在此时段，中西部人成为国家政府机制的重要参与者和美国两党政治的重要支持者和参与者，具有推进区域叙事修正的能力。

如果说中西部的精神在 19 世纪后半叶直至 20 世纪初只有一种——物质主义的话，那么，可以肯定的是，这种精神的单一崇拜必然会导致中西部精神的几近乏味的统一（Cayton，2001：21）。随着时间的推移，中西部的发展信念被一种忧虑所介入，那就是经济的发展和道德能力的积累很难同步（Cayton，2001：22）。此时的社会各阶层形成了主张不同理念的社会组织，① 他们对于中西部经济物质的发展充满了质疑。这一时期中西部的核心叙事与同时期美国政坛的被称为进步主义运动的政治事件密切关联，从而附着强烈的改革冲动（Cayton，2001：21）。到 20 世纪 30 年代大萧条时期，这种基于进步的经济发展为核心的价值观念受到巨大冲击，人们对"应许"之所的意义和价值充满疑虑和困惑。工业化的经济大发展不是唯一的应许解释，此时的人们受到市场大跌荡和沙尘风暴的多重打击，亟须被抚慰和庇护。回顾这一时期，南方沙尘暴地带的许多无产者，丢失了自己的农场和土地，去西部淘金。这是得到显性历史叙述的部分。事实上，与此同时，历史还有另外一条轨迹——部分失业者、无产者，他们选择了北上中西部寻找机会。此时，"应许之地"已然显现了它的抚慰和庇护功能。20 世纪 60 年代民权运动时期，黑人大量北迁，去往以芝加哥为中心的中西部城市群，如底特律、克利夫兰、得梅因等。当时，这些城市正处于制造业大发展时期，需要大量的产业工人，而南部的黑人正好满足这一需求，因此大量的黑人无产者涌入到中西部城市群，寻求工作机会和定居场所，融入了"钢铁带"（Steel Belt）崛起和发展的历史洪流中。中西部又一次笼罩在"应许之地"的光环下，成为黑人无产者竞相奔赴的目的地，他们的希望和失落在大量文学作品中得到体现。在此意义上，"基列"成为这一区域在新时期的代名词。

然而，从 20 世纪后期起，在历经百年沧桑巨变后的中西部，经历了

---

① 类似的组织有：格兰杰运动组织（Grange Movement）、独立手工业者组织（Knights of Labor）、基督教妇女禁酒联合会（Woman's Christian Temperance Union）。See Andrew R. L. Cayton & Susane Gray, eds., *The Identity of the American Midwest: Essays on Regional History*, Bloomington: Indiana UP, 2001, p. 18.

经济衰退和人口数量下滑，历史的光环逐渐消逝，从 80 年代后，大量的制造业工厂倒闭，经济萧条。人口的单一化，吸引移民的热度不够，中西部面对史无前例的巨变和压力。昔日的钢铁带变成了锈迹带（Rust Belt）。与此同时，中西部除去重工业之外的另一经济支撑点：农业同样出现了萧条迹象，大量的农场难以为继（Cayton，2001：25）。从那个年代开始，中西部经历直至现在也未完成的深刻的经济重构。事实上，随着 60 年代民权运动的高潮退去，[①] 美国进入了"后民权"时代。尤其是在 2008 年，巴拉克·奥巴马当选美国总统，他成为首位非洲裔美国总统，自此，"后种族主义"（Post-racialism）这一社会学词汇开始流行起来，意指美国已然迈入一个种族偏见和歧视不复存在的社会时期。然而，这是一个充满不确定性的表达。与后民权时代和后种族时代的美好愿景同时存在的是：在 21 世纪，非裔美国人在工业和企业重组后遭受了不成比例的失业率，这一数据几乎与 20 世纪 60 年代相当。2020 年 5 月发生在美国中西部明尼苏达州的乔治·弗洛伊德事件引发了全国乃至全球的愤怒和谴责。美国各地和许多其他国家的城市都举行了大规模抗议活动。可见，"应许之乡"的探讨尚存在诸多不确定元素，人们对"应许之乡"的追求期待依然正在进行。

如上我们看到的是中西部从 18 世纪末到 20 世纪中后期直至 21 世纪的衍变发展。对于中西部这一"应许之地"，文学以它特有的思辨能力对该区域的价值序列及其内涵实质进行了书写。当然，对于中西部应许之地的理解和观念，有众多展现和书写。早期的作品大多集中展现了中西部广袤区域内艰难的乡村生活和基于自我奋斗的美国梦的衍变，如哈姆林·加兰（Hamlin Garland）对蓬勃发展的中西部自由主义进行热烈的讴歌，作品中多是开拓者的进取、发展、独立、兼容精神的张扬，主人公多为男性。到了维拉·凯瑟（Willa Cather）那里，独立、创造和奋斗的精神主流依然得以延续，但是勇敢的开拓者多以女性身份出现，性别与地方性是凯瑟作品的极大特色，且在热烈讴歌边疆开拓的奋斗精神时也反映了大发展过程中早期移民所付出的巨大代价问题。加兰与凯瑟的中西部精神与特纳的边疆理论异曲同工，这一论调是关于中西部历史和文化的主流观念，

[①] 美国国会在 1964 年、1965 年、1968 年分别通过了《民权法案》《投票权法案》和《公平住房法案》，多项法案的通过着力消除种族隔离，监督民众选举权力的施行，以及在居住领域消除歧视，美国逐渐进入"后民权"时代。

可以说，正是这一论调塑造了普通大众对于中西部的基本理解和认知。到19世纪末，中西部主流文学不再局限于对小镇经济和价值观念的讴歌，文学作品中的中西部人越来越少地出现于家庭农场和小镇，相反，他们更多地卷入芝加哥这样的大都市为核心的城市体系（Cayton, 2001：19）。可以说，19世纪末的美国中西部文学是城市战胜农村的文学（Cayton, 2001：17）。中西部不同背景下的人们深感自己无法牢牢掌控自己的命运，而只能将自身的命运寄托于大城市或大公司，而这些大机构的运作往往是弱小的个体无法深入理解的。西奥多·德莱塞（Theodore Dreiser）和舍伍德·安德森（Sherwood Anderson）笔下的小说人物逃离贫瘠乏味的小镇，逃至更有可能成功的城市；然而，即便逃至城市，在那里，成功还是晦涩沉滞而难以名状的。到20世纪20年代，那些曾经被奉为19世纪中期旧西北生机活力的领袖随着岁月的变迁而演变为虚伪、市侩、狭隘的市民资产阶级，辛克莱·刘易斯（Sinclair Lewis）的《大街》（*Main Street*）是这一主题下的研究热点作品。此后，菲茨杰拉德则为逝去的中西部允诺和希望唱起了挽歌（elegy）（Cayton, 2001：17—19）。在《了不起的盖茨比》（*The Great Gatsby*）中，盖茨比的奋斗与进步观念甚至成为他个人悲剧的原因。理查德·赖特（Richard Wright）的《土生子》（*The Native Son*）似乎宣称这样的事实：过去中西部以进步为主题的叙述已然遭遇质疑和审视，过往飞速的进步已然停滞下来。

在中西部"应许之地"的纵向书写线索中，罗宾逊位于整条脉络的中后部分。她对中西部的书写集中反映19世纪中后期到20世纪中期的时段。罗宾逊笔下的中西部整体上呈现出和缓、封闭、保守、同质的特点。"基列"的取名着实耐人寻味：20世纪中叶的中西部小镇是否延续着包容和抚慰异乡人的应许功能，这一设问是罗宾逊在她的故事叙述中提出的极富启发意义的问题。中西部应许之地的历史脉络几乎都可以在罗宾逊的小说中找到印记。罗宾逊从历史的维度切入中西部地域表征，对"应许之地"的反思极为复杂并携带巨大的情感能量。罗宾逊对中西部价值序列有着清晰的了解，并将它以文学的形态展现出来。接下来我们将以几个点着重展开，分析罗宾逊的中西部应许之地的书写。

在基列系列中，中西部的"应许"首先演化为安适怡然的典型居所。

屋前有棵橡树，比这个街区这个镇子都要老。橡树将树根旁的人行道拱成了碎石,又把数不清的枝条伸到了马路上,横跨了整个院子,枝条的周长比普通的树干还要粗。树干上有一段扭曲,这让橡树在他们眼里像是位巨人托钵僧。……那些枝条上曾经挂过四架秋千,向全世界宣告他们家的人工兴旺。橡树照样枝繁叶茂当然苹果树樱桃树和杏树,香凌霄花和玉簪花以前有现在也仍在。 (罗宾逊,2010:2)

鲍顿家的房子是典型的中西部住宅——独立居所、整齐排列、街区形态。每户房子带有庭院,庭院自家用心打理,种植各种植物花卉、布置孩子们游乐的物件。庭院中的花草树木已然是人们生活的一部分。庭院各种繁茂的植物都有赖主人的细心照料。主人对自家花园的精心打理、完善的花园直接体现了家庭主人的爱心和耐心。老鲍顿的家庭幸福、人丁兴旺,繁茂的橡树和开满花园的花株都象征着蒸蒸日上的家庭、生活的富足、子女的精良教育。这是小说中鲍顿一家的成长背景。在罗宾逊关于家园的书写中,房屋是她非常关注的物像。所以,住宅环境的描写是她对中西部人书写的重要的一笔。

此外,作为产粮大区的中西部,"玉米带"是对这一区域的美誉,喻指此区域的农业脊梁作用。[①] 正是《西北条例》和《宅地法》等系列条例保障了中西部成为自由劳动者向往的热土,人们从四面涌来,为"面包篮子"的建设贡献了力量。罗宾逊对于中西部作为自由农业基石的角色有着深刻的理解,并且,她将这一点作为中西部内在的精神特质加以重点描摹。久未出门的老鲍顿坐着杰克驾驶的老式德索托驶出小镇,眼前的一切让他沉醉。

> 天是湛蓝湛蓝的,小山的梯田上新抽的玉米闪着莹绿的光。牧场里的牛有些和牛犊站在一起有些躺在枝叶交叠的橡树的浓荫下。……他念叨了一会儿基列过去的样子。是四周的气息撩拨了他的记忆。几乎所有的房舍后都有鸡圈和兔笼,人们养着奶牛,镇里还有足够的空地,靠一匹马或一头驴子耕了地,种上玉米。你对镇里的动物就像对

[①] 玉米带发展出了"世界上最多产的农业文明",成为美国人的面包篮子。See Edward L. Schapsmeier and Frederick H. Schapsmeier, *Prophet in Politics: Henry A. Wallace and the War Years*, 1940-1965, Ames: Iowa State University Press, 1970, p. 234.

自家的孩子一样熟悉。要是有哪头老母山羊在啃园子里的花草，你认识它，它也认识你，你只要带它回家就行了。不过，鹅挺坏的，而且吵闹得很，嘎嘎地跟着你，咬你一口，咬脚后跟。早上雄鸡一齐的打鸣声，是没法儿不被吵醒的。不过到了晚间，你会听到动物歇息了，而那声息让人也觉得安宁下来。杰克郑重其事地开着，跑出来追着车跑的狗跟了很长时间才放弃了落在后面。（罗宾逊，2010：168）

玉米田和牧场让老鲍顿思绪飞扬，眼前的一切与记忆中儿时的村落如出一辙。时光荏苒，岁月如梭，在相隔半个多世纪的同一空间下，人们的生活方式，居家的模式似乎依然如故。这样的乡村住所与埃姆斯记忆中母亲的庭院极为类似，谷仓、鸡舍，外加果园，这是中西部普通农家的基本住房设计。正是这样的悠然自得的居住形态，保持了中西部独立、傲然的地方特质。独立居所错落有致。房子带着前院和后院，前院养殖花草、后院饲养牲畜，人们的生活方式有着极大的自给自足性。自足、平和、悠扬，人的生活与自然万物节律脉动协调，这是中西部文化滋长的源泉。难怪当杰克开着旧式轿车，驶出小镇，载着父亲老鲍顿在乡村兜风时，老父亲的情绪被眼前的小镇景观撩拨，感叹道："这是上流人的生活哪。"（罗宾逊，2010：168）在如老鲍顿一样的老派中西部人眼中：平静、自足、悠然即是上流的生活。

值得一提的是，鲍顿一家子嗣绵延旺盛，而且都因人而异地接受了良好的教育。这一切都取决于祖辈的先见之明。

祖父母一代的节俭带来的奇迹意味着，房子和其中所有的东西到了年轻的父亲手上时，可说是"无债一身轻"。……鲍顿家一下子买了木制的大收音机，立式钢琴，电冰箱和炉子，都靠了祖父母凭着卓越的远见在离城十英里外的地方给他们留下了几英亩无债的土地，土地以双方都满意的租金租给了一位农民。所以说，连他们购买的物件其实也是来自冥间的赠礼，因为不用挂心生活必需品，他们可以无需欠债就能享用一些乐趣和方便。（罗宾逊，2010：51）

他们一家因为祖辈在很早的时候获得了土地，而为后人赢得了殷实富足的生活。当下的满足和惬意其实和中西部发展历史有着很大的关系。如上文我们所提到的《宅地法》的颁布，为美国中西部带来了巨大的迁移人口和飞速的经济发展。自由劳动和资本发展的双重利益叠加使得中西部人在半个世纪内完成了从垦荒到工业化的历程。虽然，小说未清楚地说明鲍顿一家移民至基列小镇的时间，但可以推测的是老鲍顿一家正是得益于《宅地法》的施行，在祖辈移居至此处后凭着他们的敏锐见识和早期投资赢得了巨大的回报。

当然，罗宾逊笔下的"应许之地"并不只有怡然和惬意的一面，未来的不确定性和道德隐患在区域发展的高潮阶段就已存在。接下来，我们将围绕多个主人公的去向讨论中西部在不同时期对于不同人的吸引力，从而深入地探究中西部"应许之地"的历史疑问和文化暗指。

对于基列，《宅地法》带来了新移民鲍顿一家，而废奴运动带来了埃姆斯的祖父。与此同时，来到这片的土地的还有黑人。这一点从《基列家书》中对黑人教堂的提及和说法就可以窥见一二。"教堂几年前就为还债而变卖，剩下的会众都搬到芝加哥去了。那时候只剩下三、四户人家。……这座小镇对他们曾经意味太多的东西。"（罗宾逊，2007：38）我们知道，南北战争后，大批非裔北上寻找自由乐土，对他们史称"exodusters"——逃离者，特指北迁的非裔人群。然而，这批离开南部的自由黑人是否如愿获得他们心中的应许之所，人们不得而知。从文本中黑人的离开和教堂的变卖情况可以推测：这批北上探寻者似乎只在中西部传统白人小镇短暂驻足，而未能如愿扎根。在工业化大发展时期，他们继续北上，涌入急需劳动工人的大都市，如芝加哥。在那里，显而易见的是，没有产业和积蓄的非裔，只能沦为城市大发展过程中出卖劳动力的产业工人，进而，成为"不带脚镣的奴隶"（Robinson, 1993）。从这一点来看，老鲍顿眼中可提供"上流生活"的恬静怡然的小镇在非裔美国人的视角下却失去魅力，而成为不得不离开的地方。可见："应许之地"吸引众多人群来到这里，但并不是所有的允诺都在之后的岁月里得到验证。黑人教堂的建立和败落成为黑人迁移者的迁移轨迹图的缩影。

显然，对非裔的包容问题是罗宾逊对中西部"应许之地"的全面解析中所关注的核心议题。这一主题在罗宾逊新作《杰克》一书中演变为这段凄美忧伤的恋情的精神内核。可以说，对"应许之地"的寻觅在杰克和黛拉相遇、相爱的过程中凸显出来，整部小说都在试图回答这一设问：安然之乡何处求？诚然，两位主人公有着众多的人生差别，如黛拉出生在循道卫理公会（Methodist）牧师家庭，所受教育良好，有着独立的思想，有一份体面的工作——高中英文老师；杰克出生在长老会牧师家庭，情感方面曾经有负于她人，多年浪迹四处、居无定所，没有体面的工作。可以肯定的是这些差别都或多或少成为两人结合的障碍，但这段关系的核心在于跨种族婚姻的社会容纳问题。两位恋人最大的差异在于：黛拉是黑人，而杰克是白人。显然，这样的跨种族恋情在20世纪美国的大部分区域是被禁止的，这种禁止既来自法律规约层面，也来自于文化认知层面。这种隔离是绝对而普遍的，根深蒂固、难以撼动。当黛拉与杰克在河边相遇，两人结伴而行，这一场景在一对白人夫妻和一个黑人男孩眼中，都是奇怪和异样的存在。当两人第一次一道外出就餐时，侍者同样用类似的眼光打量二人。黛拉去杰克租住的公寓看望他，这种行为在周围人的眼中显得极不寻常。公寓管理员不加掩饰地嘲笑和讥讽。第二天一早，黛拉离开时，管理员冷嘲热讽道："鲍顿，下次我会叫警察的，你不能带有色女子到这里。"（Robinson，2020：210）管理员冷酷地点出了问题的实质。看到黛拉这位黑人女子，甚至街边的酒鬼也振振有词："你们（黑人）有自己的区域，在这里做什么？"（Robinson，2020：211）是的，这座有着多种族的城市圣路易斯是存在显著界限的，这座城市一半是黑、一半是白（Robinson，2020：269），这种界限是不可跨越的，并不存在黑白交杂的场景和空间。有材料显示，历史上的圣路易斯城经历了从黑白分明到摒弃黑人的转变。这座城市的黑人区域在随后的岁月里几乎被全部破坏，44所黑人教堂被拆除。我们知道圣路易斯原本以它的贯通性成为中西部极具包容度的城市典型，但即便在这样的包容城市，混血家庭也无处安置。黑人教堂的建立与衰落是对南北战争后非裔迁移至中西部的过程的折射，反映的是19世纪末到20世纪上半叶"应许之地"对于黑人从接纳到排斥的历史曲折衍变。

值得特别关注的是这座城市里黑人的光耀之所——萨姆那高中（Sumner High School），这所学校是这座城市的神圣存在（Robinson，2020：272），它为黑人孩子带了知识和光明，也是黛拉的梦想的理想工作场所。然而，在跨种族婚姻这一问题上，这所教育领域的明星学校却表现得极为保守。校方认为：该校女教师与一位白人男子接触是不能谅解的行为。如此，黛拉面对的人生难题是：爱情和事业目标的冲突，而杰克直接面对的是自己的存在本身对于黛拉及她的挚爱的工作而言是难以避免的伤害。对于黛拉，他的存在就意味着伤害，对于两人刚刚萌生的爱意以及基于这种爱意的脆弱联系，这种难题就是致命的打击，是毁灭性的问题。

杰克陷入了沉思当中，除了圣路易斯之外，中西部最大的现代都市芝加哥又会如何呢？在与黛拉确定恋爱关系后，杰克渴望一份担当，他亟须为自己和妻子寻得恰当的栖居之所，他决定到芝加哥试试。在那里，他很容易就谋得了一份体面的工作——书店管理员。规律而有保障的收入、固定的居所、良好的社区关系，一切向好。更为重要的是，黑人社区近在咫尺，那里有不同教派的教堂，卫理公会主角派（A. M. E.）、浸礼会（Baptist）、五旬节派（Pentecostal），一切看起来顺理成章（Robinson，289）。尤其是杰克与房东的关系融洽，女房东在得知杰克已婚的情况后，甚至主动表态，希望杰克可以把妻子带到住所（Robinson，2020：293）。但当杰克终于和盘托出："我的妻子是有色人种女性"（Robinson，2020：294）时，一向和蔼的女房东瞬时变脸，态度大变，"那不可能，那是违法的"（Robinson，2020：294），尽管杰克一再解释"她人品出众、教养良好、受过不错的教育，此外她还是牧师的女儿，是英文老师"（Robinson，2020：294）。然而，一切解释都不及"有色人种"这样的字眼震撼，女房东无论如何也无法接受这样的事实，"她是位黑人，我这里不需要她"（Robinson，2020：294）。就这样，杰克急匆匆地离开了，"我尝试了芝加哥，但行不通"（Robinson，2020：299）。

此外，关于基列包容度的猜想，在《杰克》一书中已有所描述。我们在对早前出版的《基列家书》和《家园》的考察中，已然对杰克回归基列后，又不得不放弃离开的事实了然于胸，《杰克》一书为人们已然知晓的结果进行了文字铺垫。黛拉儿时的一则小故事揭开了杰克关于故乡基列对跨种族接受度的想象。黛拉父亲教堂的一位信徒谈到怀俄明州（Wyoming）时告诉年幼的黛拉："那个地方确实是美国的一部分，但你不是。"（Robinson，2020：233）怀俄明州在这位信徒眼中就是"一群半进化、半野蛮状态的白人在那里尽情取乐，为所欲为"（Robinson，2020：233）的地方，这种阐释和小女孩的想象——微风轻抚、山野空旷——完全不同。听过黛拉对儿时经历的讲述之后，杰克的反应是："爱荷华州又何尝不是呢？"（Robinson，2020：234）杰克几乎无法想象自己带着黛拉回到基列会遭遇怎样的奚落和口舌，甚至会让家人再次蒙羞。

有关杰克对于基列的猜想，结合《家园》阅读时，结果就更为明了。

杰克返乡,在陪伴父亲的短暂的时光里,父子二人在特定的情境下有机会就黑人民权问题展开讨论。一次是关于黑人妇女接受高等教育权利的问题。消息来自塔斯卡卢萨(Tuscaloosa),一位黑人妇女想上阿拉巴马大学,然而却遭遇到极大困难。老鲍顿给出的看法是:"我对黑人没意见。不过我的确觉得,如果他们想被接受,需要长进一点。我相信这是唯一的解决途径。"(罗宾逊,2010:160)他的神色和声调像个政坛要人似的。虽说杰克乱用了主的名,他还是努力地和颜悦色。在埃米特·蒂尔①事件的讨论中,杰克与父亲在对黑人问题上的分歧显而易见。父亲说埃米特是经过审判而被判处死刑的,而杰克则坚持认为根本没有公正的审判,埃米特只是被谋杀了。而当父亲将责任引向其父母时,杰克则变得更加忧心忡忡。这里,貌似相信审判的父亲实则根本没有兴趣深入了解事件始末,在父亲眼里,涉及非裔种族问题,大多是闹哄哄。父亲说:"所有这些——闹事,黑人是在给自己制造问题和麻烦呢。没什么理由闹得这么乱哄哄的。他们都是自找麻烦。"(罗宾逊,2010:161)从如上文本细节我们可以发现:老鲍顿表现出明显的对黑人的不耐烦和疑虑,而这一态度是20世纪中期美国社会普遍存在的种族歧视的隐性表现。彼时的美国社会,欧洲裔美国人出于基于肤色的统一感和同质性,普遍存在着对黑人的歧视和误读。在他们看来,黑人是缺乏教养的符号,他们失去了获得中西部人自律和勤奋的教育机会。因此,黑人总是与犯罪和失业联系在一起。这种错误认知成为普遍歧视的思想基础,并在半个多世纪的多起种族冲突(如1919年芝加哥暴动、1955—1956年蒙哥马利公共汽车事件、1968年夏城市骚动等)中被不断强化。在此语境下再次谈论"应许之地"对于黑人群体的接纳度,可以预见的是:黑人(包括黑人混血家庭)在这里很难真正安居。对于黑人妇女而言,驱车驶往"应许之地"甚至是件危险的事情。据此,我们可以看到,"应许"的美好的文辞性隐喻和现实之间的残酷落差。

我们知道,"二战"后,美国国内普遍洋溢着久违的乐观氛围,中西部再次迎来了继南北战争后的又一次黑人大迁移。非裔美国人带着长久以来的美好憧憬来到这里,他们期待在这里可以获得更好的经济上的收获和

---

① 1955年8月,14岁的黑人男孩埃米特·蒂尔在格林伍德附近被杀,因为据说他向一个白人店主的妻子吹了口哨。在这一事件中,两名白人疑凶被清一色的白人陪审团宣布无罪,此事成为美国民权运动的导火索之一。[美] 约翰·霍普·富兰克林:《美国黑人史》,第541页。

精神上的尊重和自由。杰克就是如上移民群体中的一位特别代表。作者智慧地将这一代表性人物设定为落魄的白人，而把种族元素隐藏在他的背后，即他的混血家庭。他虽然出生在殷实的中产阶级白人牧师家庭，然而，因为他组建了混血家庭，他的所望和千万个非裔一样。他期待自己记忆中生活无忧的"应许之乡"为混血家庭寻得栖息之地。值得关注的是：因为他的白人身份，我们很容易陷入假设中——他的诉求更容易满足或者说更有可能满足。这样一种身份设计似乎掩饰了直接的种族冲突场景。罗宾逊甚至并未为读者设计一场直面的辩论交锋。直至离开基列，杰克都没有机会或勇气直接提出问题。所有与种族关系相联系的道德的、社会的、历史的关切都在平凡小事中显现，并在平静的家庭聚会和日常闲谈中察其端倪，获得答案。

可见，在基列系列作品中，罗宾逊将圣路易斯、芝加哥和基列中西部三个不同空间融入对应许之地的讨论中。虽然我们在小说阅读中并未看到杰克寻得"吾心安处"，可贵的是，作家并未完全消除希望。无论在《杰克》还是《家园》中，我们看到的都是在逆境中的人性光辉的闪耀，《杰克》结尾处，杰克和黛拉相伴离开孟菲斯，相互信任，直面未来；《家园》中格罗瑞花园闲坐、心态平静、满怀期待，看到的更多的是希望的寄托。

如果说，对于杰克而言，中西部能否成为"应许之地"始终无法确定的话；那么，对于莱拉而言，应许之地则更多地含有包容的意义。对于莱拉而言，"大萧条"是她记忆深刻的人生时段，而爱荷华州在她人生这一时段中尤为重要。我们知道，"识字"对于每一位个体的成长都是至关重要的。于莱拉而言也是如此。识字为莱拉打开了认识世界、思考问题的大门，识字也为莱拉后期结识老牧师埃姆斯，并与之成婚积累了基本条件。信件是两人情感交流的重要途径，对此，莱拉格外重视。"现在，老牧师要在信里对她说什么呢？说什么也无所谓。哪怕普普通通的东西一旦写到信里，就好像重要了许多。"（罗宾逊，2019：72—73）。据此，可以说，识字成为莱拉日后改变自己命运的至关重要的基础，而她识字的机会来自于在"大萧条"时期的一年的居家生活和正规的学校教育。当时恰逢八年的大萧条外加肆虐的沙尘暴，做四季工的多尔和莱拉饱受折磨。"每天晚上睡觉的时候，他们都要用湿布蒙上脸。早上醒来，不得不使劲把沙子从头发、毯子、衣服上抖掉。……但当沙尘开始向北刮的时候，路上连个活物都没有。"（罗宾逊，2019：110）"现在，黄沙呛得她们不停地咳嗽，寒风打透身上的衣衫。"（罗宾逊，2019：14）

小说中，莱拉用"大崩溃"指代那段时间——事实上，作为亲历者的莱拉真正听说和使用这个词汇是多年以后的事儿。甚至在知道这个说法并使用时，依然不解其意。"崩溃"一词和莱拉的感受如出一辙，因此，"看起来，这个词用得十分准确。那时候，就像夜里风暴袭来，一觉醒来，一切都毁了，或者都没了。多恩和玛塞尔过去认识的农民全都变卖家产，远走他乡，或者干脆一走了之。留下的人也都不再需要别人帮工，或者雇不起帮工"（罗宾逊，2019：13）。经济的大萧条，伴随着美国西南部的沙尘暴气候，在冲击中，过去的伙伴因为生存的压力变得面目狰狞，"人们都变得更穷，连风也变得污浊。那时候，似乎整个世界都变了"（罗宾逊，2019：13）。然而，正是在这段时间，多尔和莱拉在爱荷华州坦慕尼（Tammany）一幢很体面的公寓找到了一份工作。"那幢房子是马克太太的，她做饭，多尔负责打扫卫生，干洗衣房的活儿，喂鸡，照料花园。这些活儿莱拉都能帮她干。多尔想让她知道，什么样的生活才是正常的生活。"（罗宾逊，2019：40）就在多尔在马克太太的房子里工作的那段时间里，莱拉上了一年学，学会怎样阅读，也能做一点简单的计算题。在那栋体面房子里的正规教育的经历，成为莱拉一生的财富。从某种意义上来讲，儿时的莱拉幸运地在爱荷华州获得了她日后获取绵延不绝的精神财富的能力，这种能力极大地丰富了她的精神世界，使得她成为一个有思想的、会表达的人。对于这段发生在爱荷华州的经历，莱拉极为珍视。因此，在刚刚有地理概念的年幼的莱拉脑海中，爱荷华州仿佛是庇护所一般的存在。

刚到坦慕尼那所学校的时候，老师问莱拉，他们生活在什么国家？而当时的莱拉并没有国家的概念，她只看到：那时候，玉米长得很高，太阳很热，一年里那个季节河水的水位也很高。于是，她说："在我看来生活在一个很不错的国家。"显然从知识考查的角度来看，莱拉的回答是错误的，这样的回答只会招人嘲笑。她甚至连自己的国家名都答不上来，孩子们为此哄堂大笑。然而，莱拉的直觉感受才是她给出"很不错"答案的原因，莱拉眼前的玉米的故乡，天气温暖，河水充足，这就是美好的殷实的国度。正是在这样美好的国度，她正享受着人生中至关重要而又极为珍贵的正规学校教育，这个不错的国家就是她的应许之乡。老师最终解释了具体的地名，这是美利坚合众国的爱荷华州的坦慕尼县。关于坦慕尼县，老师特意解释了它的由来，他是一位印第安酋长的名字，对威廉·潘恩①很友好。我们知道：威廉·潘恩在早期美国清教史中，是异教的代名词，当时的清教社会氛围下，所有的异教都要被驱逐和排斥。然而，坦慕尼县的祖先却与他很友好，这里传递的信息是——这里有着包容和接纳的传统，这种传统与莱拉的现实感受是相吻合的。这是"大崩溃"那八年中，莱拉最为幸运的经历（罗宾逊，2019：13）。

然而，如上的应许是脆弱而无法延续的，只需一丁点的事件，莱拉的不错感受就会被中断。果然，多尔和马克太太的矛盾在不断积累中爆发，"我可懒得再听这个女人唠叨了。她可以自个儿去晾晒她洗过的那些破衣服"（罗宾逊，2019：40）。至此，莱拉失去了自己的应许之地，这种应许本身就是临时的、巧合的。它没有契约、没有保障，任何的外界环境的变化都能打破这种美好，这一区域对于莱拉的应许似乎一直带着这种不确定性。巧合加未来的不确定性就是莱拉的应许之地始终携带的基本特质。

多年后，莱拉再次踏入爱荷华州这片曾经在少年时期滋养她的土地，她同样是毫无计划的。从圣路易斯出发，北上的路线貌似毫无设计、纯属偶然。然而，结合莱拉过往仅有的欢乐记忆来看，这应该也是冥冥之中注定的，她的运气还是不错的。"走到基列，已经累得筋疲力尽。举目四顾，她注意到几株杨树旁边有一幢小房子。就是那种不知道什么人盖了之后，没住多久便和周围的田地一起弃之不用的小屋。她寻思进去看看。进去之后就断定，这房子是被人遗弃的。"（罗宾逊，2019：24）莱拉在精疲力竭之际，基列收留了她。基列成为她的容身之地。很快，她就在这座小镇生存下来。

> 河里有的是鱼，树林里可以采到蒲公英嫩叶、蘑菇。如果你愿意，还可以嚼松下兰。可以吃许多植物的根、香蒲、野生的胡萝卜。如果你知道怎么采、怎么煮，荨麻也很好吃。多尔说，只要知道什么东西吃不死你就行了。大多数人不吃松鼠，可是你可以吃。如果需要，乌龟、蛇也都能吃。不过这种日子莱拉也不能过多久。天气一冷

---

① 威廉·潘恩（William Penn，1644—1718），英国著名房地产商、哲学家、贵格派早期主要成员，也是美国宾夕法尼亚州的创始人。他的名言是"耐心和勤奋，就像信仰一样，能够开天辟地"。参见［美］罗宾逊《莱拉》，第119页。

就麻烦了。她想独自一人在一个地方待一段时间。虽然孤独没什么好，但是她实在想不出还有什么比孤独更好的事情。也许孤独寂寞使得她隔几天就走一英里多路，去一趟镇子，去看看那里的房屋、店铺、花园。（罗宾逊，2019：25）

就这样，莱拉暂时居住在小镇边上的棚屋里，并靠着自己的劳动换取微薄的收入，然而，这已然是一种应许。她犹豫什么时间积累够足够的车票钱就此离开。然而，上帝的垂青又一次降临到莱拉的头上。她在一个雨天的星期日闯入教堂，至此，她的人生被改变。她与牧师相爱，并走进婚姻的殿堂。基列，终于接纳了她。应着莱拉之口的"你应该娶我"（罗宾逊，2007：58）的不情之请，老牧师埃姆斯把莱拉迎娶回家，俩人走在了一起。莱拉终于在爱荷华的基列小镇找到了属于自己的栖息之所。

成为埃姆斯妻子的莱拉，想到了重修并扩大花园。她也"确实喜欢在牧师的花园里活儿。……她喜欢鼻翼间缭绕着的泥土的气息，喜欢手捧泥土的感觉。甚至洗掉手上泥土的时候，她都有点恋恋不舍"（罗宾逊，2019：14）。是的，在莱拉心目中，应许和庇护总是和土地联系在一起的，前半生中漂泊四处，在各地农收时节打零工的生活也已然在她心目打造了这样一种认知——土地是人可依靠和皈依的所在。

当时的中西部小镇人在居家设计上有着比较相类似的做法：通常居所门厅处会设计长廊环绕着屋子，门廊往往用红白旗布装点着，间或装饰着用天竺葵（Geraniums）和凤仙花（impatiens）花篮。这样的房屋设计图片在各大杂志、邮购手册、电视节目和旅行手册中反复出现，形成了关于中西部中产阶层居家住宅环境的典型形象（Cayton，2001：24）。天竺葵往往成为家庭和谐、生活美满的象征，在自家窗台养殖天竺葵已然包含在中西部人的生活传统中。莱拉终获家庭，对于自己的新家庭，她以自己的方式投入其中。像诸多中西部主妇一样，她也在自家的窗台摆放养殖天竺葵。"冰霜总会把它们冻死，干吗非得浪费。你从来都不浪费东西。她对孩子说。她把挖回来的红天竺葵装到玻璃杯里，放到窗台上，让它生出根来。那花儿看起来那么漂亮。"（罗宾逊，2019：125）当然，在埃姆斯一家，天竺葵有了更多的象征。老牧师家窗台上的天竺葵是莱拉从埃姆斯已然过世的妻子的墓地里采回家的，她将挖回来的天竺葵装到瓶里，在窗台养殖。莱拉的这一举动带有明显的象征意义，即复活埃姆斯家庭生机的意味，甚而，可以想象的是她的这一行为是将埃姆斯已然消逝的家庭亲情生活再次延续。

面对着窗台上的天竺葵，莱拉对腹中的孩子讲话，在这段话语中，生命延续的意味显得尤为为浓重而丰满。莱拉对孩子说："世界已经存在了那么久，什么东西都有它存在的道理。你要小心谨慎。实际上你从来都不会知道自己手里握着什么。"（罗宾逊，2019：138）在重归体面的正轨生活后，孕期的莱拉时而展望未来的生活。"她想，如果我们在这儿待着，用不了多久，你就会坐在桌子旁边。我忙着做饭给你吃。窗外雪花飘飘，看到我们在这儿待着，老牧师那么高兴。他会到书房里为这一切祈祷。窗台上，天竺葵开得正盛。红色的。不要不知足。她对自己说。"（罗宾逊，2019：138）显然，莱拉对于眼前的一切都是极为珍视的，她不断告诫自己不要不知足；然而，老牧师毕竟已至暮年，基列的"应许"会不会随着老牧师埃姆斯的过世而发生变化呢？她和幼子的未来生活如何打理？自己是否会重回颠沛流离的生活，所有这一切不得而知。其中所蕴含的不确定感确实是现实存在的。因此，在莱拉的脑海中始终不断盘桓着种种顾虑和疑问。过往和多尔在一起的生活依稀在目，多尔的身影在她现实的生活中不断浮现。"此刻，她又在想念多尔。许多年来，她一直属于某个人。就像小牛犊和她的牛妈妈。没错儿。"（罗宾逊，2019：205）"多尔一定会喜欢那个厨房。……莱拉每天都像多尔在坦慕尼时那样，把厨房收拾得干干净净。莱拉这样做有点怪，可是如果她在那儿故意磨磨蹭蹭，假装打扫卫生，也只是想让日子过得更轻松一点。"（罗宾逊，2019：125）

莱拉内心挥之不去的顾虑是可以理解的。从纵向看，这种心绪连接着莱拉的过往，她的生命从一开始就没有安全感，生活中充满了偶然——幼年时期就被家人冷落，然后被一个流浪者抱走。从此，以大地为母，饥寒露宿，辗转四处。随后，又经历了多尔一反常态的暴力和随后的失踪，以及圣路易斯的充满情欲的蒙昧生活。此后，莱拉迎来了生命中最大的偶然——埃姆斯的爱情。然而，由爱情带来的应许和平静并无法消解莱拉多年以来内心的忧虑。放到纵向线条上去理解这一人物时，我们才能真正理解并进入她。显然，过往并意味着不留痕迹的遗忘，相反，它会随着时间的流逝逐渐内化为人的认知的一部分，并与当下现实发生关联。这一点，在莱拉身上极为明显。过往已然积淀在莱拉的思绪中，对应许之地的不确定感始终伴随着她，以至犹疑成为这一人物的基本性格。

依此，我们发现，在莱拉的生命中，爱荷华以庇护所的形态出现过两次。第一次是年少时节，莱拉在被多尔的养育过程中，有幸在这里度过一年美好的时光，使得她有机会习得阅读的能力，这一能力使得莱拉有机会发展成为一位精神饱满的角色。第二次是在中年时段。莱拉在这里幸运地收获了爱情，组建了家庭。诚然，作为一位流浪女孩，莱拉是幸运的，她已然回归了中西部典型的中产生活。然而，当我们细致梳理时会发现，莱拉的幸运是偶发的，是超乎日常逻辑的，她所书写的并不是中西部典型的自力更生收获财富的梦想旅程。因此，她所拥有的应许之所是那么的脆弱，可以推测的是：老牧师过世后，并无积蓄和技能的莱拉必然再次面对打工度日的生活，在基列并无根基的她很大程度上会离开。或许，当基列的乳香和应许在老年莱拉的脑海中再次浮现时，它已如明日黄花，是梦影般的存在。假如我们把彼时的基列置于时代的线索中，对它所代表的整个区域文化加以考察时，我们会发现：在当代社会发展中，进入 20 世纪后半叶的中西部产生了极大的落差。传统的"应许之地"面对着史无前例的巨变和压力。单一、肤浅和沉闷取代了独立、自由和进步的传统印象，中西部似乎已然失去了它曾经拥有的地域和文化标志。对于多数人来说，中西部的故事意味着反讽，逃离或摒弃。在此语境下，玛丽莲·罗宾逊极具田园乡愁味的区域书写将读者缓缓带入那个曾经应许之地。然而，无论历史的梦转千回多么撩拨人的思绪，对于漂泊者和有色人种，该区域给予的接受和应许都是摇摆犹豫的；与此相反，作品透漏出的中西部衰败和无力的印象却是无法避免的，中西部作为"应许之地"的历史光晕已然消逝，重振经济、重树标杆已然是中西部人不言而喻的时代使命。

综上所述，在讨论罗宾逊笔下的"应许之乡"时，我们将其置放于特定地域文化和思想发展的纵向脉络中考察，关联不同时期的精神领地意象，从而勾勒出区域文化图谱（Cayton, 2001: 30—31）。19 世纪早期的中西部区域被界定为草原主义经济和农耕文化，这是这一地域性界定常态。随着资本的积累，该区域由农耕和畜牧经济常态发展为以芝加哥和俄亥俄州为代表的城市工业文化，并在 20 世纪不可避免地进入消费时代的洪流。在 20 世纪晚些时候，该区域遭遇了经济和文化上的萧条。进入 21 世纪的中西部正在经历深刻的经济重构。服务业、教育、高科技和健康似乎是新世纪的地区引擎。事实上，这一区域的局部具体表征与美国国家民族主义的确立过程基本吻合——自由、发展是这一区域近两百年的发展理念。历史学家詹姆斯·特拉斯洛·亚当斯（James Truslow Adams）在《美国史诗》中将美国国家精神定义为"真正的个人探索和为永恒的生命价值而奋斗"（1931：406），是普通人在"集体精神和智力生活的自由领域中"（415）达到"充分的地位"（412）。这里的梦想的核心：追逐自己梦想，即不需要别人来为你确定和安排你的未来。这个梦想与国家独立运动时期的民族梦想相反，它要消解作为独立运动时所需要的整体性，回归到另一种分散状态。它带来的是另一个独立，即国家独立没有能带来的独立——个人的独立。"应许"之意应该更多地指向个体梦想的实现。中西部热土正是因为在如上多个特定的历史时期，都赋予人们特定的应许和诺言；因而，吸引了不同背景、不同阶层、不同种族的人们奔赴而去，或是为了实现经济梦想、或是为了躲避政治、宗教和种族的异端迫害、或是为了享有更多的空间、或是为了获得心灵的抚慰。借着小说的力量，这一区域价值主要从区域内部人们主要的生活方式和生存境况得以细致呈现，透过具象的形形色色的人物经历，我们得以对区域精神有着更为深刻的把握。

自从确立《西北条例》以来，中西部应许之地的传统印象，历经了漫长的百年发展，直至20世纪初，这一区域形象融合了资本、小镇、保守以及压抑的精神特质。这片土地的精神特质极具矛盾性，它养育着那些精神特质常处于矛盾状态的人，他们友善自律同时又保守狭隘、多样包容同时又持遗风傲骨、开拓竞争同时又藏迟缓之态。他们激进地倡导平等人权，同时又排斥异族，或者说他们以对黑人的纯粹排斥来倡导种族平等，这样的精神两极总是让人们很难摸得着头脑，难以理解。当我们仔细分析时会发现，这样的发现和描述多是对中西部精神的起始和终端的描述，而缺失了中间的百年发展脉络。然而，缺失中间部分的多样动态变化脉络，贸然地将起始两端的表象进行呈现，多使读者惊讶不解。鉴于此，逻辑的空白之处亟须真实科学的中西部精神风貌的描摹加以填充。因此，我们将历史事件因素引入研究，从而形成逻辑上的因果或发展关系。个体化、具体化、细节性是我们对于罗宾逊小说研究的重要基本原则。当今时代，世界范围内身份政治不断扩延，地域与身份研究兴趣的持续增长，忽略美国中西部这一特殊区域的研究是反历史的，也是违背历史发展规律的。即便中西部已然不是美国的核心，已然被边缘化，这片土地也依然是世界历史和文学研究的核心（Cayton，2001：26）。

第三章

身份归属

当我们把对身份归属的渴望与"我是谁?"这一本体论上的自我追问联系在一起时,很容易理解对身份归属的思考就是对于心灵安适之所的追问。对于这一问题的思考,我们着眼于个人与特定社会群体间的认同关系。我们将把个人置于复杂而多元的动态社会体系中考察,重点考察人们在某一群体中获得归属感的特性构成问题。这种特性可能是既定性的(如性别、年龄、种族等),也可能是选择性的(收入、价值观念、教育程度等)共同特性因素。归属某一群体取决于在诸多的特性因素中,哪些被选中作为"定义"身份的特性,可以说,对人的身份划分过程是带有强烈政治色彩的。那些被选中的定义性的特性必定是在历史和现实语境中被人为地构建,必定将随着时间和空间的变化而变化,不断地变迁流动,从而对什么是定义归属的标准产生重大影响。正如霍尔所言:"应该把身份视所一种'生产',它永不完结,永远处于过程之中,而且总是在内部而非外部构成的再现。"(2000:208)对身份归属的思考与人们的生活方式紧密地联系在一起,强调"'真正的现在'在塑造文化身份中的作用,认为文化身份既是一种'存在',又是一种'变化',它在连续性中有着差异,而在差异中伴随着连续性持续的存在"(汪民安,2007:284)。有关身份的观念伴随着文化的不同而不同,伴随着时段的不同而不同。

不难看出,身份的界定和解读绝非中立之所,而是被他人建构和设计的,负载着浓郁的意识形态色彩和特征。身份认同与归属的另一面即是排除与隔离。罗宾逊小说所呈现的心灵栖所的含义中既含有对恰当的同质因素的认同和庇护,同时也具有对异质因素的控制、清除和隔离,其归属意识的构建显然具有冲突、异化和排他的特征。小说文本在界定或区别异质人群时,往往以血统、肤色、性别和年龄等为基础,并与经济地位、道德缺陷相联系。归属于同一团体的人们往往"拥有同样血液、种族、阶级、性别或信仰"（R. M. George，1996：9），正是基于这样那样的亲缘关系，人们获得成为其中一员的资格，而这种身份归属关系往往"由关爱、恐惧、权力、欲望、控制力构成的黏结链所维系着"（R. M. George，1996：9）。罗宾逊将其观察视角锁定于那些被排除在外的异质个体身上，透过他们的喜怒哀乐，将不同身份的人所拥有的不同归属感进行了生动诠释。《管家》中无依无靠、年幼丧母的露丝和露西尔俩姐妹，《基列家书》中身患重疾、已值暮年的埃姆斯，《家园》中人到中年、历经挫折而返乡的格罗瑞，《莱拉》中漂泊不定、犹疑徘徊的莱拉，《杰克》中穷困潦倒却努力为混血家庭寻得栖居之所的杰克，他们或是因为天性孤僻，或是因为身体疾病导致的心理认知偏见，或是因为过往所犯之错，或是命运所致，都在自己本应感到惬意、自如的家园中保持了淡漠、蜷缩的生存状态。

本章对罗宾逊小说身份归属的探讨将从不同种族（黑人和白人）、不同性别和不同年龄的人们所承载的不同的思想观念入手，深入分析不同人群追求归属过程的经历和感受，对具体人物在特定群体中的行为选择进行理性阐释，挖掘其背后的意志倾向和情感投射，进而梳理人们归属心理的变化轨迹。

第一节　种族身份：抚慰之乡的隐蔽界限

《基列家书》题名中的"基列"一词源于《圣经·旧约》，指的是地处约旦河东，从摩押平原北界、盐海的北端，直到雅穆河之间的山地（白云晓，2001：158）。此地因盛产乳香可医治创伤而闻名于世，"基列"因此被引申为逃亡者的避难之所、受伤者的抚慰之地。在美国非裔文化传统中，基列的乳香被解读为医治拯救有罪之人的良药。罗宾逊以包含如此鲜明隐喻含义的地名作书名，昭示了她对种族问题的关注。种族身份成为《基列家书》及其后续系列作品所探讨的核心问题之一。这也许就是奥巴马将《基列家书》称为"改变我一生的作品"（O. K. Henderson，2013），并将它与爱默生的《论自助》共同放在个人脸书（Facebook），向公众推荐的原因。

美国有色人种问题由来已久，它犹如悬挂在这个国家头上的达摩克利斯之剑（富兰克林，1988：369），时刻警醒人们，罪孽的奴隶制曾经给予这个国家怎样的多重苦难。在美国国家早期历史中，奴隶制构成了黑人受害叙事的原始场景。作为一种集体记忆形式和民族身份形成的基础，奴隶制奠定了美国黑人受害叙事的基调，在漫长的种族发展史中，黑人受害者身份成为稳定的文学叙事定位。当然，在不同的历史时期、受不同的社会元素的影响，受害叙事经历了不同的衍变阶段：分别表现为内战前毫无人身自由的黑人奴隶形象、内战后在政治、经济、教育等方面处于劣势地位的他者形象、大移民热潮后城市贫民窟的流浪黑人形象、被主流文化阉割的黑人男性形象、20世纪50年代伴随着女权主义运动而备受关注的黑人女性受害者形象等，他们之间互为经纬，建构了非裔美国文学史上一个庞大的受害叙事传统（陈海容，2019：27）。

在对美国黑人受害者身份的研究中，非裔作家是核心的创作群体，或许因为自身身份的原因，非裔作家对于黑人的身份塑造往往脱离不了奴隶制的思想烙印而陷入黑人受害/白人施害的固化模式中。作为一位白人学院派作家，罗宾逊对于种族身份问题的思考立足于她特有的思辨立场，规避了黑人受害/白人施害的刻板的二元对立模式。她并未在故事叙述中大篇幅地直接论述美国黑人作为受害者的生活状况，而将注意力投射到种族关系中的白人无知或盲视问题，把批评的矛头对准自认为没有问题的白人一方，同时以细腻的笔触还原废奴语境下的多重社会思想，以记忆叙述的方式展现种族界限问题，从而将种族叙事多样化。罗宾逊始终在日常叙事的范畴里实践着对于种族关系中人性的观察，通过对日常生活的体悟去理解和把握有关受害与施害的话语。罗宾逊笔下的黑人受害者大多隐身于白人人物的话语中，并未登上前台；激进的废奴施救者往往并不被普通大众所认可；与此同时，那些自诩为无辜的人们却不经意间成为无动于衷的施害者。透过日常生活去理解复杂多维的种族关系，这使得罗宾逊可以立足于普遍的人性心灵，从细微处洞悉人们独特的生存方式以及他们彼此间的隐蔽的心灵界限，从而对种族关系中更为隐蔽、更为普遍、甚至已然是常态的部分予以呈现，促发强大的自省和反思力量。

基列系列故事围绕美国爱荷华州两户中产阶级白人家庭而展开，在《基列家书》中，罗宾逊将大量篇幅用于历时性故事叙述，埃姆斯家族四代人的故事俨然就是一部浓缩的美国近代史。小说聚焦于一个拥有悠久历史的牧师家族，故事涉及从19世纪中叶到20世纪中叶近百年的跨度，呈现出历时性视角。小说叙事时间起点选择为19世纪中期，这并不是偶然。诚然，在美国历史中，也许没有哪一个十年像南北战争前的十年那样充满了紧张和危急。19世纪中期，以黑人种族问题为中心的各类危机不断涌现，而大多数危机又都同奴隶制问题紧密相连。废奴运动风起云涌，各方势力角逐不断，逐步呈现出不可调和的势头。小说中，埃姆斯家族深处这一血雨腥风的时代。文本对种族问题的反映主要以埃姆斯祖父与父亲间的不同的废奴主张为切入点。激进的祖父为了帮助自由土壤党①人争取选举权不惜举家从缅因州迁移至堪萨斯。那里成为祖父为实现废奴理想而战斗的地方。对于祖父来讲，堪萨斯已然成为某种信仰和精神的寄托，是其人生理想的奋斗地和实现地。他曾经在这里为堪萨斯州以自由州身份加入联邦而奔走呼号。在战争中，祖父奋不顾身、超然而忘我；在生活中，即便捉襟见肘、日趋拮据，他同样以基督式慈善之举救助乡里邻居。一把锯、一盒钉子，甚至自己床上的毯子，他都会送人，可以说，祖父在助人方面怀有一种惯常的"忘我"情怀。母亲则为了保留生活的基本所需，不得不挖空心思，将为数不多的钱藏到厨房不同的瓶罐当中，她用"极端的友谊"（罗宾逊，2007：49）来描述祖父和废奴战争倡议者们之间的关系。

祖父全身心投入废奴事业，然而，这位在黑人受害叙事传统中出于施救者角色的祖父却很难被家人理解。祖父晚年在与父亲一家同住的短暂时间内，虽然父母对老头子（祖父）保持着应有的尊重，但父子之间很少交流。后来，父亲在处理祖父遗物时，表现出了他对于祖父的复杂情感。祖父过世后，留在家中的遗物包括"几件曾经是白色的衬衫、几十篇布道用的手稿、一些用细绳捆着的纸和一把枪"（罗宾逊，2007：84）。在所有遗物中，枪支的处理颇为周折。父亲先是把它埋到一个足有四英尺深的坑内，大约一个月之后，他又把枪挖了出来，扔到河里。对于祖父留下的枪和带血的衬衫，父亲很厌恶。他认为：祖父留下的那些东西似乎是对他的一种冒犯。这种态度反映了父亲对于用武力解决种族问题持不屑和反对的态度。祖父和父亲最为突出的矛盾反映在祖父对于自己的晚年归宿的选择上。晚年的祖父选择孤身一人重返堪萨斯，仿佛只有在堪萨斯这片他

---

① 1848—1854年反对奴隶制的美国政党提出"自由土壤、自由言论、自由劳动、自由人民"的政治口号。See "Free‑Soil Party, Political Party, United States", *Britannica*, https：//www.britannica.com/topic/Free-Soil-Party.

曾经为之战斗的热土，他才可以找到归属感。祖父在那里度过自己孤独的晚年，并安葬在那里。在祖父去世后若干年，父亲不远千里，带着"我"远赴堪萨斯州祖父的坟前祭奠，并以此作为自己曾经对祖父说出的让人"心痛欲绝"（罗宾逊，2007：9）的话的弥补或赎罪，"父亲深深地鞠了一躬，开始祈祷，代已经作古的祖父向主致意，乞求主的原谅，也乞求祖父的原谅"（罗宾逊，2007：13）。在静谧而美好的夜晚，祖孙三代实现了心性沟通。"祖父的坟茔、父亲和我，就在太阳和月亮中间"（罗宾逊，2007：14）。可见，即便历经辛苦，"我"和父亲也只能以祭祖的方式迎来祖父的回归，谅解只能以一种无言的象征行为达成。

祖父和父亲的裂痕根源在于两人对于废奴的意义和方式的不同见解。祖父代表着从原则论出发的践行派别，而父亲则代表了从结论出发的和平派。父亲代表着重建时期的多数民众，"我"和小镇后人都站在父亲一方。对于这种分歧，我们在第二章曾经从基督教伦理观和哲学认知思路的角度出发，阐释了两者之间的不可调和性。需要强调的是："我"和"父亲"所代表的重建时期的社会主流观念实质上是由白人的无知或盲视而致，这里，罗宾逊"把批判的眼光从种族主义的受害方转向加害方，从被描述和被想象的一方转向主动描述和想象的一方"（转引自陈后亮、马可，2020：128）。

对于白人的无知，评论界对此有不同的分析，最早提出这一概念的是黑人作家杜波依斯，他用这一概念指白人对黑人真实状况的无知（qtd. in Roediger, 1998：184）。他们出于种族偏见，并受历史上那些伪科学话语误导，往往认为黑人都是进化不完整的野蛮人，智力低下、感情麻木、肌肉发达，只适宜被当作牛马对待，为白人服务。杜波依斯曾把这种无知视为种族主义产生的根源，认为只要消除这种无知，种族主义自然就会瓦解。显然，在理解罗宾逊的小说时，白人无知视角不做此解释，而要比这样的无知更具隐蔽性。"父亲"的无知表现为漠视，这种漠视被隐藏在基督教不可杀戮的戒条下，也隐藏在结果至上的思考逻辑里；"我"和众多小镇人的盲视也并不是基于杜波伊斯所言的生物学上的偏见，而是某种有选择、带着意图的选择性的回避。结合当时的社会语境来看，奴隶制度因与基督教伦理背道而驰而饱受诟病，废奴已然得到社会普遍共识。然而，只因奴隶不在自身的生活圈子，或因废奴可能带来的预期的战争祸事、一部分白人甚至是白人中的福音传播者，选择了盲视，将这件事搁置，期待在更长远的时间，通过伦理教化达成废奴目的，但是，我们知道，结合当时堪萨斯民选主权背景，或西进过程中带来的废奴与蓄奴的制度之争，这样的教化选择是没有办法践行的，其实质无异于放弃废奴主张。可见，激进主义和和平主义的界限代表的是施救者和盲视者的裂痕，罗宾逊将这种思想裂痕置放于白人家族内部，反映了她对于种族问题的隐蔽性和复杂性的深刻洞察。

在漫长的时间推移中，白人选择性的无视一直弥漫着。面对南方重建的失败和黑人选举权的事实性丧失，基于白人优越主义的无视始终存在，并成为美国社会基底文化的一部分。如果说奴隶制是以制度形式展现的对人"生而平等"的无视，那么，"父亲""我"和大多数民众的和平主义选择就是一种冠以美好道德选择的文化无视。在小说叙事的下一个时间节点，这种无视更为突出。在《家园》中，罗宾逊选择20世纪50年代作为历史与现时相互呼应的节点，以杰克归家的故事为主线索，将对种族身份的探讨引入到较近的年代。在作者接受采访中，当谈及为什么20世纪50年代总是能激发她的更多想象时，她这样解释道："50年代是没有当代生活负累的现代时期，当时的人们拥有真正意义上的独处，当人们寻求与他人的接触时，这也是某种意义上源于真实需求的选择。同时，那个时代所提出的问题今天依然存在。"（Robinson，2014a）小说文本中，正是20世纪50年代这个特殊的节点将小镇四代人对种族问题的迥异态度聚集起来，引发思想的碰撞。首先，这一时期的社会现状是对百年前废奴人奋斗目标的反拨。为了废除奴隶制，祖父那代人不惜流血牺牲，然而，废除奴隶制却并未带来自由和和平，结果未遂人愿，黑人及混血家庭面临的各种问题（婚姻的合法性、就业、教育等）依然以更加隐性的方式继续存在。其次，现代社会下，财富的急速聚集促进了人们对权利的追求。大规模的黑人运动正在酝酿中。20世纪50年代的美国正处于民权运动的前夕，各种力量在此期间碰撞激荡，或保守或激进。在此语境下，个体的态度和选择极具象征意味。

鲍顿家族的问题集中体现在杰克身上，这位鲍顿家的浪子，从年幼时期就处于疏远而游离的状态。年轻时，他对一位家境贫寒的女孩子犯下始乱终弃的大错，使鲍顿家族蒙羞。如今他又遭遇了更大的人生难题——跨种族婚姻问题。杰克回来后的种种行为饱含着对于过往与家人共聚相处的亲情的渴望和怀念。他渴望家的回归，渴望在自己的故土被家人接纳谅解，寻得一栖之枝。南北战争百年之后，杰克和黛拉的跨种族婚姻依然面临重重问题。首先，他们的婚姻在当时的社会条件下，是不被认可的。在美国并不算悠久的历史中，跨种族婚姻在大多数地区曾被视为禁忌，不被接受。在杰克与黛拉生活的20世纪50年代，无论是在孟菲斯还是在路易斯安那，再或是杰克千里迢迢返回的基列，他们的婚姻都不被普遍接受，"非法同居"的他们很难找到接受他们的宜居之地。其次，杰克和黛拉的婚姻更大的障碍来自儿子罗伯特的未来教育问题。20世纪中期的美国，混血儿童面临严峻的入学问题。欧裔美国人清清楚楚地将他们生活的世界划分为黑白两个极限，混血子女不能有"居中"身份，只能随他们的黑人母亲（埃文斯，1995：38）。此外，在住房方面，黑人存在着极大困难。杰克的跨种族婚姻给他寻找固定的居所带有诸多不便。虽然他在圣路易斯找到一处还算"体面"的房子，但是所谓"体面"，不过是：如果他"带一个黑人老婆和孩子回去，就会立刻被他们赶到大马路上"（罗宾逊，2007：244）。终于，杰克在黑人和白人混杂居住的地方按揭了一套房子。但是当他的混血婚姻状况被老板发觉后，因为其老板"要为自己的好名声考虑"而将其开除。当然，失业的并不仅是杰克，黛拉也因为她的混血婚姻被有色人种学校解雇，所以，多年来，杰克和黛拉一直居无定所，可以说，他们的跨种族婚姻举步维艰。

因为他们的跨种族爱情，杰克一家人必定遭遇到诸多方面的挑战，而且这种挑战或困难多以社会制度的方式存在，并逐渐由制度转化成社会观念，制度与观念彼此转化、相互滋生、相互依赖，久而久之而变得难以撼动。首先，早在伊丽莎白时期的英国，黑色就象征着罪与邪；白色则代表着真善美；它含有根深蒂固的道德观。① 这种观念在欧洲初现，跨越大西

---

① 非洲人被看成是危害性极大、天生缺德的野蛮人，他们的七情六欲被视为不可思议，被禁止外露。白人就黑人是否具有人性争执不休。黑人的性袭击危险和性吸引力自始至终交织在奴隶贩、奴隶主的种族态度和暴力行为之中。正如历史上的征服者的兵将总要强奸被征服者一样，对非洲妇女的性统治再次体现了白人的威风。在奴隶极多、白人妇女极少的地方，如西印度群岛和南卡罗来纳州，白人男子和黑人妇女之间的接触较为普遍，有时甚至是双方互相产生吸引力。如1732年，《南卡罗来纳报》发表了一首蜥蜴变色后果的诗歌："此种恋情不足怪，两相情愿吸引快；黑种不乏有佳丽（煤灰黑罪染全身），卿卿我我一团黑。"对于白人男性来说，与非洲人的性关系也会损失其文明的基督徒——即白人身份。白人男子往往有这种性关系，但又公开否认并谴责此种行为。参见［美］萨拉·M.埃文斯《为自由而生——美国妇女历史》，杨俊峰译，辽宁人民出版社1995年版，第38页。

洋，在北美扎根生长，绵延数百年，深刻地影响着美国的国家文化原色。美国白人对于黑色的恐惧由来已久，白人大种植园主害怕奴隶们的怨恨和可能发生的反抗，不仅将奴隶视为危险，而且视为"怪类"。可以理解，在此观念下，跨种族婚姻在制度上被严格禁止，在社会文化上不被接受。事实上，直到1967年6月12日，美国最高法院废除了弗吉尼亚州的一项禁止白人与其他种族通婚的法令。① 其次，由于跨种族婚姻无法被社会接纳，他们只能以非法同居的方式存在，并且无法获得自己的合法居所，如从1935—1950年美国一共建造了一千一百万所住宅。然而，对于凡是得到联邦资助的住宅，在联邦住房管理局的住房手册中就规定有种族政策，即："邻里间如欲保持稳定的关系，有必要使房产继续为相同的社会和种族等级所占有"（富兰克林，1988：563）。事实上，在20世纪上半叶，限制公民权和分立管理的法律，已经制度化，并发展成完整的种族隔离体系，几乎涉及美国人生活的每个角落。无孔不入的种族隔离制度涉及学校、剧院、旅馆、医院、电影院、运动场、售票处、候车厅、养老院、孤儿院甚至妓院和公墓等黑人与白人可能接触的任何场所（钱乘旦，2009：417）。非洲裔美国人受到各州法律的限制，不能与白人乘同一节车厢、坐在同一间候车室，也不能用同一个的厕所，在同一个餐馆就餐，甚至不能进同一家剧院。许多公园、海滨和野餐场所都不允许黑人进入，很多医院不接受黑人病人。黑人往往只能坐在公共汽车的后部，使用分离的水龙头、分离的洗手间以及分离的医院和分离的墓地。可见，异族禁婚及种族隔离的法律是杰克归乡的障碍，因为这一法律障碍，这个世人眼中"非法同居"的家庭必将遭遇来自居所、就业、教育、交通等方方面面的困难。

20世纪打着"隔离但平等"旗号的种族隔离制度，仿佛是一道看似无形、但又无处不在的屏障，将美国大部分领土分成黑人与白人两个泾渭分明的世界。这种界限的实质是社会整体对于黑人种族的更为隐蔽的无视。这不是一般意义上的误解或无知，而是对真实状况有意回避，"是他们刻意培养出来的无知"（Sullivan and Tuana，2007：3）。米尔斯（Mills）认为这种无知与马克思所说的"意识形态"、福柯所说的"话

---

① 这项裁决同时也推翻了美国其他15个州反对黑白种族通婚的法律，承认"能够自由结婚，是自由人追求幸福必不可少的重要个人权利之一"。See Peter Wallenstein, *Tell the Court I Love My Wife: Race, Marriage and Law-An American History*, New York: Palgrave Macmillan, 2002, 24。

语"、布迪厄所说的"习性"意义相近,可被理解为"一种用于感知和阐释的特殊光学棱镜,一种世界观","一种对世界的特定认知倾向","一种获得某些错误知识的先验倾向"(Mills,2015:218)。

　　对于来自白人世界的隐蔽的或是有意的无视,《家园》一书中有细致的呈现。因为妻儿的异族身份,归返家乡的杰克只能小心翼翼,以迂回的方式试探性地为自己心中的疑问寻找答案。当杰克表现出对亚拉巴马州大学事件①的极大热情时,老鲍顿并没有意识到事件的历史意义,更没有意识到儿子杰克对这一事件的格外关注可能缘于自身的特殊处境。他始终认为白人与黑人的矛盾根源在于黑人不够长进,自找麻烦。类似的情况还有:杰克对有关蒙哥马利②的新闻报道极为关注,他坚持认为非暴力运动是合法合理的。然而,面对电视屏幕上"带着防暴警棍的白人警察正对黑人游行者又推又拉"(罗宾逊,2010:97),老父亲却说:"没有必要为那种骚乱烦恼。再过六个月,谁也不会记得还有这回事了。"对于老鲍顿来讲,警方对黑人动用暴力不值一提,这种事情"层出不穷"(100)。甚至对于埃米特·蒂尔事件,父亲也全然不顾涉案者仅仅是一位14岁的孩子,而选择相信形式上的审判,父亲说:"我想肯定不止这点,杰克。我

---

　　① 当亚拉巴马州接到命令,要他们接受一名申请入学的黑人奥瑟琳·露西进入亚拉巴马大学时,塔斯卡卢萨的学生和市民采取暴力行动阻止她留在大学里。尽管有警察的重重护卫和女学监的陪伴,她的汽车还是遭到暴风雨般的石子袭击,有些人甚至跳到她的汽车顶上。在她因暴力而被迫停学时,她控告大学当局合谋把她排斥在大学之外。参见〔美〕萨拉·M. 埃文斯《为自由而生——美国妇女历史》,第294页。

　　② 1955年12月1日,在美国亚拉巴马州的蒙哥马利(Montgomery)的一辆普通巴士上,因非裔女裁缝罗莎·帕克斯,拒绝将她的座位让给白人乘客而被逮捕,并被罚共计14美元的罚单和法庭审判费。这一事件掀起了美国民权维护史上著名的巴士抵制运动的帷幕。民权领袖马丁·路德·金号召蒙哥马利市内的非裔美国人拒绝搭乘公交,步行或者搭乘的士上下班,以表达对于帕克斯的逮捕以及种族隔离政策的反对。与此同时,马丁·路德·金着重指出非暴力运动的重要性。他告诫听众不要让他们的心灵被仇恨淹没,而要尊崇基督教的原则去爱那些歧视黑人的种族主义者。1956年11月13日,美国最高法院支持了联邦地区法庭的裁决,认定蒙哥马利市的公交种族隔离法违宪。这一裁决随后成为一条法令,规定非裔美国人有选择自己想要的座位的权利。在获得较为满意的答复以后,巴士抵制运动的参与者于1956年12月20日正式结束了他们的抵制运动。这次共持续了381天的巴士抵制运动充分展现了非暴力运动的力量。巴士抵制运动不仅成功地促使当局撤销公交种族隔离法,更为美国民权运动注入了更多的活力与希望,在此之后,非暴力主义成为美国民权运动的主要方式。参见〔美〕艾伦·布林克利《美国史》,第844—845页。

记得他被处以死刑了。有一场审判。"（罗宾逊，2010：161）从亚拉巴马州大学事件到蒙哥马利巴士抵制运动再到埃米特·蒂尔事件，老父亲鲍顿都没有做细致的体察。在他看来，所有骚乱都是黑人"自找麻烦"，是"挑衅"（罗宾逊，2010：210）。显然，老鲍顿因对黑人的种族偏见，而对这一社会群体保持无视。杰克在自己的父亲这里所遭遇的是坚如磐石、不可撼动的冷漠。除了老鲍顿，教父埃姆斯这位出身于牧师世家、激进废奴主义者的后人对黑人同样表现出无知和冷漠。当他看到杰克一家的照片时，首先是吃了一惊，因为照片中，杰克的妻子是个黑女人。这种问题对于埃姆斯而言，十分遥远，仅仅因为多年来，在他周围，从未出现过类似的事情。在他眼中，跨种族婚姻简直就是不可思议。在基列小镇，老鲍顿和埃姆斯是德高望重、令人敬重的长者，然而，正是这种自我感觉良好的"好白人"恰恰是不公正的种族结构的最隐蔽、最顽固的支持者。在他们看来，那些对黑人进行身体迫害和经济剥削的种族主义行为，都是那些"坏白人"干的事，与自己无关。或者说即便有关系，至多也就是发生在过去的事情，他们现在早已为此感到内疚和忏悔，并愿意在实践当中通过做善事帮助黑人来弥补过失。然而，当他们把种族主义归咎于过往历史或是少数人的罪行的时候，那种制度性的白人霸权便得到忽略和开脱，也就可以延续下去。必须看到，当这两位德高望重的牧师觉得黑人群体与自己遥不可及、黑人自身问题重大的时候，他们潜意识地认为自己在道德上是好人，此时"他们仍然会再生和维护种族主义"（Applebaum，2015：6）。

当堪称开明人士的老鲍顿和埃姆斯两位牧师尚且持无视态度时，我们可以推断：在基列小镇，以他们为代表的社区普通会众对种族问题的认识大抵如此。他们对黑人还存在很多偏见，根本无法接受跨种族婚姻。"非裔美国人天生低人一等"这一根深蒂固的观念成为消除种族界限的真正障碍。对于老鲍顿和埃姆斯表现出的对于黑人的无视，我们可以借用苏里文和图安娜提出的"无知认识论"这个看似矛盾、却非常有洞察力的概念加以分析，"无知认识论是对复杂的无知现象的探究，其目的是区别不同的无知形式，揭示它们被生产和维系的原因，以及它们在知识实践中发挥何种作用"（Sullivan and Tuana，2007：1）。可以理解的是：这种无知绝非真正的、无意为之的无知，而是刻意拒绝了解真相，"是出于控制和剥削意图而主动生产出来的无知"（Sullivan and Tuana，2007：1）。可以说，"无知"已然是白人成为种族主义同谋者和受益者的前提，因为只有当白人对种族剥削保持无知,不公正的种族制度才可以免受质疑,白人才可以心安理得地获得好处。小说中,对于黑人所遭遇的各种问题,包括黑人教育、警方暴力、司法不公正、城市骚乱,老鲍顿认为一切问题都归咎于黑人本身,而白人在经济和教育等领域占据的主导地位只不过是他们更努力付出的结果。这就是一种典型的无知,又被称作"色盲",即否认种族肤色还在发挥作用。他们普遍的看法是:种族主义已经消失,今天的种族不平等状况已经有了根本改善,并不存在任何所谓的种族分界线。这种普遍的隐蔽的、貌似无害的观点造成了更为深刻的种族问题。对此,苏里文一针见血地指出:"当与白人种族主义做斗争时,一个主要问题就是很多白人往往不认为它是个问题。"(Sullivan, 2003:205)艾普乐鲍姆同样认为:"当前开展持续性反种族主义斗争的最大阻力是:白人非但拒绝承认种族主义仍是问题、不承认白人就是种族问题本身,还想当然地认为自己都是'好人',置身于种族结构之外。"(Applebaum, 2015:1)罗宾逊小说将这一深层的种族身份界限问题揭示出来,使得这一隐蔽问题显性化,为此类问题的思考和分析提供借鉴。

杰克的处境是对20世纪50年代美国普通黑人大众生存境况的折射,处于跨种族婚姻中的他在社会生活的方方面面遭受挫折。杰克不但与自己的生父老鲍顿之间存在无法简单化解的矛盾,他与黛拉的父亲之间同样存在严重的信任危机,杰克·鲍顿因为试图跨越种族界限而被排斥,因而他的存在导致极度的错位感。无论在基列这样沿袭着白人文化的传统小镇,还是在孟菲斯这样的黑人聚集城市,他都被排斥在主流之外,而这种边缘化带来的后果是,在内心信仰上,他持续着与上帝的分离,在尘世生活中,更持续着与家人慰藉的分离。

基列,这座对于废奴运动的亲历者曾经"意味太多"(罗宾逊,2007:38)的小镇,承载了艰巨的历史重负。这里,曾经激荡着废奴激情,曾经生活着像祖父那样不惜以战争方式解决种族问题的废奴勇士,这里的人们曾经大修地下铁路帮助黑人转移逃离,寻找理想的归属之所。今天的基列,生活于此、深谙上帝宽容之爱的牧师及其家庭能否接纳这位通婚异族归来的浪子?这个普通的中西部小镇是否可供一个跨种族的家庭停息?人们曾经付出鲜血去捍卫的种族平等和自由,是否已经实现?一系列问题的答案被寄寓于杰克在家乡故土能否被接纳的考量中,浪子杰克的命运选择将这种贯穿全篇的种族身份的讨论推至另一个高潮。杰克最终选择了离开。正是父辈亲人以及小镇人对黑人民权运动的无视导致他做出了这样的决定。杰克离开的背影孤独而幽远，附之基列小镇寂寥而慵懒的背景，小说这样的结局安排意味着打破种族隔离，实现种族平等的心灵归属之路还待艰难而漫长的求索。

第二节 女性身份：被构建的边缘失语者

审视身份归属的意义，离不开对性别关系的考察，身份归属可以被看作是有性别区分的文化景观，女性的主体性与社会认同是身份研究中无法规避的一个议题。当然，女性主体的建构取决于整个社会语境，超越于事件的、或在整个历史过程中空洞不变的主体是不存在的。"主体是在被奴役和支配中，或者通过解放和自由的实践建立起来的"，无论如何，他（她）都是"建立在一系列的特定文化氛围中的规则、样式和虚构的基础之上"（福柯，1997：19）。由于生活经验是开放流动的，主体总是处于流动之中，"社会性别的意义——是社会建构的，我们中的每一分子均被纳入这种建构，因此，社会性别是指一系列社会建构的关系，它产生并再现于人们的行动中"（K. A. Henderson，1994：121）。

我们将打破关于男/女的本质论或生物决定论的静态观，从动态发展的女性主体建构观出发，把小说女性人物置于特定的社会、历史、政治语境和现实生活的情景下，联系其具体的年龄、阶级、种族、宗教等社会因素，综合考虑各因素的综合影响，在生活实践中、在不断自我塑造的过程中，探寻女性人物的主体性。对女性多元化经验进行探讨。

当我们综合考察罗宾逊多部小说，不同时期的女性人物缓缓走出尘封的历史画卷，她们或是终生居家、辛苦劳作、疾病缠身而无暇旁顾；或是不堪忍受传统封闭的生活而勇敢地走出家门；或在外面的世界中备受伤害而重返家园；更有，肩负着性别与种族双重压迫的黑人女性，在面对幸福时，勇敢一搏。我们将这些平凡的女性形象按照历史脉络顺序讨论，她们分别是：生活于19世纪中后期《管家》中的外婆和《基列家书》中的埃姆斯的母亲；在经济大萧条时期，勇敢走出家门的西尔维和露丝；20世纪50年代，由于情感挫伤而辞职返乡疗伤的格罗瑞；以及在父亲和丈夫之间艰难周旋的黑人女子黛拉。这些普通女子在19世纪中期起的一个个历史的节点，在各自的归属寻觅中经历了跌宕起伏的际遇，共同谱写了美国女性寻求自我、塑造主体的"她"的奏鸣曲。

《管家》开篇，家族中唯一的男性就以在一次火车脱轨事故中遭遇意外的形式谢幕，外公的离世以及家族男性成员的失语状态将露丝一家置于完全的女性天地。女人们必须面对在指骨镇父权社会体制下重新构建自我身份的挑战。面对生存的挑战，事故中遭遇不幸的女性以各自不同的姿态进行了回应。大多寡居的女人选择离开指骨镇，开始新的生活；而外婆却顺应着男权社会对居家女性的种种期待和要求，操持家务多年，将自己淹没在照料子女的琐碎事务中。她的日常事务包括收拾屋子、为孩子们做饭等。她总是千方百计、满怀慈爱地呵护孩子们，她会唱一千首歌，只为哄着孩子们入睡，她会做柔软的面包，酸甜的果酱。下雨天她会特意为孩子们准备饼干和苹果酱。在她含辛茹苦将三个女儿抚养成人后，女儿们却一个个迫不及待地离开家，她们对自己的母亲，缺乏基本的理解。外祖母对于自己女儿们的人格教育显然是失败的，在体贴入微的生活关爱之外，"她从未教过她们要善待她"（罗宾逊，2015：17）。生活不幸的海伦不辞而别、决意自杀，将年幼的双胞胎露丝和露西尔遗弃在门廊，面对如此让人悲怜的场景，经历的人生风雨、已至晚年之际的外祖母毫无怨言，默默承受着生活的负累，将两位外孙女照顾得无微不至，直至生命的最后一刻。她是坚强的，独自打理一家人的生活，终生劳作而无怨言；然而她更是孤独的，女儿们丝毫不能体会她的艰辛。海伦选择她必去教堂的礼拜日回到指骨镇，可以说，直至海伦决意自杀的一刻，她仍然不愿打开心扉，与自己的母亲畅谈沟通。而在海伦离世之后，外婆对此事始终只字不提，对女儿生前的居所去处，从未询问。"也许是感觉到事情的微妙，我的外祖母从未问过我们有关和母亲一同生活的事。"（罗宾逊，2015：17）母女二人不约而同地选择了沉默，这是母女亲情的失落，也是女性生活的无奈。

外祖母是一位伟大的母亲，然而她却在其生命中彻底隐藏了自己的情感。她曾和自己的丈夫有过浪漫的初婚生活，但是她几乎不曾了解自己的丈夫，甚至她"觉得他们，她和沉默的循道宗信徒埃德蒙，似乎根本没有结过婚"（罗宾逊，2015：14）。对女儿海伦的自杀避而不谈，也是她选择封闭和承受的表现。她的世界很小，对外部世界，她知之甚少。女儿们是她生活的重心。家宅在她眼里无比重要，因为它意味着安全、依靠和保障。"把果园卖了……但留着房子。只要你们照顾好自己的身体,有个栖身之所,就可以有起码的平安。"(罗宾逊,2015:25)

外婆的生活状态与《基列家书》中埃姆斯的母亲大体相同。埃姆斯的母亲生活在 19 世纪中后期,她勤劳而又善良,是个"特别谨慎尽责的母亲"(罗宾逊,2007:16)。在那个做家务还是重活的时代,患有风湿性关节炎的母亲需要洗衣、做饭、养鸡,苦苦支撑家庭。另一方面来讲,她也是一个可怜的女人。母亲未曾接受过正规系统教育,文化程度不高。在埃姆斯出生前,母亲买了一本《家庭健康大全》,并把书中的话视为金科玉律,严格执行,如"晚饭后一个小时不用脑子;脚凉的时候,不能读书"(罗宾逊,2007:16)。母亲的主要活动场所限于家中,她过着乡村小镇的自给自足的生活。她将自己的生活愿望寄托于成长的孩子们身上,在培养孩子的过程中获得自我价值、尊严和满足感。她并没有主张平等和外出工作的意识。

无论对于外祖母还是埃姆斯母亲来讲,她们的人生完全被圈定于家庭,家庭是她们生活的全部内容,是她们应该完美完成任务的地方。她们遵循着恋爱、结婚、家庭一条龙的生命链环,有序地扮演着姑娘、妻子、母亲和主妇等社会角色。两位母亲平淡而辛劳的一生折射出同时代以及前辈女性生活的整体历史记忆,透露出父系社会中妇女的处境以及妇女对家庭的依赖和需要。她们的生活状态不是偶然、不是特例,而是典型,历史赋予美国大地上有着相同生活经历的千千万万女性以一个共同的名字——"共和国母亲"①。按照国家树立的理想母亲标准,妇女们被认为应该顺从社会和国家的基本单位:家庭。她们的生活范围从一开始就已经被规划,传统而没有想象性。甚至,即使在家庭场所,她们也依然处于被支配的地位。家庭虽然是她们主要的工作场所,但却不是她们可以主宰的场所。忙

---

① 这一称呼始于美国独立战争时期,当时的女性以她们不辞辛劳、不计回报的无私行为模式而获得如此殊荣。战后"共和国母亲"的女性形象得到延续。人们习惯性地赋予女性母性的光辉,赋予她们极高的道德荣誉:公而忘私、自我牺牲。然而,这种荣誉背后的逻辑就在于社会统治者们将培养年轻后代的公德和品质的重担放在了妇女肩上,并且倾向于相信美好品质的塑造依赖于个人品质的沿承。而正因为妇女们背负甚至享用着共和国母亲的头衔,便出现了大量女性被动或主动地迎合,并且全身心地投入家务活动。争做伟大而无私的母亲这种思想意识促进家庭责任的感情化,从而导致父权制逻辑体系下的女性人生的不断重演。参见[美] 萨拉·M. 埃文斯《为自由而生——美国妇女历史》,第 43—67 页。

碌单调的生活、多重的现实压力和有限的教育背景使得她们已然脱离了与公共领域之间的所有联系,她们在国家、社会事务中没有任何发言权和决策权,仅仅是执行命令的人。对于她们来讲,终其一生仅仅是为了成为男人较好的伴侣。

这样的一段女性整体创伤史自有它的思想根基和历史渊源。几千年的文明史折射出男女不平等的历史,假如我们窥视一下她们的深层心理结构,就不难发现,性别界限流传于古老的文化当中。广为流传的基督教论述人类起源的版本是上帝先创造了男人亚当,然后从亚当身上取出一根肋骨,创造了女人夏娃。《以弗所书》5:4 有对妇女们这样的训诫:"妻子们,顺从你们的丈夫吧!如同顺从上帝一样。因为丈夫是妻子的主,就像基督是教会的主一样。"可以说,西方的教义、习俗、圣典和法规全都立足于这样的宗教观念:上帝创造了男人之后才创造了女人,她的产生不仅源自男人,而且是为他而生,因此她比男人低下,并从属于他,她是男人的附属,她存在的最初理由就是给男人做伴。在西方传统男权中心的文化语境下,人们习惯于逻各斯(logos)和"中心主义思想",习惯于以"二元对立"的话语逻辑来思考男女性别关系,即以阳性中心主义为主宰,也就是说,女性总是在男性的参数内被设定的。男性总是作为本源性、先在性的本体论而被定位,而女性总是作为男性的补充物、对立面和客体看待,在此,女性只能处于被压抑、被审查、被支配、被观看的位置上(赵一凡等,2006:372)。根据这一差别,男人本质上是主动的本原,处于支配地位;女人则处于不发达的统一体中,所以是被动的本原,处于被支配的地位。如西蒙娜·德·波伏娃在《第二性》中所谈到的,在人类社会的历史长河中,男人是作为绝对的主体(the subject)存在的,人就是男人;而女人是作为男人的对立面和附属体存在,是男人的客体和"他者"。

二元对立的思维模式对家庭中男女两性各自的职责和行为都作了繁复的规定。女性的有限作用往往使她停留在生物经历这个层面上,对于女性的描述和讨论总是围绕着她们的生育和母亲的角色,并且将这种角色看成是女性唯一的、真正的内在本质,母亲角色成为传统女性的刻板定型;其他的成就、兴趣和抱负则为男性之责。因此,几乎一切可以明确称之为人类而不是动物行为的活动都属于男性。在这种家庭男女关系中,女性持续不断地顺从男性权威,其结果就是作为女性的自我比男性弱。家庭女性的存在不仅意味着她们是两性中的劣势一方，更重要的是她们是情感脆弱，依附于男性的一方。

尽管在始于17世纪向美洲的大规模移民潮中，妇女和男人们一样作为不可分割的一部分来到这里，或是为了逃避宗教迫害、寻求自由，或是为了寻求她们所想象的虔诚而美好的生活。然而，即便在山巅之城初建之时，男女有别、男尊女卑的观念就已极为突出。虽然新教坚信上帝面前灵魂平等，反对男性统治的天主教等级制度，但是，他们也要求妇女在家庭范围内的适度顺从。当时的家庭中，最年长的男性家长具有绝对不可动摇的权威，他的权力足以决定家庭成员的生与死，家庭成员包括有生命的和无生命的财产，如妻子、孩子、奴隶、土地和私人财产。这一切都在最年长的男性暴君般的权威下凝聚在一起（米利特，2000：31—42）。而妇女们主要活动场所在家中，她们整日忙忙碌碌，从早忙到晚，没完没了地生火、照看炉子，发面、烤面包、煮肉，为全家准备食物。她们还要应付随季节而变化的当务之急：加工牛奶（挤奶并做奶酪和奶油）、收蛋、喂鸡、酿制果酒或啤酒、杀鸡、熏肉或照料菜园子。同时，妇女们还要为全家人缝制衣服（米利特，2000：25）。正如约翰·卡尔文声称："让女性对她的屈从状况感到满意，并不介意上帝要求男尊女卑的旨意。"（转引自埃文斯，1995：18）在婚姻方面，女性显示出明显的早婚惯例。未婚成年妇女受到鄙视，25岁以上仍为单身的女子被叫作"刺鱼"。而这也恰恰说明了女性身份的依附性和属他性。凯特·米利特这样论述这种家庭模式："在男权制社会里，妇女即便拥有合法的公民身份，对她们实施统治的也往往只是家庭。她们与国家之间几乎不存在任何正式的关系。"（米利特，2000：41）亚当·斯密更是将女人的存在价值定位于男人的附属物，她们的存在只是为男人生儿育女，为那些有责任心的男人提供他们奋斗的动力，从而提高生产力，促进社会繁荣。

独立战争以前，当北美人宣称自由和参与政治是他们天生的权力时，妇女和政治生活仍无多少关系。《独立宣言》的发起人一致认为"公民"的含义是有限度的。依照他们的观点，妇女、奴隶、无产男子以及儿童、精神病人等没有独立能力和理性判断能力为大众谋利益。那传遍大地的"天下人人平等"的宣言中的"人人"字意仅指男人（埃文斯，1995：55）。面对妻子关于女性与国家间关系的质疑，约翰·亚当斯仅一笑了之，在与男性朋友的信中阐释了如下观点：妇女儿童和无产男子一样，缺乏独立的判断能力，她们"娇嫩柔弱，不适合参与或经历人生大事"（埃文斯，1995：56）。但是，事实上，独立战争期间，女性与部队士兵风雨同舟，发挥了巨大的作用，也极大地鼓励了部队的士气。随军转战的士兵的妻室家眷活跃在部队之中。她们为部队提供后勤服务、洗衣做饭、安抚士兵，有的在野战医院当护士，从事最不起眼的杂务工作，有的则做了间谍、信使，发挥着重要的军事作用。没有参战远征而留守家园的妇女们则承担了传统上属于男人的各种重任。她们经营农场，掌管生意，经历了各种磨难和意想不到的困难。同时，当时美国普通家庭依然是一个自给自足的经济单位，同时兼具教育、宗教、娱乐等多种社会机构的功能，因此，妇女们还承担着照顾老、弱、病、残的职责。

与此同时，与美国革命时期政治上崇高的积极精神高度吻合的、发生在18世纪末和19世纪初的两次宗教觉醒运动①鼓励所有皈依者抒发各自强烈的内心感受，无论男人还是女人、有无文化，他们都全力以赴地投入了复兴宗教的活动。女性对公民生活的参与打破了男女之间旧有的分工平衡，她们强烈地要求重新确立家庭各成员之间的关系。妇女要求走出家门，参与公众活动，而共和国政体理论却要求妇女回家，围着锅台转。这个难题在争当"共和国母亲"的召唤声中迎刃而解。正是由于当时的女性不辞辛劳、不计回报，她们被共和国政体的统治阶层赋予"共和国母亲"的殊荣。按照这一理想的女性身份构想，女性的公民身份问题可以通过对家务本身赋予政治意义而得到解决，而在其中起衔接作用的是她们的子女。她们的任务就是把子女教育成爱国的、有道德的公民，只有这样，她和国家的命运才可以被联系在一起。通过培育子女，她们才可以间接地获得机会扮演政治角色。她们自身的法律身份始终包容在丈夫、父亲和儿子的身上。如此，女性的公民身份问题通过对家务本身赋予政治意义而得以解决。

光辉的"共和国母亲"形象的树立，将妇女刚刚产生的自由觉悟重新导向家庭内部。随后众多女性主动迎合了国家政体对于回归家庭的召唤，直至19世纪中后期，人们仍然以传统的眼光看待家庭性别角色。一

---

① 大觉醒运动（The Great Awakening），也被视为美国的宗教复兴运动，美国历史学界普遍接受曾有四次大觉醒运动，分别是：第一次大觉醒运动（1730s—1740s）、第二次大觉醒运动（1800s—1830s）、第三次大觉醒运动（1880s—1900s）、第四次大觉醒运动（1960s—1970s）。参见"大觉醒运动"，维基百科，https://zh.wikipedia.org/wiki/大覺醒運動。

般认为，未婚妇女应该由男性亲戚监护。结婚后，她的丈夫成为法律上的婚姻监护人，并拥有对她的财产的所有权。男人对经济和政治负责，负责养家糊口。妇女应该留在家里负责家务和照看子女。如果一段婚姻结束，丈夫获得孩子的监护权。按照大众家庭伦理，妇女被理想化地看作是家庭的道德表率和孩子的第一任老师，但仅此而已。与男人相比，妇女在社会上有许多劣势。由于大多数新办学校以教授男性为主，将妇女拒之门外，导致大多数女性受教育程度的低下，只有少数人初中毕业后有机会受到高等教育，因而使她们丧失了对国家社会、文化和政治生活的参与能力。她们没有政治权利，被排除在大多数工作之外，对于自己的财产也没有法律上的所有权。作为男权社会的受害者，妇女们很容易将她们的境况与奴隶等同（魏啸飞、陈月娥，2011：299）。

对于置身其中的大多数女性而言，其家庭生活方式与其母亲、祖母一代毫无两样，她们有着成长、发育、结婚、生儿育女、家务劳动等类似的人生经历，而这些人生经历都建立在女性生命的自然节律和生命流动中，她们被家务缠身，从而被禁锢于家庭的狭小空间下，频繁地生育并从事繁重的体力劳动。

像外祖母和埃姆斯母亲这样的女性几乎一生都处于忘我工作中，从未真正意义上思考过属于自身的归属。她们常年居家，生活的全部就是为家人提供服务，看似离家最近，然而，事实是：她们只是默默无闻地重复着前辈的人生。从她们的人生经历中，我们看不到女性自由的生活体验，听不到发自女性内心的声音，属于她们的心灵之家也无处可寻。她们的创造活动似乎无法摆脱家庭和孩子这个舞台，建立家庭和哺育子女，对于妇女要比对男人重要得多。

然而，无论在家中劳作的生活被赋予什么样的道德荣誉，从社会实践或理论阐释上对女性身份进行限定就是对于女性的歧视。可见，在男权社会，女性最大的共有经验是其共同承担了来自男性全体的性别压迫和歧视。相对于男人，女人处于被边缘化的、陌生的特殊处境和地位，而她的这种处境和地位是低于男性的。对于此类两性关系，伊利格瑞从西方形而上学的"同一性"逻辑出发，认为原本可能具有的文化多样性、异质性的人类性别关系统统被整合在了"同一性"与"同构型"的父权文化中。女性被视为"他者"，被挤出社会、文化、历史主流，"她"已经沦落为"一个抽象的不存在的现实"，一块"待耕耘的土地"，成为"可供塑造和交换的对象"（Irigaray，1993：114）。这种由于性别不平等而导致的女性的无主体性状况普遍而广泛的存在，以至不易被人们察觉。

那么，这种二元对立的、男性占支配地位的家庭性别文化果真成立吗？女性主义研究认为：那些女人不如男人的总体印象似乎部分地反映了男女之间的生理差异，而更多的实则是误会和偏见，它并不能反映男女两性的真正价值和本质。家庭男女身份特征的设定往往依据占统治地位群体的需要和价值观，性别差异特征是其成员根据自身的长处以及其可轻而易举地在从属身上获得的东西而规定的。与其说男性与女性身份来自自然生物结构，毋宁说来自于变化中的关于何谓男性、何谓女性的社会观念。也就是说，女性的自卑而依赖、缺乏果敢和逻辑都不是基于生物学的事实，而是基于父权文化的建构；女人的依赖性不是天生的，而是教化习得而成。正如波伏娃（Simone de Beauvoir）所说："人并不是生来就是女人，而是逐步变成一个女人的……正是社会化的整个过程产生了这种东西……我们称之为女性气质。"（波伏娃，2004：4—5）

女性必须摆脱"他者"的地位，恢复（或建立）她们不同于男性性别特征的正面价值，才能成为真正"独立的女人"，才可在与周围人和环境之间形成一种有益的互动交流，她的主体性才可得以建立。只有在此过程中，女性作为人应有的尊严和价值才可以得到彰显，从而产生浓烈的归属感受。在女性身份的塑造中，罗宾逊极力推崇的是更具有自我意识的女性形象：露丝和西尔维。在《管家》中，海伦陪伴两个女儿在海滨公园愉快地游玩后，驱车到达外婆家，把露丝姐妹及所有行囊丢在外婆家的玄关，独自开车飞进湖里。由于母亲无情的遗弃，从这一时期开始形成独立的自我意识的露丝和露西尔必须孤独地独立面对纷繁复杂的世界，而对这一切她们没有丝毫准备。可以说，她们试图在正常而平和的环境下获得自我认同的关键时刻，因为母亲的突然不告而别而戛然而止。这一经历显然在两姐妹幼小的心灵留下了挥之不去的困惑和期盼。对于母亲突然消失的原因，她们不得而知，读者也未能在文本中获得清晰的说明。然而，无论如何，母亲未加解释的离开事实上对露丝和露西尔主体意识的形成造成了严重的危机。姐妹俩在母爱庇护下逐渐步入差异性的个体世界时，母亲的突然离开生硬地割裂了她们在人格发展中所需的记忆的完整感和连续性，她们突然失去了方向，感到慌乱和失望。

随后小说就露丝和露西尔追寻心灵家园的过程将故事展开，这实质就是主人公认识自我、确立主体性的同一过程。而在这一过程中，社会化在其心理和性格特征的形成中发挥了无与伦比的作用，社会赋予了她们不同的个性、气质和心理特征。所以，我们对于露西尔、露丝和西尔维三位女性主人公家园的探讨只能基于女性经验的重塑和女性主体的建构，从文化建构的角度去理解。

诚如前文所提到的，小说的时间背景应该是20世纪30年代，美国经济大萧条时期。这场美国历史上史无前例、历时最长的经济危机给人们的家庭生活造成了严重的影响。随着大萧条的到来，美国失业人口大增，从1929年的300万增至1932年近1300万人（周莉萍，2008：67）。大萧条造成了严重的贫困问题，人们的收入急剧减少，无论是城市中中产阶级家庭还是农村家庭，生活状况都普遍恶化。经济的恶化改变了人们的行为方式，也使家庭成员的角色发生了微妙的变化。作为养家糊口者，由于失业后无法给家人提供生活保障，男性遭受了巨大的精神挫败感，他们往往很容易心灰意冷、厌世消沉。然而，在艰苦的环境下，由于传统的性别分工模式，女性通常在家庭中扮演辅助者的角色，她们在此期间遭受的心理打击较小。与此同时，很多妇女为了维持家庭的生计，外出从事各种劳动以补贴家用。尽管她们往往只有机会进入那些技术要求不高、薪资低廉的工作岗位，但是妇女们还是获得了更多的机会参与到社会工作当中。即使没有收入，妇女在家中所做的家务劳动在这特殊的时期也变得格外重要，她们自制食物、衣服和家庭用具，为家庭节省了开支。她们在家庭柴米油盐的基本生存需求中发挥了至关重要的作用，为家庭摆脱或走出经济危机贡献着自己的智慧和力量，同时，她们在整个过程中更容易保持乐观的状态，显得坚强而有远见，因而成为家庭的主心骨，将家人紧紧地团结在一起。[①] 总之，大萧条时期妇女在养家糊口上承担了更多的责任，随着妇女分担了更多的家庭责任，其家庭地位迅速提高。

妇女家庭地位的提高和改善直接激发了女性自我意识的萌芽。她们渴望获得与男性同样的教育、工作和财产的权利，渴望在大众范围内终止对女性的歧视。但这只是第一步，年轻的女权主义者考虑的是妇女自身的、

---

① 经济萧条时期，第一夫人埃莉诺·罗斯福勉励全国的女性："女性要有伟大的精神，她应该把这个时期看作她可以贡献的机会。在这样的环境下，她对于生命认识的准确或错误可以令全家的生活快乐，也可以令全家的生活痛苦，一切都操在她的掌握之中。"参见［美］安娜·埃莉诺·罗斯福《这时代的女人》，陈维姜、刘良模译，长城书局1935年版，第10页。

心理上的自由，她们认为，获得选举权和进入工作领域，都不能保证妇女们感到自己的独立与自信，或者说，都不足以使得她们得到个性的解放。显然，对于经过工业化和城市化的新一代女性，仅一次社会革命是不够的，她们需要一次心理革命。除了过去结婚、生育及家庭责任等每一位女性必须面对的问题，她们开始探讨自我的完善和个人生活的意义，在此过程中，她们十分强调情感经历和个人经验。

小说中，这一时期的女性对自我成长的重视反映在露丝和露西尔的生活中。她们敏锐地注意到自己的经验感受，这种经验包括其独特的生命体验、生活经历和心灵感受。小说自传似的叙述回溯了其过往的生活经验，并不断地赋予了特定情节新的意义和情感，设想出事件发生的理想状态，同时为个体未来的发展可能设立了潜在路线。由于两人对生活的不同选择和理解，露西尔与露丝各自的自我认知图式对母亲的记忆进行了矫正性干预，她们选择性地注意、解释和回忆某些事件，形成融观察和期望为一体的混合体。露西尔给回忆蒙上一层玫瑰色，她把一些细小的令人愉快的事件回想得比实际所经历的要美好得多。在她的记忆中，母亲海伦"整洁有序、活力四射、明白事理"（罗宾逊，2015：109），在露丝的记忆中，"母亲过着一种严格简化、局限的生活，那不可能要求投入大量注意力"（罗宾逊，2015：109）。对于母亲的截然不同的记忆显然显现了姐妹二人性格的迥异，亦是其对生活意义、价值、重要性的不同理解。露丝与露西尔迥然不同的记忆构想包含着两姐妹不同的人生期待。露西尔期望自己成为学校里其他女孩子的样子，她向往着和学校里别的女孩子一样穿上洋装，过上安静、整洁的居家生活。露西尔"要精纺毛线织的连指手套、棕色的牛津鞋、大红的橡胶雨靴"（罗宾逊，2015：93）。"她在什么地方读到，健康的身体是美的表现。她梳理一百下她火红的头发，直到发丝哔哔啵啵，在梳子后面飘飞起来。她修剪指甲。这都是为开学做准备，如今，露西尔决心要有所作为。"（罗宾逊，2015：133）此时的露西尔竭尽全力要逃离家庭遭受意外后所留下的恐惧和焦虑感，而她选用的方法是"通过变成其他人希望的样子"（伯格，2000：94），而这一切都是为了离开做准备，露西尔已然下定决心要重新做人。在与西尔维相处过程中一再受挫后，露西尔选择了离开，投奔家政课老师洛伊斯。

与此同时，露丝却热切地渴望回归、复原和再续。重获关爱成为她内心强烈的欲望诉求。这种欲望叙述暗含了露丝在自我身份的发展过程中遭遇的迷失和滑落。对此，小说多处予以描述："我期待——一次抵达，一番解释，一个道歉。"（罗宾逊，2015：167）"……但时常，她近乎溜进我眼角余光瞥见的每扇门里，是她，没有变化，没有消亡。……并未消亡，并未消亡。"（罗宾逊，2015：161）。在露西尔渐行渐远，追求正统女性生活时，露丝却在与西尔维的相处中找到了自己情感忠诚的归宿。当日等待母亲归来的满满信心逐渐衍变为对西尔维的信任。在露丝与西尔维建立的关系中，个体之间相互敞开，蕴含着彼此承诺的信任逐渐建立。两人在湖边停留过夜后，这种信任进而升华为一种信念，事件本身成为露丝选择跟随西尔维一起过漂泊生活的信号。

在做出离家的选择之前，露丝和西尔维不是没有犹豫，也不是没有尝试去适应小镇大多数人的生活期待。她们对自身未来家园选择的犹疑是经济萧条时期家庭格局多维变化的折射。大萧条时期，随着更多妇女外出就业贴补家用，女性家庭地位不断上升，伴随着家庭性别地位的变化，女性自主意识逐步萌发成长起来。于女性而言，这种自主意识的萌发当然是好事，而对于众多因危机失业而长期没有收入的男人们来说，他们不可避免地承受着巨大的羞耻感与挫败感，并在家中造成了一种"不寻常的消沉气氛"（Ware，1982：16）。当女性不得已外出工作，男性却要留在家中忙于杂务时，这势必带来家庭角色的错位感，而这样的性别角色错位对于男女双方都是一种考验和煎熬。这种情况下，另一种声音出现了，保守派将传统的家长制模式不断强化，社会舆论强调妇女待在家里的重要性。国会议员乔·伊格尔宣称："妇女的工作应该是做一个好男人的好妻子，并恰当地抚养家庭中的孩子。"（Chafe，1972：62）妇女杂志也重新强调女性传统的家庭职责："办公室女性，无论多么成功，也是移植的花束……就像一朵玫瑰花在其自己合适的土壤里达到最美丽……家庭是妇女达到其最完美的地方。"（Chafe，1977：17）在这种社会舆论的影响下，加之持续的经济危机和就业难度的不断加大，更多的人开始倾向于认为妇女应该留在家中，而将更多的就业机会留给男人，男人们也期待通过维持对家庭的基本供养来保持自己的家庭地位和男性尊严。总之，由于经济萧条时期，家庭存在着联络各成员之间情感的特殊功能，这成为传统主义者坚持妇女应该待在家中、维持家庭团结的理由。

露丝和西尔维就是在这样的社会语境下，缓慢而艰难地认识到自己所扮演的角色。她们逐渐了解到自己所面临的问题、自身在指骨镇所处的位置以及必须面对的局面。西尔维终于逐步说服自己按照传统家庭模式来生活和教育孩子，做一个安守本分的家庭主妇。她开始学着家庭主妇的样子将家里收拾利落、保持干净卫生，并且学着熨衣服。总之，她试图按照别人所期待的家庭妇女那样去持家。然而，在一个充斥着男权的环境下，西尔维的正直与坦然遭到攻击。西尔维与露丝并没有如外祖母所期待的那样"留住祖屋，即可留住家园"，她们被孤立在自己的祖屋中，成为不被信任、不被认同的边缘群体。在遭遇融入主流，委屈改变自我而失败后，露丝和西尔维更加坚定了坚持自我的行为选择。罗宾逊浓墨重彩地塑造了两位为寻找属于自己的自由家园而与社会父权势力彻底决裂的女性英雄，通过以露丝为叙事者的第一人称口吻的叙述，为其近似疯狂的无畏之举赢得了读者的同情和认可。对于露丝和西尔维来说，试图坚持自己的做法，不单单是为了寻找个性；它是她们拒绝在男性统治的社会里自我毁灭的一部分（张京媛，1992：124）。

　　她们决意不流露出自己的愤怒，并且表现得镇定、超然而富有魅力。她们试图用自己的行动来阐释对这个世界的感觉和对自身未来的思考以及她们所理解的自我内涵。在所有回归秩序、整洁的居家努力付之东流后，西尔维与露丝选择在大火中重生，因而出现了前文提到的烧毁祖屋的一幕。在指骨镇人们的喊叫声中，在群狗的骚动声中，在祖屋熊熊火焰的背景下，她们匆忙决定过桥。离开不被信任的这片土地，离开纠葛种种的是是非非，离开从外祖父时代即精心打造的家园古屋。将祖屋付之一炬更是放大了这种追寻自我归属的勇气，这种追寻因为其对父权社会（指骨镇）的彻底抵制而变得更加决绝。颇为讽刺的是：露丝和西尔维以最终的"远离"走向指骨镇人生活的中心，选择"离乡"的漂泊生活恰恰是露丝对唯一的家人西尔维的忠诚付出。与根据住宅、职业和阶层定义的男权体制下的家园概念不同，《管家》中人物的魅力并不来自于女性纤弱而感性的一面，而是源于她们自身某种丰富的、极富生命力的东西。小说将19世纪悲惨小说中失去双亲、无依无靠的悲剧人物改写为始终不懈、寻求自我的主人公，在其看似疯狂的行为之下隐藏的是关于接纳与认同的身份归属的探讨。

　　当露丝和露西尔以不同的选择投向属于自己的心灵属地之际，不同的选择之间始终存在着沟通的桥梁。它们之间的区别从来就不是非此即彼的。露丝与露西尔的选择仿佛桥的两头，分别属于女性自由与父权传统的视域，貌似不同方向，却存在持续的联系与沟通。跟随露丝叙述的读者意识已经持续地从两个方向"跨越、再跨越这座桥，因为事实上，我们不可能真正地待在家中，也不可能全然到达超越所有父权制秩序的乌托邦世界"（Geyh，1993：120—121）。小说并没有在此结束，露丝依然继续讲述，仿佛她的逃离就是为了述说。连同西尔维别在右翻领下侧的带有"湖夺两条人命"（罗宾逊，2015：297）的简报一起标示着她们掌握而不是抛弃了父权象征世界中的秩序。小说叙述始终贯穿着回望传统和追逐自由两个选择维度，以此消解了居家与漂泊、秩序与流浪的对立关系。露丝和西尔维的选择为身份归属的理解带来全新的视角，她们烧毁家的传统安全屏障——房子，被迫远离故土、流浪生活，其实质是对心灵归属的追逐。有形之家并不意味着归属，漂泊也并不等同于无所依靠，这正是对传统身份归属概念的修正。

《家园》一书对女性家园的书写进入 20 世纪 50 年代，这个时期美国家庭生活的重要特点是"回归传统"。在经历了漫长而痛苦的大萧条和两次世界大战之后，美国人已经厌倦了动荡不安的生活，向往安定、和平。经过多年的萧条和战争，社会上存在着一股强烈的愿望，希望回归正常。50 年代的美国，由于人们结婚时间早、离婚率低、子女数量多，婚姻和家庭状况呈现比较稳定的特点。有史以来美国首次在婚姻家庭方面各个种族之间呈现出相同趋势。20 世纪 50 年代的回归"传统"家庭是一种新的现象，而且其家庭观念也是新观念，它表面是维多利亚式的家庭和性别分工的复苏，其实它所强调的是在核心家庭中营造一种心满意足、轻松愉快、启发心智的氛围，因此实际上是一种新的理念（埃文斯，1995：275—282）。

在这样的社会背景下，格罗瑞曾经对家庭生活有着美好的规划。在她眼里，"家是个比这幢房子（老鲍顿的房子）少点拥塞又不那么难看的去处，在一个比基列大一点的镇子上，或是一座城市"（罗宾逊，2010：103）。屋子里阳光充足、通风透气。屋内的家具陈设清新实用，符合自己的爱好品味。那样简单温馨，真正属于她自己、宝宝们和未婚夫的家园。但是这样的美好初衷并未实现。在经过漫长的订婚等待后，格罗瑞却发现自己已然孤立无援，她在这段恋情中只收获了四百五十二封情书和一枚廉价的订婚戒指。美好的设想只是一场永远也不会等到结果的归属之梦。50 年代的美国社会对女性的隔离和束缚是隐形存在的。格罗瑞所面对的问题是同时代女性所共有的。中产家庭出身加上良好的教育，给予她们更多可以寻求自主的想象空间。然而，38岁的格罗瑞在遭遇退婚之后，她无所依靠。她在教职工作中似乎已获得经济和人格的独立，但是，在人生的低谷，作为老师的她离真正获得主导权还很遥远。直至彼时，婚姻失败时，女性在男女双方中依然处于明显的劣势，世俗的眼光是她们必须面对的。格罗瑞选择了辞职回到父亲的家中。中年孑然一身居于老父家中的格罗瑞，强忍泪水，在父亲床前尽孝，却无法摆脱对自身处境的忧患意识。相比杰克，她很敏感地认识到父亲对她的忽视："女人依然是二等动物。女人是二等的生物，不管她们有多么虔诚，多么受到宠爱，多么受到尊敬。这不是父亲会告诉他的事。"（罗宾逊，2010：18）"我的哥哥对我像个有敌意的陌生人，父亲似乎已经把我放在一边不顾了，我原以为是我庇护所的地方我感觉没有我的位子了……"（罗宾逊，2010：67）三十八岁的格罗瑞选择回到生命的起点，伴随这种选择的是她自信心的彻底崩塌，以及对少女时期曾经幻想的幸福美满生活的彻底否定。回到基列，格罗瑞有一种强烈的疗伤需求，然而，在居家一段时日后，在身体衰败的父亲和伤痕累累的兄长面前，格罗瑞的疗伤需求逐渐转变为守护能量，她终于成为鲍顿一家幸福祥和的能量之源。她深深怀念着儿时记忆中的温暖之家，在格罗瑞身上流露出了典型的家园守护者的形象特征。她在老父临终之际获得了家宅遗产。她将保留家中的一切，包括那些"凶猛阴郁、别扭单调的黑胡桃木家具"（罗宾逊，2010：309），只因为她的兄长用怀念的眼神将它们一一打量。保留这一切只为了未来某个时间归来的家庭成员们可以捡拾一些旧日的记忆。小说末尾，正是格罗瑞与造访基列的黛拉母子不期而遇。我们有理由相信，在她将杰克绘制的家园河流之图交给罗伯特之后，必然也会把黛拉母子的消息带给杰克。可见，格罗瑞从头到尾履行了联络家人和守护家园的职责，她正是在对旧有家园的守护中找到了自己的心灵寄托。

在罗宾逊的基列系列小说中，有一位女性有着鲜明的特点，她遭遇了女性和黑人的双重身份限制，承受着双重的压力，她就是杰克·鲍顿的妻子黛拉。美国非裔妇女生来就忍受着性别和种族的双重歧视。从17世纪后期，一些无依无靠的非洲妇女被迫从现在的尼日利亚、安哥拉等地强行带走，开始向海岸方向长途跋涉，然后被装上自非洲驶向美洲的运奴船。这些妇女举目无亲，来到陌生的土地，历经艰难。在奴隶制时期，非裔美

第三章 身份归属

国人社区开始以亲属网络为中心逐渐发展起来,而母亲则成为联系网络的首要环节。非裔社区的亲属网络包括住在同一种植园或附近种植园的姐妹、表兄表妹、姨婶、叔伯、祖父祖母乃至曾祖父母。久而久之,他们产生了自己共同的语言、共同的价值和宗教仪式。黑人妇女在奴隶制深处建立起一种纹理鲜明的社会生活,它根植于奴隶居住区中的家庭和宗教之中。种族主义和奴隶制度使白人妇女们无法与黑人妇女相互认同,不可能团结一致。对于自由黑人妇女而言,她们的生活相对独立、富有力量。南北战争之前的自由黑人家庭有一半是妇女当家。大多数自由黑人妇女都外出工作。对她们开放的职业包括:家庭服务、洗衣和烟草加工——城里薪水最低的工作。然而,在婚姻与自由之间,对于这些自由黑人妇女却不存在兼容,因为一旦结婚,她们便丧失了对自己财产的控制权。只有当男人不在,或者男人尚未获得自由,再或他们挣的钱不足以维持生计时,她们才享有工作的独立性,如此来看,自主如果不是被迫的结果,便是惩罚的形式。无论是作为自由人还是奴隶,黑人妇女都得在鲜明的种族现实所约束的环境中运用她们的创造力和智慧来养活自己和家庭。20 世纪 50 年代是充满了社会结构冲突的年代。黑人妇女努力要求实现属于自己的美国梦。她们比以往任何时候都迅速地加入劳动力大军,但是其传统上生育子嗣、居家劳作的角色一直没有任何明显的变化。婚姻仍然是她们曾经经历过的最重要的事情。尽管职业妇女增多了,但是她们的职位极其不稳定,她们主要局限于诸如教学和护理这种妇女占优势的领域。

  从出身来看,黛拉是幸运的,她的父亲是黑人教区有名的牧师,有着稳定的收入。从小过着体面的生活,幸运地接受了良好的高等教育,并获得教职。以她的知识背景,她定然清晰地了解跨种族婚姻在当时的社会条件下是严重禁忌。尽管如此,她依然勇敢地进行了对爱情的追求。对于自己的情感,她有着清醒的认识,并且进行大胆的追求。然而,这场勇敢而超时代的爱情并不被当时社会所理解,黛拉的爱情和婚姻显然遭遇了来自家族的巨大阻力,父亲和兄长都难以接受杰克。黛拉与杰克的这场婚姻差点气死她的父亲和母亲。甚至在黛拉生下孩子罗伯特以后,她的家人依然以安全和关爱的名义部分地限制了她的行动自由。一方面,黛拉和孩子因为她们的种族身份难以被杰克的父亲老鲍顿及其家人和社区所接受,另外一方面,她又因为自己的女性身份,在自己的家庭中难以有发言权,在自己的婚姻选择上不得不听从父亲的安排。黛拉寻求幸福家庭生活的过程注定是要饱受挫折的。《家园》末尾,黛拉带着儿子罗伯特,在姐姐的陪伴下,开车来到基列寻找杰克。这正是黛拉向自己所爱的人和所期待的美好家园迈出的一大步。在杰克孤独而又落魄的离去之后,这样的一幕近似全新的开始。这样的安排赋予小说家园主题特别的希望。而这种希望又不仅仅属于杰克一家,更属于基列,属于那个时代。

第三节　暮年老人:健康危机下的死亡直面者

在基列系列作品中,牧师埃姆斯和老鲍顿已至垂暮之年、体弱多病。正因为高龄体弱,他们对于生命都有着特别的思考。可以说,两位老者所有的思考都难以避免地受到其年龄和身体状况的影响。由于临近暮年,他们对于生命的思考绕不开死亡议题,而对于死亡的理解,直接影响他们当下的生活观照。作为牧师,埃姆斯不记得多少次被人们问及死亡的感觉,甚至当他还很年轻,而发问者已经垂垂老矣,有时距离发问者亲自体验那种感觉只剩下一两个小时。对于这个问题,埃姆斯经常做出的回答是:"那是一种回家的感觉。"(罗宾逊,2007:2)将死亡与回家类比来源于对生死一体性的理解。人之所以要死并不只是以外在的情况为根据,因为实际情况是"生命本身即具有死亡的种子",而且"生命的活动就在于加速生命的死亡"(段德智,2006:192),死亡本就是生命的一部分。如费尔巴哈所言,"死本身不是别的,而是生命的最后表露,是完成了的生命"(转引自段德智,2006:201)。所以,要坦然面对生死,人们就必须清楚地认识到死亡的必然性,就需要看到死亡所具有的属于人的意志、人愿意就死的一面,从而真正做到"属人地死去",即意识到人们在"死"里面完成了最后的属人性规定地死去,也就是说,与"死"和睦相处地死去,用埃姆斯的话而言,就是"安然回家"。

用回家来形容死亡,牧师所强调的是回家给人带来的安然之感,平静的死亡本就应该有这份安然。然而,要想获得这份生命的安然却并不容易。对于埃姆斯和老鲍顿而言,他们已经在基列小镇度过大半人生,日子过得安乐而美好。在这个人人相识的小镇,这两位年长的牧师受到会众们的敬重和关爱。尤其是埃姆斯,在其妻女早年去世、自己独居的多年间,他受到热心会众的悉心照顾。然而,此时他正值暮年、身患重疾,自知将不久于人世。对于一位七十六岁的牧师而言，他本就可以将生死看淡，可以做到他劝慰别人时所讲的"安然回家"。然而，病痛中的埃姆斯却不能平静。他时常为身后妻儿生活无人照料而烦忧，为自己未能在有生之年为他们留下足够的生活保障而自责。借着妻子所言"你为什么要那么老"，埃姆斯表达了自己对"生"的深深依恋。

他始终处于对"安然回家"的理性理解与对家人、对生活依恋的纠结中。《基列家书》开篇，年迈的父亲与幼子之间的亲密交谈折射出这种生死的距离感："我对你说，你的生活或许和我的生活，和你跟我一起过的日子有很大不同。"（罗宾逊，2007：1）温情中饱含无奈与忧伤，"你""我"以及"你跟我"生活的不同虽然可以预知，但却不可抗拒。叙事中始终隐含着叙述者内心对生命之美的无限眷恋"将来我一定会想念这目光"（罗宾逊，2007：1）。"这里面有一种人性之美。"（罗宾逊，2007：60）作为牧师，对于来世的信仰并未帮助他舒缓死亡威胁带来的内心痛苦。"事实是我不想老，当然更不想死。"（罗宾逊，2007：152）埃姆斯对生的强烈依恋完全符合卢梭对"关切生存、厌恶死亡是人类天生的唯一无二的欲念"（段德智，2006：170）的哲思判断。这种厌恶死亡、眷恋生存的天性并没有因埃姆斯的牧师职业而有丝毫变化，也并未因他年岁的增高而丧失。相反，正因为作为牧师的埃姆斯对来世的理解更加深刻，加之此时生活中，妻儿的体贴陪伴，这些让年事已高的埃姆斯极度地眷恋生命，舍不得离开尘世。孤独大半生，在晚年时才遭遇了爱情的埃姆斯，看着妻儿幸福的生活场景，不可避免地会对自己的人生进行思考和总结：他全部的努力似乎就是为了与妻子莱拉相遇。而今，正当他享受着这份情意浓浓的家庭生活时，却发现自己的生命行将结束。他不得不放弃尘世中的所有幸福和美好，充满了无奈和被剥夺感。是的，人的生命以一次性的方式在尘世间展开，这是每一个个体都无法改变的事实，人们对此只有承担。生命和时间的不可重复与无法归返使得每个人在生命即将走到终点时，看到的往往是身后的虚空，是对于曾经所有和付出的否定。这一事实使得人们陷入了对死的深深忧虑当中。由于死亡对每一个个体生命的否定，人们往往由死看到可怖与无望。死亡让现实生活中所有的奇迹彻底瓦解，让人与自然疏离，让人觉得此世并不是家园，并由此产生畏死而恋生的情怀。

人们在临近生命终点时，不可避免地对身后事进行思考，这种思考不仅涉及人的行为和责任，更是带有根本性的人生终极意义的问题。埃姆斯的所思所虑把我们带入了对有限生命的无限性思考中。人的一生本就是一段不断追求、不断实现而又终有停止的有限历程。人生的有限使人们卷入了不定的时间之流，产生了莫测不定的困惑和危机。"在这生命的长河中，人仿佛一叶颠簸漂浮的小舟，随时都有沉没终了的危险，也永远不可能达到彼岸。他眩晕无措，因之铸成了人生无意义性的绝望心理。这是人类无法解脱的命运。"（万俊人，2011：806）每一个人都只是一种有限的存在，他终生无法逃避的人生悖论是：他拥有的存在只具有有限和相对的可能，而他追求的却是无限和绝对的可能性。人的有限人生蕴涵着目的意味，这种目的虽然不可能无限永恒，却具有终极趋向的超越意义。

埃姆斯之思实质上是罗宾逊对于老年人终极命运的思考：人终有一死，其人生命过程中的追求也就是他生命终结的追求。这种生与死、有限与无限、终结与目的的矛盾交织，构成了人之存在的基本问题，也是人生命运的历史性答案。即将到达生命终点的埃姆斯一边承受着疾病的折磨，一边面临着或是欲望、或是责任、再或压力的困扰，渴望"安然回家"的人们在身体与精神的多重负累面前，往往深感无助，处于"无家可归"的境地。

这种在超越与无所超越、自由与不自由的矛盾中的纠结存在是必然的。埃姆斯要想保持安然的"回家"心态，实属不易。当死亡被确认并具体化后，不同于抽象死亡概念，它带给人更为强烈的压力感。埃姆斯的认知心理长时间被这种压力所笼罩。对死亡的预知与对现世生活的眷恋注定对埃姆斯的心理叙事形成系列效应，自身即逝时时影响着他敏感的情绪。他所有现时的体验、思考、经历与穿插其中、娓娓道来的家庭回忆都渗透着复杂的内心情结。"今天早晨你拿着你画的一幅画跑来让我看，想让我夸夸你。我正在看杂志上的一篇文章，想把最后一段看完，所以没有抬起头看你。你母亲用最亲切、最悲伤的声音说：'他听不见。'不是'他刚才没听见'，而是'他听不见'。"（罗宾逊，2007：153）段落中对动词"听"的否定从过去时到现在时态的转变标示了埃姆斯在家庭生活中的被动体验，"我觉得被人冷落，似乎是一个早已被人遗忘的流浪汉"（罗宾逊，2007：153）。

死亡压力的长久存在导致埃姆斯内心不断滋生的怀疑情绪。备感冷落的他虽然身居家中，有妻儿陪伴，妻子莱拉更是对他关怀备至，然而，这一切都不能改变他日渐深重的被排斥、被边缘化的感受。埃姆斯屡屡呈现旁观姿态，他的感知经历透过生命消逝的透视镜而形成其所有的意象和意识，濒临死亡成为埃姆斯感知的心理媒质。"我想，他们一定以为我睡着了。我知道，我经常这样。他们开始谈话。……一阵沉默。你想象得出，我坐在那儿浑身不自在。我想动一动，摆脱自己无意中陷入的不光彩的处境——好像我在故意偷听。"（罗宾逊，2007：215—216）透过生命垂危、身体虚弱的认知透视镜（Tanner，2007：228），埃姆斯自身存在的感知打破了其在现实世界中空间存在的稳定性。换句话说，死亡临近为观察者带来了不同的时空感。埃姆斯的感知夸大了他作为旁观者的角色，居于生死一线的埃姆斯只是现实中缄默的旁观者，不被周围世界所察。用埃姆斯自己的描述，他仿佛是间谍般"偷听"。作为旁观者，他从隐身位置记录下自身未来缺席的近乎偷窥性心理体验。埃姆斯对周围世界的认知被时空抽离感所建构，自身意识的碎裂加强了他与经验世界的分离。他对世界的理解并不是时空感的延伸，可以说埃姆斯保持了"对自身所观察世界的陌生状态"（Merleau-Ponty，1968：134）。

　　已至垂暮之年的埃姆斯身处现世的边缘，他深深了解虚弱的身体状态所带来的行动局限："我自个儿从楼上搬下那些大箱子，得搭上这条老命。"（罗宾逊，2007：42）正是这种身体行为局限对个体的限定导致埃姆斯追求内心平静的诉求挫败，使其在与返乡的教子杰克的互动中呈现出复杂矛盾的认知心理。面对壮年的杰克，埃姆斯敏感地意识到自己身体的局限："我一边往起站一边抱怨好像踩到一个窟窿里。他比我高得多，比他自己以前也高得多。"这种意识平添了埃姆斯对年轻的妻子对杰克心存好感的遐想"……我从来没有见过她像今天早晨这样年轻。……我不知道我看到的表情到底意味着什么"（罗宾逊，2007：100），埃姆斯内心的疑问恰恰是他自身犹疑而戒备的表现。类似的心理叙事在小说中屡次出现，纠结矛盾的心理使得作为牧师和教父的埃姆斯深感困惑。

　　埃姆斯对这个派头十足的教子不满甚至带有几分妒忌，对杰克的偏见和过当的自我保护，使得埃姆斯的心理叙述偏离了理智判断之路。"可是如果我是法官，我会判定，虽然小鲍顿的情况非常特殊，但是绝没有减轻罪责的理由。"（罗宾逊，2007：131）作为会众首领，埃姆斯占据着布道坛，独具超越普通会众的话语权。然而，他的布道行为无法避免地掺杂了自身将要离世的心理情绪。杰克去听埃姆斯的讲道。讲道的内容是夏甲和以实玛利的故事。虽然埃姆斯反复强调自己没有预料到他会到场，但他依然承认假想的长椅上其乐融融的三口之家的情景给自己布道造成影响，"我承认，我的'即兴讲话'和他面带那样一副表情坐在我的妻子和儿子旁边有关"（罗宾逊，2007：141），埃姆斯以强大的自省能力对自己进行剖析，发现"真正的原因是，当我站在讲坛上看着坐在下面的你们仨，觉得你们就像一家人，年轻、漂亮。我那颗苍老、邪恶的心从胸中升起"（罗宾逊，2007：151）。无论他对于世界的凝视多么强烈，埃姆斯"从坟墓回头看到的这个世界"（罗宾逊，2007：151）已然不属于他。对于这个世界，他只能充当布道坛的旁观者的角色。

在埃姆斯身上，我们看到的是，由于他自己日益恶化的身体状况而产生的对妻子莱拉和幼子罗伯特未来生活的顾虑和担忧。在杰克回到基列之后，这种顾虑和担忧表现为对杰克与妻子互存好感的猜忌。这样的猜忌和偏见蒙蔽了他的双眼，给他带来无穷的烦恼，形成他在人生最后一刻"安然回家"的障碍。在生命的最后一段里程中，他在接纳与排斥间徘徊不定。

> 我很冲动，想警告你们提防杰克·鲍顿。你母亲和你。现在你该知道我是个多么容易犯错误的人，在这个问题上我的感觉多么靠不住。你知道活了这么多年我还是无法预测，你是否一定要因为我警告你们而原谅我，或者因为我没有警告你们而原谅我，或者事实证明警告与否都不重要。对于我这是一个很严肃的问题。（罗宾逊，2007：135）

此时的埃姆斯内心饱受煎熬、试图警告妻儿。而"现在"的出现事实上形成了未来的想象性对话，"我"以现时的参与者和未来的审视者的双重身份展开了矛盾的心理叙事。

他在这种复杂而纠结的情绪中思考，夜不能寐。终于，经过不断反思，并得知杰克现有家庭情况之后，埃姆斯对这位回归的浪子做出了谅解性的回应。埃姆斯通过为杰克重新洗礼，与杰克形成了彼此间的认同，真正地接纳了杰克。虽然，埃姆斯在其有生之年不能亲眼看到自己幼子的成长，但是却可以见证教子杰克的回归。在温暖的家园故里，杰克得到了久违的谅解，尽管谅解的到来姗姗来迟、几经周折。当然对于埃姆斯本人而言,谅解的施行也是平复其心灵的慰藉,在埃姆斯晚年饱受疾病困扰的时候,这一行为着实让埃姆斯自己那颗担忧的心安定了下来,在生命所剩无几的日子里找到踏实而稳定的归属之感。

与埃姆斯更多地为妻子和幼子未来的生活而顾虑重重不同,老鲍顿的最后生命历程中透着对子女的浓浓思念和对曾经人声鼎沸、其乐融融的大家庭的怀念之情。家中八个孩子,最让老鲍顿放不下的就是杰克。在父亲印象中,杰克从小就是个孤独的孩子。"他是个孤儿,尽管他在那幢房子里出生,出生的时刻危及自己和母亲的生命,让人印象深刻。……他们谁也无法忘记,那样冷冷的带着嘲讽的孤远,仿佛他们能自在地生活,而他永远不行……"(罗宾逊,2010:256)。杰克在家中孩子们中,总是显得那么被动而迟疑:"众人的力量、意志、好心、习惯和自信汇聚在一起,杰克被推着扯着往前走,但他从来不真正的是其中一员。"(罗宾逊,2010:255)就是这个孤独的孩子,在他长大之后,离开基列,一别就是二十余年。其间从未有任何消息,甚至连圣诞节也没有祝福的卡片和电话,在母亲去世时,也未曾露面。老鲍顿对这个性格古怪,疏远而孤独的孩子,既思念又抱怨,爱恨交织。风烛残年的老鲍顿难以确信他此生是否能够再次见到这个孩子。所以,当收到杰克的来信说要回家中住上一阵子,老鲍顿甚是激动,他准备充分,"冰箱和食品储藏室里堆满了所有他认为自己记得的杰克喜欢吃的东西"(罗宾逊,2010:27),在出乎意料的漫长等待中,他陷入了混乱和烦恼中,伴随着期待和焦虑还有失望。终于见到杰克,父亲对这个失而复得的儿子万般依赖。这种依赖在父子间的细微动作中得到呈现。"父亲已经走到门道的一半,不过他还是让杰克扶住了手臂。甚至把手杖也递给了他,仿佛有了杰克可以依靠,所有的小心和挣扎都可以歇停了。"(罗宾逊,2010:65)然而,看似亲近的父子在之后的进一步沟通中却并不顺畅。两件事情导致父子之间没有达成最终的谅解。其一是电视上所播放的蒙哥马利黑人事件。杰克对黑人的非暴力运动极度关注并对黑人满怀同情,然而,在此件事情上父亲却并不认同,他认为麻烦都是黑人自找的,黑人应该自己处理好自己的事务。在此情境下,父子二人始终没有找到一次打开心扉、沟通彼此的机会。当然,父亲直到临终前也未能知晓杰克在外二十余年的生活经历,对于杰克的跨种族婚姻和混血儿子,更是一无所知。其二则是父亲心绪的摇摆不定。老父亲在生命的最后时刻,情绪脆弱而多变,一方面,他试图鼓励儿子寻得教师或者牧师的工作。他为杰克迈进教堂之门,听埃姆斯讲道而感到欣慰。他时刻提醒杰克自己是个出身不错的大学生,可以交往一些有层次的朋友,以此为妄自菲薄的杰克打气。另一方面他对于这位年轻时放荡不羁的儿子所犯下的始乱终弃的过错,始终耿耿于怀、难以释然。父亲感叹"事物不会改变,人也是本性难移啊"(罗宾逊,2010:131)。就在杰克归返期间,小镇店铺发生夜盗事件,人们情不自禁将怀疑的目光投向刚刚归返的杰克,仿佛世间只有他这一个小偷。当父亲在夜间听到开门、关门的声音和蹑手蹑脚上楼的脚步声时,他下意识地将杰克与夜盗事件联系起来,想当然地认为是杰克所为。他拐弯抹角和杰克聊及他的财务状况。这对于自尊而敏感的杰克来说是极大的不信任。正是由于父子对黑人问题持有不同观点,以及他们每每并不愉悦的交谈,使得老鲍顿在生命弥留之际未能走近杰克,而杰克在其他子女归来之际再次选择了远行,继续保持了他对父亲恭敬而疏远的形象。

在最后的时日,老鲍顿神智越来越不清楚,甚至难以区分杰克与泰迪。在父亲的印象中,杰克不可能出现在家里。这一点,从杰克归来与父亲的第一次谈话结尾处就已经初露端倪"他躺到了枕上,翻身向右,背对着杰克,朝向墙壁"(罗宾逊,2010:118)。老鲍顿最终选择了关闭交流的窗口,在鲍顿的家中,杰克只是过客匆匆,他从未走进鲍顿的价值世界中,这是父亲与儿子的难以跨越的界限。在父亲弥留之际,他们再次相见却不得相知,父亲的安然居所中,始终缺失杰克的位置。

对于埃姆斯和鲍顿两位老者而言,他们对自己行将就木了然于胸。摆在他们面前的是如何认识死亡和安排身后之事的议题,这关系到他们是否可以"安然回家"。借用卢梭在他的自传性著作《一个孤独的散步者的梦想》中所言,此刻的两位老人需要学会"如何死亡"(转引自段德智,2006:170)。对于埃姆斯和鲍顿来讲,接受即将离世的现实并泰然处之有利于他们心态的平静。对于他们来说,就是要做到顺应生命的规律,在喜悦生命的过程中安排好自己的人生,安享最后的时光。如同费尔巴哈对此问题的认识:"对彼世的信仰,决不是对某种另外的、未知的生活的信仰,而是对已经在今世被当做真正的生活的那种生活之真理性、无限性、从而永续性的信仰。"(费尔巴哈,1984:242)对于即将"安然回家"的两位老人,他们需要解开的是生死之谜。要想解除生命困惑,解开这一生死之谜,就必须回到人。因为,一切本质和超然的意义,只有在人里面才能得到解释和说明。这种"与人协调"的死亡哲学集中到一点就是：尽管有死，也定要充分地度过一生。所谓"充分"，一言以蔽之，就是人应当做一切属于他应该做的事情。这就是埃姆斯和鲍顿所追求的平静安然的回家。当埃姆斯最终以基督大爱战胜自己的自虑的烦恼，完成留给幼子罗伯特家书的时候，他同时也完成了与自己内心的协调，享受了生命的最后时光。老鲍顿则完成了对身后财产的最后安排，以他的方式，在泰迪等一众孩子的簇拥中走完自己人生的历程，略有遗憾的是，他并没有在生命的最后时刻走进杰克的生活，但是，即便如此，他依然了却了再见他一面的心愿。正如费尔巴哈在《关于死亡的韵诗》中所言，人们"唯一的不死是继续生活在我的子孙后代中"（转引自段德智，2006：206），埃姆斯与老鲍顿均以这样的方式安然回家。

可以看到，罗宾逊将"衰老"置放于"生"与"死"的关系书写中，没有对重病濒死者身体苦难的过多细节描写，但就在日常交谈与行为中，生与死的撕裂被展现出来，揭示给人的是无尽的生死之思。显然，从自然或历史的维度，人们不可避免地终有一死，"安然回家"唯有从生者与死者的关系维度进行观照才可获得，只有通过价值的凸显，人们才可无痛苦的死去。罗宾逊在此试图彰显的正是家人彼此间的关爱价值。借着这份来自家人间亲情之爱，两位老人终将"安然回家"。借用布宁对托尔斯泰文笔的评价"从死亡的角度重估一切"（布宁，2000：130），以此来评价罗宾逊对老者的刻画同样恰当。正是此世的死亡将人们从世俗暂时的生命转入永恒的归属之家。

第四章

人文神性

从玛丽莲·罗宾逊的自身经历和思想发展历程来看，显然存在着人文和神性两个维度。在她的小说创作中，这两个维度被有机地结合起来。首先，罗宾逊自称为开明的自由主义者（Robinson, 2006），这种人文主义的思维方式在她的小说中体现为对现实生活的特别关注。作家往往将个体置于家庭关系中进行考察，家庭伦理成为她思考的核心问题。透过小说对人物间复杂情感的细腻刻画，作家为发生在家庭内部的陪伴、守望、信任以及遗弃、偏见和分离做出阐释，分析了各种情感关系中的精神内核，而她特有的沉静叙述使得作家的伦理书写充满了空灵美感，而毫无说教之意。因为对人物关系的细致刻画和人物心理走向的严谨跟踪和反映，作家本人被评论者称之为"中西部道德学家"（O'Rourke, 63）。恰如本书开篇提到的美国全国人文基金会对其作品的评论："通过对道德的强调和情感的抒发，梳理了生活中人与人的伦理联系，探究了我们所居住的世界，定义了人之为人的普遍真理。"（NEH, 2013）可见，生活伦理书写就是罗宾逊小说人文维度的具体表征。

其次，神性则是罗宾逊的另外一个思想维度，这一思想维度与她的人生信仰和经历密不可分。她出生于爱达荷州虔信的基督教家庭，父母都是长老会会众，她本人先后从属于美国最古老的两个正统新教教会：长老会（the Presbyterian Church）和公理会（the Congregational Church），她常年保持着规律性的教堂活动，是虔诚的基督徒，除了写作和教学之外，她还是当地公理会教堂的执事（T. George, 2019：49）。她的皈依并不是来自问答式的教育方式，而是来自某种带着一丝神秘感的体验。在《亚当之死》中，罗宾逊描述了当她还是一个小孩子的时候，感受到这种神秘体验的情景：当她进入教堂，听到牧师讲道《神的荣耀和人的尊贵》："你叫他（世人）比神微小一点，并赐他荣耀尊贵为冠冕。你派他管理你手所造的，使万物，就是一切的羊牛、田野的兽、空中的鸟、海里的鱼，凡经行海道的，都服在他的脚下"，她仿佛感受到"打动心扉的自由直觉"（Robinson，1998：227），这些经历使得宗教信仰在她心中生根发芽。虽然，罗宾逊后来转向公理会，但我们知道，公理会和长老会在教义和教友结构上有着些许不同，但其基本传统都反映了典型的新教特质。她似乎是一个没有神学学位的、没有被任命的信仰践行者。显然，她对宗教充满热情、密切关注，且颇有研究。但是，令我们费解的是，与此同时，罗宾逊本人在不同的场合对于把自己归入宗教作家的分类表示反对（Robinson，2008c），而自称为新教自由主义者（Robinson，2006）。这种看似矛盾的表象造成了我们在理解罗宾逊小说时逻辑和认识上的疑难，这是我们无法回避的问题。

　　解答如上疑问，我们可以从罗宾逊对于"神性"一词的界定入手。在《神性》（"The Divine"）一文中，她从词源学的角度对"the divine"一词进行考查，该词来自拉丁文"divinitas"，这一词汇在罗马异教时期就已使用，后期罗马皈依基督教后，教会并未加以修改。在罗马天主教语境下，这一词汇特别指"神性的直觉"（Robinson，2018a：72—73）。在新教语境下，它往往在谈及耶稣的神圣性时被使用，与圣洁（holy）、庄严（sacred）和精神性（spiritual）相互联系，并特指耶稣基督独有的神的本质，也就是说：他就是神。这一概念指向基督耶稣的核心价值——道成肉身（Robinson，2018a：71），即神性的具象表达。换言之，上帝正是在普通的肉身中得到体现，在千千万万个普通人的心中驻留（Robinson，2018a：240）。罗宾逊有意从"神性"一词的异教来源对问题进行研究，其本意重在跳出基督教或者新教的藩篱，去考查所有的文化形态。"道成肉身"这一原则巧妙地将人文和神性结合在一起，这一概念对于我们深刻理解罗宾逊的人文神性思想至关重要。

　　对于人文与神性的关系问题，罗宾逊在文集《我们在这里做什么?》中也进行了具体阐释，论述体现在《神圣与人》（"The Scared, the Human"）篇。这里，罗宾逊首先提出了现代人文主义对于科学性的过度依赖问题，在她看来，这个问题已然发展至理性与科学对人文的遮蔽。她带着读者追溯科学的源头：人类理性与科学的源头是从对神学的反叛中滋生发展的，文艺复兴时期，宣扬人的生命和精神力量的人文主义思想快速发展、广泛传播。彼时，理性和科学是人文主义的核心力量，对世界和人自身的理性探求，成为科学的核心要旨。理性的发展经过启蒙时期的发源、现代主义时期的高涨、直至科学主义的盛行。今天，人们的世俗生活已然被科学主义所主导。在罗宾逊眼中，科学主义正在从它诞生之初的人文性的主体力量转变为背离人文的世俗力量，俨然成为与中世纪神学类似的对人文的压制性力量。科学正在走向其诞生之初的精神表征的反面。在此语境下，人的神圣性显得至关重要（Robinson，2018a：51—68）。

在极端的理性科学逻辑下，在科学主义盛行的当代文化中，人沦落为基因、细胞和神经，而人的思维往往被过度简化为感知、刺激和习惯。可以说，对科学和理性的极致追求导致上帝和灵魂的消弭，人被沦为物质性的产物。人们不禁唏嘘：科学以反叛的姿态脱胎于宗教，然而，时至今日科学与宗教似乎已然毫无联系，究其原因，问题应该是出现在了宗教一边。现代社会后，宗教的声音过于微弱，人几乎失去了自我主体位置，而一味地追求科学，科学从某种意义上讲已然是人的新的桎梏（Robinson，2018a：73）。在此背景下，保持人的神性成为当务之急，宗教和信仰的回归已在情理之中。当然，这种信仰的回归，并不是要回到中世纪式的教条主义的神学，而是以神性的回归塑造人的道德主体性。这里所言的道德主体性的建立并不是以道德框架的方式向人施压，形成坚硬的壳，使其成为桎梏人思想的牢笼，而是在人的独立思考和探索中形成向着荣耀神性的选择和判断。可以说，正是在朝向荣耀神性的自主选择和判断的过程中，人与神完成了两者的统一。

人文与神性这两条看似矛盾的思想脉络恰恰是罗宾逊思想的基底层。两者相互依托、相互联系、相互构建，形成了罗宾逊小说特点鲜明的构建思想——人文神性（Robinson，2006），其中的神性原则指的是个体或群体对于一种信仰的具象拥抱，或是对于信仰的忠诚和亲和，这种拥抱、忠诚和亲和行为并不牵涉对于这一信仰的每一条款的彻底的信任，而强调浸染了整个信仰原则的人的经验和感知（Horton，2017：121），可能完全是美学的、伦理的或社会的。无论作何解释，关于自我的定义都非常重要（Robinson，2018a：40）。这是罗宾逊小说创作中将世俗生活与宗教观念相结合的思想源头。这一理念指导下的小说创作将人与神的形象完美地融合在一起，在现时生活中发现并挖掘神性的显现，在世俗琐事中将人性光耀彰显。摒弃教条教义和神迹仪式，而在人的生活中发现神性的意义和价值是人文神性兼容一体的最根本的特征，是我们对罗宾逊小说主题考查的不可回避的重要维度。

我们发现，如上的人文神性观已然深深地反映在罗宾逊的小说创作中，成为她在进行人物选择和塑造过程中的思想基底。在罗宾逊看来，神性信仰和生活经验不可分割，它们浑然一体、完美融合。"日常美学与宗教信仰深刻交织"这一理念已然是贯穿罗宾逊小说创作的重要特色，如果不对其进行深度解读，就没有办法真正理解她的创作，更谈不上全面透彻的分析。罗宾逊的小说创作和她的宗教信仰相辅相成，从某种意义上讲，她正是在以世俗的方式——小说创作——来表达她的信仰关怀。正是在极具信仰观念的生活中，人的神性光辉得以彰显，这种极具信仰观念的生活往往表现为那些蕴含人的思维独创和情感表达的道德行为，在此生活中，在心灵的动态转化过程中达致人的神性。所以，要想深刻理解美国人的信仰和心灵，就必须透过迷雾重重的小说世界，在人与人、人与物的关联互动中，从人物的内心、行为选择以及生活抉择等方面考察信仰在人格底层的积淀作用。本章紧扣人际关系的关联性特点，从两个角度展开，分别是：人物关联和场景关联。正是在人物和场情的关联中，伦理关系淋漓尽现；正是在日常人与人的伦理关系中，神性原则得以体现。

第一节 人物关联

人与人之间的联系以及在此基础上形成的身份关系是伦理学最为关注的问题，这也是罗宾逊小说的核心命题。人与人之间的矛盾不可避免，而正是在矛盾的冲突和解决中，人的内心得到提升、终获成长。传统情节的跌宕发展不是罗宾逊小说书写的主旨，人物塑造才是其灵魂。这里，我们将选择其小说中重要的人物关联来充分呈现人文与神性的浑然一体。

在小说人物身份设定上，作家进行了细致斟酌。边缘人群是作者别有新意的选择。流浪女性、混血家庭、老年人等都进入了她的视野，这些人物在特定区域所具有的特别经历和别样感受为诠释心灵庇护所提供了参照。作家从其处女作小说《管家》伊始，就已经具备这样的观察视角。指骨镇上不被小镇接受和理解的露丝一家是作家创作意识的承载体。这种特别的观察视角持续至她的后期创作中，基列系列中的杰克和莱拉两位人物带着浓重的边缘人物色彩，其中，杰克的孤独来自他难以被时代接受的窘迫现状,莱拉则来自她半生的漂泊生活。此外,甚至叙述者埃姆斯本人也因年老病重而产生被忽视的边缘挫败感。

除了边缘人物之外,牧师家庭是作者关注的另外一个群体。这一选择同样出于对心灵庇护所这一主题的阐述需要。我们知道,书写牧师家庭,并不容易;纵观文学史,我们发现,书写宗教和宗教界人士成功的小说案例并不多见。然而,当我们换一个角度观察时就会发现:宗教人士的家庭成员所面对的世俗选择问题能够很好地彰显信仰和生活之间的联系。透过对牧师及其家人的具体考察,人们可以对关于信仰的系列问题达成更为深刻的探讨——信仰在他们的生活中占据什么样的位置?在生活冲突解决的过程中,信仰以什么样的方式影响牧师的现实选择?在人们的心灵治愈过程中,牧师是否发挥了某种影响,如果有,又是什么样的影响?牧师的工作在何种程度上、以何种方式影响他们自身内心的平静?对于这些问题的回答有利于我们更好地深度了解美国人的生活和心路历程,更好地理解信仰在普通民众生活中的参与度。在基列系列小说中,罗宾逊选择了埃姆斯和老鲍顿两户牧师家庭几代人的纠葛作为创作的故事核心。埃姆斯和老鲍顿分别是公理会和长老会颇受会众信任和欢迎的牧师。他们既是小镇的普通民众,又是虔诚的传统信仰捍卫者,他们对于人生的选择和思考中更多渗透着信仰关怀。

在这一节中,我们将以家庭伦理为主脉络,以紧密交集的人物组合为单位,分别讨论多尔和莱拉、埃姆斯和杰克、露丝和西尔维在亲情关系的建立和维系中,各自所经历的心路历程。在人物心路的书写中,作者并未止于善的呼吁,更多的是对人内心信任、宽容和笃信的挖掘。这正是罗宾逊强调的恩典,正是对于恩典的信赖和向往赋予生活中的日常善行以神性的光晕。

(一) 多尔与莱拉:救赎彼此

在文学创作领域,许多女性形象是基督教观念中的永恒女性玛利亚的化身,代表着基督教的"救赎"理念,体现了艺术家的精神诉求(李晶,2019:30)。玛丽莲·罗宾逊同样也赋予自己笔下的女性角色多样"救赎"内涵,以这些角色为媒介给出自己对于救赎命题的思考。接下来,我们将聚焦基列系列作品中的多尔和莱拉两位女性角色,分析人物实现个体救赎的不同方式,为理解人们救赎行为中的神性光晕提供借鉴。

在《莱拉》中，多尔是一位无依无靠、四处流浪的女人，既没有亲人的牵挂，也没有家庭的责任，只求辛苦做工维持生存。在面对门廊处被遗弃的婴儿时，多尔本可以熟视无睹，与哭泣的婴儿擦肩而过，继续在自己的生活轨道上漂泊。然而，多尔却选择将其抱起，而这一抱，将两人的命运紧紧地联系在一起。从普遍的社会心理来看，人们对一位自身生活都毫无着落的流浪者必定没有抚养弃婴、承担责任的伦理期待，然而，多尔选择了承担超越于自己伦理身份的抚养义务。这种伦理选择的背后定然隐藏着多尔长久以来的家庭期待。按照普遍基本的人的心理发展的需求，流浪四处，已到中年的多尔定然也曾经有过少女时代对爱情和家庭的渴望。然而，她眼角处的伤疤似乎在诉说着她不幸的情感经历。"这是在妓女院得来的"（罗宾逊，2019：89）。虽然罗宾逊未就多尔不幸的情感经历做详细的叙说，但是那道伤疤却已将那段痛苦的经历显现。她总是试图遮掩那道伤疤，回避那段不堪的过往经历。随着时间的推移，历经艰难的多尔变得倔强而坚强，但就是这位娇美容颜已然不复存在的相貌丑陋的女人内心却始终留存着柔软善良的一面，她将对家的渴望立足于对孩子的爱。虽然在追求爱情的道路上受阻，但这并不能阻挡她母爱的迸发，她渴望拥有自己的孩子。所以，面对夜色中被遗弃在门廊，在寒风中瑟瑟发抖、嚎哭不止的小莱拉，她毅然选择了将其抱起。从此，她将其视若己出，有了自己的女儿，实现了自己关爱和保护孩子的道德意愿。然而，与此同时，她的这一抱也潜伏着巨大的伦理罪恶。正如多尔和老妇人所说"这（孩子）是我偷来的"（罗宾逊，2019：7）。偷窃在任何的社会形态下都是犯罪，更何况多尔此处偷的是个孩子。所以，在多尔从决定抱起孩子、实施善举的一刻，事情本身即被着染了"恶"的颜色。善恶并举成为之后多尔对家庭关系的经营和捍卫中两条并行的伦理线。在这两条伦理线条上有着重要的伦理结，需要将其解构分析、阐释其中所蕴含的伦理意识。

从多尔将莱拉抱起，以母亲的身份与之建立家庭，承担家庭责任起，她始终表现出温柔的一面。在把小莱拉抱起时，她用温暖的披巾将孩子幼小的身体包裹起来。此后，披巾成为多尔为小莱拉保暖御寒的最佳工具。在其沐浴后或是熟睡时，多尔都会用披巾将其包裹或覆盖。披巾作为一种物质材料为小莱拉带来温暖和安全感，而这种温暖和安全被莱拉认定为是家的感觉，对披巾的记忆演变成莱拉对家的印象。除却物质方面的保障，多尔还努力保障对莱拉的文化教育。为了莱拉，她甚至有一年过上了安定的生活，将莱拉送到学校接受正规教育。"莱拉曾经在爱荷华州的坦慕尼镇上有过体面的居家生活经历，多尔在那里寻得一份工作，以供莱拉上学。仅仅一年的时间，聪明的莱拉已然可以阅读和做简单的算术。——多尔希望通过这样的经历让莱拉有机会理解什么是正常的生活。"（罗宾逊，2019：41）这段经历对于莱拉意义重大，正是在识字的基础上，她才萌生了对宗教的热情，并在雨季的某天，走进了埃姆斯的教堂，从而与他相识相知。她充满了对阅读的渴望，这成为她不断思考的原动力，使得莱拉与其他的流浪者截然不同。可以说，短暂的教育为莱拉自我意识的萌发奠定了基础，而自我意识是她后期回归安定生活的重要原因。

  为孩子提供安全保障，送她入学识字，这似乎是轻而易举的事。但是，当我们将多尔的伦理选择置于特定的历史情境中考察时，会发现她的努力和付出远远超出我们的想象。小说反复提到的困难时期指的是美国30年代的经济大萧条。当时，美国遭遇了经济方面的大滑坡。众多企业倒闭，无数工人失业。文中以多恩为首的几位流浪者在经济萧条时期难以找到工作维持生活。甚至他们一直信任的果敢而公正的多恩也被迫外出偷窃，获罪入狱。在这样的混乱而艰难的时期，女性就业尤其困难。然而，即便如此，多尔始终竭尽全力给莱拉提供足够的保护和温暖的家。多尔尽其所能为莱拉提供物质和文化的保障，她的爱是深切的。所以，当发生任何破坏二人母女关系的事情时，多尔都会挺身而出，奋起抵抗。自从将莱拉抱养之后，多尔只有四天离开。其间，她将莱拉托付给多恩一伙照料，不料，多恩一伙未能尽责，他们将莱拉遗弃至教堂的门廊，无人照料。只有牧师和路过的教徒试着帮助她，给她食物和温暖的毯子。如果不是教堂"门缝里射出一缕灯光，多尔完全有可能找不到她的孩子"（罗宾逊，2019：111）。四天后，多尔赶了回来，她一个村庄、一个村庄地轮流寻找，最终赶在牧师带走孩子之前找到莱拉。但是，面对牧师的好意和帮助，多尔的回应显得异常粗鲁。当牧师问及情况，她只是不耐烦地甩下一句"这事儿跟你没关系"（罗宾逊，2019：53），"你对她什么都不是。你对我也什么都不是"（罗宾逊，2019：53）。此时的多尔已然认定了与莱拉的母女关系，她决不允许别人介入和破坏这种关系。可以想象，即便面对的是莱拉的生父，多尔也会冒死捍卫这样的情感关系。所以，当声称是莱拉生父的人提出带走莱拉的要求时，多尔的致命反抗是可以理解的，她一无所有——没有青春，没有居所。她所有的爱和善良都给予了莱拉。当她的这种善举遭遇侵犯时，即多尔时常提到的"只有在危险的情况下"（罗宾逊，2019：133），她为保护和坚持自己理解的"善行"选择用一把匕首加以捍卫。这把刀仿佛是一把双刃剑，平日里，它可以用来拾掇食物，用起来得心应手，而遇到危险时，它就成为自卫的良好工具。在与莱拉的父亲打斗后，多尔浑身受伤，血流不止，她将刀交予莱拉，告诫她保存好，以备急需。结合当时的语境，这种告诫仿佛一种临终嘱托，刀是多尔留给莱拉的唯一的遗物。这把锋利的刀象征着多尔对家所持有的善恶一体的态度。从"偷盗小孩"到血拼混战、致人死亡，多尔对莱拉的付出和善行似乎从一开始就充满了悖论——她在以恶行善。具体而言，她以偷盗与杀人之恶维持自己对莱拉的亲情之爱。这段看似悖论的伦理观念在多尔这个无依无靠、孤注一掷的女人身上施行，已然超越了人们按照常理所能理解的范畴。

让我们回到"救赎"的本源，进而思考莱拉和多尔相互救赎的现实关联。我们通常用的救赎英译词"salvation"或"save"来源于英国钦定版《圣经》，它由希伯来《圣经》中的"yasha"翻译而来，有"帮助""拯救"之义。"yasha"主要是指"此时此刻非常实际的需要"（Spackman，2016：50），它侧重的是个人能否在此生从某种糟糕的状态中解脱出来，然而，我们知道：个人面临的糟糕境况常常是由某种实际需求的缺乏所致。也就是说，"yasha"与个人生活的真实情况紧密相连，对人们来世可能受到的影响并不看重。凡是有助于他人摆脱现实生活中真实存在的某种困境的行为，都可能与"救赎"产生共鸣。显然，这样的词源意义对于罗宾逊在探讨这一问题时，有着极大的影响。我们知道：当代基督教对于"救赎"主题的探讨主要集中在一个问题上，即个人获得的救赎究竟是由神的恩典造就，还是通过人的主动性实现。针对神的恩典与人的努力之间的关系，基督教发展史上先后有以下四种主流观点：伯拉纠主义（Pelagianism）认为在最后的审判中，上帝将根据人们跟随基督的程度来决定他们永恒的命运，人的行动是救赎的手段（qtd. in Bounds，2011：36）；半伯拉纠主义（Semi-Pelagianism）和半奥古斯丁主义（Semi-Augustinianism）认为神与人共同协作才能实现救赎，前者"优先考虑人的主动性，但不忽视神恩的必要性"（qtd. in

Bounds，2011：37），后者与之相反，更重视神的恩典；奥古斯丁主义（Augustinianism）与伯拉纠主义一样，对于救赎的理解是一元的，相信"救赎完全是上帝的工作，包括基督徒的悔改和信仰"（qtd. in Bounds, 2011：43）。这些讨论将"如何实现救赎"这一问题抛了出来——实现救赎是通过神的恩典还是人的努力？被救赎的是今生还是来世？当我们进行文学救赎主题的相关研究时，对如上问题的思考和解答是必不可少的。玛丽莲·罗宾逊在对多尔和莱拉两位女性角色进行塑造时，将神性的"救赎"概念编织入生活伦理故事中，引导人们从人文与神性的双重维度理解莱拉和多尔之间的关系，将阐释的重点立足于现实生活，为救赎之义给出了独具特色的正面回答。

在莱拉和多尔相互守护的故事中，两人成为彼此的救赎者，当我们从这一角度进行观察时，母女深情的伦理故事就附着了超越现有存在的神圣的光晕。从莱拉的视角来看，多尔无疑是一位"救赎者"。在莱拉的世界里，多尔是她最重要的依靠，"从台阶上抱起她"（罗宾逊，2019：10），赋予她新的生命，成为莱拉显而易见的救赎者。莱拉认定多尔就是她的母亲。甚至在获悉多尔杀死她的亲生父亲后，莱拉的这份情感也丝毫没有改变。然而，多尔本人对宗教似乎并不热衷，多尔从未进过教堂，也不曾信仰上帝。"多尔从来没有提过什么上帝"（罗宾逊，2019：15），面对牧师时也保持警惕。虽然小说没有提及多尔遇到莱拉前的生活，但从二人共同生活的数年里可以看出多尔文化程度很低，甚至可能没有受过教育。她不会写字，掌握词汇有限，连莱拉的名字都是由一位老太太帮取的。可见无论从宗教信仰的角度还是世俗认知的能力来看，多尔对于自己事实上承担的"救赎者"的角色都不甚了解，甚至从未听人提起过这个单词，她在肉体和精神上对莱拉的守护是无意识的救赎行为。

在多尔承担莱拉的救赎者的同时，也在不经意间救赎了自己。多尔本是一个无依无靠的流浪者，在遇到莱拉后她的内心逐渐有了牵挂，体会到了他人对自己无条件的信任和爱，"小女孩跟在多尔身边，总是拽着她的裙子"（罗宾逊，2019：12）。虽然生活因此而变得更艰苦，但这却是她相当珍惜的一段经历。正是她的守护行为帮助自己实现个人救赎。也许多尔没有任何信仰，也从未想着救赎他人，但她付出时间和生命，守护

"珍珠少女"① 的行为本身就是一场救赎。可以说，在面对人生抉择时，她所选的守护之路，同时也通往了她个人救赎的道路。

除了内心的深度认可之外，多尔带给莱拉更为深远的人生影响是对于救赎普遍性的思考。在多尔和莱拉的关系中，莱拉对于多尔的命运关注是两人伦理关系的制高点，也是宗教恩典的象征表达。事实上，莱拉对于《圣经》经文的关注和阅读，对于人的救赎性的考查，所有对这些问题的认知动力都来自于她对多尔的命运同情和关心。她不断地探寻，以期得到多尔可以被救赎，多尔命运可以改变的答案。曾经相依为命的亲人多尔能否获得救赎，是莱拉婚后一直思索的问题。对于一部分基督徒来说，不信仰基督耶稣的人是无法获得救赎的，也就是说救赎可能首先是依据信仰的。正因如此，莱拉对于多尔是否能够得到救赎十分关切。如上文所述，饱受生活苦难的多尔不仅不信仰宗教，甚至还很反感教堂和牧师，以至于她不由分说地拒绝牧师的所有好意。莱拉对于多尔的这一性格特点知之甚深，基于这种认识而萌发了对救赎的普遍性问题不断思考，具体而言，即信徒以外的人能否得到救赎。

莱拉在思考救赎命题时总是将自己的处境和想法加入其中。她希望多尔能够"复活"，这样在她们死后灵魂也可以重新相聚。但同时莱拉又害怕"复活"后的多尔要经受"最后的审判"，按照埃姆斯的挚友老鲍顿的解释，古往今来所有人都要经过"最后的审判"，"一辈子隐藏的罪恶和耻辱都会展示在面前"（罗宾逊，2019：102），据此，多尔的无信仰和杀人的行为不会得到原谅，并且还会使她因此而受到上帝的惩罚。因此，她内心充满矛盾，反而希望"多尔最好就待在坟墓里吧"（罗宾逊，2019：102）。然而，莱拉不知道的是，她们二人的生活经历与母女关系对于多尔来说就是最大的救赎，只不过这份救赎是今生此刻最现实的救赎，无关"最后的审判"。从她从石阶上抱起莱拉的那一刻起，多尔的命运已经和莱拉紧紧地绑在一起，救赎光晕眷顾着二人，已然超越了信仰的形式。

---

① 罗宾逊本人对英国中世纪文学的代表作之一《珍珠》（"Pearl"）非常喜欢，而其中这句"我的灵魂在上帝的恩典下/冒险到了奇妙的地方"几乎适用于基列系列中的所有人物，尤其与其中女性角色的命途多舛的遭遇有更高的契合度。她们都曾经历不幸，但又在某种指引下，前往能够实现她们追求的地方。See Marilynne Robinson, *What Are We Doing Here? Essays*, New York: Farrar, Straus and Gioux, 2018, p. 9.

（二）埃姆斯和杰克：尽释前嫌

《圣经》多以隐喻的方式提到对家人保持宽容的重要性。其中《路加福音》第 15 章中的"浪子回头"的故事是基列系列小说中杰克和教父埃姆斯的关系的故事原型。小说中，教父与教子的关系因为超越了单纯的血缘亲情，而变得更具精神指向。与此同时，因为埃姆斯和老鲍顿的特殊友谊，"多数场合，他（鲍顿）确实习惯于把埃姆斯认作另一个自我"（罗宾逊，2010：218）。因此，杰克和埃姆斯的关系又着实代表着父子关系。正是这种超越了简单血缘关系的、更加强调精神性的父子亲情成为罗宾逊在家庭伦理论述层面中最为关注的主题。正因为它超越了简单的血缘亲情，从而能更好地代表不同代人之间的思想沟通。

让我们先来看看"浪子回头"中的故事原型："一个人有两个儿子。小儿子对父亲说：'父亲，请你把我应得的家业分给我。'他父亲就把产业分给他们。过了不多几日，小儿子就把他一切所有的，都收拾起来，往远方去了。在那里任意放荡，浪费资财。既耗尽了一切所有的，又遇着那地方大遭饥荒，就穷苦起来。于是去投靠那地方的一个人；那人打发他到田里去放猪。他恨不得拿猪所吃的豆荚充饥，也没有人给他。他醒悟过来，就说：'我父亲有多少的雇工，口粮有余，我倒在这里饿死吗？我要起来，到我父亲那里去，向他说：父亲！我得罪了天，又得罪了你；从今以后，我不配称为你的儿子，把我当作一个雇工吧。'于是起来往他父亲那里去。相离还远，他父亲看见，就动了慈心，跑去抱着他的颈项，连连与他亲嘴。儿子说：'父亲！我得罪了天，又得罪了你；从今以后，我不配称为你的儿子。'父亲却吩咐仆人说：'把那上好的袍子快拿出来给他穿；把戒指戴在他指头上，把鞋穿在他脚上；把那肥牛犊牵来宰了，我们可以吃喝快乐；因为我这个儿子是死而复活，失而又得的。'他们就快乐起来。那时，大儿子正在田里。他回来离家不远，听见作乐跳舞的声音，便叫过一个仆人来，问是什么事。仆人说：'你兄弟来了，你父亲因为他无灾无病地回来，把肥牛犊宰了。'大儿子却生气，不肯进去；他父亲就出来劝他。他对父亲说：'我服侍你这多年，从来没有违背过你的命，你并没有给我一只山羊羔，叫我和朋友一同快乐。但你这个儿子和娼妓吞尽了你的产业，他一来了，你倒为他宰了肥牛犊。'父亲对他说：'儿啊！你常和我同在，我一切所有的，都是你的；只是你这个兄弟是死而复活，失而又得的，所以我们理当欢喜快乐.'"同样，在《路加福音》第15章中，耶稣以"迷失的羊"比喻父母对于误入歧途的孩子的态度。一个人若有一百只羊，一只走迷了路，你们的意思如何？他岂不撇下这九十九只，往山里去找那只迷路的羊吗？若是找着了，我实在告诉你们：他为这一只羊欢喜，比为那没有迷路的九十九只羊欢喜还大呢！所以说，一个罪人的悔改，较比为九十九个不用悔改的义人欢喜更大。

在基列系列故事中，杰克就是那位败掉家财，回家的"浪子"。相比《圣经》中"浪子回头"的故事原型，小说中，作为教父的埃姆斯面对着更为复杂的情感两难和道德困境。老鲍顿家共有子女八位，只有杰克从小就仿佛是离群的羔羊，他性格古怪，行为乖张。"他是家中的害群之马，是永远不学好的败类，在照片上也毫不起眼。"（罗宾逊，2010：68）他自小种种恶作剧的淘气之举给家人带来无尽的烦恼，让这个在当地体面的家庭蒙受耻辱。小"恶"的不断积累，直到他犯下甚至家人也无法谅解的大错。大学时代的杰克与一位家境贫寒的女孩安妮·泰勒有染，在对方怀孕产女之后，却若无其事地离开了。这次"恶举"与他幼年时期偷汽车、炸邮箱、整教父等恶作剧都不同，当时已在大学就读的杰克业已成年，是一位有独立伦理思考和判断能力的年轻人。他非常清楚安妮自身和其家境情况。在这种情况下，杰克在与安妮交往之初就抱有一种玩弄对方情感的恶的动机。不仅如此，在安妮怀孕期间以及孩子出生后，杰克都丝毫没有做出善意的改变。他这种事不关己、不负责任的伦理态度将自己推向"恶人"的境地。

《家园》故事伊始，疲惫的中年男子杰克，千里迢迢返回故土，此时的杰克已是黑人姑娘黛拉的丈夫，两人还育有一个孩子。此次回乡，杰克一心想要为他的混血家庭寻找合适的居所。但是，对于这样一个小镇人眼中的"恶人"，他的寻家之路注定不会一帆风顺。在之后等待的日子里，杰克经历了一次又一次打击。首先，他满心期待的妻子的来信迟迟未到、鱼沉雁杳。妻子黛拉的支持是促使杰克向善的最大动力。这种支持具体化为两人频繁的书信往来。因为有来自妻儿的爱，杰克可以鼓足勇气，回到基列。回家后，杰克每天一早就会在什么地方逗留着，实则是等待妻子的信件。他处处小心，行事谨慎，但是随着时间的推移，这种希望逐渐消退。最终，杰克等来的却是几件被退回的信。杰克发给黛拉的信件被接二连三地退回。这意味着他与黛拉的联系被黛拉的家人阻断，他和黛拉的婚事不被黛拉家人认可。此番打击对于一心想要痛改前非、规划与黛拉平静生活的杰克非同小可。其次，家人与其他小镇人对杰克都存有固有的看法和偏见，他们不约而同地对杰克的行为进行了不负责任的评判和道德归罪。埃姆斯从教堂回来，看到杰克正戴着早已去世的爱德华的手套，他马上联想到杰克幼时曾经短暂地将那只手套偷出玩耍，严肃的眼光中带着对这位素日小镇"名偷"的审视。小镇人对杰克并不欢迎，他们大多习惯性地将一些不光彩的事情归咎于返乡的杰克。在小镇发生夜盗事件后，人们不约而同地判断是杰克所为。当杰克进入药房和杂货店时，大家见到他立马将谈话停下来，煞有介事地将杰克拒之千里。甚至父亲老鲍顿也朝这个方向思量，将其判断为"本性难移"（罗宾逊，2010：131）。遭遇以上种种信任打击后，杰克收拾心情，勇敢地走进教父埃姆斯的教堂，期望得到些许安慰。然而，那次礼拜恰逢埃姆斯做关于夏甲和以实玛利的布道。① 从教堂回来的杰克陷入深度忧虑之中。看似轻松的杰克已经几乎无路可寻，他强作欢颜，实则内心沉重。杰克变得更为沉默寡言，"只除了他走向门口时经过她身边，出门时抬抬帽檐什么也不说，或是经过厨房上自己的房间去，单单道声晚安"（罗宾逊，2010：245）。杰克亟须一种对于自己及其混血家庭的救赎可能性的深度解释。

负罪之人是否应该被谅解？自己及混血家庭是否可以被救赎？这两个问题是萦绕在杰克心头的最大困惑，而这两个问题其实质是一个核心问题，即：人的救赎可能性是否是既定的？罗宾逊在小说中设定了预定论的讨论场景，对这一问题展开深入探讨。在埃姆斯和鲍顿两家人聚餐后的讨论中，杰克饶有兴致地引发了关于"人是否能够改变？"的讨论。这个问题将两位对经文熟稔于胸，在当地颇有声望的牧师难倒了。这个问题的实质关系到对加尔文主义核心教义——预定论的认识。按照加尔文的预定论教义：上帝仅凭自己的意愿对世人进行拣选和拯救。也就是说，人们的拯救有可能性问题。这正是杰克的疑惑所在，犯罪之人是否只能下地狱永灭。在杰克的追问下，埃姆斯并未给出明确的答案，他的解释是，他作为一位牧师，不愿站在防御的立场，为经文辩护。而此时平日安静沉默的妻子莱拉却出人意料地表达了自己的观点，"一个人能够改变。万事都能改

---

① 夏甲是亚伯拉罕妻子撒莱的埃及使女，因撒莱未有孕育，与亚伯拉罕产下以实玛利。后来，撒莱生下以撒。她不愿让使女所生的以实玛利与以撒分享家业，令亚伯拉罕驱逐夏甲和以实玛利。参见《创世纪》16：25。

变"（罗宾逊，2007：165）。这种观点与杰克的期待不谋而合，给予杰克莫大的信心和鼓励。这里，预定论的讨论早已不是加尔文基督教教义中的上帝择选限定，对于杰克而言，它代表了人们对于他的信任和谅解。

面对千里返乡，表现虔诚而冷静的中年教子杰克，埃姆斯回答问题时表现出的迟疑反映了他对是否应该谅解和接纳教子杰克的思考。这里，埃姆斯对于"我应怎么做？"的思量呼应着作者罗宾逊对于人性和神性关系的阐释，"人是神圣的，但是凡人皆会犯错"（Robinson，2005）。此时的埃姆斯已然处于一种伦理思考当中，并把他自己置于伦理完善的控制和照料之中了。这个问题渗透并渗入所有地方，冲击着他昨天曾经做过的和明天将要做的一切事情。它权衡着一切，不断将他多方面的活动分成善和恶，不断引导他检视现在认为是善或者恶的东西。

埃姆斯努力回想童年时代的杰克，最让他感到难堪的是，从杰克出生伊始，误解就已形成。当时，埃姆斯在妻女去世后已经独居多年，过着冷清孤寂的生活，而他的好友鲍顿家却子女成群，享受天伦，为了弥补老友膝下无子的遗憾，老鲍顿为刚刚出生的孩子取名约翰·埃姆斯·鲍顿，并邀请埃姆斯为孩子施洗礼，做孩子的教父。不料，鲍顿家族的好意却刺伤了埃姆斯，他误以为鲍顿此举是为了在自己面前炫耀人丁旺盛、其乐融融的大家庭生活。在鲍顿一家满是期待的目光下，伴随着教堂长椅上人们因为感动而发出的啜泣声，而"我"（埃姆斯）除了惊讶，想到的表达居然是"这不是我的孩子"（罗宾逊，2007：203）。少年时代的杰克与埃姆斯教父相处也并不愉快，这位淘气的教子时常寻得可乘之机，从教父住处偷走一些看似价值不大，但是对埃姆斯而言却极为重要的物品，比如一本《圣经》、一副老花镜，甚至已逝的埃姆斯太太小时候的照片，为此，埃姆斯极为恼怒。对于杰克青年时期对安妮·泰勒所犯之错，以及因此而给他的家人带来的伤害，虽然事隔多年，埃姆斯还是记忆犹新，难以释怀。因此对于杰克的种种行为，埃姆斯的理解和判断是存在偏见的。内心的疑虑使得埃姆斯无法坦然接受并祝福这个给自己带来伤害和耻辱的教子。

对自己行为恰当与否的反复思考源于埃姆斯作为牧师的职业本能，对完善生活的追求使得他被迫把自己置于完善理想的光芒照耀之下。"我的工作最主要的内容就是倾听别人的心声——极其隐秘的忏悔，或者至少是向我吐露心事，消除思想负担。"（罗宾逊，2007：46）对于牧师所应承担的伦理义务以及与妻子莱拉谈话内容的深入思考使得埃姆斯受到宽容信仰的终极拷问。埃姆斯这样描述那次预定论话题讨论之后，在回家的路上与妻子的对话。"回家的路上你母亲说：'他只是提个问题。'这话从她嘴里说出来，几乎就是一种谴责。又往前走了一会儿之后她说：'也许有的人自己心里不舒服。'这就是谴责了。她说得很对。"（罗宾逊，2007：165—166）谴责之声与其说来自妻子莱拉，毋宁说是埃姆斯内心的另一个声音。这是对埃姆斯作为矛盾主体的表征与再现。他对现世行为的伦理思考映衬着其终生所从事的神学事业的深度影响。他不断地听到良心的呼唤"……如果杰克·鲍顿真是我的儿子，不管经历过生活中什么样的磨难，现在拖着疲惫的身躯回到家里，在这个宁静的夜晚，和我静静地坐在一起，我又会是怎样的心情呢？……想要宽恕他的想法洋溢我的心房，宛如一团让人狂喜的火焰，烧得只剩下最精华、最本质的东西。"（罗宾逊，2007：212）这里，良心思考所提出的质疑，其实质"并不是任何问题、谜语或疑问，而是一种最深刻、最内在、最确实的生活事实，是对完美生活的解释：上帝是正当的。而我们唯一的问题是，应当对这一事实采取什么态度"（转引自万俊人，2011：783）。

宗教伦理学家尼布尔（Reinhold Niebuhr）说："基督教伦理学的皇冠是宽容的学说。在宽容中，表达了先知宗教的全部创造天才。作为宽容的爱是各种道德成就中最为困难、最不可能的。"（1941：223）耶稣之爱是普世绝对的爱、理想的爱，也是宽容的爱。埃姆斯对上帝的宽容与恩惠早有认知。"上帝的宽恕和恩典对任何过失和错误都已经足够了。因此非要判断过失和某种残酷的根源与本质是错误的。"（罗宾逊，2007：167）宽恕之声一再回响，折磨着老年的埃姆斯："如果我想到他能在场，绝对不会讲这个内容……"（罗宾逊，2007：139）这似乎是在为自己开脱的借口，然而，"一个人失去自己的孩子，另一个人毫不在乎地否认自己父亲的身份，这并不意味第二个人侵犯了第一个人"（罗宾逊，2007：177）。这样的省察标示着埃姆斯正在把自己拉回平静的轨道，悔恨和自责随之而来。"我很后悔自己明明知道他的灵魂不得安宁，却没能以牧师的身份和他谈心。这是一种耻辱。"（罗宾逊，2007：201）

上帝以其仁慈宽容了负有原罪的人类，人类没有任何理由不相互宽容和关爱。"互爱是基于宽容之上的最高原则，是最高的善。唯有在互爱中，历史存在的社会要求才能得到满足。在互爱中，一个人对另一个人利益的关切促使并引发一种相互性的友爱。历史的最高善必须符合在历史生命力的整个王国中保持凝聚一致和始终如一的标准。"（Niebuhr，1943：71）相比基于"自然的生存意志"的偏私之自爱，唯上帝之爱才是生命之爱。耶稣之爱的理想为人类道德生活呈现了意义之源，体现在人人间的互爱和牺牲性的爱之中。埃姆斯把对妻子爱慕之情的回忆与对教子杰克近乎不近人情的淡然态度做出对比。对生命存在的热忱和对上帝恩典的笃信在他的认知过程中升涨。"如果神给我们一口食物，我们就能吃饱；如果神轻轻地触摸，就会赐福于我们，那么，我们在某个人脸上找到的愉悦，当然能引导我们明白高贵的爱的本质。"（罗宾逊，2007：221）当杰克向埃姆斯讲述了自己新的感情生活和家庭状况后，埃姆斯终于清除了阻止其敞开心扉的种种犹疑不安的情绪，张开双臂搂住杰克，并称赞"他是个好人"（罗宾逊，2007：248）。解开心结，如释重负的埃姆斯送给杰克他极其珍视的一本书《基督教的本质》，并且按照传统的方法为杰克祝福，此情此景已然是对杰克再施洗礼。埃姆斯终于在情感上真正接纳并祈福于这位教子。"我说'我的儿子'，意思是另外一个自我，一个更让人珍爱的自我。这样说不足以表达我的意思，但是此刻是我能想出来的最好的表达方式。"（罗宾逊，2007：204）

杰克在老父行将就木之前再次远行，对于这样的"杰作"（罗宾逊，2007：257），埃姆斯却给予了理解和同情。"这个家里将坐满可尊敬的人，他们的丈夫、妻子、可爱的儿女。他怎么能心里怀着那痛苦的'宝贵财富'，置身于这一切中呢？……"（罗宾逊，2007：254）尽管小说末尾再次离乡的杰克依旧是"孤零零地走着"（罗宾逊，2007：257），但当我们回味埃姆斯对于《旧约》中希腊字 sozo 的解释，理解它除"得救"之外，兼而有之的"愈合""恢复"之意时，我们同样发现"上帝的宽恕不会那么狭隘，会有很多方式表示他的恩典"（罗宾逊，2007：257）。罗宾逊把这样的福佑安排在读者深深了解杰克以往屡次卑劣行径后，这并不是偶然，父子之间的关系愈合显得更加弥足珍贵。

（三）露丝和西尔维：走向笃信

《管家》围绕漂泊、遗弃和信靠的主题展开叙述，小说凸显了人生普遍无常的漂泊命运，提出了漂泊行为背后的信靠问题，可以说，这是一本关于信靠之问的探索之书。

小说围绕爱达荷州指骨镇上福斯特一家三代的故事展开，主人公兼叙述者名为露丝（Ruth 另译"路得"）。这一极具宗教意味的名字包含漂泊和忠诚两层含义。按照《圣经》典籍，路得是一位摩押女子，嫁给了拿俄米（即以利米勒的遗孀）的长子玛伦，然而，年轻的玛伦不幸早逝。当婆婆拿俄米决定返回自己的家乡伯利恒的时候，路得毫不犹豫地做出了决定——离开自己的父母，随婆婆拿俄米而去。对于没有子女的路得而言，这一决定意味着必须直面一个黯淡的、没有前景的未来。路得选择了漂泊，而支撑她做出漂泊之选的是其内心坚定的信靠。"你往哪里去，我也往哪里去；你在哪里住宿，我也在哪里住宿；你的国就是我的国，你的神就是我的神。"（《路得记》1：16）可见，路得的信靠分为两个层面，一面是对婆婆拿俄米的信靠，愿意随拿俄米去任何地方。另外一面是对神的信靠，将拿俄米信奉的神认定为自己的神，相信在未来的漂泊之路上定会有神的庇佑。正是在此信靠之心的支撑下，路得和拿俄米相互扶持，成就了基督教历史上关于女性忠贞美德的经典韵事。

人如其名，对于《管家》中的露丝（"路得"）而言，其名携带着典型宗教烙印，其人则遭遇了无常的漂泊和深沉的信靠渴望。露丝姐妹的漂泊生活源起于福斯特家庭的血脉基因。从祖辈开始，这种漂泊生活就好像已经是注定了。关于祖父的祖籍，小说只模糊地提及，他生活在中西部。由于对游记和各种探险日志的兴趣，在某年春天，祖父来到铁路边，一路向西。然后，他被一位售票员安排在指骨镇下车，从此，福斯特一家在指骨镇定居，依靠祖父在铁路公司微薄的收入生活。可以说，祖父去到指骨镇是场随意的安排，甚至有些玩笑的意味。福斯特一家在指骨镇的安居生活是短暂的，由于祖父在一次火车脱轨事故中遭遇意外，一家人被置于无常的漂泊状态。

以海伦为代表的福斯特家族第二代延续着上代人的流离生活。年轻时代的海伦对于真挚感情和自由婚姻充满了热切的向往。为了爱情，她走出指骨镇，和一位"形容苍白、头发油黑乌亮"（罗宾逊，2015：12）的男子私奔，并在外州结婚。然而，婚后育女的海伦却发现生活并不如自己所想象的那般美好。这一点，从露丝对记忆中儿时生活环境的简单描述可以推测。那是一栋灰色高楼顶层的两个房间，越往里越暗。家里只有简单的家具，笨重而走样的大沙发仿佛从水下打捞上来似的，剩下的空间里容放着圆形牌桌、冰箱、瓷具柜、摆了电炉的小桌和一个用油布围起来的水池。从阳台走廊俯望下去，露丝姐妹看到的是焦油纸屋顶，屋檐挨着屋檐，像灰暗的帐篷般延展。缺少朋友的海伦母女在这样的环境下过着乏味而拮据的生活。更为悲哀的是：提到自己公认的父亲，露丝却言之："我对这个男人毫无印象。"（罗宾逊，2015：12）可以说，海伦遭受的是生活窘困与感情崩塌的双重打击。经历过徒劳无益的痛苦挣扎，她在日复一日的绝望生活中逐渐失去信念，最终选择不辞而别、了却此生。她从家里唯一访客贝奈西那里借来了车子，带着两个女儿，驱车翻山越岭，穿过沙漠，又转入山区，最后来到湖边，回到指骨镇。海伦选择星期天重返指骨镇，显然是趁着做礼拜的母亲外出之际。她将两位幼女安排至母亲庭院的前廊，留下一盒全麦饼干，然后独自一人向北行驶，从一处悬崖之巅毅然驶入最黑的湖底。这场由爱而生的漂泊之旅以悲剧收尾。

如果说外祖父的意外离世客观上形成对妻女的遗弃，那么海伦的自杀则主动延续了这种残酷的遗弃。海伦的不辞而别将两位幼女置于生活的荒漠。露丝姐妹无从知晓母亲曾经对幸福的渴望，以及在生活重压下的沮丧与绝望。但是，无论如何，两位女儿从此开启了自己漂泊流离的生活。外祖母因年老久病，在照料姐妹五年之后，撒手人寰。外祖母过世后，姑婆莉莉和诺娜出于利益期待前来照料俩姐妹。尝试一段时间后，她们后悔不迭，因而煞费苦心地邀请姐妹俩的姨妈西尔维回家。其间，镇上笃信基督的善良妇人和治安官们间或插手姐妹俩的日常起居和教育问题。于是，监护人来来往往、轮番登场，却又转瞬即逝，姐妹俩的生活就此进入无常状态。在罗宾逊笔下，从祖父随意驻足安家到母亲海伦为爱私奔，再到懵懂无知的两姐妹随波逐流，福斯特家族三代人的命运始终难以摆脱漂泊性，可以说，小说主要人物的生命底色里始终携带着流离的色彩。

这种无常的情节安排是罗宾逊对人生漂泊本性的认知折射。正如罗宾逊在其散文集《亚当之死》（1998）中的一篇文章《荒野》中发出如下感叹："我是如此的一位美国人，我的家庭一代代在荒野中探寻。"（1998a：246）诚如，人类命运初始就与荒野放逐紧密联系在一起。亚当和夏娃因偷吃了智慧树上的果实，而被逐出伊甸园，开启了人类的漂泊之旅，他们的后人续写了变动不居的命运书写。在为耶和华献祭时，亚伯和该隐发生龃龉，该隐对亚伯大打出手，导致亚伯倒地而死。因此，耶和华惩罚该隐飘荡在世上，就像亚当和夏娃被放逐一样。此后，该隐被迫离开家，他虽然在世间活了很久，但再也没有回过家。罗宾逊将福斯特家族三代的漂泊生活与该隐的故事相联系："该隐变成了小该隐，小小该隐、小小小该隐,经过千秋万代,所有的该隐游荡在世间,无论去到哪里,大家都记得有过另一次创世,大地流淌着鲜血,发出哀鸣。"(罗宾逊,2015:195)罗宾逊借用该隐的故事暗喻福斯特家族三代的漂泊生活,她们成为该隐的化身,延续着该隐的形象。

在漂泊生活的背景下,小说提出的核心设问是:如果人生注定漂泊,那么支持漂泊行为的精神力量是什么?罗宾逊给予我们的回答是——信靠,她把这种回答寄予露丝姐妹被生母遗弃后的自我追寻中。从情感内核来看,遗弃的实质是对爱的承诺的背叛。母亲海伦对露丝姐妹不辞而别的遗弃行为将姐妹俩置于对母爱的怀疑之中,显现为"母亲是否爱我?""如果爱,为什么要遗弃我?"这样的疑问。这样的疑问代表着露丝姐妹在建立自我人格的过程中,急切地需要一个心灵信靠的落脚点。露丝的内心呼喊道出了这种需求期待:"如果说我有什么特别的怨言,那就是,我的人生似乎尽由期待组成。我期待——一次抵达,一番解释,一个道歉。"(罗宾逊,2015:167)深切的期待中包含对母亲遗弃行为的难以释怀。显然,母亲的不辞而别在姐妹俩幼小的心灵中留下了挥之不去的困惑和期盼,事实上对她们主体意识的形成造成了严重的危机。母亲的遗弃生硬地割裂了她们在人格发展中所需的生活的完整感和连续性,她们突然失去了方向,感到失望和慌乱。

露丝和露西尔追寻心灵信靠的过程实质就是主人公认识自我、确立主体性的过程。姐妹俩在小镇的生活看似平淡,但却处处隐藏着权力力量的较量。这种围观性权力有着多样而微妙的形式,表现为小镇上人们戒备的眼光、警长登门满腹狐疑的质询,甚至还有社区邻居的热情关照。所有这些表现形式都形成某种力量,召唤俩姐妹遵循传统,接受传统性别框架构建中对女性的角色要求,做精于家务、安于门内的传统好女人。面对这样的环境,露西尔不知不觉地被社会规训力量所掌控,进而自觉地接受社会主流观念的影响,将信靠的支点投向指骨镇人。她期望自己成为学校里其他女孩子的样子,模仿她们穿衣打扮,说话姿态,在学校努力做个乖女生,她期待通过成为她们当中的一员来获得认同。露西尔"通过变成其他人希望的样子"(伯格,2000:94)竭力逃避内心的恐惧和焦虑感。与其说是她的选择,不如说是一种被动的安排,她已然成为一个"看不见的人"。露西尔已然下定决心要"重新做人",而她重新做人的代价是与家人露丝和西尔维划清界限,实质上是对家人的隐性遗弃。

在妹妹露西尔选择融入指骨镇人的生活，依靠成为与别人类似的样子而找到归属感和安全感的同时，露丝却越来越强烈地意识到这种忽略自我、顺应他人期望的生活不是她想要的。她需要一场心理革命。最终，露丝将对母亲海伦的深切怀念投射到给自己依靠的姨妈西尔维身上。在露丝看来，她们俩梳头的样子极为相似，难以区别，在西尔维梳头的动作中，海伦得以复活。"西尔维的头倒向一侧，我们看见母亲的肩胛骨和脊柱顶端的圆骨。……她（海伦）的神经指引不具名的手指，把西尔维垂落的几绺头发一一捋平。"（罗宾逊，2015：132）或者说，在露丝眼中，母亲海伦的形象已然幻化成为西尔维的容貌，两人已经幻化为一体，不可分离。西尔维就是海伦，海伦也是西尔维，她们都是母亲，都如天使般为露丝提供安全保障："我想那必定是我母亲的计划，划破这明亮的表面，潜入底下，向着最深处的黑暗航行。"（罗宾逊，2015：164）将西尔维认定为自己的母亲，在西尔维庇护下的露丝，想象着自己经历着第二次出生。这次重生的历程，带着救赎的意义，"我躺着，像荚果里的一粒种子。……拍打船舷的水泼溅进来，我膨胀、膨胀，直到撑破西尔维的外套"（罗宾逊，2015：163）。相比第一次名不符实的出生，露丝对第二次的出生有更多的期许，西尔维赋予她的重生才是唯一真正意义上的诞生。它比第一次出生更重要而有意义。

在露丝认定西尔维就是自己唯一可依赖的亲人之时，西尔维对露丝也表现出强大的母性保护欲。不同于莉莉和诺拉两位姨婆以现实的利益交换为目的，西尔维对露丝的倾身相顾，不是出于某种目的，也不需要由此带来的裨益和促进获得自己的价值。这是自愿的付出与牺牲，是发自内心的生命本真的一部分，依据着这样的挚爱情感，露丝获得了被救赎的信念和强大无比的力量，"我能感受到她从我的依赖中获得快乐和满足，她不止一次俯身细看我的脸，表情专注而投入，没有一丝距离或客套的意思"（罗宾逊，2015：162）。两颗孤独的灵魂在此相互融合，在彼此的认同中，她们各自得到救赎，获得新生。

西尔维和露丝已然认定了她们不可分离的家人关系，母女亲情和信靠已深深地植入彼此心中，并逐渐滋长为一种彼此的笃信。任何对这种关系的破坏就是对家庭的介入，属拆散家庭的行为，是一件非同小可的事。这种信念支撑露丝在人生的关键时刻做出选择。西尔维习惯于流浪式的生活，而这种生活是被传统指骨镇人所排斥并且不容的，露丝毅然决定与其相伴生活。在融入指骨镇人生活的种种努力失败后,面对听证会后注定的家人分离的判决,不被指骨镇人认可的露丝和西尔维做出了近乎疯狂的决定:火烧祖屋,流浪生活。她们在群狗的叫嚣中,在熊熊烈火的背景中,选择跨越桥而行。这种难以被人理解的疯狂之举恰恰意味着与过往、传统、束缚和规定的彻底的撕裂。尽管未来一切未知,但是露丝与西尔维的彼此信赖成为漂泊生活中的精神保障。家人彼此间的信靠才是对家的定义——这是罗宾逊对"管家"概念的核心注解。在罗宾逊的小说处理中,"宗教更多地显现为现象而非命题"(Horton,2017:120)。这里的"现象"指的是在特定情境下,带着悲欢喜乐的活生生的个体的选择、思考、彷徨和犹豫。这些体验都是来自个体生命的需要。于是,小说中的每一个人物都似乎是思想叙事的核心和灵魂。

第二节　场景关联

　　在一次采访中,罗宾逊提到了她在创作中特别注重的思维实验方法,"我总是在脑海里形成一些有效的模型或者寻找过往的一些记忆,这些模型和记忆可以解释今天看起来似乎是可以塑造思想的东西。我终会探究这背后的逻辑"(Robinson,2018b)。可见,在罗宾逊看来,记忆不断累积而形成某种思维模块,并参与人物的思维塑型,进而形成对人物身份的定义。这种思维模块的核心部分关联着神圣的信仰——"我相信上帝的信仰是思想的解放——因为思想是万物内部的持续的指令,与上帝相关。我的小说就是这种信仰的表现。"(Robinson,2008a:27)
　　这种围绕核心信仰完成的思维实验型小说的普遍特征是:被叙述的事件的进展似乎有意避开了传统故事叙述中包含"冲突"和"结果"的弧形线条式发展,而更加青睐有关思想的,思考性的、时间摇摆式的,甚至带有回潮式的探索型思维勾勒的结构(Kriner,2019:133)。这种独特的叙述模式,往往不会明确地告知问题解决的方式,而是有意无意地将各种场合叙事衔接起来,共同凸显在某种特定场合下人的思想的变化,从而引发对核心问题的思考。在此过程中,人的精神性得到提升和升华,形成人性和神性的完美衔接。譬如《基列家书》开篇关于"好生活的多样性"的叙述,当我们将此叙述在历史、记忆和经验中综合考查的话,它就会跳出时间和因果维度上的关联,从而发掘出"关于好生活"的更具有光晕的神性意味的场景。年轻情侣雨后树下的嬉闹、汽车机械工隐秘的玩笑,以及母亲对"leaf"一词的讲解和草原上的阳光、月亮,这一切都与生命联系在一起,都是埃姆斯所言的"好生活"。这些原本只是片段式的偶发事件,它们彼此间的关联却改写了以时间秩序和因果关系为单一逻辑的线性叙述,从而具有了意义上的普遍性。可以说,这样的开篇叙述预示了整本小说的生命叙述的特质。事实上,罗宾逊小说始终着力避免直接的因果线性叙述,而是把指向某一信仰理念的事件、人物、感受、记忆集中演绎为盘桓在某个场域的回响型曲目,余音绕梁、久久萦绕,进而形成思想上的共鸣。

对于罗宾逊这种从某一思维聚点出发,层层展开,犹如水中涟漪一般的叙事,我们将从几处特定的场域切入,具体分析其中涉及的被讲述的故事以及人物在故事当中的伦理选择和行为表现,进而探究在此过程中人们认知的提升和神性光晕的彰显。我们选择几处典型场域——教堂、帐篷会议和门廊,从具体场景意象入手,将仪式的片刻呈现转化为向前和向后的时间线,形成时间的蔓延感,进而深入剖析其思维的层层涟漪,打开其认知之门,向其思想内核推进。

(一) 教堂

我们知道,在西方社会生活中,教堂占有特殊的位置:这是社区人们建立联系、沟通观念、形成意见的场所;这是人们生老病死的枢纽,是悲欢离合的见证地。可以说,正是教堂糅合了社群的精神活动,承担了社会黏合剂的作用,将形形色色的人们连接在一起。阅读基列系列小说需要对教堂给予特别的关注。基列系列小说特别地选择了两户牧师家庭为核心人物,在此身份基础上,教堂在他们的生活中显得格外重要,已然成为他们生活中固有的色彩。"我母亲的父亲是个牧师,父亲的父亲也是牧师。至于祖父的父亲和曾祖父的父亲是不是牧师不得而知,但我还是愿意猜测一番。牧师生涯对于他们,就像对我,是第二天性。"(罗宾逊,2007:4—5)教堂是罗宾逊基列系列作品的核心场域,小说人物按时礼拜,核心人物的重要交集往往发生在这里,人物的集中冲突也发生在这里。因教堂特有的宗教象征意义,人物的交集在此被赋予了独特的意义。

接下来我们借助一些具体场景的分析,深入研究教堂场域与亲情故事的交集,并从这种交集中,体味神性的迸发。当埃姆斯还是个小孩子时,父亲去帮忙拆一座被雷电击中烧毁的教堂。他们收集起所有被毁的书籍之后,他们给这些书造了两座坟墓。"《圣经》放在一座,《赞美诗集》放在另一座。然后教堂的牧师——记得那是一座浸礼会教堂——给它们做了祈祷。"(罗宾逊,2007:101)

> 我还记得父亲蹲在雨水之中,水从帽檐上滴答下来,他伸出烧伤的手,喂我吃饼干,背后是那座教堂黑糊糊的废墟,雨水落在篝火的余烬上,团团蒸汽升腾而起。……那场面既让人快乐又让人心酸。我再次提到这件事情,是因为就在那一刻我顿悟了生命的。当我从父亲手里接过圣餐的时候,忧伤常常把我带回到那个早晨。我把它当作圣餐记在心中。我相信那就是圣餐。(罗宾逊,2007:102—103)

可以想象,参与抢救教堂的人们把《圣经》和《赞美诗集》当作具有独立人格的老友一般对待,将它们分列一堆并为之进行祈祷,俨然在为其举行严肃的葬礼。在此场景下的父亲也因为手和脸沾了灰,黑糊糊的,像极了一位古代的殉道者,而他手中的饼干也蕴含了更多的东西。这一场景为粘灰的饼干和每一本《圣经》赋予了神圣的色彩,因为让"我"顿悟了神圣的意义,弥漫在"我"日后的岁月中。于是,雨中抢救教堂的情景成为埃姆斯记忆中的定格。"无论什么时候一拿起《圣经》,我就想起他们冒雨把那些被烧毁的《圣经》埋到大树下面的情景。"(罗宾逊,2007:103)

拯救教堂成为埃姆斯生命中的特殊记忆,显然,他希望自己的儿子也可以拥有类似的记忆。在自己的教堂里领圣餐的时候,埃姆斯特意做了一个动作——"掰开面包,让你从我的手里吃了一点"(罗宾逊,2007:110)——尽管,按照教堂习惯,这并不是通行的方法。但为了让儿子可以领会自己当年的神圣的记忆片段,埃姆斯选择这样的方式。那段记忆对于他极为特别,成为领悟和成长的一部分,是他常常回忆的一部分。

另外一处关于教堂特殊场景的描写在小说《基列家书》的中间部分。这是父亲10岁左右的经历,这次经历极大地冲击了当时年幼的父亲对教堂职责的认识。这种冲击导致他日后在废奴问题上,持有与祖父迥然有别的观念。当时祖父在自己的教堂里收留了约翰·布朗一行几人及四匹马,他亲眼看见老约翰·布朗的骡子从他父亲教堂的大门走出来，其中一人身负重伤，在为伤员处理过伤口后，祖父和那一行人乘着日出前朦胧的月光，纵马而去。而年幼的父亲却被动地成为处理一片狼藉的责任人。在一片狼藉的教堂，当时不到十岁的父亲看到了战争的灾难后果，"晨光照亮教堂的时候，第一眼看到的就是那一摊摊鲜血"（罗宾逊，2007：113）。这是战争留给一位十岁孩子的最为直观的印象。

父亲在为"我"讲述这段故事的时候，是在"我们"远赴堪萨斯州寻找祖父的坟墓的旅途中。在堪萨斯茫茫的草原，"我"与父亲并肩而坐，父亲给"我"讲了上面的故事。可以推测的是，这个时候的父亲，正在回溯与祖父的矛盾根源。堪萨斯之行是父亲的笃定之举，在他看来，这是消解心中存在已久的困扰的唯一方式。他希望以这样的方式和逝去的祖父以及自己达成内心的和解。带着自己十多岁的儿子同行，显然也出于见证和讲述的目的。父亲希望自己的儿子通过参与这样的家族活动，记忆这段历史，理解自己的心绪。在路途中为儿子讲述这段教堂旧事，可以说是从源头为自己的儿子梳理了家族成员的复杂关系。这一片段和"我"在圣餐仪式上，为自己的儿子掰一块面包，让儿子在手上舔食，异曲同工。父辈总是以自己的行动或叙述尽力构建记忆和传统。当这种行为和叙述被不断延续并携带特定情感时，它本身就具有了神圣性，而教堂是联结片段叙述的空间场景。

此外，埃姆斯与教子杰克的矛盾也发生在教堂。这一片段是小说后半段人物冲突的高潮。在罗宾逊的笔下，人物矛盾大都表现为心理和思想的冲突。《基列家书》和《家园》两部小说都涉及杰克去埃姆斯教堂听布道的情节，在此情节中，埃姆斯与杰克的矛盾被急剧地放大。在对亚伯拉罕和自己的两个孩子（夏甲和以撒）的关系的探讨中，埃姆斯做了自由发挥、即兴脱稿演讲。问题进而转化为父子关系的探讨，他引用了主的话："如果谁侮辱、伤害了这些小孩子，最好在他的脖子上套个磨盘，扔进大海。"（罗宾逊，2007：140）事实上，对于青年时代曾犯下大错，并造成私生女儿早夭的杰克而言，这样的措辞很容易让他把这次布道理解为是对他个人的攻击，"小鲍顿只是坐在那儿微笑"（罗宾逊，2007：140）。这个原本是计划中的布道选题，因杰克的突然到来，加之埃姆斯在即兴发挥时的种种思想顾虑，最终演变为杰克眼中的直接的攻击和羞辱。经过一段时间的冷却以及两家人精心安排的聚餐和讨论之后，这次误会终于在另外一次的教堂告别中得到消除。这次教堂告别出现在《基列家书》的末尾部分，在对《基列家书》的姊妹篇《家园》展开互文性阅读后，我们知道，这一片段发生在杰克在自家的车库差一点车毁人亡之后，此时的杰克已然经历了巨大的心理劫难，可以说这是他死里逃生之后的选择。杰克再次来到老鲍顿的教堂，和盘托出，道出原委，并且从自己的皮夹子里抽出照片给埃姆斯看，"一个年轻女人和一个大约五六岁的男孩。女人坐在椅子上，男孩站在她身边，小鲍顿站在身后。那是杰克·鲍顿，一个黑人妇女和一个皮肤颜色比较浅的黑孩子"（罗宾逊，2007：234）。此时，埃姆斯终于意识到之前自己的狭隘：作为一名牧师，他从未思考过跨种族婚姻的问题，仅仅因为这个问题在他所居住和工作的基列小镇没有出现。在超越这种狭隘的思维后，埃姆斯终于可以从内心深处靠近这位教子，并对这位教子现时的处境保有同情，对他的担当持有认可，至此，两人终于达成谅解和共识。"除了写下这个故事，我不知道还有什么办法让你看到他人性中美好的一面。"（罗宾逊，2007：249）

除了以上父子亲情和传统价值的维系之外，在爱情关系建立中，教堂也以一种特定的场域扮演了极为重要的角色。莱拉与埃姆斯的相遇发生在教堂。"雨下得很大，又是星期日，没有一扇门可以推开让她避避雨。教堂的蜡烛让她大吃一惊。……那天早晨，他正给两个婴儿施洗礼。他是一个身材高大、满头银发的老人。尽可能轻柔地把两个小宝宝轮番抱在怀里。"（罗宾逊，2019：14）在这一场景中，教堂的温暖、明亮、平和，在与外面风雨交加的恶劣天气的对比下，格外具有抚慰人灵魂的功效，因此，莱拉不顾多尔多年来关于教堂的诽谤和不信任，走了进去。初次见面，恰逢埃姆斯在教堂为婴儿做洗礼，我们知道，莱拉对于洗礼仪式非常好奇，充满向往。在此情境下，教堂以及正在教堂举行的活动为莱拉和埃姆斯的爱情萌发提供了理想语境。

随着时间的推移，教堂的外在形态会发生变化，埃姆斯的教堂建造简朴、布局合理，但是可以预见的是：在埃姆斯过世后，老教堂即将被推倒重建为一座更大、更坚固的教堂，人们"可能会仿效他们所赞赏的路德教徒们的教堂去修建"（罗宾逊，2007：116）。同样，老鲍顿的教堂也面临被重新修建的可能，在对新教堂的设计图中，"他们儿时的教堂已经不见了，那座墙板搭的白色教堂有着陡斜的屋顶、减短了的尖顶。它已经被一座花费大得多的建筑取代了，样式上极有气势，而规模却不大"（罗宾逊，2010：48）。黑人教堂则是在几年前就搬迁了，与之一起搬迁的还有黑人社区。此外，在不同的情境下，人们也会选择加入不同的教会。南北战争后，基列新来的年轻人都变成了循道宗信徒。"他们在河边举行露天集会。从各地农村来的几百号人钓鱼，野炊，洗衣服，相互拜访，直到深夜。夜幕降临之后他们就点起火把，讲道，唱赞美歌，直到深夜"（罗宾逊，2007：95）。甚至父亲本人也因为与祖父的价值观念不同而站到贵格会①教徒一边。但是，无论哪一座教堂，无论教堂的建筑风格如何，参与其中的人们的精神世界是趋同的。就如祖父在面对自己的教友不断离开，转向不同教堂的窘境时，他一面会"搜肠刮肚地想出一些话，安慰还幸存的那些可怜的教友"（罗宾逊，2007：107）；一面会"打开所有还能打开的窗户，让大家听从河边传来的循道宗信徒的歌声"（罗宾逊，2007：107）。教堂已然是各色人等的精神生活聚集地，见证着人们生活中的温暖、庄重、沉思的时刻，正因如此，即便在战争中，人们也对这一空间加以装饰。埃姆斯的父亲在经过南北方多年战乱之后，回到基列，发现教堂的房顶年久失修，过道里、长椅上到处都是接雨水的桶和盆，但是，就在"这摇摇欲坠的教堂四周和篱笆前面，女人们都种了可以攀援而上的玫瑰"（罗宾逊，2007：103），所以那地方看起来比以往任何时候都更漂亮。

教堂的衍变折射出时代主流观念和审美意识的运转变化。但是，世事变化，教堂始终是社区生活中涤荡心灵、价值塑造的灵魂机构。历经历史的涤荡，教堂始终承担着灵魂滋养的功能。可见，教堂以传统而恒久的存在形象见证了小说人物间的情感建立和交流的过程。在这样的场域中，跌

---

① 贵格会（Quakers，通用名称），又名教友派、公谊会（The Religious Society of Friends），兴起于17世纪中期的英国及其美洲殖民地，创立者为乔治·福克斯。"贵格"为英语 Quaker 一词之音译，意为颤抖者。贵格会的特点是没有成文的信经、教义，最初也没有专职的牧师，无圣礼与节日，而是直接依靠圣灵的启示，指导信徒的宗教活动与社会生活，始终具有神秘主义的特色。参见"贵格会"，百度百科，https：//baike.baidu.com/item/%E8%B4%B5%E6%A0%BC%E4%BC%9A/6489631？fr=aladdin。贵格会在早期废奴运动中发挥了领袖作用，1688年，宾夕法尼亚州日耳曼敦（Germantown, Pennsylvania）的荷兰贵格会向贵格会月度会议（The Monthly Meeting of Quakers）发送了反奴隶请愿书。1727年，英国贵格会正式宣布反对奴隶贸易。早期贵格会废奴代表性人物有：本杰明·莱（Benjamin Lay）、约翰·伍尔曼（John Woolman）和安东尼·贝内泽特（Anthony Benezet），他们从18世纪30年代到60年代废奴运动中发挥了积极影响。See "Christian Abolitionist", *Wikipedia*, https：//en.wikipedia.org/wiki/Christian_abolitionism。

宕起伏、曲折变化的人伦故事被置于神圣空间下。人与人的关系与神的见证相互融合，人物关系的发展由于与教堂神圣空间的融合而显得更具神性。人们似乎是在神灵的见证下完成了内心的坦诚交流。此时，神成为人事的见证者和参与者，指引和关怀着人的选择。这就是人文与神性同在的最好姿态。

在教堂这一空间场的映衬下，发生在教堂里的事件本身也显得非常特别，而具有某种深层的意义。罗宾逊有意识地将众多意义事件置于教堂场域，于是，人的世俗交集都是在神的庇佑之下完成。夜晚，失眠的埃姆斯去教堂享受宁静，他不禁发出一段感叹，这样的感叹成为场景关联下的人文神性深度融合的写照："晨曦照进神圣的所在（教堂），因为这种宁静比睡眠更容易让我恢复体力。这个房间里仿佛有一个寂静的宝库，储藏着所有曾经走进这里的寂静。……在教堂里我也有这种体验，我在梦想那些真实的东西。"（罗宾逊，2007：142）

（二）帐篷会议

在基列系列小说中，两位重要的小说人物杰克和莱拉都频频提及对于他们刻骨铭心的帐篷会议。事实上，这种帐篷集会就是河边举行的奋兴布道会（Revivalists），布道会以恢复宗教信仰为目的，以令人激动的布道和公众宣言为特征。这样的场景往往看起来闹哄哄的，然而，参加者在杂乱喧嚣中却有一些意外和偶然的所得。杰克在圣路易斯的时候，曾经有参加河边帐篷会议的经历。当时，在杰克身旁仅一臂之遥的一位家伙突然倒地，激动地声称："我的负担没有了！我已经变得像个小孩子一样了！"（罗宾逊，2007：242）身为异教徒的杰克当时只是在河边看热闹，听到这个家伙所言，他突然想到："倘若我真的和那个人换了位置，真的能甩掉负担，重新做人，我的一生和现在就大不相同。"（罗宾逊，2007：242）杰克在参加帐篷会议时，显然不是虔诚的信徒，他只是以这样的方式打发时间，但正是在帐篷会议中，他开始了对信仰的思考。杰克希望自己可以获得神的眷顾，摆脱负担。这种对神的向往之情在人格发展中至关重要。与杰克的经历类似，莱拉也是在河边帐篷会议中开始思考生命的救赎问题，帐篷会议对于莱拉而言意义非凡。在莱拉眼中，帐篷会议的场景是这样的：

各家各户围绕着那片空地在森林里支起一顶顶帐篷，燃起一堆堆篝火。人们串来串去，谈笑风生，拍肩敲背，分享泡菜、饼干、太妃糖，有时候还一起唱歌。帐篷之间有人弹班卓琴，有人吹口琴，有人弹吉他，还有人拉小提琴。妇女和姑娘们穿着漂亮的裙子。一群群兴奋不已的孩子跑来跑去，横冲直撞。"广场"上撒了一层锯末，看起来特别干净，散发着一股不太难闻的沥青味。如果有人把嘴里嚼的烟草吐上去，你也不会注意到。空地上搭了一个台子。台子前面悬挂着一溜黄颜色的三角彩旗，台子上摆了些木头椅子。当然是在河边。有人在那儿钓鱼。那是河的下游。（罗宾逊，2019：62—63）

在莱拉看来，这一场景是美丽的。"莱拉站在那儿看灯笼轻轻摇晃，灯光和暗影在树木间移动。"（罗宾逊，2019：65）她想："树上挂着的灯笼是她见过的最漂亮的东西，小提琴的琴声是她听过的最美妙的声音"（罗宾逊，2019：65）。当然，在莱拉的记忆中，帐篷会议的美丽并不仅仅来自灯笼和琴声，更主要的是：这一场合激发起了人们对洗礼、重生、救赎的思考。莱拉的伙伴梅丽（Mellie）在帐篷会议中偶然落水，布道结束后，她回到伙伴中间，多恩问她是不是牧师叫她下河里接受洗礼，梅丽坚持说自己是失足掉入河中，而不是被洗礼。面对湿漉漉的梅丽，莱拉并不确定梅丽是否被洗礼或是被救赎，却突然萌发了这样的思考，"上帝会说什么呢？"（罗宾逊，2019：66）显然，这并不是要求确定性答案的时刻，甚至他们演唱的歌曲主题也是关于等待和延迟的。帐篷会议最大的意义在于给予人们启蒙和希望，而非确定答案。在帐篷会议上萌发的关于洗礼和再生的困惑成为此后莱拉生命体验中的核心困惑。一直到她与埃姆斯结婚后，她也在思考这个问题。并反复提及。

事实上，莱拉本人的洗礼也恰巧在河边举行，像极了河边帐篷会议的情景。因为常年的生活习惯，莱拉形成了害羞且孤僻的性情，她难以适应教堂里的洗礼，"我甚至无法站在人们面前洗礼。我讨厌人家看我"（罗宾逊，2019：86）。因此，埃姆斯选择在河边为莱拉洗礼。当天，莱拉"换了一件干净点的衬衣，梳好头，编好辫子，穿上鞋"（罗宾逊，2019：87）。埃姆斯则到田野里摘了向日葵，然后去河里取水，"他把桶沉到水底，打上满满一桶水，倒回去一半"（罗宾逊，2019：87）。就这样，白云为证，埃姆斯开始为莱拉洗礼，"我奉圣父、圣子、圣灵的名给你施洗礼"（罗宾逊，2019：88）。随着口中的话，"他的手在她头上放了三次。她哭了起来，因为他的手的触摸"（罗宾逊，2019：88）。这里，莱拉接受洗礼的环境贴近自然，远离人群。这种特别的洗礼环境很好地贴合了莱拉幼年的漂泊经历，回应了莱拉在帐篷会议上萌发的救赎思考。从在帐篷会议上看到梅丽湿漉漉的状态开始，幼小的莱拉就开始了对救赎的思考。这种思考意味着一种带着向往之心的求索意识，所以，当她终于由一位受人敬仰的牧师亲手洗礼，她如此感动。此刻，莱拉流下的泪水是源于生活的感动，也是与生命质感的连接，更是神圣的体验。

正是在帐篷会议中萌发的思考意识促使莱拉阅读和学习《圣经》。在反复的阅读过程中，莱拉在《以西结书》第 16 节中找到了自己的内心投影，《圣经》中的以色列，被遗弃、被荒废，但最终被上帝接受，成为上帝拣选的民族。就像《圣经》中的以色列，莱拉在生命初期就遭到遗弃，此后大半生都在漂泊流离中过活。她渴望被尊重和关爱，然而，在她对尊重和关爱的求索中，上帝的择选问题始终困扰着莱拉，尤其是当她想到她唯一的亲人——母亲多尔极有可能不能被择选，从而无法获得救赎，这种困惑就越发严重。她深刻的困惑来自于救赎的关联性问题——莱拉的个体救赎意味着与她交集并造就她的人们的共同救赎吗？假如多尔不能被择选，莱拉个人的救赎是否完整？预定论是莱拉在回答这些问题中的思维障碍。我们知道，作为加尔文思想的核心命题，预定论的位置极为重要，但即便如此，它也应该排在基督教融合思想之后，耶稣基督是上帝选择的窥探器，是上帝选择的一面镜子。显然，"居高临下的排他性择选恰恰是耶稣福音所排斥的"（Robinson，1998：169），如此，莱拉所关心的交集者的救赎始终是有可能的，这种可能被置放于神性的恩典下。

帐篷会议的场景被反复提及，这一场景在杰克和莱拉的成长经历中都极为重要，这是他们精神旅行的重要一步。至此，他们都开启了自我反思和寻求救赎的心理探索。对于莱拉而言，这一记忆勾连着她的自我认知和信仰认同，已然成为她隐藏于生活日常背后的精神固有，莱拉反复提及自己是否应该将"那段故事"讲述给埃姆斯，或者在未来的某个时刻讲述给孩子。帐篷会议给予她的信仰启发就是那段故事的灵魂。

（三）门廊

在基列系列小说中，门廊是小说中反复出现的场景，老鲍顿家人的阅读发生在门廊，杰克和格罗瑞的情感修复活动在门廊发生，埃姆斯和老鲍顿两家人关于预定论的讨论发生在门廊，门廊已然是聚集家人、交流情感、增进了解的绝佳场所。聚焦这一空间场所，考查家人的日常交集，体会在此过程中人的荣耀彰显是必要的。

"门廊是父亲为了迎合当地人在炎夏夜晚相互走动的喜好在屋前搭建的，长满了一大丛凌霄花。"（罗宾逊，2010：1）小说《家园》一开头，返乡的格罗瑞在介绍自家的房屋布局时这样介绍门廊，这个美丽的场所是为人们交流而特意设置。已至中年的格罗瑞返乡后，依然"保留了虔诚的青年时代的大多数习惯。每天早晚拿着《圣经》坐在门廊上，读上两三章"（罗宾逊，2010：102）。事实上，老鲍顿家的孩子们都习惯在门廊处阅读，他们的这种习惯保留至老鲍顿的晚年。这是一种习惯，也是"一场为了取悦父亲的表演，让他放心，他们热爱以前的生活，而且都受到了他希望他们受到的良好教育"（罗宾逊，2010：102）。稍晚时候，杰克也回到故乡基列，他在清晨给老父亲读书，消磨时光。"每天一大早，天还没有太热，清风送爽，（杰克）给他（老父亲）洗过澡剃过胡子，带他到门廊。"（罗宾逊，2010：150）"把他抱到门廊上他的椅子里，在他身上盖了条被褥，给他读报。"（罗宾逊，2010：318）杰克努力把这种行动变成惯例，努力让这样的思想交流成为生活中固定的一部分。可见门廊是鲍顿一家思想交流的精神活动场所。在代际相传的生活中，这样的日常活动已然携带着一种不容侵犯的柔性力量。

除了承担精神交流的场域功能之外，连接着室内和花园的门廊还见证着生命力的修复和延续。"下午他（老鲍顿）坐在门廊上时，她就在园子里干活。那些时光度过得很愉快。她把自己能翻动的地块清理干净，可以种豌豆和生菜。"（罗宾逊，2010：17）格罗瑞刚刚返回基列，与自己的老父亲相伴，下午在门廊处消磨时光，惬意而平静的午后时光带来美好的感觉。杰克回来后，这样的修复活动继续着，他会在菜畦和花坛里从黎明一直忙到中午，修剪杂草，把土翻松，再给园子添上些新品种："向日葵、金鱼草、金钱花，几个小丘的蜜瓜，一畦南瓜，三排玉米。"（罗宾逊，2010：155）格罗瑞一边和在修复花园的杰克聊天探讨，一边"坐在门廊上等着咖啡散发出她的家人一直都喜欢的那种浓淡相宜的芳香"（罗宾逊，2010：202），然后给杰克倒上一杯。

除了指眼见的花园修复之外，门廊处的修复更意味着人与人之间关系修复。埃姆斯和老鲍顿往往坐在门廊处，两人中间搁着盘棋，静静地说话。这是他们之间寻求建议、思想沟通的方式。两人之间最重要的修复性谈话发生在杰克从埃姆斯的教堂受挫之后。因为当天的布道内容包含了父亲责任的议题，杰克情不自禁地把布道理解为是针对自己的含沙射影的攻击。这次误会造成了老鲍顿对埃姆斯的极大不满。然而，事隔不久，误会以门廊对话的形式消解了。

格罗瑞走进去做柠檬水，让两位老人有时间说些恢复友好后的客套话。杰克下楼进了厨房，背靠着台子两臂抱在胸前。他们一起听了会儿说话声。谈话时间长了，声音也沉着起来。有笑声、椅子嘎吱作响的声音，也有沉默，可是老是有沉默。等到不再担心会打断修补关系的微妙活计时，格罗瑞给他们送去了柠檬水，和他们一起坐了一会儿。（罗宾逊，2010：223）

修复活动顺其自然，这里，门廊是连接室内和花园的区域，两位老人可以避开室内厨房工作的嘈杂，面朝着花园里的自然风景，心旷神怡地敞开心扉，沉浸于思想的交流。

《家园》中，门廊作为精神交流的场域功能一目了然、尽收眼底。这是树立信仰的地方，是忏悔自省的地方，也是人们相互了解的地方。格罗瑞和杰克这两位"罪人"的相互安慰发生在这里，预定论的家庭讨论也发生在这里。杰克临行前内心的自我和解同样发生在这里。当时，看到休息中的父亲睡着后，杰克小心翼翼地将父亲抱回了床。然后，他自己独自面对那份坦然。"接受了现实……不再为各种可能的、未曾实现的、或是尚需决定的分心，像是一种最完美的谦卑。"（罗宾逊，2010：318）杰克在门廊处驻足，内心极为平静，经过了不安、期待、尝试、挣扎后，他最终带着极大的平静从容，打理过那部旧车，"然后坐在门廊上看书，直到太阳下山"（罗宾逊，2010：319）。

小说末尾，在杰克离开基列的第二天，在花园工作的间歇时，格罗瑞与突然造访的黛拉相遇。从黛拉环顾四周的眼神中，我们可以得出：杰克曾经为她细致地描述过基列家园，并对其中的门廊做过重点介绍。"她的目光越过她，看着齐整的园子、晾衣绳，又回到台阶上放着一盆牵牛花的门廊上。她的眼睛温柔起来。像是有一句留下来给他的话，一句悲伤、幽默而又动人的体己话。"（罗宾逊，2010：330）放着一盆牵牛花的门廊承载着叙述者的温柔，可以推想的是，在杰克的叙述话语中，这一空间一定充满着交流的快乐、思考的沉静和共享的幸福，这一看似可有可无、非实用的小空间却是见证家人温馨相处和精神交流的关键场所，其重要地位毋庸置疑。这也是黛拉在看到门廊后尽显温柔的原因：虽然她与杰克擦肩而过，但眼前的门廊场景让她感觉自己仿佛置身于杰克的描述话语中，正因为杰克的话语铺垫，这一空间显得格外亲切。可以说，因为人的情感的注入，这一具体空间仿佛已然被人格化，它与杰克紧密结合在一起，唤起了黛拉内心最为柔软的部分。

黛拉离开之后，格罗瑞坐在门廊处，遐想万分。她想象着杰克如果晚些离开，与黛拉在自家花园相遇的情景，可以想象：这样的相遇对于杰克而言，会是极度的惊喜，"犹如血液涌入了饥渴的四肢，像是疯狂的解救，痛苦而美妙，让人自觉卑微渺小"（罗宾逊，2010：332）；她想象着杰克与黛拉第一次邂逅的情景——一个细雨蒙蒙的下午，杰克穿着他用本该回家参加母亲葬礼的钱买的西装，带着一把不知怎么搞到的伞，而这身装扮让刚刚出狱的杰克"显得颇为体面"（罗宾逊，2010：333）。正是在那次偶遇后，杰克和黛拉开始了艰难的爱情历程；格罗瑞想象着某一天小罗伯特返回基利的情景，他也一定会注意到依然如初的家园旧景，包括放在门廊台阶上的那盆牵牛花。坐在门廊处遐想的格罗瑞思绪最终回落到门廊。门廊作为精神阐发的原初地、汇合了人与人的情感和思想，并投射向未来，联结起了两代人的希望和期待，这一场景所蕴含的静穆、深沉和厚重全部显现。

第五章

叙事之美

　　文学以其特有的魅力带给人们关于生活的不同的感受和体验,丰富而具体的情节设计和场景描写能有效观照到读者深邃的精神世界,进而引领人们的心灵成长。人们的生命如此需要故事,甚至可以说生命本身就是一则故事。正因为故事与生命息息相通,它的叙述方式才显得举足轻重。叙事在不断给予心灵愉悦与启迪的过程中,使人类心灵在不断的建构中得到升华和充盈。据此,考察叙事之美就是考查文学意义的建构方式,也是考察人类心灵被文字滋养的方式。

　　谈到叙事,大多数人都会想到结构主义叙事学和后结构主义叙事学,其中,结构主义叙事强调文本表征的语义结构,而后结构主义叙事学,尽管分支众多,且各个分支强调的侧重点各有不同,大多强调语境和读者在叙事中的作用。本章对罗宾逊叙事特质的研究遵循如上逻辑顺序,论证顺序在此逻辑衍变基础上形成。第一节集中考察视角、叙述层次、叙述声音以及时间距离等问题,从文本语义层面对罗宾逊小说的叙述技巧进行解析。本节主要研究技巧型的叙事成规以及它们导致叙事多样化的各种方式。在第二节中,我们从关于叙事成规的技巧研究转移开来,从认知叙事的角度深入分析系列小说中的意识书写以及这种意识书写在读者心理上的映射功能。接下来,第三节从近距离的微观考查跳转至远距离宏观整体性的美学赏析,通过挖掘罗宾逊书写背后的文化指向,对故事情节的意图进行分析,从重点文学意象入手探讨叙事的修辞性,修辞技巧和宗教原型的结合是这一部分的主要研究方法。在如上多层次的研究中,我们把形式和技巧的问题与意识形态表达和读者心灵感知结合起来,既包括近距离的对文本表述的纹理再现,也包括远距离的美学效果的功能讨论,从而全面分析罗宾逊小说的叙事特质,深刻理解这种特质与心灵主题间的相互呼应关系。

第一节 叙事技巧：视角、层次、声音、时序

罗宾逊的系列创作中，社会边缘人物的生存经历问题始终是其关注的核心。围绕着这一核心兴趣，作者展开具有张力的叙述。视角、层次、声音、时序等技法是她在进行张力性叙述时所采用的策略，她成功地将这些叙述策略有机运用，形成了极具特色的"罗宾逊叙事美学"。具体而言，在众多叙述策略中，视角是一切的核心，是问题的关键，因此，讨论中视角问题将占用较大篇幅。鉴于篇幅的平衡性，我们将第一节分为两个部分，第一部分集中讨论技巧范畴中最为核心的部分——视角的变换和运用；第二部分将就层次、声音、时序问题展开剖析。

(一) 视角

叙事视角是作者看待世界和讲述故事的独特的角度。由于在现实生活中，人们往往只能依据习惯从特定的有限视角去观察事件，进而只能从单一视角叙述中得到片面结论，导致缺乏对于生活事件的立体性认知。受到习惯和现实条件的影响，人们在单一视角叙述中形成的片面性认知往往具有特定性，这意味着在面对不同事件时，具有特定心理倾向的人往往会选择特定的视角过滤器进行加工，因此，同一历史背景下的人多受到文化的制约而从同一角度观察世界，从而只能获得单一的心理感受。罗宾逊小说通过其自然流畅的视角转换，打破特定的单一视角，扩展读者看待事物的维度，为人们提供新的视角，展示新的人生层面，从而生出新的对世界的感受，产生心理态度的转变，进而重建人类的心灵。

我们先来回顾下视角（point of view）这一叙事学概念的发展脉络。这一概念的使用由来已久，在前结构主义时期，就有对视角的不同言说。这一概念在视觉艺术中首先被使用，指的是从某一固定角度呈现场景的方法（Carter，1970：840）。众多叙事学家对这一术语有着自己的理解，并用不同的术语加以描述，如亨利·詹姆斯（H. James）将之称为"反映者"（reflector）（qtd. in H. James，1971），热奈特（Genette，1980）称之为"聚焦"（focalization），查特曼（Chatman，1990）则用"斜点"（slant）、"过滤器"（filter）、"兴趣集中点"（interest-focus）对之加以描

述；让（Jahn, 1996）和弗鲁德尼克（Flundernik, 1996）则喜欢用"窗户"（window）对此进行指代。认知语言学家们往往认为同一个情形或者事件在语言上可作不同编码，从而反映出心理对世界进行解读的不同可能性，这种不同的编码立场就是视角，这一阐释准确而有效地帮助我们理解"视角"的含义。当然，相比视觉艺术，在文学叙述作品研究中，视角的考查并不仅仅局限于观察者的位置，还包含这一观察位置所代表的思维和这一思维所享有的特权，比如这一思维视角对于故事世界不同领地的进入和规避（Niederhoff, 2009：385）。可以说，视角是文学作品叙事情境描述的核心术语。

对于叙述视角的全面性描述首推斯坦泽尔（Stanzel, 1984）的叙事情境描述图。众所周知，斯坦泽尔提出通过人称（person）、模式（mode）、语态（voice）三大范畴来描述在叙述中创立的"中间状态"的种类和程度的特征，① 而这些特征都与视角概念紧密联系。其中，人称范畴（同/异叙述或称第一/第三人称）的划分依据是，叙述者和虚构世界是否位于同一级的叙事情境；模式范畴的划分依据来自由反射极构成的人物叙事情境，分为讲述或反映的方式。语态范畴（外视角与内视角）的划分依据是看叙事情境是否受人物视角控制，外视角是超越人物视角叙述的全知视角，即叙事角度可以随作者的意愿而随意变化，而内视角由叙事中的一个或几个人物出发，根据视角人物的知识、情感和所见所闻来表现事件，只叙述从这一焦点能够观察到的事件，往往受到具体人物的认知、审美和情感的控制。在1981年出版的《今日诗学》（Poetics Today）中，多利特·科恩对斯坦泽尔的叙事情境图进行了修改缩略，将之前的三个维度缩略为两个（person and mode），保留其中的人称（person）和模式（mode），而将语态（即内视角和外视角轴线区分）省略（Cohn, 1981：179）。这意味着在科恩的叙事情境缩略图示中，外视角与内视角的区分很大程度上融于人称和模式的划分范畴，如在人称划分原则下，第一人称同故事叙述自然是内视角，而第三人称叙述则有作者型外视角和人物型内视角的区别；在模式划分原则下，展示（showing）更多的是内视角叙述，而叙述

---

① 他分别列举了三种基本的叙述情境：作者的（Authorial），在这一情境中外视角占首要地位；形象的或人物的（Figural or Personal），在这一情境中反映者模式占首要地位；第一人称的（First-Person），在这一情境中同故事叙述者占首要地位。参见 ［美］杰拉德·普林斯《叙述学词典》，乔国强、李孝弟译，上海译文出版社2011年版，第147—148页。

(telling) 则更多是外视角叙述（Flundernik，2009：95）。这里，我们将依据叙事角度对心灵建构的作用，综合利用斯坦泽尔和科恩对于叙事视角的描述，对罗宾逊的小说叙述视角进行细致分析，深入探讨不同的叙事视角如何表现叙述者不同的人生体验和价值观念，如何引导读者进入不同的文学世界并引发不同的心理感受和心灵转变。其中会高频率出现的术语包括：第一/第三人称、作者型全知外视角/人物型内视角、讲述/展示等。

在罗宾逊小说创作中，第一人称"我"的叙述分别在《管家》《基列家书》中出现，在这两部作品中，"我"以不同的形态呈现：分别是《管家》中的体验型"我"和《基列家书》中的回溯型"我"。按照科恩在他的专著《透明的心》中对第一人称叙事所做的区分，如体验型和回溯型叙述又被分别称为协和叙述和不协和叙述（Consonant and Dissonant narrative）（Cohn，1978：95）。无论名称如何定义，可以肯定的是：优秀的作家在文字创作中，参与体验型与回溯型（或称协和与不协和）的第一人称叙述总是不断滑动和转化的，转化的过程自然顺畅，没有人工斧凿之迹。我们来看《基列家书》中的如下叙述：

> 格罗瑞来告诉我，杰克·鲍顿回家了。这天晚上他在父亲家里用晚餐。她说，明天或者后天杰克来看望我。我很感激她提前告诉我这个消息。我可以利用这段时间做点儿准备。鲍顿当年用我的名字给他这个儿子命名。因为他认为，他不会再生儿子了，而我压根儿就不会有孩子。他真是一片好心。（罗宾逊，2007：92—93）

在这段引文中，前半部分中的"我"是故事的现时参与者，"我"收到消息并着手思考准备工作。现时的生活，此时得知的消息——杰克归来——勾起了"我"对格罗瑞口中的杰克·鲍顿的回忆。后半部分中的"我"以回溯型视角叙述了这个全名为约翰·埃姆斯·鲍顿的孩子与"我"有着不解之缘：我和他的缘分始于老鲍顿在孩子出生时的决定——以我的名字为孩子命名，并由我做孩子的教父。这里，视角的变化基于叙述者的感知便利和可能，体验与回溯型的第一人称叙述滑动自然流畅，在罗宾逊的小说中，这样的例子比比皆是。当然，这样的滑动并不局限于第一人称，在第三人称的叙述中，作者型全知视角与人物有限视角同样存在叙述上的游移。

  他似乎要告诉她，鲍顿的看法是对的。人们因为不知道，或者不理解，或者不相信这一点，而永远迷失方向。多尔也许不知道她有不朽的灵魂。即使曾经想到，也不曾说出来。她也许甚至不知道用什么词汇表述这个意思。这些年，大路上走的那些人几乎没有一个记得安息日。谁知道一星期的哪天是安息日呢？谁会在这一天明明有活儿不去干呢？给某一天安上个什么名堂，或者除了天气如何再赋予它别的色彩，有什么用呢？他们知道猫尾草什么时候开花、小鸟什么时候长羽毛就够了。他们知道太阳升起就是早晨。别的还有什么必要非得知道呢？如果多尔永远消失在这个世界，莱拉愿意拉着她的裙角，跟她在一起。（罗宾逊，2019：19）

  如上所选部分，视角的内外转换经过两次无痕衔接，第一次从作者型全知外视角过渡到莱拉内视角，莱拉在与牧师交流时，不时地想象多尔的处境和认知，自然地将自己理解的多尔叙述出来"多尔也许不知道她有不朽的灵魂"，在对多尔的聚焦和叙述完成一段后，莱拉视角又一次自动收回，文本叙述由人物内视角转换为全知外视角——"如果多尔永远消失在这个世界，莱拉愿意拉着她的裙角，跟她在一起。"视角的过渡自然顺畅、不留痕迹，这样的叙述带给读者真实的莱拉感受，莱拉这位小说的女主人公，在作为被聚焦对象和聚焦者的变化过程中，成为小说的重点，人物形象得到强化描写。这样的叙述方式拉近了读者和人物的距离，一位理想型读者能够理解莱拉的内心，这位孤独者的形象跃然纸上。

  当视角变化与人称转换在文本叙述中同时发生时，人物的形象刻画就更加明显，往往带来深刻的比较性观照。

  有两三次她甚至想把男孩偷偷带到森林里，或者沿着那条大路，向远方走去，让他跟着自己，去过另外一种生活。但是在想象之中，那个老人——牧师，会朝她喊："你要带着孩子上哪儿去？"他声音中的悲凉让人心悸。倘若听到那声音，他会惊讶。你甚至不知道你的身体里会有那样的声音。但是对于她，那声音却很熟悉，没有必要想象。过去的生活让她记住那悲凉。（罗宾逊，2019：14—15）

  在这段文字中，"但是在想象之中"是叙述视角的第一次跳跃，从之前的作者型全知视角（authorial third-person）变为人物内视角（figural third-person），莱拉成为信息的反映者和过滤者，"他声音中的悲凉让人心悸"是透过莱拉视角的自由间接思想表达。后文的"你甚至不知道你的身体会有那样的声音"是莱拉视角下的认知和判断，这里，第二人称"你"的使用，将文本的对话性凸显出来，"你"指代的是老牧师埃姆斯，这是莱拉和埃姆斯的内心想象性对话，将两位人物的认知差距放大彰显出来。在整个叙述中，叙述视角的跳转带来了读者对埃姆斯和莱拉这两位主要人物过往人生经历塑造的不同人格特点的深刻认知。

下面是视角与人称同时发生变化的另一文本示例：

> 回家的路上，她用手掌挡着风，点燃一支烟。这是一个司空见惯的动作。好长时间，她脑子里一直在想，抽烟是什么感觉？好像我是个孩子！她想。喔，好了，以后就经常抽着玩儿。此刻，我一个人走在路上，嘴里叼着一支香烟。人们对干这种事儿的女人会恶语相向。可我就是要经常抽。（罗宾逊，2019：50）

在这段文字中，叙述视角在不经意间发生了变化，段落开始，鸟瞰式的外在叙述者聚焦于莱拉的动作，莱拉是叙述者聚焦的行为者，"她用手掌挡着风，点燃一支烟"，但到段落中部，"我"顺势跳跃出来，以自由间接话语的方式出现："好像我是个孩子！她想。"接下来这样的自由间接话语持续对"我"的思想意识进行呈现。"此刻，我一个人走在路上，嘴里叼着一支香烟。人们对干这种事儿的女人会恶语相向。可我就是要经常抽。"正是在如上叙述视角的巧妙变化中，莱拉这一核心人物跃然纸上，她内心的叛逆和倔强因自由间接话语方式的表达而显得更为清晰透彻。

类似的视角转换在罗宾逊的新作《杰克》中同样有多处运用，这本新作整体从杰克的人物感知视角切入进行叙述，这样的感知视角为读者有效进入主人公的内心世界提供便利，使人们获得走进杰克这样一位沉默寡言的社会边缘人物内心的路径，转换过程流畅自然，毫无斧凿印记。杰克和黛拉走在一起后，杰克对两人的关系进行了细致的思考。婚姻的问题在他脑海中久久盘桓："我们结婚了。不，你们没有结婚。两者都对，或者都错吧。我曾是体面的人。他可以想象自己在黛拉父亲的鄙视的目光下尴尬而紧张的样子。他是个骗子，但绝不是此时。"（Robinson，2020：290）"我们"和"你们"的使用是横亘在杰克脑海中自己与黛拉父亲的对话。在这种想象性情境下，杰克试图在为自己和黛拉的关系进行说明，在上帝眼中他们已然是夫妻，但却并未有世俗意义上的婚礼。所以他试图解释两人的关系，却发现自己陷入尴尬和难以自圆其说的境地。末了，第三人称全知视角下的道德判断似乎跳出杰克本人的吞吞吐吐的言表，为杰克进行道德辩护，语气坚定而不容置疑，极大地帮助读者建立了对杰克的道德同情。整体来看，《杰克》一书的叙事策略较为保守：全知第三人称叙述者总是透过杰克的感知将故事呈现，即便如此，偶然插入的视角跳跃为读者带来特色感十足的阅读感受，不失为小说的一大特色。

我们再来看下面一例。

> 下午他坐在门廊上时，她就在园子里干活。那些时光度过得很愉快。她把自己能翻松的地块清理干净，可以种豌豆和生菜。
> 可是呢，晚上却漫长难熬。我三十八岁了，吃好晚饭，她会边收拾，一边跟自己说。我有个硕士学位。我在高中教英语教了十三年了。我是个好老师。自己的人生，我都做了些什么了？这人生都成了什么样了？像是做了一个长大成人的梦，醒了过来，仍旧在父母的屋子里。当然，朴素而庄重的衣服挂在衣柜里，适宜在课堂里穿着。还有另一个人生里的开襟外套和低跟鞋。没理由不穿这些衣物。（罗宾逊，2010：17）

如上两个自然段落间存在明显的视角跳动，从全知外视角的观察猛然间跳动到自我反思视角。"我"的内心独白横亘于叙事中，借用视角转移这样的叙述安排让普通读者更贴近主人公的情绪和情感，从而就人物处境和情节发展形成心理暗示和准备。读者可以从这段文字中获悉主人公的处境——格罗瑞显然陷入了对自己人生价值的怀疑甚至否定中，恍如一梦的教学经历转瞬即逝，重回旧宅的自己仿佛从未离开故里。她开始了对自己半生经历的反思，开启了自我疗伤和认知的新起点。

上文提供的多个文本例证中，不同的视角进行转化、过渡和嵌入，形成视角的出位或非常态组合。这样的动态分析是必要的，是我们理解罗宾逊小说叙述技巧的第一步，但如果将视角研究停留于此是远远不够的，在做视角具体分析时，我们需要进一步分析叙述视角的复杂性和现象的多样性，即按照不同的参照量进行分析：包括空间、时间、意识形态、语言和认知（Schmid，2005：123—137）。当这些参照物相互匹配结盟时，我们把它称之为"整合视角"（compact perspective）；当它们彼此分离时，我们把它称之为"散布视角"（distribute perspective）（Schmid，2005：151-152）。这一研究样式类似于普菲斯特（Manfred Pfister）在强调视角在戏剧中不同人物之间的游走时提出的视角结构（Pfister，1988：57）。纽宁（Ansgar Nünning）将视角结构引入叙事作品，认为那是由心理、气质、态度、规约和价值等一系列精神特质和世界模型所定义的（Nünning，2001：213）。当我们在此宽泛意义上理解视角概念时，叙述都不可避免地携带着某种视角立场。接下来，我们将集中观察这种带有人的思想、意识形态和情感的视角立场所带来的解读和由此建构的文本对话性。

《家园》的叙述中，主要信息过滤者格罗瑞的认知、判断以及心理和情感与故事叙述形成匹配视点。

> 她正要进入在那安静的地方安宁的生活的第十六个年头，这不过意味着她的爱好和信仰简单而强大。爱好和信仰协力合作，像是寓言中的人物。真理必须是强健的，忠诚必须是绝对的，慷慨必须是毫不吝啬的，而外表和惯俗是巨人伪善的孩子，必须得让他们逃亡无归。她还没时间或机会对忠诚或是慷慨的含义做更多的思考。有父母的保护，她真不知道自己在想些什么。比如，杰克怎么会有了个孩子。在她看来这是件挺让人高兴的事，尽管这个看法她留在心里没有说。就这事儿，她从书上也从零星的传言中了解到，自己如此简单地看待这件事是不对的。她的父母真的该是这世上最不会为了孙儿的诞生而痛哭悲泣、窃窃私语的人，她知道自己得找出法子来体谅他们的悲伤。（罗宾逊，2010：14）

在这段文字中，叙述者以格罗瑞的视角抒发了评论，对于一位16岁的女孩，好多认识是简单而片面的。爱好、信仰、真理、忠诚、慷慨等都是她认定的绝对价值。所以，在她看来，哥哥有了孩子，父母应该因家族添了孙女欢天喜地、感到快乐。然而，她却发现父母对在这桩不被认可的关系中诞生的孩子深表忧虑，对此，她无法理解，更不能理解父母由此形成的悲伤。生命的诞生本应该有更为深沉的意义,而不仅仅是爱欲的结果。这一点,年幼的格罗瑞是难以理解的,因此,透过格罗瑞的认知评论是片面的。这里,叙述者借用格罗瑞对其父母的看法帮助我们形成对她自身的理解,当作品逐渐展开时,我们把由格罗瑞的父母提供的视角和我们从格罗瑞的内部观点获得的视角融合起来,就能更大限度地参与到对这一人物的认知判断中,从而达成了对这一人物的价值理解。可见,综合化的视角研究对于理解人物、评价人物有着极为深刻的意义。

叙述视角的非常态化组合不仅为我们了解人物性格和心理提供了洞察的角度和可能。更为我们带来了小说对话。所谓对话性叙述是指以数种声音、意识或世界观的相互作用为特征的叙述,其中任何一项都不会统摄或者优于另一项。在对话性叙述中,叙述者的观点、判断、甚至知识,不对其所表述的世界构成最终的权威,而仅仅是几种作用之一。这一作用在与人物对话中,其意义和洞察力常常逊于人物(普林斯,2011:45)。由不同的视角叙述构建起的对话性小说的最大魅力在于这种研究将叙述视角和叙述声音与社会和意识元素连接起来。在这种小说类型下,读者可以看到不同视角下的各种叙述,进而在读者意识中形成竞争性阐释(competing interpretations)(Booker & Juraga,1995:16)。对话型叙述至少可以形成由不同视角形成的多元叙述,透过不同的人物视角形成对于具体情节的多角度认知,进而通过综合分析,形成全面认知,达成阅读理解。

在阅读较早出版的《基列家书》时,我们注意到一个细节,那就是格罗瑞推荐给埃姆斯牧师一篇文章,这篇文章的题目是《上帝和美国人民》。关于由这篇文章的推荐和讨论引发的事件全部由埃姆斯作为主体叙述给读者。这是"格罗瑞在他父亲的书房里找到的一本旧杂志,她拿来给我看。杂志上面有一张纸条:给埃姆斯看"(罗宾逊,2007:153)。然后,我们得到的基本信息如下:"格罗瑞发现那篇文章后,问父亲,还想不想让我(埃姆斯)看。鲍顿让她给他念一遍。他听了以后哈哈大笑,说,'喔,让,让。埃姆斯神甫一定想看看这篇文章。'"(罗宾逊,2007:156)在老鲍顿和埃姆斯就这篇文章各自发表其对宗教的看法时,杰克加入进来,并提出自己的看法:"我想,他(文章作者)主要的观点是,美国人对黑人的态度显示了缺乏宗教的严肃性。"(罗宾逊,2007:158)这件事发生在教堂讲道之后,因此,埃姆斯此行还具有试探的目的,"我想道歉……"(罗宾逊,2007:159)透过《基列家书》中"我"

的视角，读者得到关于这段对于种族与宗教问题的讨论的来由：这篇文章由格罗瑞推荐给自己的父亲，父亲看过后，认为也要让老朋友埃姆斯读下，所以有了后文中的讨论。

然而，在对《家园》的阅读中，我们却发现，具体的情况和我们在《基列家书》中读到的情况并不符合。《家园》中的叙述是这样的："杰克下楼来，拿着一本褪了色的《淑女之家期刊》。他点了点封面上的纸条：给埃姆斯看。'我上过阁楼好几次了。上面什么样的东西都有。我在这本杂志里找到一篇关于美国宗教的文章。挺有意思。'"（罗宾逊，2010：220）这里，读者得到的明确信息是，杰克才是推荐这篇关于美国宗教的文章的人。

这种视角转换带来的不同理解必然会带来理解上的困惑。理想型读者会自然地提出一个问题：到底应该如何理解？这样的细节理解对于文本阐释有怎样的必要性？结合由文章内容而引发的不同人物的反应我们来进行分析，通过比较我们会发现，对于这篇《上帝和美国人民》中提到的美国宗教的整体问题，两位老人基本上仅把它当作茶余饭后的谈资。两部小说不同角度的叙述共同验证了杰克对于这篇陈年旧文的特别兴趣。他关注到文章作者的主要观点是"美国人对黑人的态度显示了缺乏宗教的严肃性"（罗宾逊，2007：158），或者说"让人对美国基督教的严肃性提出质疑"（罗宾逊，2010：223）。杰克对文章观点的特别关注主要因为杰克揣着为混血家庭觅得安居之所的内心疑问。当我们把作者和读者的身份和处境加入到对于文本的细读中，我们会得出这样的判断：比较而言，成熟而理性的读者更愿意相信文章是杰克推荐的。基于这种理解，读者对老鲍顿家的小型聚会的意义会产生更为深刻的理解。首先，这是在埃姆斯和杰克教堂误会，两家人关系僵化后的第一场聚会。聚会由格罗瑞代为传话和联络，而聚会真实的发起者是杰克，而非老鲍顿或者格罗瑞。他精心挑选了期刊和文章，也就是说，他设定了聚会的主要话题。从中可见，杰克的释怀、包容、谅解的心态变化。渴望谅解和消除误会的同时，杰克把自己最关注的问题借着文章之名提出来，想听听牧师们的意见。当然，我们可以理解的是，杰克应该是希望获得鼓励，希望听到老人对文章观点的认可。然而，埃姆斯和老鲍顿表达的意见并非如此，他们显然并未关注到问题的核心，对于黑人种族问题缺乏基本的反思和警醒。如此，我们可以理解杰克随后的精神溃败。如果读者不去阅读它的姊妹篇《家园》，就不会去针对这样的文本细节进行深究。然而，在我们做过深入研究后，发现不同的视角叙述带给读者颠覆性的理解，会对事情的原委有更为深刻的认识。

再来比较一个多视角审视的片段，在《基列家书》中，我们发现，埃姆斯曾经有一次关于夏甲和以实玛利布道。这是一次有准备的布道。几天前，老埃姆斯即有这样的筹划："这个星期，我准备讲《创世纪》第21章第14至21节。"（罗宾逊，2007：127）在准备阶段，埃姆斯对于夏甲和以实玛利的故事感悟主要在于故事本身充满精神慰藉的一面："生活就是这样进行着——我们把自己的孩子送到茫茫荒野。……但是那儿一定有天使，有泉水。即使荒野，即使豺狼居住之地，也属于上帝。我得把这一点牢记心间。"（罗宾逊，2007：128）这次讲道，他有点脱稿。脱稿的原因是他前晚备受折磨，睡眠不足。在脱稿讲道中，他不断引申发挥，在看到会众中有女士哭泣的情境下，"他提到为什么上帝让温顺的亚伯拉罕去做两件表面看似非常残忍的事情——把一个孩子和他的母亲赶到沙漠，把另外一个孩子绑到祭坛上作为祭品"（罗宾逊，2007：139）。最终他用一则具有修辞色彩的问题给予答案："如果儿子向你要面包，你给他一块石头，你会是个什么人呢？"（罗宾逊，2007：139）如此阐释带来如下暗示——我们之中的许多父亲虐待自己的子女，或者抛弃他们。显然，这样的阐释已然将问题引向了埃姆斯本来设想的相反面，将矛头指向坐在下面的杰克。当然，他也注意到了杰克的反应："我看见小鲍顿咧开嘴朝我笑了笑。他脸白得像张纸，唇边挂着一丝微笑。"（罗宾逊，2007：139）同时，他也自觉问题的讨论陷入预期之外，并朝不好的方向滑去。"如果我想到他能在场，绝对不会讲这个内容，当然如果我完全按照事先写好的稿子讲，一切都会更好。"（罗宾逊，2007：139）

就这一情节，《基列家书》中埃姆斯的视角叙述带给读者的印象是：由于睡眠问题，一位认真准备布道的牧师不经意间将议题滑向不曾预料的方向。但是这场布道给精心准备、努力克服心理障碍的杰克带来什么样的影响我们不得而知，正因如此，读者很容易将此情节忽略，并未发现这一次牧师和杰克的接触是故事走向的转折点，杰克教堂受挫直接影响了他对未来的方向选择。如果想围绕这一事件对杰克的心理影响做深刻的分析，我们需要借用格罗瑞的视角进行挖掘。在妹妹格罗瑞眼中，杰克的此次教堂之行是经过深思熟虑、认真准备的。周四时，他和妹妹格罗瑞提到自己周日准备去教堂的计划,关于这一计划,他的谈论中带着一丝解嘲的意味,毕竟在家人的眼中,他就是个无神论者。他说:"我可能星期天上教堂。这是可行的。我的西装闻起来不再像一点就着,只是稍微有一点汽车味。我不想把谁给吓坏了。"(罗宾逊,2010:208)杰克的表达试图将他人对自己的不信任进行解嘲。此后,就去教堂一事,杰克又和父亲鲍顿谈起:"一阵长长的静默,然后杰克开了口,'这个礼拜我去教堂。'"(罗宾逊,2010:210)礼拜日的早上,"杰克早早地起来,在厨房里磨磨蹭蹭地喝了咖啡。他谢绝了早餐,刷了西装和帽子。十点一刻时他下楼来,看上去体面极了。他抬了抬帽檐,走出了门"(罗宾逊,2010:211)。关于杰克去教父埃姆斯的教堂这一情节,对于浪子杰克而言,这是精心准备、满心虔诚的行为选择。杰克是有所期待的,他期待从教父那里得到支持和帮助,设法为自己的混血家庭寻找安居之所。基列是他的安家目标,他希望从教父那里洞察到一些信息,以为自己内心的思虑寻得答案。

如上分析可知,对于那次周日的礼拜活动,牧师埃姆斯和教子杰克都是有所准备并有所期待的。但因为双方处境不同,加之微小的变数,导致场面尴尬,事情向令人沮丧的方向发展。事后,埃姆斯自知不妥。听到妻子莱拉的抱怨,他的内心开始反思并寻找自己有失公正的症结。这次礼拜对杰克的创伤和伤害是极大的,杰克似乎从教父埃姆斯那里获得的是最后的审判和拒绝,他悄无声息、默默承受。在杰克为自己的去向做决定的艰难时期,教堂误会是杰克最后决定再次离开的重要原因。通过如上两节视角的转换叙述,我们发现,叙述者几乎不曾留下什么悬念或者是隐性叙事的开口。在单一视角的阅读下,我们几乎无法洞察到事态的全貌。叙述视角的转化对于基列系列作品的对话性阅读极为重要。罗宾逊的小说叙述中,叙述者多为第一人称"我"或者是透过人物视角的第三人称叙述。小说文本叙述多是透过参与情节发展的小说主要人物而展开,也就是有评论家所称的"同故事叙述"(Homodiegetic Narrative)。全知型异故事叙述在罗宾逊的《家园》和《莱拉》中散状存在,与透过人物视角的同故事叙述形成呼应,共同构建了小说文本叙述的视角非常态变位,从而激发了理想型读者的探索。

(二) 层次、声音、时序

除了视角这一核心心理叙事技法之外,层次、声音和时序都在建构罗宾逊独有的沉静、舒缓、反思性的心灵书写中发挥着重要作用，进而成为罗宾逊小说叙事特质的重要支点，这里，我们将对其逐一分析。

1. 层次

叙述层次的界定其实质是要为每个叙述安置特定的叙述级别，就是在单一文本中考查多样叙述行为，在它们彼此的关系中界定不同的层次。在为不同的叙述行为做层面研究时，我们将之分为外故事叙述（extradiegetic narrative）和内故事叙述（intradiegetic narrative）。外故事叙述是从特定文本的虚构世界之外进行叙事。这个时候，叙述者将主要叙述传达给从故事世界中隐去的听众，这个听众是外受叙者（narratee）。外故事叙述者（extradiegetic narrator）可能是其叙述中的人物，但在叙述时，他们是在没有故事世界的情况下运作的。内故事叙述是外故事叙述者呈现的故事内的叙述。内故事叙述者是存在于特定文本的故事世界中的人，并传播由外叙述层面构架的故事。当外叙述中的一个角色向另一个角色讲故事时，他或她就成为了内故事叙述者。

在罗宾逊的代表作《基列家书》中，正是在内、外故事的交织叙述中，作者/叙述者完成了对黑人族裔史中至关重要的一页——"地下铁道"的书写，展现了中西部历史中所包含的复杂含混的废奴记忆。"我祖父和他的朋友们经常讲下面这个故事，而且边讲边哈哈大笑。我不敢保证这个故事绝对真实，因为看他们说话时那副眉飞色舞的样子，我怀疑他们认为给一个故事添枝加叶和完全脱离真实没什么区别。"（罗宾逊，2007：61）

很明显，这段文字涉及两个叙述层面：整部小说是叙述者埃姆斯讲给幼子的家书，这是叙述第一层，在这一部分中，叙述者提到接下来要讲到的故事是"祖父和他的朋友"讲述的；祖父和他的朋友成为第二层叙述者，"我"埃姆斯则成为一个转述者。第二层叙述者讲述时候的表情神态成为转述者我的可靠判断依据。他们讲述时眉飞色舞的样子，让转述者"我"疑虑顿生，怀疑起故事的真实性。然而，事实上，转述者"我"的怀疑除了来自叙述者的神情之外，也有可能是他本人的潜在看法和态度。对于废奴主义运动和废奴历史，"我"本身也是持怀疑态度的。基于此层面的阅读，外故事受叙者——"你"（即幼子）需要厘清历史线索，做出自己的判断，显然，受叙者的阅读判断需要在充分理解历史的基础上达成，同理，读者也需要自己判断。理想读者是那部分对美国废奴运动有相对充分理解的人群，在理解历史和回味历史中，他们对转述人的怀疑冷漠和叙述人的激昂澎湃产生综合的对比分析，从而能很好地理解这段历史书写中所蕴含的反讽意味。这种反讽本身也传递出隐含作者的历史无奈，他借用这样的历史转述，将历史的模糊失效以诙谐的写作姿态加以表达，形成强烈的反差性对比。他的无奈、唏嘘和感叹本身也是一种态度，那就是对于风起云涌、斗志昂扬的过往历史的惋惜。在多层叙述的加持下，历史真实仿佛遥远难及，废奴运动恍有隔世之感。

2. 声音

在叙事文学中，叙述者和受叙者构成了叙述声音的传播路径，每一部叙事文学都需要有一个由叙述者发出的叙述声音，并在叙述者和受叙者之间传播。无论作品中是否有清晰有力的人物对话，叙述者都是存在的，他在作者的设计下从特定的角度来讲述故事。受叙者是叙述声音的接受者，多数情况下隐身于幕后，不被读者所察觉。在叙述传播活动中，叙述与受述连接着叙述活动的两头，事实上，两者的研究往往是同体两面、不可分割的整体。

我们先来借鉴查特曼的叙事文本结构图中的划分标准对叙述活动的基本结构做些基础梳理，对叙述者与受叙者在整个叙述活动中的角色和位置做清晰的考查。如下图所示（Chatman，1978：151）：

Narrative text

Real author→|Implied author→Narrator→Narratee→Implied reader|→Real reader

在这一结构图中，真实作者和真实读者不在文本想象世界中存在，但在现实世界中存在，是有血有肉、思想价值千差万别的真实世界的人。隐含作者与隐含读者既不在现实世界中存在，也不在文本世界中存在，它们都是思想构建的产物。其中，隐含作者是对文本重构的作者的第二个自我，他对文本构思及文本所遵循的价值观和文化规范负责（普林斯，2011：99）。隐含读者则是由文本假设的读者，是真实读者的第二个自我（普林斯，2011：100）。叙述者和受叙者处于文本故事层面，是文本中的切实存在。叙述者是文本中所刻画的那个讲述者（普林斯，2011：153）。受叙者是文本中所刻画的叙述接受者（普林斯，2011：134）。在每次叙述行为中，至少有一个受叙者，与向他或她讲述的叙述者处于相同的故事层面（普林斯，2011：134）。尽管受叙者不一定是故事情节维度上的活跃者，很多情况下仅仅出现在幕后，但当他/她或多或少公开呈现时，这一角色属于叙述话语的一部分，往往作为故事人物出现。有了如上的概念区分和深化理解，我们才可以从读者接受的角度对文本材料进行细致分析。当然，除此基本框架之外，我们对文本的分析还会借鉴叙事学界对于读者多样性的细化区分。①

关于叙述与受叙的问题，我们将集中讨论第一人称"我"的叙述与受叙者第二人称"你"的受叙之间的对话效果，所选材料中的叙述者和受叙者分别是埃姆斯和他的幼子。老年埃姆斯显见的阅历优势使他控制着对话的内容和走向，他以俯览人生的认知姿态和幼子进行交流。缓慢、悠长、克制的叙述话语提高了内容的真实感，加强了人物声音的感染力量。叙述者的声音和受叙者的回应交错杂糅，从而将叙述者埃姆斯的个人人生感悟提升为较普遍的价值观念，使受叙者和读者均身临其境、感同身受，形成叙述者期待视阈下的价值判断，进而有力影响着受叙者和读者的心灵认知。我们来参考如下选文：

> 昨天晚上，我对你说，说不定哪天我就走了。你问："上哪儿？"我说："到主那儿。"你又问："为什么？"我说："因为我老了。"你说："我不觉得你老。"你把手放到我的手里，说："你还不太老。"好像这事儿你说了算。我对你说，你的生活或许和我的生活和你跟我一起过的日子有很大的不同。真奇妙，过好日子的方式会有那么多。

---

① 早在 1977 年，彼得·拉比诺维奇就对读者的阅读位置进行了细化区分。他区分了读者的 3 个阅读位置，即"叙事的读者""作者的读者""实际的读者"［See Peter J. Rabinowitz, "Truth in Fiction：'A Reexamination of Audiences'", *Critical Inquiry* 4（1977）：91-92］。"实际的读者"指的是有血有肉的文本读者，这是书商最为关心的读者，然而也是作者最难把握的读者，他们之间存在着阶级、性别、种族、个性、教育、文化和历史背景等各方面的差异。作者在动笔之前，不得不对读者的信仰、知识以及各种常规的熟悉程度做出假设，因此，作者被迫猜测，并按照某种修辞意图为自己假想一些相对具体的读者，拉比诺维奇将这种假想读者称为"作者的读者"。从某种程度上说，作品的成功取决于这些假设的合理性以及"实际的读者和作者的读者之间的重合度"［See Peter J. Rabinowitz, *Before Reading：Narrative Conventions and the Politics of Interpretation*. Ithaca and London：Cornell UP，1987，pp. 21-22］。第三个术语是"叙事的读者"，指的是"作品中叙事者讲述故事的对象"［这一概念与普林斯的受叙者 narratee 不同，受叙者（又称为受述者）是一种文本中的存在，居于叙事者和读者之间，而叙事的读者只是文本迫使真实读者扮演的一种角色］。以上关于读者位置的介绍转引自唐伟胜《修辞、逻辑、认知：叙事阅读过程中的三种理论取向辨析》，《解放军外国语学院学报》2011 年第 4 期。

你说:"妈妈已经对我讲过了。"然后,又说:"别笑!"因为你以为我在嘲笑你。你伸出手,用手指捂住我的嘴,用那样一种眼神看着我。这种眼神,我这辈子除了在你妈妈脸上见过,在哪儿都没见过。那是一种桀骜不驯、恼怒而又严厉的目光。我一直有点惊讶,经历了这种目光的烤灼之后,我的眉毛居然没有烧焦。将来我一定会想念这目光。(罗宾逊,2007:1)

我主要想对你说的就是这些。我万分歉疚。我知道,你和妈妈一定经历了很多艰难。可是,除了我为你们做的祈祷,你们得不到任何真正的帮助。我一直在祈祷,活着的时候这样做,现在依然这样做——来世还是这样。(罗宾逊,2007:3)

我很冲动,想警告你们提防杰克·鲍顿。你母亲和你。现在你该知道我是个多么容易犯错误的人,在这个问题上我的感觉多么靠不住。你知道活了这么多年我还是无法预测,你是否一定要因为我警告你们而原谅我,或者因为我没有警告你们而原谅我,或者事实证明警告与否都不重要。对于我这是一个很严肃的问题。(罗宾逊,2007:135)

如上三段引文均是叙述者"我"和受叙者"幼子"之间的交流,当然更多是叙述者的思想表达,因为幼子年龄所限,作为受叙者的他回应并不多。从认知结构来说,叙述者老牧师埃姆斯是一位历经沧桑的老者,他的人生从19世纪70年代开始,历经七十多年,经历南方重建、两次世界大战、美国政界保守派与激进派的此消彼长。关于家族发展,他从祖父、父亲等长辈那里听到很多关于宗教教派和种族关系的关联故事。和他的祖父辈一样,他自己也是一名牧师,他忠诚地履行自己的职责,平静地守护着自己的故土,几十年如一日。在情感生活中,他早年经历丧失妻女的打击,此后数十春秋孤身一人。他本打算就此孤老,然而在晚年时分,他却碰到一位漂泊无依、居无定所、偶然游走到基列做季节工的中年女人莱拉,两颗孤独的心产生共鸣,进而组成家庭,诞下一子。晚年得子的埃姆斯面临身体每况愈下、疾病缠身的困扰。自知自己无法陪伴幼子长大成人,因此书写长信给幼子。这封信或者是整部小说都是他想和受叙者儿子所言说的内容。可见"叙述者"是一位老练、人生经历丰富、目前因为身体原因而顾虑重重的老人。再看"受叙人"——幼子只有7岁,他聪明、敏感，对于父母极大的年龄差距并没有太多的认知，更无法推测父亲的身体状况。这样，在叙述者和受叙者之间存在巨大的认知和判断上的落差。对于两者之间心理、认知上的落差，理想型读者有充分的理解。基于这种理解，理想读者对这段文字会怀有温情关切的心理预期。如第一段文字中，叙述者与受叙者谈死亡主题，却巧妙地回避了死亡的字眼，他以孩童能够明白和接受的表达传递着不得不触及的分离和死亡主题。"哪天我就走了"，"到主那儿"，"我老了"，"你的生活或许和我的生活和你跟我一起过的日子有很大的不同"……这些表达都是避开死亡字眼的死亡叙述，是叙述者与受叙者亲情关系的维系语言，叙述者以这样的语言将自己的意图委婉表达，进而形成在理想型读者内心的认知预示，开始审视老人如何进一步谈及死亡，以及由此引发的类似遗嘱类的托付等一系列问题。可以推测的是：在这样的情景下，叙述者自然会有些精神遗产留给受述人。家族、历史、经历都是理想型读者可以推测到的主题，这种推测可以进而引申至隐含作者的历史叙事意图。可以说，历史角度是作者及隐含作者的重要维度，而理想读者在此叙事中，定然可以联系自身的历史认知，而将小说历史叙事清晰解读。

第二段材料中，叙述者依然是牧师埃姆斯，而受叙者却发生了变化，由之前的懵懂无知的孩子转变为成年后的儿子。当然，这种转变并不意味着事件已经跨越几十年，这种转变存在于叙述者埃姆斯的脑海中，也就是说，叙述者埃姆斯假设了受叙者身份的变化，在叙述时采用了对未来的预述。在这段文字中，叙述者表达了自己的歉意，因为可以预见的生活中的缺失，他为自己难以履行父亲的责任，以及由于自己的缺失给母子带来的困难深感歉意。在此，他将这种心境表露出来。读者也在其中可以看到叙述者的无奈，并推测受叙者对斯姆斯所言的接受度，无论如何，如此的预述为克服父子因陪伴缺失导致的情感沟通障碍发挥了影响。

与第二段文字相同，在第三段材料中，叙述者和受叙人，同样是对未来的假设性预述。预述的内容由单纯的情感表述变为对是非问题的探讨。是否对受叙者进行警告对于叙述者来说是个难以抉择的问题，他把自己的两难处境写入长信中，想象和长大成年的儿子进行探讨。这个时候，叙述者假定受叙者已然是一个可以独立判断和思考的成年人。叙述者的不确定性跃然纸上。"我"作为一位视野和认识均有局限的个体，对于教子杰克的是非难以做出判断，所以在书写杰克以及对杰克进行评价时犹豫不决、举棋不定。这一点恰恰反映了叙述的不确定性，叙述者对于自己认知的不确定性是有自知的。这种自知至少可以从两个角度影响读者的认知。一个角度增强了读者对叙述者不可靠的推测，其理解基础较为简单：叙述者对杰克的态度模棱两可，难以给出确定的态度，因此，叙述者是不可靠的；然而，换种角度则是：对于更为理想的读者而言，叙述者对返乡浪子呈现犹豫和怀疑的态度反应，而这种反应是较为真实的反应，所以叙述者是可靠的。总之，这段文字的自我审视和与未来时空中的受叙人的假想性对话，使得在叙述者与受叙人以及隐含作者和理想读者之间形成理解的张力，构建起文学审美性。叙述者并不确定受叙人（成年的儿子）是否能够理解他的行为，也不确定自己是否会被谅解，二者交流的不确定性构成了叙述张力。读者在知识、价值、判断、见解或信仰上的分歧都会影响他们对隐含作者叙事意图的理解，这种差异同样会影响叙事的有效进程。

3. 时序

对于时间，我们普遍的感觉是，它像空气一样围绕在我们周围，已然与人类生命融为一体。从某种意义上说，人类有了时间的意识，才有了生命的意识，产生了存在的感知；也就是说，时间构成了我们的记忆和人生，同时也构建了我们所能意识到的世界。如果我们改变了时间，也就改变了人生，改变了世界。时间不仅是一个客观的物理现象，它还是一种心理现象，一种文化现象。

自从4世纪基督教思想家奥古斯丁提出时间不是外在于人的客观事物，而是人心灵的特征以后，人类就开始了对时间的主观性探讨。关于这点，众多哲学家给出了自己的见解。胡塞尔认为，只有"本质上属于体验的时间"（即内在于意识的时间）——才是有意义的时间（1996：202）。海德格尔也把时间视为"存在的视界或界域"（1987：346），他认为那些能够帮助人们领会到自己的存在的时间，才是真正的时间。柏格森更是提出"绵延"的理论，认为真正的时间是纯绵延，它不可测量，而且只属于心灵。在时间的绵延中，每一瞬间都发展创新，每一瞬间又彼此互融。正是在这种不可预测的绝对连续中，过去、现在和未来构成了人的内在生命体验。国内学者吴国盛在《时间的观念》一书里，把时间分为两类：一类是"关于事件定位的标度时间经验"（1996：10），这是客观的时间；另外一类是"关于人生短促或者无聊的感慨，这是对时间之流的感悟"（1996：10）。

叙事中的时间便是绵延变化着的心理变化，是主观的时间，生命的时间。在这里，时间与生命已经融为一体，时间即生命，生命也就是时间。生命在时间的体会中得以丰富充沛，时间也只有在人的生命中才能延绵。正如生命离不开时间，故事叙述也离不开时间，叙述者的叙事必然包括时间过程中的生命体验，而这种体验并不总是以物理性的顺序表现出来。正因如此，时间的不同排列组合必然重构世界，同时也必然呈现不同意义。通常可见的情况是，在文学叙事中，作者往往打破客观时间的线性规律，任意组合时间，采取顺叙、倒叙、预叙、浓缩、延宕等多种手段安排故事的讲述顺序，从而表达作者自己的独特时间感受，并引领读者进入丰富的时间世界，从中感受时间的真实和世界的真实。这里，我们借用米克·巴尔关于叙述时间的技法总结来进行文本分析。

米克·巴尔在其代表作《叙述学：叙事理论导论》中将素材事件的时间先后顺序描述为一种我们可以根据日常逻辑规律而得出的理论构建。她认为：叙述安排与素材的时间顺序差别为顺序偏离（chronological deviation）或错时（anachronies）（巴尔，2003：97）。这种偏离打破了简单的线性秩序，迫使读者更为细致地阅读。错综复杂的偏离，会使得人们尽最大的努力追踪故事（巴尔，2003：95）。顺序偏离这种策略打断了线性秩序，使得读者放慢速度、特别关注，从而产生美学和心理学效应，展示事件的种种解释，显示预期与现实之间的微妙差异，以及其他诸多方面（巴尔，2003：95）。从偏离方向来说，具有两种可能性。从被呈现的素材中错时介入时着眼，在错时中所表现的事件或位于过去，或位于未来。对前一个范畴可以运用追述（retroversion）这一术语；对于后者，预述（anticipation）这一术语是恰当的（巴尔，2003：98）。

我们先来讨论预述问题。米克·巴尔认为：相比追述，预述出现的频率要少得多。它主要限于对素材结果的单一的（常常是隐蔽的）暗示——要想确认预述为何内容，就必须获知这一结果。它可以用作产生紧张气氛或表达一种宿命的人生观（巴尔，2003：111）。也就是说，在素材刚开始时所做的承诺，与在素材结尾时对那一承诺的履行之间形成巨大的张力（巴尔，2003：113）。在米克·巴尔看来：第一人称文本最适宜提及未来。一个自称在表现自己的过去的叙述者所叙述的文本会很容易地包含着对未来的暗示，在故事时间上，这个未来是现在，甚至可以是过去（巴尔，2003：111）。

我们可以将《基列家书》整本小说理解为是叙述者埃姆斯为长大后的儿子提前备好的长信,因此信中充满了对未知和未来的暗示。具体而言,上文那段叙述者埃姆斯很冲动但无法确认的警告行为,就是一种叙述者"我"对受叙者"你"的典型预述。除了较为常见的"我"的预述之外,由某一特殊事件引发的预告带来了不同的人物反应,在《家园》中,杰克的一封即将回家的信件预告了对不久未来的承诺。这封信成为对即将发生的事件的预告,它将与随后的不同人物的反应构成了不同的叙述单元,从而在对同一预告事件的不同反应进行叙述时产生了重复性预述(iterative anticipation)(巴尔,2003:111)。

> 接下来的一天,邮件到了,一两张账单,霍普写给她的一封短信,还有一封写给父亲的信。他走进厨房倒杯水。"这封信是杰克寄来的,"他说。"我认识他的笔迹。"他坐下来,把信放在前面的桌上。"可真出乎意料,"他轻轻地哑着嗓子说。(罗宾逊,2010:21)
> "我们来看看他要说些什么,"他打开信看了起来。"嗯,他说他要回家来。写在这儿,'亲爱的父亲,我过一两个星期来基列。如果没有不方便的话,我会住上一阵子。杰克敬上。'"(罗宾逊,2010:22—23)

信件预述属于预告(announcement)行为,预告是明确的,所提到的事实是小说人物现时关注的事,预述的距离也有确定性——"过一两个星期来基列"——这样信件叙述在现实和可期的未来之间建立了等待的关联,这一等待的时间游戏在小说多位人物身上产生了不同的情感反应。信件形式的叙述其实本属于某种明示,但是由于杰克在信中的叙述模糊不清,给原本清晰确定的预告带来了一丝暗示的意味,具有了含蓄的性质特点。

来自杰克这封信的直接受述人是父亲老鲍顿。这位受叙者对这封信的反应是极为明显的。对自己在有生之年能收到杰克即将要回家的信件,他显得非常开心,甚至格外兴奋。"他大笑起来。'多不寻常的一天哪!'他说。'对自己会不会活着见到这一天,我一直都不是很确信的。'"(罗宾逊,2010:23)这封信给受叙者的心理暗示是光明而美好的。老鲍顿多年来没有儿子杰克的消息。对于这位浪子的回归,老父亲充满想象和期待,难以掩饰自己的内心。信封尚未打开,他凭着对上面字体的辨识就已经老泪纵横,"我想我可能需要一条手帕……"(罗宾逊,2010:21)在迅速回信并随信寄送一张支票之后,老父亲陷入接连多日的内心的期待、等待、纠结、怀疑、不安……

> 接下来是连着几个星期的烦恼和混乱,要对付老人的期待和焦虑,之后要对付他的失望。每一种情绪都令他坐立不安、失眠躁怒。她整天整天地哄着父亲吃一点。冰箱和食品储藏室里堆满了所有他认为自己记得的杰克喜欢吃的东西,他疑心格罗瑞过早地想要放弃等待,拿避免浪费当借口把东西全吃了。于是,除了一碗燕麦粥或是一只水煮蛋,他什么都不吃,而一边是奶油馅饼上的酥皮发硬了,生菜发蔫了。她担心,要是杰克不来,她该拿所有这些东西怎么办呢?和心碎的父亲一起坐在一桌变质、受辱的宴席前,这个念头让她受不了。但她还是想到这个念头,为了提醒自己有多生气,而生气又是为着什么理由。事实上,她已经计划好在夜间把食物以邻居家的狗能吃的量一点点地偷运出去,因为这些食物已经放了太长时间了,不合适给邻居吃。而且这些沾染着心酸和痛苦的食物,无疑邻居也是喂给狗吃的。(罗宾逊,2010:27)
>
> 那封令父亲哭泣颤抖的"信"来了之后,他们有了杰克的地址。怕第一封信万一走丢了,父亲又寄了一封短信和一张小支票。他们等待着。杰克的信摊在早餐桌上晚餐桌上,灯台旁,安乐椅的扶手上。有一次他把信折起来放好了,是埃姆斯牧师大人过来下棋。那可能是因为他不想信上落下一个怀疑的眼色。(罗宾逊,2010:28)

老人的过高期待导致他谨小慎微,杰克的来信预述掌控了老人的全部情绪和反应,甚至控制着老人的情感。杰克信件预料的另外一位受叙者格罗瑞和老人的反应有所不同。起先,格罗瑞对杰克的归期一样是充满期待的,但是随着时间的推移,冰箱里为杰克贮备的食物腐朽变质,加之她观察到老父亲对杰克归家的无限期待,因为杰克的一封书信而坐卧不安,她逐渐变得愤怒。

> 等着他来的这段时间,格罗瑞预演了几回愤怒的爆发。你以为你

是谁啊？你怎么可以这么不近人情！日子一天天过去了，这句话成了：你怎么可以这么薄情、残酷、歹毒等。她开始希望他会来，这样她能告诉他自己真实的想法。她当然很生气那些香蕉面包在储藏室里变坏发臭。你有什么权利！她怒火中烧，因为她知道父亲祈祷的只是杰克会回来，杰克会留下来。（罗宾逊，2010：27）

格罗瑞情绪的变化一方面来自对杰克信中"一阵子"模糊表述的不满，另一方面，作为事情的旁观者和老人的照料者，她才显现出了心理的不平。从这一点来看，格罗瑞的情绪变化像极了《新约》里"浪子回头"的故事中，因父亲对浪子弟弟过于迁就和偏袒而心生不满的哥哥。她从公平性的角度来观察和理解父亲和杰克的关系，定然感觉自己居家付出，却遭受了不公平的待遇，然而，对于老父亲而言，他对杰克的思念和期待是从生命感受和经历的角度来考虑和衡量的。老父亲的考量是超越世俗生活公平概念的超越性体验。

格罗瑞之后把哥哥杰克来信的消息转述给牧师埃姆斯，得到的回复是：不要太过认真。显然，对于杰克的信和承诺，牧师大人是有所保留的。可见，对于同一封信件，不同的受叙者有着极为不同的表现。对于老鲍顿而言，信件看似预告，但他并不放心，只要杰克没有站到他的面前，他都觉得事情随时会有变化，所以，他不断思忖信件中的每一处细节。他小心地回复、热情地准备，以至于激起了女儿的不满，相反，教父埃姆斯对此却较为冷静，他更倾向于用理性去思考和判断，基于自己对杰克的认识做出反应。不同受述人的回应及其巨大的差异，在读者阅读中形成判断影响。理想型读者（作者的读者）必然会因此而对即将登场的杰克形成道德预判。久未露面，二十年来错过家族全部重要的团聚场合的浪子，到底做过什么？为什么漂泊多年？他会不会如期返回？他的归来又会给家人带来什么样的冲击？所有这些都是未知数。一石激起千层浪，信件在不同的人物那里激起不同的心理反应，不同的读者也有不同的阅读期待，多层差异性激发了更大的张力，推动了叙事的进程。

接下来，我们的研究从预述转向追述，我们对这一部分的讨论将首先从方向偏离切入，然后结合跨度问题，进行综合深入分析，领略罗宾逊在历史层叠中对人物心理的精致刻画。谈论追述时，往往不可避免地会涉及距离和跨度两个范畴。所谓距离（distance），指的是在错时状态中的事件，通过或大或小的间隔与"现在"分离，也就是说，在叙述所关注的素材的发展过程中，与错时中断素材的时刻分离（巴尔，2003：105）。所谓跨度（span），指的是错时所涵盖的时间范围（巴尔，2003：108）。基于其跨度区分，错时的方式可以区分为点状（punctual）错时和持续（durative）错时（巴尔，2003：105），点状错时集中于固定时间点的追述，持续错时则集中追述一段时间内的故事，可见，错时的跨度往往比距离更难准确地确定。此外，错时可以是不完全的，也可以是完全的。从中间事件作为开头的传统中，叙述从素材的中间开始，而后先前的事件整个地被回忆，即距离与跨度互相覆盖，追述在它开始的地方结束，这样的错时为完全式错时，反之则为不完全式错时。在批评实践中，有时时间偏离互相嵌入、纠结，使分析变得十分困难（巴尔，2003：104）。

　　让我们借用《莱拉》当中的关于圣诞节的叙述对罗宾逊的追述技巧展开讨论。莱拉与老牧师结婚后，怀着身孕，和郊区的会众们过了第一个圣诞节。"教堂执事送来了一棵圣诞树，摆放好。她端出头一天他们的妻子送来的糕饼给他们吃。几个人在客厅待了15分钟。牧师爬到顶楼，拿下一盒装饰圣诞树的小物件儿。"（罗宾逊，2019：234）这个圣诞节对于老牧师而言格外有意义，多年来，他习惯了一个人的圣诞节，只要有圣诞树即可。今年却因为莱拉和即将出生的孩子而特意装扮它，亮起了一串一串的小灯泡。圣诞之后，他们马上要迎接新生命的到来，他对此满怀期待。"他在想明年的事儿，满怀信心地大声说，他们将把一个新的小基督徒带到这个世界。"（罗宾逊，2019：234）对于眼前的一切，莱拉仅仅是看着。她思绪飞扬，眼前的圣诞情景让她想到的是她在圣路易斯以及和多尔一起的日子。

　　　　在圣路易斯，有时候会有几位"先生"站在门唱歌。他们唱的歌都和圣诞节没关系。太太关门过节。她说，这是出于对上帝的尊重，实际上是担心被永远关闭。她把窗帘拉得严严实实，把灯关掉。这样就不会有人上门。她不敢让做饭的味儿飘到大街上，姑娘们只能吃冷豆和奶三明治。她把收音机放到自己的房间，音量调得很低，姑娘们几乎听不见。那些男人都知道，他们即使把她折磨个半死，她也不会打开门骂他们。所以，圣诞节对那些女孩儿的意义，只是可以在紧闭的窗帘后面借着昏暗的光玩纸牌。太阳落了之后，就打架，哭泣,讲那些谁都听过的、老掉牙的故事。那些故事除了傻瓜之外没人信。有时候大街上传来那些"先生"唱的下流歌曲,佩格就跟着唱,好像是在开玩笑。(罗宾逊,2019:235)

对于基督教世界而言,圣诞节代表着救世主的降临,人们为此歌唱,并在什么东西上都洒满金箔。在这个节日,人们期待生命的循环再生、救赎者的降临,在世俗世界中,这个节日已然成为家人团聚、氛围愉悦的节日。然而,对于孤独疏离的莱拉而言,在她的成长经历中,耶稣的救赎和关爱似乎从未走入她的生活。儿时,由于生存的迫切压力,在和多尔一起漂泊的岁月里,她们颠沛流离、辗转各地,圣诞节对于她来说就是个可有可无的日子,跟节日氛围没有什么联系。那就是个普通的冬日,"他们只是想办法找一个能过冬的好地方"(罗宾逊,2019:235)。在多尔因为打架入狱、杳无音信之后,独自求生存的莱拉沦落到圣路易斯一家妓院工作。那段日子是没有尊严的,是苦难的。她所经历和见证的是羞辱、黑暗、暗淡、乏味、无望。这和圣诞节本应具有的团聚、快乐、温暖印象毫不相关。仿佛越是在人们共聚的时间,姑娘们就越感觉晦涩和耻辱,她们不被光明正大的团聚节日所容纳和接受。逃避和遮掩是她们唯一的选择。离开圣路易斯的妓院,她在一家旅馆短暂打工,那是莱拉在遇到老牧师之前仅有的短暂的安静怡然的时段。在那段时间,她的生活情绪化色彩非常浓厚。她把自己为数不多的积蓄的绝大多数用在了电影院。这是莱拉被情感问题折磨的一段时间。那段时间的莱拉也"从来也没有真的喜欢过这个节(圣诞节)"(罗宾逊,2019:235)。可以说,圣诞节在她的眼中是充满忧伤的暗淡而乏味的日子。上引文,从表面叙述来看,这是莱拉对节日的感受性进行描写,实则是对类似莱拉的处于社会边缘的流浪者和孤独人的心理书写。对于这一喜庆的节日,她是疏远的旁观者,只能做远远的静观状。直到现时,她也只是默默地观察节日下的老牧师。老牧师的欢乐她可以感受到,但那种欢乐并不属于她。以上我们讨论的关于圣路易斯的圣诞节以及与多尔在一起时的圣诞体验都发生在待产的莱拉与牧师埃姆斯共度的圣诞节前,属于内在式追述。罗宾逊的小说叙述在时间处理上极具技巧性,她的文字总是在不断的追述和预述中展开,往往追述中套有追述。追述与预述交叉使用,而不同情景片段的交集往往不留痕迹,唯一连接他们的就是意识,也就是说思维的轨迹才是叙述展开的依托。

我们再来看《莱拉》的开篇部分。从小说开篇，读者获得了故事叙述的时间起点："那个孩子就坐在黑暗笼罩的台阶上，双臂抱在胸前，抵御风寒。"（罗宾逊，2019：01）我们把这一顺序性叙述称之为"被遗弃的孩子"情节，这一情节性叙述之后，紧接着，时间进行了一次巨大的跳跃，读者毫无准备地接收到一则信息："有一次，莱拉问牧师，多恩怎么拼？牧师没弄明白她的意思。"（罗宾逊，2019：9）两段情节叙述之间是巨大的时间间隔（gap/distance）。从被遗弃的小女孩到嫁作牧师妻子的莱拉，通过后文的阅读，读者可以推断出，整个时间间隔超过三十年，然而，莱拉是如何长大的，她的成长过程中经历了什么？她是如何与牧师走到一起的？所有这些疑问都需要在追述（retroversion）中得到解释。在理解三十多年的时间距离（distance）的回述中，读者需要认真思考两个问题：一是回述部分关于莱拉半生的经历并不是一蹴而就、一线贯穿，而是随着莱拉的认知意识的跳跃被以点状方式零星补充，读者需要在阅读过程中不断调整认知时序，通过调动自己的能动性，形成对主人公莱拉的较为完整的认识。二是三十多年的叙述时距（duration）并不是莱拉全部的人生描写，故事展开过程中，除了不断地跳进这段时距中进行回述性补充，与此同时，已和牧师结为夫妻的莱拉生活继续，时间在当下这一个层面上继续延展，莱拉需要迎接生命中至关重要的人物——儿子，需要面对生命每况愈下的老牧师⋯⋯这里，外在式和内在式的追述穿插使用，① 共同构建了复杂的混合式的莱拉的记忆书写。

第二节 意识联结

罗宾逊小说钟情于用细节表现人物心理的瞬间感受，这些感受常常是碎片式的，毫无关联地互相并置着。事实上，这才是人类心理的真实感受，在体会和认识事物时，人们的意识并不是按照客观时间的顺序，而是

---

① 当追述发生在主要素材的时间跨度之外，我们称之为外在式追述（external retroversion）。假如追述发生在主要素材的时间跨度以内，我们称之为内在式追述（internal retroversion）。如果追述从主要时间跨度之外开始，而在它之内结束，则为混合式追述（mixed retroversion）。参见［荷］米克·巴尔《叙述学：叙事理论导论》，谭君强译，中国社会科学出版社 2003 年版，第 105 页。

依据哈特莱（Hartley，1989）所谓的"接近律"（Law of Contiguity）进行，即根据事件的相似性、连接性和因果性来连接事物，形成认知。罗宾逊小说秉持意识接近律进行心理叙述，这种特殊的意识关联，既可以连接情节，推动故事发展；也可以平面展开，进行评述，对人物心理和思维进行刻画和展示。它既是叙述型的，又是展示型的，兼有情节推动和画面铺呈的功能，极大地提升了罗宾逊的叙述品质。这种意识关联就像一个一个的纽扣，将情节与情感、故事与哲理，以及情节与情节之间联系在一起，形成了叙述上的"意识结"，在这样的意识联结中，思维不受线性自然时间的影响，而显示为彻底的心理时间，塑造了一种"属己的时间感"，是心灵自由的状态。

这里，我们所提到的叙述"意识结"不同于现代主义的意识流，所谓意识流，指的是一种由自由直接话语或内心独白提供的一种心灵的直接引语；一种表现人类意识的模式，它聚焦于思想的任意流动，并强调其非逻辑性。"它往往变幻莫测，错乱复杂、不可理喻、川流不息。"（李明滨，2007：306）意识流秉持对自我思想意识活动的最真实的反映，在20世纪上半叶形成创作的高峰，常见于现代主义的文学创作中。由于意识流"只是客观地摹写生活所造成的人物意识的流动。小说结构超越物理时空，转而采用不同时刻渗透互动的心理时空，即现实与幻觉交织错杂，过去、现在与未来颠倒并置"（李明滨，2007：306—307）。因此，意识流叙述一般只在一个问题或一种事物上做短暂逗留，叙述者头脑中的事物常因眼前任何一种能刺激五官的事物的突然出现而被取代，进而激发新的思绪与浮想，释放一连串的印象和感触，往往造成混沌、模糊、消极的感受。因此，它完全不适用于事件先后顺序分析的问题（巴尔，2003：102），难以有效表现人类思维的规律和次序。当意识流叙述的片断性、变化性发展到实验性时，由于过于艰深晦涩，强调无秩序，难以被大众理解，无法成为文学的主流。过于复杂和不合逻辑加剧了作品内容的理解难度，让人感觉隐晦以及阴暗，导致一种无序性，即建立一个精确的时间顺序的不可能性（巴尔，2003：255）。

意识结与意识流不同，它是沿着叙述者思维逻辑的片段结构，往往由某种意象、经历、体验、感受升发成叙述情景（episode）。而这些连接、组合文字话语的意象、经历、体验和感受等彼此的构建关系受控于隐含作者的叙事意图。它们以多样的排列组合方式为实现作者（隐含作者）意图服务。这里，我把这些聚集文字书写的意象、经历、体验、感受、理念等称为叙述"意识结"（Consciousness Linking）。它们成为小说叙述的情节推动器，是情节与情节之间联系的纽带。除了可以充当推动情节发展的纽带之外，这样的纽带还有连接叙事与抒情的功能。

在《基列家书》开篇，第一个叙事意识结是"死亡"，我们看到"我"的述说以死亡议题展开。"我对你说，你的生活或许和我的生活、和你跟我一起过的日子有很大的不同。"（罗宾逊，2007：1）叙述者埃姆斯对年幼的儿子进行隐性道别，可以预知的是，自己无法亲眼看着儿子长大成人，然而，对一位 7 岁的孩子，他只能以"你的生活""我的生活"和"你跟我一起过的日子"这样的表达来进行生与死的区分，生死的界限界定。紧随着开篇的隐含性死亡意象的是对死亡主题的探讨："以为人死之后还会想念什么，真是荒唐可笑。"（罗宾逊，2007：1）"我不记得有多少次人们问我，死是怎样一种感觉。有时候，离他们亲自体验那种感觉只剩下一两个小时。"（罗宾逊，2007：2）"相信我，我最没有想到的是，有朝一日，自己会撒手人寰，留下一个妻子和孩子。"（罗宾逊，2007：3）至此，小说开篇都是围绕"死亡"主题展开——"我"所患的心绞痛，我对妻子和孩子未来生活的顾虑和担忧，以及我作为一位牧师，需要在工作中遇到的对死亡进行解释的棘手问题，在工作中，需要对会众的死亡疑问做出解释。死亡议题成为这一叙述的意识结或意识扣，它撬动了叙述者的情感、思维，强化了人物特质建构，推动了故事发展，连接叙述话语组成篇章。

罗宾逊的叙述在不同意识结之间过渡自然，几乎做到无缝衔接，譬如在死亡议题和美的议题之间，语言过渡开始于因死亡引发的对妻子孩子生活的顾虑，然后，转向倾听妻子和儿子的对话以及妻子轻柔而优美的歌声，再往后，优美的歌声让我想起了美的感受。"我从来没有听见过她唱歌……我也听不清她唱的是什么歌。她的歌声很低，但是对于我来说，那歌声很美。"（罗宾逊，2007：3）接着，小说继续着对美丑的具体实例分析。"我真的不能分辨美丑。……这两个小伙子像平常一样，你一言我一语、有一搭没一搭地说着什么，不时发出令人讨厌的刺耳的笑声。可是我听起来觉得那声音也很美。"（罗宾逊，2007：3）就这样，叙述的脉络从"死亡"转向了"美"。意识的联结带来叙述画面的跳转，意识结扭转了叙述方向，逐步推动。这样，在"死亡"和"美"两种主题意象之间形成某种连续（stretch）。

再如在上面一节我们已经论及的小说《莱拉》的叙述策略，人生三十多年的回述和现时生活体验是小说叙述的两条主线。这两条线索并不是彼此隔离、互不相关，相反，两部分内容往往因为某一个意识联系在一起。这个或那个意识往往对莱拉的人格塑造形成至关重要的影响，成为我们理解她的关键性维度。如在现时生活主线中，莱拉在格雷汉姆夫人那里做工。从那里收到牧师经格雷汉姆转给她的5元一张票子和一件带帽兜的雨衣。傍晚时分她来到牧师家的花园，见到她的到来，牧师拿出自己给她准备的一封信"我给你写了这封信。我想应该给你。是的，一定给你。其实也没什么大不了的……"（罗宾逊，2019：71），带着一丝喜悦和一丝沮丧，莱拉打开了这封信。紧接着，围绕着"信"，叙述继续展开，"很早以前，她还收到过一封信。那是老师交给多尔的"（罗宾逊，2019：72）。如此，两封信件将过往和现时的莱拉的遭遇连接起来。儿时的莱拉在信中，被老师赞扬和鼓励，"信里说，莱拉是个很聪明的小姑娘，如果继续念书一定对她的成长大有好处。"（罗宾逊，2019：72）莱拉非常幸运地得到了一年的正规学习教育，使得她获得了基本阅读和书写能力。而正是这种能力，在莱拉后期的生活中，帮助她和牧师交流。可以说，她收到来自老牧师的第二封信并满怀期待地阅读它这一现时事件本身就是基于第一封信中提到的学习经历的结果。对于一位无家可归的流浪孩子而言，阅读能力弥足珍贵。两封信彼此间有着某种因果联系。更重要的是，正是基于二者之间的这种逻辑关系，叙述者做了叙述上的联结，并进一步推动情节进展。他们在教堂前面相遇，谈论起信的内容时，莱拉说："你应该娶我。"（罗宾逊，2019：80）到此，莱拉的故事有了关键性的转折和发展。原文在提到这一点时，表述为："她听见自己说'你应该娶我'。"讲完这句话，又羞又恼的莱拉得到的回复是："你说得没错。我一定。"（罗宾逊，2019：80）在以上例证中，罗宾逊用一种微妙的"信"的联结将不同叙述序列不露痕迹地连接在一起。在罗宾逊的笔下，不同情节或情景的贯连不再依赖于顺时关系或者是因果关系，而是以同一意识结连接起来。叙述序列（sequence）的组合依赖某种联结（linking），比如一个序列的结尾构成了另一个序列的开端。

罗宾逊在叙述"意识结"这一技巧的巧妙的使用中，除了用到以上的首尾衔接法之外，还有另外一种方式——情感辐射法。这时候，叙事与抒情浑然一体，产生了"诗性叙述"。在对这一叙述策略进行具体分析前，我们首先来看看评论家对叙事和抒情的区别性定义。费伦在《作为修辞的叙事：技巧、读者、伦理、意识形态》一书中，引用了苏珊·斯坦福·弗里德曼的一个被普遍接受的观点，即抒情诗有别于叙事："叙事被解作一种模式，突出了能动地运行于时空之中的一系列事件。抒情诗被解作一种模式，突出了一种同时性，即投射出一个静止的格式塔的一团情感或思想。叙事以故事为中心，抒情诗则聚焦于心境，尽管每一种模式都包含着另一种模式的因素。"（2002：6）这样的一种区分为叙事和抒情做了基本的认知界定，而罗宾逊的意识结的叙述方法，将叙述和抒情之间的界限协调而有机地统一于一体。这种将叙事和抒情合二为一的书写是由线性叙述（linear narration）和情境叙述（episodic narration）通过意识的联结共同构建的。罗宾逊对二者相结合的技巧运用得炉火纯青。所谓线性叙述，即我们传统上理解的将故事情节按照时间及因果顺序进行叙述。情境叙述往往与之不同，在整个书写中，强调场景性和断裂性，与此同时，保有叙述的充沛性和诗意感。这种叙述方式极易营造诗意感。

在罗宾逊处女作小说《管家》的结尾部分，主人公露丝和姨妈终因指骨镇的各种压制和怀疑不得不离开，在刻骨铭心的渡桥一幕后，读者对小说两位主要人物的生死和未来充满好奇，她们的人生发展轨迹是什么方向的，她们去了哪里？过着什么样的生活？她们是否安全？这样一系列关乎情节发展的叙事与叙述者露丝本人的想象和幻觉交织在一起，对于追寻事实型答案的阅读造成极大障碍。但是，当我们把矛盾的枝丫以"抒情叙事"理解的话，整个意识结就容易理解了，读者也不再会为小说叙述中看似前后矛盾的情节而困惑。下面是我们要分析的文本节选。

> 中间发生了什么，一件刻骨铭心的事，以至于每当我回忆起过桥的情景时，有一个时刻像镜头的凸面一样鼓出来，其余则位于周边，逐渐隐没。仅仅是因为风势骤然加剧，所以我们不得不缩拢身子，迎着风，像盲女扶着墙壁一样摸索前行吗？或者，我们是否真的听见了某个分贝太高而听不见的声音，某句真切得我们无法理解的话，却只感觉那像黑暗或流水一样倾注入我们的神经？
>
> 我从来无法果断地分辨思考和梦境。我知道，只要我可以讲出，这是我凭感官认识到的，那只是我的想象，那么，我的人生会大不相

同。我将尽力告诉你晓白的真相。西尔维和我在漆黑的夜里走了整整一晚,翻过指骨镇的铁路桥——一座很长的桥,如你所知,假如你见过的话——我们必须走得很慢,因为风和夜色。简单地说,天方破晓时,我们已离湖岸不远,我们在东行的火车隆隆驶出树林、上桥、往指骨镇疾驰而去前及时爬到下面的岩石上。我们赶上下一趟西行的列车,一路在装有家禽的板条箱中间打瞌睡,抵达西雅图。从那儿我们去了波特兰,从波特兰去了新月市,从新月市去了温哥华,又从温哥华回到西雅图。起先我们的路线错综复杂,为的是不被人发现,后来路线错综复杂,因为我们没有特别的原因要去某个镇而不去另一个,没有特别的原因要留在哪里,或离开。(罗宾逊,2015:217—218)

  这一切皆是事实。事实解释不了任何事。相反,正是事实需要解释。例如,我一次又一次经过我外祖母的屋后,却从未在那个车站下车,走回去看看是否还是原来那座房子,可能因火灾导致的必要修缮而有所改变,或是不是在旧址上盖起了新房子。我想见一见住在那儿的人。看见他们,会驱走可怜的露西尔,在我脑中,这些年她一直等在那儿,怀着理直气壮的愤怒,洗洗擦擦,让一切窗明几净。她以为听见有人在甬道上,赶来开门,急切得等不及铃响。结果是邮递员,是风,什么都没有。有时她梦见我们穿着翻飞的雨衣从路的那头走来,弓着背抵御寒风,用她听不太懂的话互相交谈。当我们抬头对她开口时,那些话给捂了起来,单词之间的间隙扩大,韵律膨胀,像水中的声音一样。万一有一晚我真的走到房子旁,遇见露西尔在那儿会怎么样?那是可能的。既然我们死了,如今那栋房子自是她的。说不定她就在厨房,搂着腿上几个可爱的女儿,说不定偶尔她们望着黑漆漆的窗户,发现母亲似在那儿看见的东西,她们看见自己的脸和张与她们母亲特别相像的脸,全神贯注,饱含深情的凝视,只有露西尔会认出那是我的脸。假如露西尔在那儿,西尔维和我已在她窗外站了上千次,我们趁她在楼上换床褥时,大力推开边门,带进树叶,扯掉窗帘,打翻花瓶,然后以某种方式,在她赶得及跑下楼前再度离开那座房子,留下一股浓烈的湖水味。她会叹息,心想,"她们一点没变。"

  或者,想象露西尔在波士顿,坐在餐厅的一张桌旁等朋友。她的衣着典雅有品位——比如说,穿着一身花呢套装,颈上搭配一条琥珀色的围巾,让人们注意到她逐渐变黑的头发里有一抹红。她的水杯在桌上留下一个三分之二的圆环,她用大拇指把圆环画完整。西尔维和我抚平我们超大号外套的下摆,用手指把头发梳向脑后,我们没有跨门闯进去,没有坐到她的邻桌,而是掏空口袋,在桌子中央堆起一小撮湿漉漉的东西,挑拣出口香糖的包装纸和票根,点数硬币和美钞,加总金额,笑哈哈,又加一遍。我的母亲,一样,也不在那儿;我的外祖母,穿着家居拖鞋,辫子甩来甩去;我的外祖父,头发梳得平贴前额,并未兴致勃勃地埋首研究菜单。我们不在波士顿的任何地方。无论露西尔怎么张看,永远不会在那儿发现我们,发现我们的任何足迹或踪影。我们未在波士顿的任何地方停留,连驻足欣赏橱窗也没有,我们的流浪没有边际。注视这名女子用食指涂去水杯上蒸汽里的姓名首字母,注视她把玻璃纸包装的牡蛎苏打饼干悄悄放入手袋,准备拿去喂海鸥。谁都不可能知道她的思绪如何被我们的缺席所拥塞,不可能知道她如何什么也不看、不听、不等、不盼,永远只对我和西尔维例外。(罗宾逊,2015:219—221)

叙述者"我"已然难以区分思考和梦境。思考伴随的是真实的感知,而梦境则是想象和虚构。正因为思考和梦境的模糊,叙事和抒情纠结一起、浑然一体,无法区分。"我"和西尔维在火烧祖屋、跨桥而逃之后,"我们"的生死成为谜团。在前面的事实陈述中,"我"和姨妈已然在恐惧、惊恐和不安中渡桥,"我们赶上下一趟西行的列车,一路在装有家禽的板条箱中间打瞌睡,抵达西雅图"。我们在不同的城市间穿梭辗转,开始了自己打临时工的生活,"从那儿我们去了波特兰,从波特兰去了新月市,从新月市去了温哥华,又从温哥华回到西雅图"。显而易见,虽然艰难,"我们"获救了。然而,在后文中,读者的这一阅读判断遇到挑战。"我"和西尔维犹如精灵、灵魂在不同的空间游荡,"我们"又像一阵风,来去无踪。单纯从情节线性叙述的角度去理解,前后的书写逻辑充满矛盾,不符合事实。然而,当我们把这段材料理解为是"我"对于亲情的渴望,对妹妹露西尔命运的思忖时,我们的疑问就可以解开了。显然,罗宾逊在这样的文字系统里进行了叙事探索。情节连贯性以及基于此基础上的现实真实感被打破。因果关系被从中抽离、这样的叙述质疑了经验的整体性和连续性,动摇了小说的真实幻觉。取而代之的是暧昧、模糊、可疑、恍惚。超现实主义诗歌似的梦态抒情和冥想嵌入其中。语言不再有一个指向意义的所指，而是从惯常的组合当中解放出来，专注于自己，并表现出一些颇具难度的姿态。语词不再指向现实，不再具有主体赋予的象征意义或隐喻意象。它们从表意功能中滑脱，成为一些自由的语项，在文本中自在地游走。在这种类似冥想或梦幻的状态中，一个意念的游走可以让许多不相干的语项联系在一起。于是，文本叙述似乎讲了一个有深意的故事，其实什么也没有。如同古老的信念仅仅是一个煞有介事的词汇一样，实则空洞无物。抽象观念得以诗化，斩断了语言的所指，能指做封闭运动。

上面对小说片段的分析也适用于《管家》全篇。语词项的滑动使得一切表面上的煞有介事都变成了仿佛处于梦幻中的朦胧迷茫的迷宫世界。于是，在这个世界中，通常小说中的场景和情节都失去了意义，无法用习惯性的方法来分析。故事的线索被丢在语言迷宫的花园里。貌似实事求是的风格掩盖了谜底的光亮。事实上，所有的幻想和冥思都是作者精心描写的一种情感顿悟，它只是人物的某一行动或特定的某种环境所触发的顿悟，形成了知觉与感觉的抒情诗，那些开头的言语就是这种知觉和感觉的缩影。在对人物精神顿悟的恣意书写时，文本往往会出现由空间、意识、情感等取代时间因果顺序的非线性叙事。这个时候，故事具有画面呈现的效果，叙述依据意识联结点来建构。当然，意识联结型叙述并不是指整体的非线性，而是指在叙事基本序列和线性推进过程中的情境式发挥，这种发挥往往通过意识联结达成。换句话说，非线性的抒情联想只是小说全篇中的插曲，并且这种短暂的意识点的恣意抒发往往具有承接功能，引发下一个话题。

从以上分析，我们看到，在罗宾逊文本中，线性叙述与情境叙述很好地结合起来。在故事推进的同时较好地进行了人物思想和心理的刻画，从而保持了叙述的舒缓效果，形成沉静反思的叙述风格。两种叙述的结合点是人的意识聚焦点，被聚焦的意识问题成为联结不同叙述方式的纽带。我们将这种连接性的思维纽带称之为"结"或"扣"，这是人们在严肃型思考时的普遍思维方式。这种发散联想和由此及彼的基本理性方式引导着读者的逻辑演进。具体说来，在罗宾逊的小说书写中，缓慢推进的线性情节中往往会穿插人物的意识活动，并以人物的意识活动为结构中心，将人物的观察、回忆、联想、感觉、情绪、愿望等交织叠合在一起加以展示，以准确描摹的方式呈现人物意识活动的片段性过程。这种以某个具体意识问题展开的联想、回忆、观察形成一个意识结或意识扣，并联结着下一个议题发展，故事就在这样连续性的环环相扣的意识活动中逐步推动，最终，完成对人物意识、认知、审美、判断等核心价值和精神气质的塑造。

基于如上意识结的论述，我们发现，有节律的意识联结和发散型活动从根本上构建了罗宾逊的书写风格。具体而言，罗宾逊小说始终保持着对意识问题的关注，无论是首尾衔接的线性联结还是情感辐射的叙述融合，都带来了丰富的反思性，这种由反思性构建的沉静感是罗宾逊的叙事特质，带来诗性的美学感受。

我们知道：当个体内心平静时，他可以获得还原反思活动所需的思维空间，平静的环境可以恢复人的创造力，可以加强个体在社会中存在和参与的能力，于是，人们在合理思维所导引的平静安宁的生活中可以获得安全感和心灵的安适。正是基于这样的基本认识，罗宾逊树立了以意识跳转为基点的沉静书写。从这个意义上讲，这里的"沉静"并不等同于被动或沉闷，而恰恰是它的反面，即"充满朝气和精华"和"哲学意义上的活跃"（Sykes，2017：110）。对罗宾逊沉静叙事的探究要超越将"沉静"与"沉默无语"等同的企图和误解，透过沉静的生活表层，关注人物内心的思想波澜，解读其中所蕴含的心灵印记。

整体来看，罗宾逊的小说都是沉静的——沉静的人物、沉静的地方、向内的生活。但具体来看，在不同的文本中，沉静各有千秋。《管家》围绕着边缘化的生命展开，露丝一家的行为选择仿佛都在无声地进行，然而，在悄无声息的背后，是犹如泉涌的思绪迸发、紧锣密鼓的抗争准备和坚定决然的行动选择。《基列家书》以沉静的书信体创造性地完成了对百年历史嬗变的反思叙述，这种反思契合了公众迫切的精神需求，赢得了人们广泛的欢迎。比较而言，《家园》的沉静感表现在：小说的外视角叙述——日常重复性活动，如煮咖啡、拌疙瘩汤、修复花园等，这些行为并不意味着有事件发生。然而，重复性的日常活动只是人物意识活动的无声背景，小说人物正是在常态化的重复性行为中萌发了意识转变，而人物意识转变才是小说思想暗流的真正推动力。在《莱拉》中，罗宾逊有意将生活中充斥着的各种各样的时代之音做模糊化处理。我们几乎难以判断莱拉生活的具体时代，甚至20世纪30年代的美国经济大萧条，也仅仅被隐晦提及："那时候，就像夜里风暴袭来，一觉醒来，一切都毁了，或者都没有了。"（罗宾逊，2019：13）这样的模糊化处理降低了生活中喧嚣和嘈杂的分贝数，但它并未冲淡主人公的思维活动，也并未遮蔽她涌动的内心波澜，思想的亮度和启蒙仍是小说强有力的发声，漂泊主题在莱拉的思考中延展。在《杰克》一书中，罗宾逊的风格凝练为一种内敛而严谨的特质。在黛拉和杰克被隔离的爱情发展中蕴含着太多的隐忍性思考，可以说，这是一本关于救赎、神性和正义的浪漫探寻。

总之，目前可见的罗宾逊的全部小说创作都在关注平凡生命中所蕴含的思想流动，其创作风格是一致的。罗宾逊的沉思叙述关注的是对生活的如实描写，作者感兴趣的不是叙述故事和交代情节，而是抒发对某一问题的感想、分析和呈现人的意识联系及发散活动。罗宾逊把创作重心放在对人物思想感情流动的再现上，讲究环境和景物描写的印象效果。在科技和消费社会噪音充涨而虚张的时代，这样的沉思叙事别具一格、弥足珍贵。

第三节　修辞性叙事

文学叙事以其广泛的修辞运用深刻地影响着人类的心灵，关于修辞，我们可以从不同的层面理解，当我们把它置于文体修饰的层面理解的时候，它是基于演讲或书写的一种表达技巧；但当把它与文学特质联系考察的时候，它指的是创作行为的本质，可以说，所有的文学叙事无论是否使用了具体的修辞手法，在整体意义上讲，它都是一种修辞，具有隐喻性质。叙事文学本身就是一个象征体，是审美化的梦，创作就是一种白日梦，创作行为就是修辞行为。我们也可以借用费伦的定义去理解文学的修辞性书写特质：出于一个特定的目的在一个特定的场合给一个特定的听（读）者讲的一个特定的故事（费伦，2002：11）。当我们在讨论修辞叙事时，我们所指的不仅仅是叙事中的修辞使用，或具有一个修辞维度。相反，它意味着叙事不仅仅是故事，而且也是行动，是指某人在某个场合出于某种目的对某人讲一个故事（费伦，2002：14）。对小说进行修辞性叙事的研究或考查意味着根据"阐释者在特定场合的需要、兴趣和价值"（费伦，2002：17）进行一种阐释，挖掘作品给予人们精神力量的来源，这种阐释具有无限的可塑性。理解修辞性叙事"不仅仅涉及我们的认知，而且影响我们的情感，质疑我们的道德观"（费伦，2002：19）。可以说，修辞性叙事"有效地唤起了或者说非常严密地编织了读者在认知、情感和伦理方面的反应"（费伦，2002：20）。事实上，肯尼思·伯克和韦恩·布思等修辞理论家都强调叙事是作者向读者传达知识、情感、价值和信仰的一种独特而有力的工具，而这种观点就是把叙事作为整体修辞（费伦，2002：23）。当我们在谈论作为修辞的叙事时，就是将文本置于作者和读者之间的关系中进行讨论，指的是写作和阅读这一复杂和多层面的过程，这一过程要求我们的认知、情感、欲望、希望、价值和信仰的全部参与（费伦，2002：23）。小说修辞性叙事的意义就在于，激发灵感、唤起人们的想象，从而创造出更加新颖、更具韵味、同时也更富吸引力的故事，并由此把人们带入意义更加充实、内容更加丰富的可能世界。只要我们认真地去寻找，便能从大大小小的叙事中体验到无限的修辞意义，从而感受到生活的无限丰富，生命的无穷意蕴，进而不断滋润、充盈着我们的心灵。

在《我的西部之根》这篇文章中，罗宾逊对自己的文体特点进行自我评述："我想：我作品的每位读者都会意识到我的风格更多地受到西塞罗（Cicero）而非海明威的影响。"（Robinson, 1993）她进一步解释，自己这样说并无丝毫诋毁或不尊重海明威的意思，而是指在两者之间，她的写作风格更像西塞罗，这里的相似文体特指"以大喻小"的修辞性叙事，所谓"以大喻小"指的是在古罗马作家西塞罗的文学创作中，多用历史典故、传说、故事来说明现实的一种写作方法。这种叙事与海明威"以小喻大"的冰山理论呈现出相反的态势。罗宾逊的写作，也利用这样的以史喻今的技巧。无论对此做什么样的定义或描述，可以肯定的是：罗宾逊的修辞性叙事大多出于文化隐喻，解读文本中的暗喻本体需要大量的传统文化知识。在对传统西方文化的观照下体察具体意象的运用，可以获得有效的阅读体验，从而达致对文本的深度意义的理解，超越一元意义，以有形展示无形；超越文本世界的物质性，以在场召唤不在场；超越事物的平面性，以客观世界反映人类的主体精神。接下来，我们讨论罗宾逊小说中的基于宗教文化传统的隐喻性书写案例，通过挖掘小说书写背后的文化指向，对故事意图和读者认知进行分析。

第一个修辞性意象，水。这一意象我们在第一章景观摹绘中有所提及，这里，我们将它置放到更为广阔的文化背景中去考查，进而凸显它在文本内的修辞意义。大洪水在基督教文化圈里有着显著的指代性：它是人类不断面对和经历的一个灾难（刘意青，2010：32），是惩罚方式，这样的惩罚贯穿了整个《圣经》，只不过每次惩罚的规模大小和方式不同而已。在诺亚方舟的故事里，大洪水首先是令人畏惧的，它操有生灵万物的生杀大权；而在罗得的故事中，所多玛和蛾摩拉的灭顶之灾来自于大洪水，带来大规模的灭绝；而在摩西带领犹太人逃出埃及途经红海的故事里，对那些葬身海底的埃及人来说，红海水是淹没他们的破坏性力量，他们无从逃避。然而，这似乎并不是水意象的全部意旨，在诺亚方舟的叙述中，严苛而极具威严的上帝看见诺亚是个义人，就把他和他全家人留下，并委以拯救物种的重任；在罗得的故事中，所多玛和蛾摩拉城市被摧毁前，上帝有条不紊地安排罗得一家人得以提前逃离；在摩西出埃及故事里，红海水在摩西杖下分开，形成通道让亚伯拉罕的子孙通过。上帝好像采用了循环行为方式，他在头一次创世之后把万物交于亚当，让大水灭绝了世界，然后又赐福诺亚，重新开始，把万物交在他手里。这种循环实际上同生、死、再生的自然界循环吻合。拯救与惩戒已然是水意象的一体两面，含有在旧的世界里死去，再在新的世界里复生的意思，也就是说，我们可以把经历洪水而后生当作一次洗礼。基督教里的洗礼仪式确实有从水中再生，或用水洗去罪恶的含义。

事实上，如斯腾伯格指出的，《旧约》叙事里存在着"犯罪—惩罚—呼救—拯救"这样一个反复出现的模式（转引自刘意青，2010：37）。大洪水成为这一模式下典型的惩罚环节，人类和万物生活在水的辖制中，然而，同样是在大洪水下，人们开始呼救，然后万能的上帝再拯救他们。"犯罪—惩罚—呼救—拯救"这一原型叙述模式反映了善恶无休止的斗争的真理，它说明善恶是一对永恒的矛盾，善与恶的斗争构成了人类的历史。上帝从奢望一劳永逸地消灭恶到逐步认识了这不可能，而承认人类是不完美的并与人类达成协议，这样开始了《圣经》所宣传的无止境的扬善惩恶的斗争。这是一个有人类就永远存在的、连万能的上帝都不能终止的斗争（刘意青，2010：37）。水在这一叙述模式中承担了惩罚和拯救的双重功能，洪水的毁灭和净化功能反映了人类对世界开始和终结的思考（刘意青，2010：36—37）。

水兼具毁灭和洗礼及再生的力量这种宗教原型已然成为西方人的集体潜意识。在罗宾逊的笔下，水的出现同样具有毁灭和再生的寓意。这里，我将深入罗宾逊小说处女作《管家》中的指骨湖意象。小说的主线索是弱势个体在规训权力面前的挣扎和反抗，在此主线之下隐藏着另外一条次线索——自然之物对于现代规训的反制。小说书写中,人与物的两条叙述线索彼此交融一体,物质实体消融在主题表达中,而水是罗宾逊借用的最重要的物质实体。小说巧妙地运用关于水(包括湖水、溪流、雪、冰、雨)的图景描摹,将无生命的自然景观与生动的人的生命体相互融合,在人物亲情故事之外构建了现代规训与自然彰显之间的权力博弈场。指骨镇不再只是背景化的几何学意义的窠巢,而成为"权力活动的中心"(福柯,1997:10)。对水意象的深度解读成为理解小说不可回避的重要问题。在罗宾逊笔下,水总是被各种理念和情绪填充着,或温煦、或狂野、或阴郁、或凄悲,并且在不同的氛围中升涨出与统治性权力相抗衡的力量,从而在自然与社会、癫狂与理性、痴迷与适应中形成了权力的对话,下文将对小说中所蕴含的水意象的多种权力隐喻进行全面而深度的解读。

指骨湖疯狂地颠覆一切,通过破坏和毁灭,伸张着自身的权利。作者用几乎整整一章的篇幅(第四章)描述了一种离奇的场景——冬季过后,雨水消融,又恰逢阴雨连绵,在此情境下,古老的湖水归返,爆发出让人心惊胆战的冲击力,直冲入小镇人的家中,势不可挡。指骨镇面临着被湖水吞噬的危险,人们只能逃离。"湖里传出的咯咯声和嘎吱声未有减弱,夜里听来教人害怕,山中晚风的声响,宛如一口长长的深呼吸。"(罗宾逊,2015:65)初读小说,这一情节很令人费解。事实上,水作为自然力量的代表,它的强势介入是对其叙述主体地位的强调。水无处不在、无孔不入,它迅猛多变、游离不定。水的倾泻不期而至,真实而无从躲避,弥漫并涤净了整个世界,改变了以人为中心的基本格局,形成对人类的惩戒。这种离奇而令人费解的情节安排背后隐藏的是两种权力的较量。水以令人恐惧的力量与理性秩序的象征物——祖屋甚至整个小镇之间形成激烈的碰撞。湖水、雪水和雨水共同衍生出一种权力暗喻,代表着与理性和规训相抗衡的个体自由权。

指骨湖以不惜牺牲一切的姿态竭力扩张着自己的权力,从一开始就与死亡缔结了深刻的联系。在铁路局工作的外公,在一次火车出轨事故中,终结了他的生命和蒸蒸日上的事业。在幽静的湖水面前,人类现代科技的象征物——火车轻而易举地被吞噬,如同失足的鼬鼠一般滑落湖中,"再度翻滚或下滑"(罗宾逊,2015:5),整列火车就这样消失在了湖水中,仿佛被大自然吞灭一般。将现代科技文明的象征物比作"鼬鼠",是对现代机器文明貌似强大、实则脆弱的隐喻式书写。火车在湖水中遭遇了灭顶

第五章　叙事之美

之灾，然而，吞没火车后的指骨湖却有着强大的自我修复功能，湖面被火车撕裂的口子，很快就密封起来。自然无动于衷的侵害和极快的修复，让人们充满了恐惧和敬畏。那些破冰而入、寻找跌入湖中的火车的男孩们，仿佛进入到危险重生的黑暗深渊，随时有被密封在深渊的可能，随时会被湖水吞没，而成为脱轨火车的陪葬品。

> 当几个男孩的脚击中水时，有一丝细微的开裂声。明净、破碎的冰面伴随他们激起的波纹而抖动，待湖水恢复平静后，又像倒影的碎片般自行弥合。……等到他游回桥边，给拉了上岸……水开始变得喑哑混浊，好像冷却的蜡油。游泳的人浮出水面时碎片飞溅，冰层划破处结起的冰膜看上去崭新、晶莹、发黑。游泳的人都抵了岸。到夜晚时分，那儿的湖已完全封冻。（罗宾逊，2015：5—6）

然而，死亡并不是水的终极意旨，复活和救赎延续着指骨湖的喻意表达，同时也意味着更加强大的抗衡力量。湖水以对新生命的孕育力，宣告着它强大而不容否定的反抗力。借用露丝意念下的记忆回放，包括外婆和母亲海伦在内的已被湖水吞噬的生命得到了救赎。

> 或许我们期盼一辆火车跃出水面，先是挂在最末的守车，仿佛电影里的倒带，接着火车继续驶过桥。乘客将安然抵达，比出发时更健康，习惯了湖底，对重见阳光表现得沉着安详，他们在指骨湖的车站下车，一脸镇定，平复了友人的惊愕。假如这次复活的覆盖面之广，包含了外祖母和母亲海伦……（罗宾逊，2015：96）

这里，往昔和此在胶着相连，事实与想象交织一体，在时间的倒流中，在露丝对生的渴望中，救赎和复活得以实现。可以说，露丝对来自水的救赎力量的确认孕育在她对未来的期待中，而这种期待又交织着对于过往的经验和记忆。这一基于水的想象性情节深刻地呼应了《圣经·诗篇》69："神啊，求你救我，/因为众水要淹没我。/我深陷淤泥中，没有立脚之地；/我到了深水中，大水漫过我身。/我因呼求困乏，喉咙发干；/我因等候神，眼睛失明。"露丝对于沉溺于湖水中的亲人的思念全部倾注于这份痴痴的想象中。

当露丝决定放弃备考，跟着西尔维夜游指骨湖时，她已笃定跟随西尔维，漂泊四方。她在西尔维的保护下得到救赎、获得新生。露丝正是在湖中漂泊之际感受到了救赎和重生的力量。"我躺着，像荚果里的一颗豆子。……那是世界的秩序，外壳会脱落，而我，中间的那一小点，那里沉睡的胚芽，会膨胀扩张。譬如说，拍打船舷的水泼溅进来，我膨胀、膨胀，直到撑破西尔维的外套。"（罗宾逊，2015：163）在这一隐喻意境中，湖水是我获得重生的原动力，正是这一原动力促发了生命的裂变。在碧波荡漾的湖面上，"我"得以在西尔维的大衣里爆裂重生，与西尔维建立起了全新的精神母女关系。重生后的露丝尤其看重第二次出生，并将这次出生看成唯一一次有意义的生命。"……我怎么会对第二次有更高的期许呢？唯一真正的诞生是一次终结性的。"（罗宾逊，2015：164）在主人公露丝对于重生的想象性描写中，西尔维和露丝的母女形象深入人心，两颗孤独的灵魂相互融合。在全新关系中，她们彼此相依、自愿付出，回应着生命本真的需要。正是依据着这样的挚爱亲情，俩人获得了强大无比的力量，开启了人生的冒险旅程。

如上所述，湖水以寂然之势参与着指骨镇上悲喜交加的故事述说，承担着庇护、颠覆以及救赎的多样功能，发出它的声音，形成它的立场。可以说，湖水的存在本身即代表着一种别样的力量，这种力量与以火车代表的现代理性形成无声的对峙，而这种对峙实质为两种权力的抗衡。在西尔维和露丝等待火车通过指骨湖桥的片段中，这种权力的相持以两物之间强大的撞击得到彰显。火车通过时，"大梁开始嗡嗡作响……声音越来越大，一阵颤动传遍整个桥身。……随后桥开始隆隆地震动，仿佛要塌了似的。每个接合处受到剧烈磅礴的冲击"（罗宾逊，2015：168—169）。桥是勾连自然湖泊两岸风景的通道，是湖水的景观延伸，在这里，它因遭遇了规训文明的代表——火车——的碾压而周身颤抖，在力量的传导下，在桥下湖面停泊的船和人也上下浮动。这里，火车与桥面之间激烈的力量碰撞实则是对规训与自然之间深度冲突的隐喻式书写。由此可见，指骨湖，作为水意象的集中形态，在小镇书写中不可或缺。它时而宁静包容，时而风云突变，呈现出多样的气质特点。然而，无论哪种书写，水总是与人的生命胶着一体，从而呈现出多面的生命特征。它不仅构成了人物的行动空间、一种客观的物质性背景，而且还慢慢地与人物展开对话，影响着人的心理和行为，并最终成为某种与人物具有同等地位的主体。在指骨镇这个微缩社会中，面对理性的排斥、社会的规训，湖水带着原初自然的冲动，有节律地流淌，以无声之势抒发着它的话语权力。指骨湖或以静谧之状抚慰露丝姐妹孤独无依的心，成为其精神独立的避难所；或以气吞山河之势颠覆整个世界，形成对理性秩序的强大震慑；再或以累积的渗透力促发个体的救赎，驱动了生命的绽放。总之，水以抚慰、震慑和驱动的种种力量表现，与现代社会规训力形成权力的对峙。这种关乎水的权力隐喻书写极大地丰富了指骨镇的景观符号内涵，是小说以"充满原型意象"（Dewey，2010：103）的诗性语言列入美国当代经典的原因所在。

除了水之外，小说核心人物意象与《圣经》人物的对称关联同样折射出文本的修辞性叙事特质。罗宾逊所做的是在西部故事框架中填入女性英雄（Robinson，1993），她用文学的手段表达强烈的意识形态内容，在她那简约、舒缓、诗意的字里行间充满了未言明的人物思想和情感，动机和心计，让解读成为一个挑战，也成为一种享受（刘意青，2010：117）。我们将选择几种典型的具有文化意旨的女性形象进行具体分析，分别是：无声的女人形状的雪人对应罗得妻子；全心照料家人的格罗瑞对应耶弗他的女儿；充满疑虑的莱拉对应夏甲和约伯；信赖家人的露丝对应忠诚孝顺的路德。这些人物的塑造都依托于基督教文化背景下的女性特质书写，这样的修辞对应性关系对于我们理解人物、达成认同极为重要。

《圣经》叙事包含了由女性构成的阶层或群体，她们的故事和遭遇往往是被隐匿的，没有得到一一讲述，例如《圣经》中被隐匿姓氏的诺亚的妻子和罗得的妻子。虽然她们的丈夫和孩子已经被记入史册，她们却都没有在经文中留下自己的名字和事迹，她们既无名字又无声音，更谈不上有什么可歌可泣的言行（刘意青，2010：145）。《管家》中，罗宾逊为这种女性的隐匿鸣不平，为无言的女性发声，这透露着作者对于女性的特别关注。她在书写中，向被历史忽视和隐匿的默默无名的人物投射了关注，通过把被忽视的无名者转写为受人爱戴的暖人形象或者是更懂人情、具有怜悯之心的人，抚慰了这些孤独的灵魂。在她笔下，诺亚的妻子眼见被淹没的世界，她同情被大水淹没的生命，愿与民众同在，在海底丧生。另外一个例子来自罗得的妻子，同样无名。按照《圣经》的叙述，上帝要灭掉所多玛和蛾摩拉的暴民。罗得因为自身的良好修为而被上帝网开一面，要求是不得回头张望。而罗得的妻子因为满怀失落和哀痛，回望了一眼，变成了的盐柱。小说中，罗得的妻子是冰天雪地中的雪人形象，孩子们出于好奇而驻足围观。盐与雪虽然都是白色，却有着完全不同的特质。盐是不毛之物，而雪却是自然界冰清玉洁的力量凝结。小说中，罗得的妻子不再是不毛的盐柱，而成为圣洁的雪人，时刻会在强光下融化自己。此外，她不再孤身一人，而受到了孩子们特别的欢迎，被孩子们围绕，被他们谅解。

> 一个站在甬道旁的女子，被树包围。小孩子应该会走近，来打量她。……可在这儿，罕见的花朵会在她的秀发里、她的胸前、她的手中熠熠生辉，会有小孩簇拥着她，爱她，惊叹她的美貌，嘲笑她奢华的饰品，仿佛是他们将花插在她的秀发里，又把所有花扔在她脚下。他们会宽恕她，热忱而慷慨地，宽恕她的回首，虽然她从未请求宽恕。虽然她的手是冰，没有抚摸他们，但对他们而言，她胜过母亲。她如此沉静，一动不动，而他们却是这样一群无父无母的野孩子。（罗宾逊，2015：154—155）

除了被忽视和匿名之外，《圣经》中的女子还往往需要接受被牺牲的命运。女性往往成为家族男性的追求前程功名的牺牲品（刘意青，2010：125）。在"圣经"版的基列的故事中，耶弗他应允上帝耶和华，把回家碰到的第一个出门迎接他的人献出去以换来耶和华的庇佑，而被牺牲的是他的女儿。耶弗他用自己女儿的姓名发誓、许愿来换取自己的前程功名，显示出极大的道德缺失（刘意青，2010：122—123）。除了耶弗他的女儿之外、参孙的新娘、大卫的妻子米甲。类似的希腊故事中的美狄亚爱上伊阿宋。女人一次次被当作男人的筹码（刘意青，2010：164）。

这一女性被牺牲的命运安排在罗宾逊的文本中依然存在。老鲍顿家的格罗瑞既是救赎者也是牺牲品。她回归家庭，为了疗伤，然而，在这一破败之家，她无法坦然自恃，而必须承担家庭责任。她必须担负救赎家庭的功能。每日，格罗瑞的居家活动就是劳作。她必须无微不至地照顾老父亲，而老父亲未必了解她的心态。她甚至没法将自己的情感挫折如实地跟老父亲谈一起。

除了照顾年迈的父亲之外，她还承担起了为哥哥杰克辩护、帮助杰克传递信息，以及关照其生活的工作。在家庭派对中，杰克为大家弹奏一曲，气氛融洽美好。然而，琴凳里的钱引起了大家的诧异，人们怀有成见地将偷盗和杰克联系在一起。百货店里的人们见到杰克都不约而同地沉默不语。家人和社区对杰克充满了偏见。这个时候，格罗瑞为杰克一辩，承担起杰克的保护者的角色。同时，格罗瑞还为杰克传递信息，佯装是老父亲的意思，邀请神父埃姆斯，就美国信仰和族裔问题进行讨论。在哥哥心灰意冷、难以自持的时候，格罗瑞就像《约翰福音》中照料拉撒路的马萨一样，对他细致看护。格罗瑞承担了救赎者的角色，就像圣经故事中一众未婚女子一样，为了家族整体的利益，默默付出，牺牲着自己。女性的救赎性和牺牲者的文化隐喻在罗宾逊的小说中集中体现在格罗瑞身上。正因如此，格罗瑞成为家族的荣耀和希望。

如果说，格罗瑞以牺牲自我、救赎家庭、成全他人的方式成为老鲍顿家的守护神和希望，那么，莱拉则代表了《圣经》文化中的另一种女性意象——不被正统所接纳和认可的无名人。《圣经》中多有这样的模式。被宠爱的妾生子后却得不到名分，所生的孩子面临离家、漂泊的处境。比如亚伯拉罕同他的妾——埃及女奴夏甲——的孩子以实玛利很小就被撒拉扫地出门，差一点死在沙漠里。亚伯拉罕虽然顾虑重重，却也没有办法。小说中，埃姆斯把幼子和莱拉的遭遇比作夏甲和以实玛利，为他们的命运担忧，这样的类比暗含了对莱拉未来命运的预写。如莱拉的顾虑一般，显然，从某种意义上说，莱拉的处境类似于妾，她是埃姆斯的第二位妻子，埃姆斯会和自己的前妻合葬，坟地里没有她的位置。

在面对不可预知的未来时，莱拉充满了疑虑，对于自己和孩子的明天，她似乎有一定的心理准备，孤独和不确定是她必须去面对的。然而，如果未来还要再次漂泊，那此时偶得的埃姆斯处的稳定和依靠还可以称之为救赎吗？为什么人们要面对如此多的抛弃、身不由己和生活困难？上帝为什么要让人们遭受如此多的不堪、不如意和苦痛？既然如此，人们又该在多大程度上相信上帝的救赎？如果说，自己已然被救赎，那与自己的人生前半程紧密交织的形形色色的人，他们会不会在上帝恩典的范围内？他们应该对恩典和救赎抱有希望吗？这是莱拉内心挥之不去的种种疑虑，这些疑虑和困惑让她的心理接近受尽灾难的约伯。约伯是《圣经》中饱受灾难的一个人物形象。按照《约伯记》的叙述，在物质方面，他失去了全部的财产；在私人生活层面上，他被剥夺了所有儿女并且与妻子生出隔阂；在身体方面，他遭到病痛无休止的折磨；在社会层面上，他还要对付错怪他、不理解他的种种"劝告"；从心理方面，他还承受了对上帝公平的质疑所带来的痛苦的思想斗争。他受难的例子与莱拉类似，他们遭受的灾难是全方位的，而且经常没有道理可循。在对自己所承受的艰苦待遇的思考中，莱拉同样经历了约伯所经历的物质贫困、生活漂泊无依以及他人的误解。她的困惑还来自对善恶的困惑。对于抚养自己长大的多尔，她不知道如何界定。如果世间有弥赛亚，多尔是不是应该被救赎？对于自己在圣路易斯的经历，她难以启齿。那是一段对神不敬的生活。当时，莱拉在走投无路之际选择在妓院谋生，眼见了形形色色的女孩子们为了生计出卖灵魂和青春。莱拉对于这些生命中的过往者是否可被上帝谅解而显得焦虑，她所有的疑虑与约伯如出一辙。她频频诉诸《圣经》经文，期望在经文中寻得答案。

约伯受灾前按照希伯来经文遵守上帝律法，兢兢业业跟随上帝，在受灾后明白了上帝和宇宙间的事物并非可以简单地用"是否守法""是否善良"为衡量标尺就能解决的。这一点也是莱拉的思维进阶之路。人的渺小决定了人的遭遇不可预测，但正因懂得了这个道理，人类要更谨慎地为人，更诚服于博大深邃的上帝。在此，《约伯记》已经上升到了认识世界的哲学层面，只不过这个宇宙和世界以上帝为代名词而已，也体现了希腊影响，即把上帝同希腊哲学中对宇宙和存在的理念逐渐联系了起来，反映了超越纯宗教信仰的一种唯心的宇宙观（刘意青，2010：228）。莱拉是约伯在小说中的对称性人物，莱拉的内心疑惑与约伯如出一辙，她遭遇了难以预测的种种艰难，人生中的爱与恨纠缠一体。莱拉对于自己所经历的种种不平，再三思考，难以找到答案。她和约伯有着同样的困惑，那就是关于上帝的宽容和救赎。所以她关注到《以西结书》中对于耶路撒冷的比喻。即便是荒淫无度的人也得到了上帝的谅解，这一看似平淡无奇的经文阅读经历对莱拉自我认识的成长至关重要。

另外一个罗宾逊匠心独运地与《圣经》人物进行对称性书写的重要人物是露丝。阅读《管家》一书，理解《管家》中的核心人物露丝（与"路得"是同一英文原名，Ruth）。这一名字与以色列的女性祖先路得的故事形成对称关系。《圣经》故事中的路得的理解对于理解小说人物成为关键性信息。在《圣经》中，路得是秉持信仰、坚定不移，并最终赢得幸福、开创历史的人物。在道德上，这个故事宣传了从"摩西五经"就不断强调的以色列律法中婆媳间、兄弟姐妹间、夫妻父子间和族人亲属间行事该遵循的规矩，特别强调了对耶和华的忠诚和对亲属和邻人的关爱。

实际上,《路得记》里充满了复杂的人际关系,并且用高度的艺术手法微妙地展现了路得如何在这场人际关系转换导致命运变化的斗争中取得了胜利(刘意青,2010:187)。路得表现的孝顺和爱心世代以来传为佳话,好心必有好报的结局又让许多读者感到欣慰(刘意青,2010:194)。在历史上,这个故事的重要性在于路得在以色列家族史里的地位。她虽然是个摩押人,但是她用自己对拿俄米的孝顺以及对以色列神耶和华的忠诚赢得了以色列人的尊敬。嫁给波阿斯之后,她生下了儿子俄备得,最后她成为大卫王的曾祖母,在她的后人里出了基督耶稣。在这个意义上,路得虽来自外邦,却最终成为以色列的女性祖先,她在以色列民族发展史上的地位可以与男性族长亚伯拉罕的地位相比(刘意青,2010:296)。正如以色列之父亚伯拉罕是以色列的奠基者,路得堪称以色列之母,从她的血脉里延伸出统一以色列的大卫王,后来上帝之子耶稣也诞生在她的后人里(刘意青,2010:296)。两人的相关性和相对性在罗宾逊的作品中有所体现。

如上所述,在《圣经》叙述中,路得这一人名具有丰富的文化所指,携带着巨大的能量和隐喻意义。在此基础上,从文本修辞的角度阅读《管家》一书更容易形成共鸣。罗宾逊的小说中,同一人名的精神内涵延续。主人公露丝最优质的品质就是对家人的忠诚,对爱的信仰,和她始终不言放弃的坚持。当然,小说并未对露丝未来是否可以寻得幸福给予明确的设定,但她和姨妈继续漂泊的生活本就是她自身的选择,其中的感受由于自愿和坚守而带有幸福的元素。露丝和西尔维的逃亡、奔波、逃离是另外一种形式的自由追寻。自由追逐的未来本身是含糊而不确定的,但也带有一种决绝的意味,深刻地反映了露丝的坚定信仰。

在罗宾逊的小说人物中,露丝和莱拉构成了某种意义上的人格循环。露丝的选择是从家出离,她展现给读者的选择之路是从稳定到未知的探索,而莱拉恰似露丝生命的延续,她的出场以流浪和漂泊开始,而后终于获得稳定和爱情,拾得家庭的温暖,感受到了人生中的安定和平和。在莱拉的人物塑造上,与约伯类似的思考弥漫其中,成为她性格形成的重要元素和人格特点的具体表征。莱拉的困惑来自于对上帝和普遍救赎的疑问,她无法避免内心的困惑。正因为这种困惑挥之不去,她不得不求助于《约伯记》,希望在关于约伯的记录中获得答案。

综上所述,在罗宾逊小说创作中,带有浓厚文化指向的修辞性叙事贯穿其中，成为其沉静文风的基柱之一。语言文字方面的技法表达和具有文化指向的隐喻支配有效地支撑了罗宾逊小说简约、平缓、微妙、隐晦的叙事特质。舒缓的故事节奏、含蓄的人物叙述和意识阐发给读者意犹未尽之感。这种叙述方式类似艺术处理中的留白，或称为有意设置的信息缺漏。小说的留白处理往往与作者思考的核心问题相关，当核心问题以文化隐喻的方式呈现时，对小说人物的意识理解就只有在文化参照中才可达致。这些含而不漏的修辞叙事引发读者同人物一道体味困难和考验，同他们一道探索寻觅。这种留白式的修辞叙事与政治教化和道德说教截然相反，读者能够接受并认同叙述者的思想教诲，是因为他们和人物有着浸润式的共鸣沟通。如此，读者在系列问题的思考和探索中，最终形成理解性框架，获得思想收益和艺术享受，仿佛诗歌阅读中读者对奇喻的顿悟和理解，修辞性叙事促成了读者和文本的思想对话，丰富了读者的内心世界，转换了读者观察和解释生活的角度，进而促成新的"自我"和新的世界认知。

结　语

　　罗宾逊小说是美国文学殿堂中的一件瑰宝，她的创作灵感来自于美国中西部。她的小说以中西部为基点，开启了人们对于心灵归属的探索。她的文学贡献与美国中西部文学传统根脉相连。我们知道：美国"西部"这一概念本身随着西进运动而变化，"西部"是一个对动态过程的表述（Turner，1922：2），而"中西部"这个地域概念是从变化的西部中剥离而出的。西进运动之初，西部指的是"从阿巴拉契亚山脉到密西西比河的区域"（或称"旧西部"）；之后，随着路易斯安那购买案和美墨战争的发生，西部指向了"由密西西比河到落基山的区域"（或称"新西部"），"以及从落基山到太平洋沿岸区域"（或称"远西部"），[①] 可见，"西部"概念随着美国历史的演进和版图的演变而发生所指的变化，我们今天所用的"中西部"概念来自罗伯特·林德（Robert Lynd）和海伦·林德（Helen Lynd）的《中部城镇》（*Middletown*）一书，自1929年此书出版后，专业学者和普通大众都开始广泛使用"中西部"（Midwest）一词来叙述美国中北部东方（五大湖地区）及中北部西方（大平原区）这一区域，[②] 面积涵盖了历史演进过程中的"旧西部"区域和"新西部"

---

　　① 按照广义定义，密西西比河以西的辽阔之地即为西部（Halsted）。在这一广义定义中，美国西部占美国一半以上的领土，包括了自路易斯安那购地中获得的土地、1818年自英国获得的土地、得克萨斯州加入美国时的土地、1846年自英国获得的土地、1848年墨西哥割让予美国的土地及盖兹登购地（Gadsden Purchase）中获得的土地。See Jody Halsted,"On the road along the Mississippi River", *Minitime*, Date Created：August 3, 2021, https：//www.minitime.com/trip-tips/On-the-Road-Along-the-Mississippi-River-article. John H. Garland, *The North American Midwest：A Regional Geography*, New York：John Wiley & Sons, 1955.

　　② 中西部作为美国地理名称，从确定主要区域到之后的衍变扩展历经百余年。中西部的区域身份发展肇始于1787年的西北条例（Northwest Ordinance）。从《西北条例》起，"旧西北"就作为一个政治单位而存在。这一法令为西北地区（即美国宾夕法尼亚州以西、俄亥俄河（接下页）

的部分区域。

中西部文学发展大致有以下几个重要的节点,第一个节点是西进运动的初始阶段。早在独立战争末期,美国就开始了事实上的西进运动,早期西进运动指的是从1783年独立战争结束至南北战争前的这段时间的西部拓荒运动,它以勇敢、自由和机会为其核心精神,强调人们以自身的力量和自信征服荒野,以辛勤的劳作和简朴的生活换来自由、平等和成功。随之产生的西部文学(也称边疆文学 frontier literature),体现了西进运动的这些基本内涵。在上帝的指引下,拓荒者在新大陆艰苦创业的故事和他们与印第安人的关系成为这一时期西部文学主要内容,如克拉克(William Clark,1770—1838)的《刘易斯和克拉克探险日记原作》(*The Journals of The Lewis and Clark Expedition*,1804—1806)和库柏(James Fenimore Cooper)的"皮袜子系列故事"(*The Leather-Stocking Tales*)。这些早期西部文学作品表现的是一种"命定扩张说"(Manifest Destiny),带有明显的美国卓异主义的思想。

中西部文学的第二个节点出现于19世纪末到20世纪初,这也是真正意义上的西部文学诞生时期。这个时期的中西部文学主要记录了在中西部形成时期的巨大地域变化和生活转型。生活在这一区域的男男女女成为故事的主人公,而他们在新土地上的生活经历成为被记录和书写的对象。可以看到:整个区域在经济、文化、政治和地理面貌上的重构仅仅在一代人的时间内实现。这一时期的代表作包括:欧文·威斯特(Owen Wister)的《弗吉尼亚人:平原骑士》(*The Virginian*:*A Horseman of the Plains*,1902),作品塑造了坚持传统价值的西部英雄和不可磨灭的永久的西部文化符号——牛仔。威斯特在牛仔英雄和学校教师之间建立了纽带联系,从而将西部区域生活中的迁移和居家两种生活状态联系在一起。哈

(接上页)以北、密西西比河以东和大湖区以南的边陲地区)的垦殖和建州奠定了公平合理的程序。依据法令,19世纪上半叶在领地内先后建立如下5州:俄亥俄州(1804)、印第安纳州(1816)、伊利诺伊州(1818)、密歇根州(1837)、威斯康星州(1848)。"中西部"这一概念出自1929年《中部城镇》一书,此书问世后,专业学者和普通大众都开始广泛使用"中西部"来指代美国中北部东方(基本上指的是五大湖地区)及中北部西方(基本上指的是大平原区)这一区域,具体包括:俄亥俄州、印第安纳州、密歇根州、伊利诺伊州、威斯康星州、艾奥瓦州、肯萨斯州、密苏里州、明尼苏达州、内布拉斯加州、北达科他州及南达科他州12个州。Robert S. Lynd and Helen Merrel Lynd, *Middletown*:*A Study in Contemporary American Culture*, New York:Harcourt, Brace & Company, 1929.

姆林·加兰的《熙来攘往的大路》(The Main-Travelled Roads, 1890) 宣扬了在中西部崛起中的乐观主义精神。威拉·凯瑟 (Willa Gather) 同样将表现美国的地理特征作为作品的重要内容, 与加兰不同的是, 凯瑟致力于开拓反映女性生活的领域。舍伍德·安德森 (Sherwood Anderson) 则反其道而行之, 其代表作《小镇畸人》(Winesburg, Ohio, 1919) 揭露了社会的分歧、丑陋、扭曲、撕裂。

20 世纪中叶后, 中西部文学逐步进入下一个转型期。中西部人的乐观积极、自信独立在这一代作家那里被打破, 从 20 世纪 60 年代后, 中西部作家把更多的注意力投射至这一区域内的极端气候、人的孤独感和经济的脆弱性, 他们不断质疑着上一代作家所塑造的社会大发展和文化的均质化, 敏感地意识到过往乐观大发展的不可持续性, 转而从父辈打造的美国梦中醒来, 拒绝了西部发展神话。约尼斯·艾吉 (Jonis Agee)、朱利恩·贝尔 (Julene Bair)、莎伦·巴特拉 (Sharon Butala)、罗恩·汉森 (Ron Hansen)、琳达·海瑟斯托姆 (Linda Hasselstrom)、洛伊斯·哈德森 (Lois Hudson)、拉里·麦克穆特瑞 (Larry McMurtry)、凯瑟琳·诺里斯 (Kathleen Norris)、丹·奥布莱恩 (Dan O'Brien) 和拉里·沃德 (Larry Woiwode) 等都为转型期文学贡献了力量, 都以一种忧虑的视角重新审视和观照这片土地。

这种忧虑意识一直延续到中西部当代文学这一全新的时间节点。不同种族的移居和迁徙经历成就了地域叙事中异质的、甚至相互冲突的观念。在这段时间的文学作品中, 来到中西部寻找居所和工作机会的北上迁徙者成为故事的主角。来自堪萨斯的兰斯顿·休斯 (Langston Hughes), 格温多林·布鲁克斯 (Gwendolyn Brooks) 和戈登·帕克斯 (Gordon Parks) 成为当代中西部作家的佼佼者。在当代中西部作家群中, 我们发现了多种族、跨文化、跨体裁的交集体。这里, 我们总是会遭遇多样观点的碰撞, 或是交融互动、或是分界互斥, 总而言之, 中西部已然成为内涵丰富却又充满悖论的文学领地。

罗宾逊属于当代中西部作家群中的一员, 心灵家园的寻觅是她一以贯之的主题追求。在她笔下, 地域心灵不是抽象的模型和理论, 而是被体验和经历的空间, 这一空间携带着人们生活、理解、经历的情景因素和在不同情景下人们的丰富感受, 如自由、忠诚、宽容、希望等人类普遍的心灵体验。她对地域心灵的书写是基于地域有形实体的, 对历史记忆、社会身份和宗教信仰的思想整合，连接着物质的、社会的、历史的、精神的、审美的多种元素，呈现出多元混合、相互重叠的特点。

罗宾逊的文学叙事策略很好地呼应了这种多样、深层的心灵书写的需求——视角的自然切换、叙事者和受叙者的对话交流、时序的纵横交错、层次的灵活组合、意识的紧凑联结、修辞意象的广泛使用等都为小说叙述的开展提供了便利，是其心灵叙事的前提和基础。小说家埃利·史密斯（Ali Smith）将《基列家书》描述为"朦胧"且"细致的"（Smith，2005：26），文评家大卫·詹姆斯将《家园》称为"水晶一般"（Crystaline）（D. James，2012：845）的小说，记者伍德（Wood，2004）则认为罗宾逊的小说是"丰润的"，赛克斯（Sykes）则将罗宾逊小说归纳为沉静叙事，并指出：这种叙事风格并不是孤立现象，而是代表着美国当代文学中的一种创作趋向。①

无论作何定义和描述，其实质都指向一种非情节推进式的写作风格。也就是说，罗宾逊小说关注的不是情节的发展，而是意识的流变。在这类作品中，鲜有场景宏大、激昂澎湃的事件，而多见对思想的透视和对精神的崇尚，所以我们以心灵书写来指代罗宾逊小说创作。从技巧外形来看，罗宾逊心灵书写与现代主义相似，仿佛是现代文学内省特质的回归，它广泛借鉴现代主义的表现技巧，往往对人物心灵活动投射巨大关注，以视角转化、意识联结、时序变换等手法，追求非凡的艺术效果；但实质上，作家对于心理、意识以及精神的关注与现代主义对于人物内心活动的关注有

---

① 在赛克斯看来，相同类型的当代小说还包括：杰拉尔丁·布鲁克斯（Geraldine Brooks）的《马奇》（*March*，2004），伊丽莎白·斯特劳特（Elizabeth Strout）的《奥丽芙·基特里奇》（*Olive Kitteridge*，2008），保罗·哈丁（Paul Harding）的《修补匠》（*Tinkers*，2009），丹尼斯·约翰逊（Denis Johnson）的《火车梦》（*Train Dreams*，2011），泰居·科尔（Teju Cole）的《不设防的城市》（*Open City*，2011），本·勒纳（Ben Lerner）的《离开阿托查火车站》（*Leaving the Atocha Station*，2011），爱丽丝·门罗（Alice Munro）的《亲爱的生活》（*Dear Life*，2012），拉比·阿拉姆丁（Rabih Alameddine）的《一个无足轻重的女人》（*An Unnecessary Woman*，2014），这些文本在呈现人、地点和地域等方面显现出突出的沉静感。普利策奖评委会在2005年、2006年、2008年、和2010年分别将小说奖的殊荣颁发给了罗宾逊的《基列家书》、布鲁克斯的《马奇》、斯特劳特的《奥丽芙·基特里奇》、哈丁的《修补匠》，这一事实反映了评论界对沉静小说日益增长的兴趣，这一书写特质正在发展为21世纪美国文坛的极具潜力的创作类型。See Rachel Sykes, "Reading for Quiet in Marilynne Robinson's Gilead Novels", *Critique*: *Studies in Contemporary Fiction*, 58.2, 2017, pp. 108-120。

着根本的区别:现代主义的内心书写往往脱离群体社会活动,而倾向于技法上的先锋实验;而罗宾逊的心灵书写本质上而言,却是现实主义的,这是一种全新的现实主义的创作,其叙事的底层不是技法的实验,而是反思和批判。这一渗透着战后心理学研究思潮影响的创作体系,主旨依然是对现实的汇集、评价和批判,应囊括于"新现实主义"(Neo-Realism)词条下,表明"现实主义实践和现实主义理论阐释的复兴"[①]。

作为"新现实主义"当代文学思潮的一部分,罗宾逊小说将沉静的人、边缘的地方和被忽略的历史放置于最优的位置,为中西部文学叙事注入反思性。当然,这种由反思积淀的心灵叙事并不意味着沉默,而是思想的活跃。罗宾逊的地域心灵叙事在历史与现实、传统与变革之间达成了一种衔接与递进,并因其广泛的技巧借鉴而赋予自身开放性的特点。它代表着美国当代小说创作的一大特质,这也是21世纪早期的文学创作的一种趋势。

探其根源,罗宾逊笔下那条清澈见底、徐徐流动的心灵之河是由两种古老的文化源泉汇合而成的。其一是19世纪在美国由爱默生、梭罗等倡导的超验主义思想;其二是基督教伦理价值观念。这已经成为浸润罗宾逊思想的不可忽视的两支重要的伏流,也是她所建构的心灵栖所得以建立的思想基础,具体如下。

第一,超验主义,或称"美国的文艺复兴运动"。这是在19世纪发起于新英格兰地区的一场重要的哲思运动,其代表人物包括拉尔夫·爱默生、亨利·戴维·梭罗、威廉·埃勒里·钱宁(William Ellery Channing)以及玛格丽特·富勒等。超验主义所主张的万物有灵、个人主义等基本观念已然渗透到美国人社会生活的方方面面,启迪着人们的思想和心灵,激励了美国民族精神的发展和完善。这一源于欧洲浪漫主义,并深受东方神秘主义影响的思想解放运动在美国文学史上呈现出了特殊的意义,它的信仰和主张不同程度地影响了几乎每一位19世纪中期的浪漫主义作家和思想家。直至今日,它所倡导的精神依然体现在一位"当代英

---

① 新现实主义是具有广泛所指的文学概念,它是"方便而又能囊括一切的术语,考虑到我们不再生活在无知(纯真)现实主义的时代,这一术语似乎也很恰当。虽然在后现代主义时期,不具备纯真存在的条件,但到处都有证据表明现实主义实践和现实主义理论阐释的复兴。" Kristiaan Versluys, ed., *Neo-Realism in Contemporary American Fiction*, Amsterdam: Rodopi & Antwerpen: Restant, 1992, p. 19.

语文学最具雄心和智慧的作家"——罗宾逊的小说中（Robinson，2009）。《纽约时报书评》曾经引用了罗宾逊对美国超验主义作家的评价："文学创作中，没有什么人比他们（艾米丽·狄金森、赫尔曼·梅尔维尔、H. D. 梭罗、惠特曼、爱默生和爱伦·坡）在语言和意识的操控力上更吸引我——将形式与目的完美贴合，全面打捞日常生活的语言和经历，深入探查外来文化的玄秘，将普罗米修斯式的怀疑精神赋予赞歌般的音调，将大众流行趣闻改写为怪诞传奇，沉思苹果大地、盛赞青丝飘扬，借用华莱士·斯蒂文斯的话讲，他们在探寻恰当之物。"（Marsh，2009）

先验主义者们普遍坚信"超灵"（over-soul）的存在，他们认为：上帝通过"超灵"而寓居于世界的任何一部分，存在于一切有生命的和无生命的物质世界之中，自然界因而充满着"超灵"的能量，受"超灵"的滋养而发展出自己的潜能。这种"超灵"精神与黑格尔的绝对理念相似，是万物之本。正是基于这样的认识，他们相信：上帝正是通过自然规律表现出他自己——在任何时刻、任何地点向每个人的心灵诉说；人的神性蕴于自然之中，人与自然界通过"超灵"合而为一。因此，心灵通过对自然界的思考来了解自己，同时也能了解上帝。《管家》中的祖屋仿佛就是一个梭罗式"林中小屋"，小说探讨了如何处理人与自然、物质与精神的关系，以及个体如何超越物质世界、追求心灵归属和自由的可能（于倩，2014：44）。它仿佛是一首古老的自然赞歌，沉浸在充满了敬重与钦佩的肃穆气氛中，重新思索人类与自然的关系这一古老却永久的命题：人与自然血脉相连，亲密无间、须臾不可分离。

在重视人与自然的和谐整体性的同时，先验论者十分重视心灵的自由思考，反对任何不利于心灵自由思考的障碍和限制。在他们看来，科学、传统以及种种因袭的规章制度、道德规范以至教会组织，都在不同程度上妨碍和限制了心灵的自由思考，以不同方式力图使精神规范化或组织化，因此都是应当抵制的。爱默生曾反复强调个人主义的神圣性："在我所有的演讲中，不过教了一种学说，那就是个人的无限性。"（Whicher，1960：139）在他看来，每个人都是独一无二的、每个人都含有一颗活跃的心灵，人具有无可限量的价值。个人必须超越内在的和外在的一切限制——传统、常规、权威以及自身，才能认识到自己所拥有的能量。"世界不算什么，人才是一切；你自身中有着一切自然的法则……你该知道一切，你要勇于面对一切。"（Whicher，1960：79）他相信："如果一个人毫无畏惧地按自己的本能生活并坚持下去，这庞大的世界将要围着他。"（Whicher, 1960: 79）可见，闪烁着个人主义光辉的超验主义思想的核心在于：任何一个坚定而诚实地探索自己内心的人，都一定会在自己的思想中发现具有普遍意义的真理，鼓励人们用行动发挥自己的潜力，创造更高的人生价值。在个人主义思想已然在新大陆经历了英国传统、清教时期、殖民自治、革命政治、宪法程序、杰斐逊启蒙时期和杰克逊大众实践等二百年的发展阶段后，先验派的杰出代表人物爱默生将它凝练成为一种民族的文化精神（钱满素，1996: 208）。个人的自立与自由的思想观念随着超验主义运动的蓬勃发展而上升到了新的高度，也深入到了美国各个社会阶层。

先验派主张的个人自由主义对罗宾逊的人物心灵的塑造形成了深度影响，在强调人与自然的和谐整体性的同时，罗宾逊十分重视心灵自由，已然渗透到了每个人物的思想意识深处，融入到了他们的血液中，最终成为他们理想栖所中的一个主导性价值，可以说，罗宾逊将建立无域的心灵栖所的信念建立在关于自我信赖的学说之上。露丝为追求精神的自由和灵魂的平等，追寻属于自己的心灵之家，毅然地发起对世俗的小镇警长和其他小镇居民的抗争，烧毁祖屋的行为可视为对传统父权的宣战。莱拉站在埃姆斯家族的墓园中，不断思量着自己未来和孩子的去处，"这里没有我的位置"（罗宾逊，2019: 254），这种内心的思虑标示着莱拉自我的存在。对于莱拉，在感受心灵自洽的历程中，她首先要跨越的是现时身处基列安全居所的"自我"与过去那个命运多舛的"自我"之间的界限。只有超越这一界限，她才能真正平静地安享午后的温暖阳光，获得灵魂的恬逸。除了露丝和莱拉之外，杰克、埃姆斯、黛拉、格罗瑞、老鲍顿等一众人物都立足于自身的处境，坚持自我的观念、信仰、立场和情感，努力为自我心灵寻找安适之所。

第二，出生于虔诚的长老会家庭的罗宾逊是地道的新教教徒。基督教思想主导着她生活的方方面面，深深影响了罗宾逊的小说创作，其小说创作无法抹去基督教思想的底色。她的心灵之"思"十分注重人的伦理存在，通过切入伦理善恶议题将自己从小耳濡目染的基督教神学思想与普通人的心灵意识连接起来。

在小说文本中，这一议题由杰克和多尔引发，问题的落脚点在于家人如何理解他们的罪恶行为。无论是曾犯下"抛妻弃女"之错的杰克，还是那位近似疯癫、挥刀向人的母亲多尔，他们都怀着这样那样的请求，他们渴望被家人接纳谅解。然而,面对有罪之人的归来,家人真的可以不去算计,展现出纯粹的、超越界限的宽恕吗?正如教父埃姆斯面对教子杰克时,不断地发出内心的拒斥的声音:"我不知道该如何原谅他。"我们不禁要问:那些频繁发生的貌似虔诚而高尚的忏悔、坦白和道歉的行为可以赢得真正意义上的宽恕吗?这是心灵研究通向无域性和超越性的必然诘问。罗宾逊给出的答案是:在交易算计的通盘考虑下的退让谅解并不是真正的宽恕,这种行为已然放弃了真正的宽恕,并且以居高临下的绝对权力剥夺了请求者说话的权利,在对过去的种种罪过进行悼念的仪式上,上演了宽恕本身的葬礼。宽恕的学问不是说教,而是对苦难和过错的批判和反思,是对自我独立、群体交往、社会道德和公正的重新构建。显然,罗宾逊并不赞同把宽恕仅仅看成是人的事情,也并不赞同在家人之间主张有限宽恕,并由此抹掉宽恕的超越性和纯粹性。① 在她的视野中,宽恕包含着超出人类能力的因素,应该从无条件宽恕中发现宽恕的真正意义。她所强调的宽恕具有无条件性、无界限性和超越性,宽恕在她那里不能和惩罚、报复、给予、悔过相并列,它比法律、政治等维护的公平伦理更为根本。罗宾逊坚信,如果身处罪与恶的局限思维中,我们就会退回到永恒的斗争中去,真正的宽恕没有条件,是纯粹的。纯粹的宽恕不能丧失它的某种绝对性和超越性。在她这样的主张背后就是她所接受和浸染其中的基督教神学伦理。罗宾逊正是从基督教伦理中"爱"的原则出发,去构建了她的家庭人际关系。基督教的爱要求宽恕他人,不仅因为他人是罪人,更为重要的是宽恕他人的人也是罪人。埃姆斯深切地认识到:在自己无妻无子、孤苦无依的生活现状的比照下,自己对于老友老鲍顿一家人丁兴旺、膝下承欢的羡慕之情很容易发展成为一种"贪求"之欲。这种"贪求"之欲导致的结果是,当老鲍顿为自己最喜欢的孩子取名"约翰·埃姆斯·鲍顿",并且将他送给埃姆斯做教子时,他的善意之举却激起了埃姆斯复杂的情感。暮年回首,埃姆斯对自己的"贪求"之罪了然于胸,在看到自

---

① 阿伦特、列维纳斯、杨凯洛维奇持有限宽恕的主张,阿伦特认为,宽恕是有界限的和需要补充的,人们不能宽恕他们不能加以惩罚的行为,也不能惩罚那些不能宽容的行为。列维纳斯看来,人与人之间的宽恕建立在被宽恕者的悔罪和请求上。杨凯洛维奇也认为人类宽恕的界限和条件在于宽恕的对象必须是人类可以惩罚的事情,它要求被宽恕者必须施行苦修、忏悔、良心发现和自我审判,必须请求宽恕。关于有限宽恕的介绍,参见尹树广《宽恕的条件和界限——苦难意识、记忆理性和有限度的超越性》,《北京大学学报》(哲学社会科学版) 2003 年第 5 期。

己所犯之罪后，他更加坦然地接受了教子杰克的归来，宽恕与祝福势在必行。"爱"源于上帝而突入罪身，罪身带着罪而生成爱，这是爱的双向运动，也是舍勒所说的爱的回返运动。只有纯粹的宽恕才能实现其不断编织人际关系网络中新关系的目的，并且使生命延续下去，它弥补、编织着人们的相互关系，原谅冒犯、过错，是人与人之间认同和共享的关键。人只有怀着基督的挚爱之爱，才能达到以欲爱之爱想要到达而未能到达的所在，才能把他个人感觉到的爱与上帝的爱同一，从而找到心灵的栖所。

这里，我们借用罗宾逊在《基列家书》中反复提到的神学家卡尔·巴特（Karl Barth）[①]的一段话来诠释罗宾逊深信不疑的基督教普遍而超越的宗教之爱原则：

> 人作为人，正呼喊着上帝，他不是为一种真理而呼喊，而是为真理而呼喊；不是为某种善的东西而呼喊，而是为此善而呼喊；不是为一种回答而呼喊，而是为了此种回答而呼喊……他也不是为了解决问题而呼喊，而是为了拯救呼喊；不是为了人类的事情而呼喊，而是为了上帝而呼喊；因为上帝是使他从人性中得到拯救的救赎者。（转引自万俊人，2011：786）

正是这种按照普遍主义来表达的绝对和超越的爱，或者说是来自耶稣的完善的爱促使罗宾逊在她的心灵建构中对纯粹宽恕保持了信仰和推崇。在她看来，基督教伦理皆归于一个字——爱，而这种人类的博爱意识正是真正的基督教的宗教意识。《路加福音》6：27—28中，耶稣说："恨你们的要待他们好，咒诅你们的要为他祈福，凌辱你们的要为他祷告。"也就是说，基督教的爱理念是建立在神的爱的基础之上，正因为此，基督徒的爱往往在最不可思议之处出现。在爱的运动方向上，基督教的爱并非一种从低至高、自下而上追求，而是高贵者俯身倾顾贫穷者，美者俯身倾顾丑者，善者和圣人俯身倾顾恶人和庸人，救世主俯身倾顾税吏和罪人的爱之回返运动（莫运平，2007：87）。这种爱不仅对于各种美德的力量和完美来说是至关重要的，而且对于人的幸福来说也是至关重要的。

正是爱，对人的爱和对神的爱，承受一切并战胜一切，在地域差别

[①] 卡尔·巴特（Karl Barth, 1886—1968），新教神学家，新正统神学的代表人物之一。

中、在战争创伤中、在误解疏离中、在死亡威胁中，它都发挥着作用。爱无所不在，它时时处处以最伟大而显著的方式，也以最微妙而隐秘的方式，从困苦处境中救赎生命，它营救我们每个人，从而超越地域、身份、伦理、宗教等人为界定，面向无域的心灵家园。

如上所述，超验主义和基督教伦理观两条思想之河贯穿在罗宾逊对中西部地域心灵的构建和书写中，然而，更为难得的是：罗宾逊将两条思想之源融汇于对19世纪上半叶中西部废奴传统的勾勒上。两种思想聚合一体，表现为急剧碰撞的多元废奴观念，与当时的社会目标紧密结合起来，指引着成千上万的个体在现实中做出选择，从而使得地域心灵的建构有了深厚的社会根基，不至沦为一种抽象口号，或普遍化的"宏大叙事"，从而促成了对于地域心灵的厚度摹写。

首先，罗宾逊对于超验主义的深刻研究促使她在理解和阐发这场深刻的历史运动的时候秉持先验主义者关于个体主义的基本观念，即人在肯定自身精神神圣性的基础上认识自己的潜能，正是这种神圣的无限潜能促使个体在面对制度之恶时，选择正义，促成行动，共同推动废奴事业的进展。如此，超验主义者发展出了在个体自立的基础上团体联合的思想，个人神圣性的超验主义观念与社会运动结合了起来。当然，在神圣个体与社会运动结合的过程中，罗宾逊始终以个体人物的细致刻画传达有关个体潜能的一个广泛认知：每个人都具有某种与众不同的殊异性，每个人都是不可替代的。小说中的人物即便都是废奴主义者，但他们彼此具有殊异性，比如埃姆斯家族中的祖父和父亲对于废奴方式观念迥异；甚至在终身挚友老鲍顿和埃姆斯之间也存在对于黑人群体的微妙差异；同是孤独者的格罗瑞和莱拉两位女性，却有着迥异的心理世界。在宏大历史事件的叙事中保持对于每一位人物个体的独特视角是罗宾逊小说的一大特点，也是她的小说保有具象深度的根本所在。另外，她有意将时间确定到民权运动的前夕1956年，个体权利思想再次在新的历史语境中回荡，历史的回声响起，传统精神得以延续，在不同的语境中，在不同的问题形态中，精神得以存续。她的作品贯通历史与现时、信仰与生活、传统与现实、精神与物质，它们交融一体，相映生辉。

其次，罗宾逊显然关注到了从18世纪90年代开始至19世纪30年代的宗教大觉醒时期基督教基本教义的新阐释与废奴运动蓬勃发展的思想关联。大觉醒运动中得到最为广泛传播的新的神学思想是"至善论"

(Backman，1983：118）。"至善论"为人的自我改造和完善提供了神学上的理论基础，其源头可以追溯到卫理公会的创始人约翰·卫斯理的神学思想。他认为，一方面，在是否得救这个问题上，"人"的努力和信仰起着至关重要的作用。这种思想向所有人提供一种神学上的可能：既然一个人是否得救不是上帝的旨意，而是由人所决定，那么，上帝的恩泽并不是赐给预先选定的人，所有人都有可能得到上帝的救赎，耶稣是为了所有人钉的十字架，而不是为那些少数被预定的人。这一思想在大觉醒时期得到广泛传播，事实上否定了加尔文的预定论，提出了普遍救赎论，论证了异教徒（包括奴隶）获得救赎的可能性，从而大大唤起了人们的传教热情，为废奴运动提供了理论依据。另一方面，人有通过努力完全达到"圣洁"或最终使生活达到"至善"的可能性。于是，人类不再是天定命运的被动者，而是可以通过抑恶扬善、消除罪孽而达到"至善"的道德上的主动者。能否得救、能否达到"至善"的主动权完全掌握在人自己手里。这样，人们获得了改造和完善自身的勇气和力量。罗宾逊显然关注到了宗教大觉醒这段非凡的历史，特别是福音派对于预定论的讨论和阐发。事实上，她曾经在题为《麦格非和废奴主义者》的文章中，仔细梳理过中西部废奴主义者们的突出贡献，包括查尔斯·芬尼、比彻家族、韦尔德、加里森等人的废奴活动及其交集都属她的研究范畴，她对此进行了细致的梳理，可见：作者对于这段历史考据细致、熟稔于胸（Robinson，1998：126—149）。这种认识在她的小说创作中得到进一步展现，如《家园》和《基列家书》的互文式书写集中探讨了加尔文预定论与普遍救赎的关系。作者以人物对话讨论的方式，对这一热门神学问题进行了探讨，借着杰克的提问和莱拉的回答，将这一基督教伦理价值观的重要转变再次澄清。这样，小说将20世纪中叶的人物的疑问与基督教伦理观的发展联系在一起，对人们珍视的加尔文思想真谛加以特别的阐释和澄清，作者珍视历史和传统，她所书写的正是思辨的历史和修正的观念。

在超验主义和基督教伦理观的深度渗透下，罗宾逊心灵建构中的无域（抽象/超越）面向有了深厚的思想根基，不至于沦为一种抽象的口号和普遍化的"宏大叙事"。心灵栖所的"意识深深植根于我们的思想中，成为我们意识结构的固有部分"（Nicholson，1986：40），它依托于可直接予以描述和分析的地域实体，并在此基础上演变为无定形的，不可触摸的、空灵的感受、思想和精神，不同形式的心灵空间位于从直接经验一极到抽象思想的另一极的统一体中，它们有着各自的过去和未来。在此统一体中，一些心灵空间形式容易被辨识，如自然景观、人文景观；另一些心灵空间形式则是空灵而无可触摸的，如精神空间和信仰空间。从具象景观到无域精神，各个层次总是处于一种相对作用的状态，它们共同构成了一个多层次的心灵系统，前者极具生动性和殊异性，个体感受差异较大；后者具有抽象化、概念化与普遍化的特点，个体感受趋同，但却是人类最基本的价值观念，是全人类共有的价值观念。这里，存在一种从地域到无域的方向性的力量，促成了我们对地域心灵的深度理解。

我们在理解罗宾逊的地域心灵建构时，地域维度与无域维度两者缺一不可，二者各有其不可替代的功能。较为现实的是，将地域的重要性与对无域的意识与关联保持相互平衡——根植于对所属特定地域的日常解读，深入理解扩延的无域世界，在他人世界中寻得与自身所需一致的对应物（Seamon & Sowers, 2008: 43—51）。生活袒露真言，思想就是事物。罗宾逊的心灵空间紧紧地以个体生活为主轴，与人们日常生活中美好而朴素的经验相联系。正是在日常生活世界的微观层面，罗宾逊看到了奇迹，奇迹情景就在这里，在我们当中。与此同时，超越性的心灵面向总是通过审视人和社会的现状来提醒人们回头检视其目的的合理性与行动的意义和根据，并为个人和社会走向新境界提供可能性。它审视、衡量、规范物化现实的价值尺度或人文理念，为每一时代的人们展开了一个充满希望的空间并提供着坚定的价值归宿，使人的生活面向未来敞开，保持自我超越、自我创造的空间，这是罗宾逊心灵栖所能够赋予每个人的最大的慰藉。

附　录

玛丽莲·罗宾逊学术散文两篇[①]

在附录中，笔者翻译了玛丽莲·罗宾逊代表性的随笔集《亚当之死：现代思想随笔》(*The Death of Adam: Essays on Modern Thought*, 1984) 中的两篇文章《导言》(Introduction) 和《麦格菲和废奴主义者》(McGuffey and the Abolitionists)。希望能在虚构文本和非虚构文本之间建立比较研究的桥梁，帮助读者深刻理解罗宾逊的思想体系，进而为读者解读美国地域风貌和精神气质提供借鉴。感谢玛丽莲·罗宾逊女士同意笔者翻译并刊发这两篇文章。翻译有不当之处，还望批评指正。

《亚当之死·导言》

这些文章是我多年来针对各种不同用途和场合而写的。它们都有独特的关注点——宗教，历史，社会现状，等等。各篇文章在方法或主旨方面可能不尽相同，但它们均以某种方式证明：人们对事物的流行看法可能是错的；而它的对立面，作为它的形象或影子，也可能是错的。这些文章会提供其他的思维方式，通过它们我们可以更好地去看待事物。

我经常阅读那些公认的有持续重大影响 (formative impact) 的原始文本，因为它们是评判他物的标准，如：这些作品的声誉，或是创作这些作品的作者的声誉，或是产生和接受这些作品的文化，再或是对这些作品的评价和历史书写，所有这些都暗示着作者、读者以及作品本身是一个有意义的共同体。如果原始文本自身与大众智慧和精英智慧（这两者通常很难区分）所赋予它的特征相去甚远，那么，显然，新的思考势在必行。

[①] 这两篇文章的译校为慈明亮先生。

回想起来，在阅读这些文章的过程中，我似乎展开了一场修正主义的运动，因为当代话语给我的感觉是空洞和虚假的。教育使我相信我生活在一个理解力不断扩大的文明中。那些关于文明的古老且日渐消逝的信条是：它自我展现、自我实现、自我指导。显然，这在某种程度上是一种理想。但是，我似乎有充分的理由相信，自己能从集体生活中学到关于美学、正义、语言和社会秩序的新东西——艺术和科学所表达的人类工程、人类合作和人类卓越主义宣告了人们在地球上奇异生活的异常愉悦之处。尽管人们必须承认有恶（认为"恶能被消除"是非常危险的错误），但是人类文明创造了丰富的善，将经验和环境凝练为惊人的强大愿景和梦想，而且以诗歌和音乐呈现，就像在人类弱点之上笼罩着的一层光晕。

可是，这些有什么用？我们生活在一个"新霍布斯主义"①的时代，这是一个让人深思的问题。当然，如果没有人类的实践，就无法言说"用处"，"用处"这个词意味着在比较的语境下，某些条件或结果优先服从于其他条件或结果，换句话说，这意味着价值。如果说，在这个星球上所发生的一切，那些我们称之为"生命"的化学现象只不过是在一块潮湿的石头上的偶发性殖民现象，那么就没有任何理由可以证明生命的用处。如果我们的神话和真理只是异域风情的炫目绽放和可能性的随机表现，那么，就真实性和可尊重度上，它们就和其他东西是一样的。如果在这个去神话化的语境中，"用处"或"价值"意味着生物对其环境的适应，无论它们怎样莫名其妙，即使是人类创造和珍视神话的普遍倾向，也必须被视为一种适应形式，可以说，在某种意义和程度上，这些神话对某种存在危机做出了有效反应。

这一切都归结为心灵和宇宙之间的奥秘。那些对功利或现实采取简化定义的人，用原教旨主义的单一之心看待真理，他们不能容忍复杂性、模糊性和互逆经验（countervailing experience）。但是如果思维能够告诉我们什么是真相，为什么不相信它对更高形式真理的尝试呢？如果在更高形式之真理问题上，直觉往往是错误的，那么，是不是就可以说，甚至对于那些根本不想抛弃直觉的人而言，在科学或经济问题上，直觉实质是错误的呢？事实上，将人类一直以来发现是有意义的事物排除在外，好像通过这

---

① 在英文里，人们以"霍布斯主义"（Hobbesian）一词来形容一种无限制的、自私而野蛮的竞争情况，这里，罗宾逊用"新霍布斯主义"形容当代社会的绝对功利主义。译文中注释都为译者所加。

种方式可以定位和拒绝不可靠、错误或幻觉,直觉难道不是一种对现实及其可理解性的非常幼稚的构想吗?

在我看来,在人类文明古老的艺术中,有一种内在的欺骗性假设。宗教、政治、哲学、音乐都被我们视为巩固统治精英权力的手段,或者类似的东西。我猜想这是赋予这些东西重要意义的一种方式,因为尽管它们不再以原有的独特方式被赋予意义,我们仍然习惯于关注它们。如果它们本质上有超越它们所声称的之外的其他动机,如果它们的动机不是去探索、倾诉或质疑,而只是为了操纵,那么,它们无法带给我们意义,也不能扩展或完善我们对人类经验的感知。经济学,当代社会的伟大典范,既纵容又剥夺、既建立又放弃、既威胁又承诺①。它的权威是显而易见的,不可侵犯的。然而,突然间,经济现实成为经济本身,成为一个所有事物都指向的真理,我们只能按此行事。我只能说,对复杂性的恐惧已经驱使我们回到原初的一元论。我们已经处于这样的情境,在此情境下,宇宙学告知我们:一切都可能是虚无。然而,我们拼命地坚持如下的观念——有些东西是真实的和必要的,我们选择了竞争和市场力量,我们把头埋在分类账目中,以此逃避宇宙发生的狂野史诗。

我想听听关于我们是什么、我们在做什么、我们应该做什么的激烈争论。我想感知的艺术是一个人对另一个人真诚地表达出来的声音。我愿意相信天才们仅仅出于乐趣,策划出让我们其余的人吃惊的计划。我怀念文明,我希望它回来。

我建议我们重新审视过去,因为它很重要,却经常被处理得很糟糕。我的意思是"过去"作为一种现象已经被处理得很糟糕。我们把它弄得太高了。从定义上讲,这是我们拥有的关于我们自己的所有证据,在某种程度上,它是可恢复的和可解释的,因此它的复杂性应该被谨慎地保存。证据总是被解释的,无论在收集和评价证据时多么小心,它总是容易被误解。我们对每一历史时刻的理解极有可能大错特错,这一点也不奇怪,因为我们对每一时刻的把握都很有限,现时与历史同样令人费解。每一时代的界线并不清晰,时代理解中起作用的因素数量也未被限制。美洲的土著人与最早的欧洲探险家之间的接触导致土著感染疾病,对其构成灾难性伤害,当时,有两种原因致使欧洲人对于这一病原体更具抵抗力:一方面,

---

① 这可能是罗宾逊前文所说的"互逆体验"。

有某种不确定的气候或地质的短期情况阻止了人们在美洲和欧亚大陆之间的流动；另一方面，欧洲人历经十字军东征、瘟疫和密集的城市文明发展，每种情况都使得欧洲人能够对病原体保持抗体，而这些病原体对于另一族群会造成致命的伤害。与欧洲历史一样，这种人口减少并不具有目的性，并不被理解或记忆。然而，可以肯定的是：如果这里有 20 倍的土著抵御了病毒侵袭，那么北美的欧洲人定居史就会完全不同。我们现在可以很容易地想象，某地的某人尝试刺激细菌突变，企图改进一个工业进程，或者取得个别决定性的战役的胜利。我们可以想象得到诸如此类的一个错误极可能在全球范围内造成的意想不到的后果。所有关于现代经济、政治和技术的历史都与这一事件密切相关。所有的历史都是狭隘的，这一观点意味着所有的历史都是有缺陷的。不应认为这种错误是正当的，因为这种错误往往会使人类事业变得无用或危险，也不应认为问题是可以解决或避免的，尽管需要小心谨慎地去尝试。

  我不想在这些文章中暗示过去比现在更好，只是说过去发生的任何有意义或有价值的事情都应该尽可能地留在记忆中，以便给我们提供指导。怀旧、回应和否认是任何文明形态持续存在的强大能量，所有这些都暗含了历史的意义感。确保怀旧、回应和否认对于历史坚持理智和实践的原则，比不着边际的幻想、偏见、恶意或倾向更具坚固的基础。这等于说人们应该坚持真理，直至真理可以被确立。现在，对过往的修正被视为一门神秘的科学，有点像报纸上提供节食和治疗方案，或是新近认定的征候群，我们要根据这些综合征来改变我们的生活，改善我们对自身的理解。对于酸奶是如何促进长寿、杰斐逊为何对奴隶制不敏感这类问题，我们安于知之甚少的现状。我们总是乐于假设客观性和能力，虽然每一个令人眼花缭乱的假设都会在某一未来时刻被下一个假设取代，但整个假设过程毫无理由地从它的不实描绘中获得了声望。同时，许多神话都在普通民众的头脑中根深蒂固，以至于包括书写历史的人都无法挑战它们。这并不是什么新现象，历史向来自我服务、自我辨析，并且往往边际模糊。（在这篇导言中，我看到的是）历史学家满足于文化常识的一般定义，甚至达到了描绘文化素养的危险性的地步。因此，当我发现错误的时候，我并不是在暗示衰退。在许多情况下，现时的恶习似乎是对过往恶习纠正失败的产物。

  本书系列文章的部分意图在于：从最狭义和最广义的角度阐明人类过

往和现时的知性生活的基本方式。人们有时尝试纠正旧有的错误，有时致力于恢复旧的价值观念，但各种努力缺乏实质内容，而我并不是唯一发现这一点的人。在这种文化中，基于社会整体目的的考虑，我们在很大程度上依赖大学来讲授、维持和推进我们需要了解的东西。当然，这并不意味着大学应该代替其他人做这样的思考或了解。然而，目前这种观点被大学内外普遍接受。

我不想暗示大学是精英阶层，如人们常说的那样。相反，一个政治家如果使用了一个词，暗示他上过大学或者假设他的听众都读过某本书，不仅会被媒体嘲笑为自命不凡，而且实际上被视为在说胡话。许多编辑都确信，读者会对最普通的暗示学问的措辞感到震惊和冒犯，因此他们会采取一种审查制度，而这种制度的无情和限制并没有因为他们审查的无意识而有所减弱。暗示学习的语言被加以着色，就像俚语和亵渎之词曾经的遭遇那样。与其说是震惊，倒不如说它是恼怒或恐吓。这并不是那种任何人都会认为是自由的言论，而是一种自命不凡的语言，或者说是一种占优势的语言。上个世纪①在这个国家写作的人使用的词汇量比我们大得多，尽管他们和他们的读者中受过教育的人要少得多。我认为这是一个广泛的词汇与教育的联系，我们近期的教育缺失了这一点。换句话说，大学现在占据了在其他时代和文化中受人轻视的阶层的位置，因为它们让它们说的语言不适应日常生活用语。

因此，大学已经变得封闭，同时也失去了原有的信心和明确定义。这也许是因为大学属于人们青少年时代的延续，并且与成绩评定、足球和聚会等各类随意性事务有关。长期以来，人们在高中阅读书籍或诗歌的方法已经蔓延到了大学的课程中。研究生们在没有阅读狄更斯的情况下即参加狄更斯研讨会，在没有看过艺术史的情况下就参加艺术史研讨会。这就好像我们已然掌握并超越了这些学科。因此，当我们重返这些学科时，深感尴尬，就像面对大一时的作文一样。课程本身不是问题。然而，一门课程被设置，它的要素要被假定为需要满足一些标准，正是这些标准将课程要素判定为特别重要的文明化产品。问题是，我们的教学和学习方式有些问题，这使我们觉得在教室外谈论这些事情是幼稚的，而在现实生活中，回到这些事情上是毫无意义的。换句话说，任何进入课程的东西都会以某种

---

① 19世纪。

方式变得无趣。

人文主义是关于自我的老式浪漫，是指自我通过接触美妙而艰辛的事物来得到升华，并被注入所谓的人类精神。这种曾经令人崇敬的"人文主义"已然消失。制度化的教育和文明中涉及教育的方方面面——新闻、出版、宗教、精英和大众文化——都发生了变化，并将进一步变革，直到这一巨大变化的后果被吸收消融。回顾历史，我们所施行的教育起源于文艺复兴时期，当时人类美好的创作刚刚从被遗忘的语言和失去的美学①的蒙昧中恢复过来，从或禁欲、非难或冷漠的状态中恢复过来，用以展示人类所能达到的高度。现在，人们提及宗教和人文时往往对之加以批判，这已不是什么稀奇的事了。但是，人文主义显然是建立在灵魂观念之上，人们对灵魂有一定的义务，并从中获得乐趣。灵魂显现于艺术的雅致创作或引人注目、令人崇敬的行为中，或者显现于音乐、哲学、慈善或变革中，凡此种种，都存在灵魂彼此间的交集。

当人们仍然有情感并且以这样或那样的方式激发情感的产生时，他们事实上就是认可了许多表面看起来并没有什么用处的习得的价值和效用。正如许多人所说，文化的基础不是休闲，而是深刻的民主观念，即任何人都只是他或她的利益在这个世界上的仆人；真实而具有想象性的描述是：一本传记实际是一个灵魂生成或毁灭的轨迹记录；世上的事物是寓言、考验、诱惑、消遣，因而引人入胜，因此它充满最高层次的意义，而其本身是一件微不足道的事情。

在西方文明中，读写能力伴随人们对阅读《圣经》的需求而发展起来。大众文化普及带来的所有无法估量的实际利益，以及其惊人的效用，都是在这一非世俗的需求的刺激下而产生的。显然，仅仅是实用性还不足以使文化水平维持在功用水平上，尽管现在对不识字的惩罚非常严重。在最简单的信息层次之上的阅读是一种伟大的向内性和主观性的行为，这就是阅读有如此深刻的意义的原因。灵魂在对文本的回应中遇到了自己，首先是《创世纪》或《马太福音》，然后是《失乐园》或《草叶集》。对文本的高度尊重伴随着对读者主体性的高度尊重以及阅读的愉悦感，它们盛行一时，现在它们全部衰落了。现在，当我们阅读狄更斯时，必须经过一系列专家的筛选，由他们告诉我们在读他的书时必须看到什么。在此过程

---

① 这里应指希腊文明。

中，狄更斯和读者的独特精神都失去了价值，我们也不能想象他的精神如何作用于我们。

人们普遍认可特长领域说，即人们都有其特定的特长领域，他们不宜离开自己的特长领域，而他人也不应误入其地。这就导致了一种理性的荒漠化，也就是说，我们为特定工作提供的语境信息日益贫瘠化。对于在普通教育氛围中成长的人们来说，他们习惯选择自己认可的非专业信息构建自己的世界观——这意味着，对于任何领域的专家而言，每当他或她在自己专业领域之外阅读时，在假定的能力范围内，缺乏良好的信息必然会导致错误的假设。美国人很惊讶地意识到卡尔·马克思和亚伯拉罕·林肯是同时代人，更不用说林肯和大部分识字的美国人会读到马克思。有很多年，马克思在贺拉斯·格里利（Horace Greeley）创办的《纽约每日论坛》(*New-York Daily Tribune*)上发表有关欧洲事务的文章，也发表过关于林肯的文章。他们很惊讶，马克思也写了一篇关于内战的记述，充满激情地站在北方一边。这是一个很好的例子，说明在世界历史的背景下，我们对美国历史几乎没有什么了解。考虑到我们的力量和影响力，我们并未做更多的工作来让自己理解世界，结果演变为影响那么多人的混乱和不幸，这似乎是一个可悲的失败。共有的历史是理解的基础之一。

例如，我们的先辈朝圣者（Piligrims，清教徒）是至少第四批尝试移居新大陆的加尔文教徒。此前的半个世纪，法国曾三次尝试建立殖民点，一次是在巴西，两次是在佛罗里达。让·考文（法文音译 Jean Cauvin），按照英文音译为约翰·加尔文（John Calvin），是法国人，他的影响在法国首屈一指。加尔文主义是一个独特的国际运动，它的追随者常常被迫在自己的国家之外寻求庇护。一段时间内，在英格兰有荷兰流亡教会，在德国有意大利、法国和荷兰流亡教会，在瑞士有法国和英国流亡教会，在荷兰有英国流亡教会，在英国有法国流亡教会。当朝圣者和清教徒来到北美的时候，他们重新扮演着一个特点鲜明的角色，而这个角色，与他们类似的前两代人已经扮演过。了解我们的先辈，很重要的一点是要认识到，他们不是地方性的，也不是只受一种文化观点的约束，而是欧洲大陆兴起的宗教和思想运动晚期的一个分支。

如果历史有任何意义或价值（如我们所认定的那样），鉴于我们倾向于回到过去（或我们假定的过去）来解释现在的问题，那么在我们能够做到的范围内使它尽可能的正确。在历史领域中，总会有一些问题比其他问题更难以解释。我们可能永远无法了解马铃薯引入欧洲的一切结果，也无法彻底领会贸易路线或瘟疫的所有影响。然而，我们可以阅读主要作家的作品，并在粗略的范围内确定他们所说与未说的界限。自柏拉图和亚里士多德以来，重要作家的名字序列就是一部文化史的缩影。虽然这些人物的重要性有其局限性，但他们的影响确实非常巨大，这种巨大影响使得我们必须去阅读他们的作品。想想看，如果人们真的读过马克思，过去的五十年可能不会那么让人震惊。除了那些自称马克思主义者的人之外，人们似乎认为熟悉那场长期困扰世界的灾难性争论的内容是一种不忠的行为。因此，那些自称的马克思主义者开创了一种新奇的做法，这种做法现在很流行，就是只是阅读"关于某位作家"，而非阅读作家作品。他们没完没了地用一种神秘而深奥的语言来描写马克思，同时又令人震惊地回避了基本的信息，例如：他写了什么、在哪里发表，以及他使用的术语在他采用之前的使用时间和使用范围。现在，据说我们正在和俄罗斯人谈论民主，如果有人真的读过杰斐逊或林肯，那该有多好啊！

在这本书中的几篇文章中，我谈到了约翰·加尔文。对我们的文化来说，他是一个最具历史影响的人物，然而，在某种程度说，他是未被阅读的（unread）。许多看起来与加尔文相关的优秀之作在其参考文献中却没有一条加尔文的作品，甚至在涉及加尔文的典故使用中也没有显示出比普通民众更好的理解。正如我频繁地提及加尔文一样，我也经常遇到一种奇怪的社会压力。人们不读加尔文，甚至不曾想到阅读加尔文。对加尔文的漠然似乎比对马克思更甚，因为马克思总是有颠覆性或禁止性的神秘魅力。加尔文似乎根本被忽视了。这很有趣，是一个很好的例子，足以说明在对待历史和更广泛意义的知识时，我们的处理方法是多么奇怪。这值得我们深入研究。每件事都值得被仔细观察，而事实往往令人吃惊。

历史总是有其背后的故事，这些故事或许不比历史所记录、建构、重建或抹去的人物和事件更令人信服，却也未必没有意义。不管曾是什么面貌或现在是怎样的形象，加尔文已然在争议和论战的烈火中行走了几个世纪，而这种火焰并非是无谓消耗，它是不朽的。然而，不管是作为假定的记录还是作为集体的思想行为，从某种程度上说，加尔文已然消失了。如果历史已然拥有价值，那么值得我们思考的是，对于如此强大的灵魂的驱魔（exorcism）是如何完成的？加尔文主义对于我们的制度、生命和灵魂有如此深远的影响，然而，到底什么使得我们对于这种重要思想一无所知？

英国历史学家阿克顿勋爵（Lord Acton）在20世纪初撰文称，他并没有独自完成驱魔这一壮举，但我们可以认定的是，他参与其中，他的影响力非常深远。在名为《自由史》（History of Freedom）的书中，他将名为《新教迫害理论》（"The Protestant Theory of Persecution"）的一篇文章囊入其中，文章认为：新教，尤其是加尔文主义与非自由主义和镇压有着独特的联系。他认为——更准确的用词应该是"宣称"——虽然参与迫害的新教徒人数比例并不及天主教徒，但新教神学却存在这样的内在要求，而天主教神学却并无这样的特质。因此，新教是迫害性神学。

这个论点是否在任何情况下都有价值，这是一个问题。这一问题的实质可被理解为在作者证明新教神学，尤其是加尔文神学中存在"迫害理论"时，是否提供了充分有效的证据。人们对阿克顿大量使用拉丁文脚注感到震惊，可能将之理解为严谨，而这种令人萌生敬畏之感的语言能力足以使他对加尔文拉丁语作品的英语译本漠不关心。阿克顿以其博学而闻名于世。但是，如果一个人恰好阅读过这本书，最可怕的疑问就会产生，例如，下面这段阿克顿的陈述，是基于他对加尔文第一部，也是最著名的神学著作《基督教要义》中一段话的理解。阿克顿将那段文字在其脚注中引用，然而，可以肯定的是，它并不能合理解释阿克顿对加尔文思想的定义性描述。事实上，这段引言因其所说的与阿克顿在下面的叙述中所暗示的恰恰相反而闻名或者说臭名昭著。

> 和路德一样，加尔文主张服从统治者是种义务，无论统治者的治理模式如何。他不断地宣称，不应基于政治原因而反抗暴政；除了在一些为了特殊目的而指定的职位之外，任何公民权利都不能超过政府的神圣裁夺（divine sanction）。如果没有诸如国家财产独立权受到侵犯这样的事务，也就不会有对权利的特殊保护。这是改革派政治最重要、最基本的特征之一。他们将保护宗教作为政府的主要事务，从而使其更加直接和普遍的义务被抛弃，使国家的政治目标列于宗教目的之后。在他们看来，人们需要依据政府对新教的忠诚度对其进行评判。如果某个王子在宗教上属于正统派，即使他是专制的，也不可抵制；如果某个王子在基本信仰方面有缺失，那么即使他执政公正，也可能会被推翻。

还有更多大致相同的内容。如下是阿克顿脚注中引用的加尔文的一段话。我用斜体字把《基督教要义》一书里相邻的前段文字包括进去，因为它与论述高度相关。这里，同时也提供了阿克顿从段落本身删去的语言，也用斜体表示，因为拉丁文和译本之间的语序差异使它们分开。

然而，不管我们如何看待这些人的恶行本身，神仍然借着他们破坏傲慢君王流人血的权杖，而推翻邪恶到极处的政府，为了成就他的美意，君王因此要聆听而战兢。

但我们同时要谨慎，免得藐视做官之人的权威，因他们充满神借极为严肃的命令所立定的威严，即使担任君王职分的人极为不配，甚至借自己的恶行极力叫自己的职分受玷污。既然纠正君王毫不节制的专制是在主的手中，那么我们千万不可以为神将这责任交付我们，因他给我们的唯一吩咐是要顺服和忍受。

我现在说的是私人。若有百姓挑选为了约束君王之专制的官员（如在古时候，五长官当选为了约束斯巴达王，或在罗马百姓的法院负责约束执政官，或市区行政长官负责约束雅典人元老院的权威，或在我们的时代，召开议会时在各领域发挥作用的三级会议），我不但没有禁止他们照自己的职分反抗君王暴力、放荡的行为，我反而说他们对这些残忍压迫穷困百姓的君王睁一只眼、闭一只眼，这种懦弱的行为简直是邪恶的背叛，因他们不忠心地出卖百姓的自由，而且他们知道保护这自由是神所交付他们的职分。

很明显，这里根本没有提到制度化的宗教，当然也没有提到新教，在加尔文写下这些段落的时候，新教极有可能并不存在的，或者说没有如阿克顿所构建的庞然大物般的存在。这里给出的反对暴政的理由是政治性的，是对"人民自由"的捍卫。加尔文在异教政府中找到了"人民治安官"的重要例子，显然，他并不认为国家政治本质上是基督教或新教的，也不认为上帝的行为只是为了维护教会的权利。加尔文并没有像阿克顿所暗示的那样讨论没有上帝赋予的人民权力会带来什么样的结果；相反，他说，每个国家的三种权力都拥有约束国王的权力，而且必须维护这三种权力。阿克顿对这段话的解释充其量不过是胡编乱造，如果他的篡改并没有如他所愿地有效掩盖了加尔文主义的真正意图，那么，这段话可以被用来证明他的拉丁语真的很糟糕。

　　脚注确实让人们的注意到这样的事实：阿克顿拉丁文引文的第二段的最后一句以"否决"（veto）一词结尾。这是一种强调和讽刺的修辞策略。这个词是由罗马护民官禁止元老院施行伤害平民利益的行为时所用。在这个例子中，加尔文说"不否决"（non veto），即"我不禁止"——元老院保护"下层普通民众"的行为。如果这出自加尔文之口，实属奇怪，他很少使用第一人称，作为一个年轻的匿名写作的逃亡者，他几乎不能禁止或同意任何事情。在这里，使用这个词似乎是一个笑话，或者是一个威胁，或者是一个承诺，或者三者同时兼有。当加尔文使用这个词时，他把自己放在一个异教的和政治性的"人民官员"的角色。

　　阿克顿探讨的主题是自由的历史，加尔文作为自由的敌人受到阿克顿的痛斥。他说："加尔文对反叛行为能否取得成功持怀疑态度，他谴责他朋友们的所有反叛性行为。虽然，他并没有成功阻止法国的谋杀和煽动运动，但是，他的原则往往比他的劝告更有力。加尔文死后，没有人阻止他们。很明显，加尔文制度通过使公民权利服从于宗教服务，对宗教容忍造成极大破坏，这种破坏比路德赋予国家世俗权力高于教会的至高无上地位更加危险。"这位博学的人应该知道，加尔文主义者从未控制过法国的"公民权利"；而所谓公民权利摧毁加尔文主义者，与它一直摧毁异教徒和持不同政见者一样，都是为宗教服务。

　　阿克顿是在意大利长大的英国天主教徒。他的母亲、妻子都是德国人，他所受教育的很大一部分是来自德国。他的老师兼朋友约翰·冯·多林格（Johann von Döllinger）是慕尼黑的一位教授，同时也是教会历史学家，以抨击教皇统治而闻名。1870 年，教皇的绝对正确学说（doctrine of papal infallibility）的颁布，引发了多林格对教皇统治的抨击。阿克顿也强烈反对这一学说，尽管他没有像多林格那样离开教会加入当时在德国兴起的旧天主教运动。然而，他确实终止了由他编辑的一本重要的英文天主教杂志的出版，也没有同意教会就天主教作家必须受其观点和教义支配的主张。多林格曾就路德与新教改革著书立说，书风严谨。他在教育阿克顿时，采用的是全新的德语历史研究法。除了多林格作品的直接影响之外，有一点事实值得注意：他们都对自己的教会进行了猛烈的批评，推测而知：他们倾向于通过对其他教会进行更猛烈的批评来强调自己的终极忠诚。阿克顿在给威廉·格莱斯顿（William Gladstone）的信中夸张地写道，在天主教堂里,"我们必须达成一个有组织的谋划,以便树立起对全世界的自由和科学都极具威慑的权力。"比这更糟糕的是:其他的传统只会比这更糟。

我认为阿克顿的影响至少间接地反映在乔纳森·伊斯雷尔（Jonathan Israel）的《荷兰共和国:它的崛起,伟大和衰落1407–1806》（*The Dutch Republic*: *Its Rise*, *Greatness*, *and Fall* 1407–1806, 1995）一书中。在讨论荷兰反抗西班牙的独立战争时,伊斯雷尔说:

> 沉默的威廉和他的宣传者使用"自由"一词为核心原则,为反抗西班牙的起义做合理化辩护。在1568年的《宣言》中,威廉解释了拿起武器反对当时的荷兰合法统治者的原因,一方面,他提到西班牙国王侵犯了各省的"自由和特权",这里的自由是在狭隘意义上而言;另一方面,他也声称自己是抽象意义上的、现代"自由"的捍卫者。他坚称,人民"过去曾享有自由",但现在却被西班牙国王贬为"无法忍受的奴隶"。

虽然加尔文主义在荷兰共和国的起源和历史上发挥了决定性的作用,但加尔文的著作没有出现在伊斯雷尔的书目中。大概他没有意识到,在他前文对《基督教教义》一书的引用中,他准确地描述了加尔文为正义辩护的那种反抗。他把"明确的教义"的影响归因于加尔文主义,但他似乎并没有想到这些教义的内容是什么。但是,阿克顿对加尔文主义反自由主义的阐释阴影——"它捍卫或寻求建立的秩序从来都不是合法或自由的"——笼罩在他对共和国文化的解释之上。书中反复论及的观点是:荷兰著名的自由有其阴暗面:一方面,妇女可能享有前所未有的地位、行动自由和自主权,但另一方面,卖淫却受到压制。看来我们总是不得不选择我们的毒药。

西蒙·沙玛（Simon Schama）在《财富的困窘:黄金时代的荷兰文化解读》（*The Embarrassment of Riches*: *An Interpretation of Dutch Culture in the Golden Age*, 1988）中也假定加尔文主义是反自由主义的,并将文化启蒙归因于其他影响。他说,"加尔文主义者的怀疑和焦虑并没有……垄断对犹太人和犹太教的文化反应。许多人道主义学者正忙着把希伯来语复兴为三种不可或缺的经典语言之一。出于学术团体的利益,他们努力缓和一种信仰和另一种信仰之间的分歧。"作者本可以从对宗教改革历史的深入了解中，获悉希伯来语研究本就是宗教性的，更是加尔文主义者的研习范畴。在荷兰共和国建国多年以前，加尔文在日内瓦建立神学院以培养神职人员，也是加尔文在他创立的神学院中首倡三种语言的学习。在此传统下培养的牧师均把对希伯来语的研习作为他们日常训练的一部分，这种传统延续到20世纪中叶。沙玛对加尔文主义的《旧约》观点的特征描述完全是错误的，全书没有任何迹象表明作者了解神学。加尔文的作品没有列在他的参考书目中。

在多产的美国宗教历史学家罗兰·H.班顿（Roland H. Bainton）的作品中，阿克顿的影响显而易见。在1935年出版的题为《新教徒迫害者》（"Protestant Persecutors"）的文章中，有9页的内容是对加尔文的讨论。表面来看，这部分讨论因其附带的68条脚注显得极具说服力。然而，细致阅读则会发现：几乎所有脚注都简单地引用了《加尔文歌剧》（Calvini Opera）中的卷和页码，这是基于拉丁语和法语全集而做的19世纪瑞士文禁本。相比之下，阿克顿似乎对读者很体贴。在班顿引用的三则关于加尔文的英语讨论中，其一是他自己的文章，另其二是阿克顿的《自由史》。其余的则几乎都是德语，这往往掩盖了如下的重要事实：加尔文主义在英语文化和神学方面有着悠久而独特的影响，这种影响尤其体现在班顿所参考的文本都有英译本这一事实。班顿是为美国人写作的，当时美国仍然是世界上加尔文主义者最集中的地方，他自己就是一个公理会会众。然而，他的写作就像是在描述一种与他们格格不入，超出了他们的能力和理解范围的神学和精神。这种旧贵族式的学术风格真是滑稽。从中我们可以看出，我们中间坚持平民学风的重要性，以及我们在面对矫揉造作时保持本性的重要性。

让我们记住这样一点事实：加尔文只批准处死过一名异端邪说者，他就是西班牙医生迈克尔·塞韦图斯（Michael Servetus），后者写过很多书抨击了三位一体的教义。当然，一个人就是"太多的人"，但是，以当时的标准来看，在教派林立、各派严阵以待的形势下，加尔文最终只需要为塞韦图斯一人之死负责，这一事实恰恰证明了他惊人的克制力。想想路德和农民战争。想想宗教法庭。所有关于加尔文的迫害热情的文章都起源于这起反常的死刑，加尔文似乎比他人都更紧密地与迫害联系在一起。班顿说："正是加尔文将新教迫害这一概念注入人们的思想中。他从路德离开的地方开始,他并没有伪装自己免受良心的谴责。但他除了他自己的良心,并未有过多顾虑,他仅存的一丝良心迫使他为神圣的威严辩护。"他继续说,"对于加尔文来说,就像对于中世纪时代的人们一样,异端是对基督教的一种犯罪。……和奥古斯丁一样,他强烈地感觉到分裂的罪恶,不得不将异端视为对基督教社会的冒犯。"但班顿并没有提及其他任何人的不同观点。毕竟,"异端邪说"这个词就是基于存在别样的假设而使用的。

事实上,在加尔文的时代,日内瓦已经对其法律进行了改革,使宗教违法行为不会受到比驱逐更严厉的惩罚。塞韦图斯也许正是出于这个原因才从维也纳宗教法庭的监禁中逃至日内瓦。(奇怪的是,逃狱本身是他在日内瓦被指控的行为之一。)然后,日内瓦人违反了他们自己的法律,对他进行了审判并执行火刑。尽管这一事实令人沮丧,但它表明,加尔文主义时期的日内瓦正在避免几个世纪以来在整个欧洲非常普遍的做法。日内瓦很清楚的一点是:在世界的其他地方,他们的同宗信徒是火刑的最大受害者。

班顿认为加尔文利用《旧约》作为回避登山宝训的手段——"温柔的救主说,'爱你的敌人',这在大卫的诗中得到了预示,他唱道:'耶和华啊,恨恶你的,我岂不恨恶他们吗?'"班顿说,"求助于《旧约》需要把上帝描绘成一个冷酷无情、专横跋扈的主……在为这样一个上帝服务时,我们必须粉碎所有对人性的考虑。"当然,这是班顿对《旧约》的解读,不是加尔文的,这含有一个令人担忧的敌意。加尔文曾就《诗篇》第139篇写过一段评论,班顿将此引用如下:"我们观察到……诗人所说的仇恨是针对罪恶的,而不是针对恶人的。就我们这些人来说,在我们内心深处,我们要与所有的人和睦相处,我们要寻求所有人的好处,如果可能的话,我们要用仁慈和善行来感化他们;只有在他们是上帝的敌人的情况下,我们才必须努力面对他们的仇恨。"他说:"大卫的例子应该教导我们,当问题涉及上帝的荣誉时,要以崇高和勇敢的精神振作起来,摒弃邪恶的仇恨。宁愿放弃所有世俗的友谊,而不是虚伪地奉承那些亵渎神灵的人。"当然,我们有理由怀疑,为什么在谴责加尔文的残忍之前,班顿没有参考《加尔文歌剧》。一个更优秀的学者肯定会知道,这段诗文传统上并不是用来"粉碎所有对人性的考虑"。奥古斯丁也为《赞美诗》做过阐释。他认为大卫的意思是:"我恨他们的罪孽,我爱你所造的。就是怀着完全的仇恨去憎恨,既不是因为罪恶而憎恨人,也不是因为人爱罪恶。"

班顿确也注意到了加尔文是不会支持破坏圣像活动的,而那些声称受他影响的人却在这方面做得过火。他关注到加尔文阻止了法国强有力的支持者科利尼伯爵(Comte de Coligny)为那里的新教徒辩护,他说,"我们宁愿毁灭一百次,也不愿让基督教和福音的名字受到如此责难。"然而,班顿又说,"如果加尔文曾经写过任何支持宗教自由的东西,那一定是排版上的错误。"就像阿克顿一样,除了审判和处决迈克尔·塞韦图斯之外,班顿没有提供他口中的不宽容的实例。

阿克顿的工作显然并未考虑到神学鼓励迫害的倾向与实施者和狂热者导致的实际受害人数之间的常识性关系。从历史上看,这是一种荒谬的做法。我怀疑它并非源于比较宗教——即使阿克顿或班顿有能力进行有意义的比较,他们也会选择避免这样做——而是源于当时影响巨大的新式德国历史研究法。马克斯·韦伯(Max Weber),也许是所有写作者中对加尔文主义最不屑一顾的人,他也是全新方法的倡导者。在他的《新教伦理和资本主义精神》中,加尔文主义与一种无趣的、禁欲的占有欲联系在一起。只要这种占有欲带有神学基础,它就折射着人们对救赎的焦虑,当它失去了它的宗教基础时,无趣蔓延开来,现代生活被囚于一个铁笼,处于一种无法忍受的单调乏味的状态。韦伯承认自巴比伦以来就有资本主义。在他看来,加尔文主义者并没有发明它,只是加速了它的发展。他们渴望恩宠的世俗证明,他们对路德的职业概念进行改造,创造了强大的职业道德,从而用苦行主义创造了资本主义的现代精神。(奇怪的是,韦伯将这些影响与记账方法带来的便利相提并论。)韦伯在证明加尔文主义者与资本主义之间特殊关系时,用到的一条证据是,在他写这篇文章的时候,德国的加尔文主义者所占比例远远超过路德教派和天主教派,在大学和专业领域加尔文主义者也占多数。如果一个社会学家更聪明的话,他有可能会有对这些史实提供其他解释。

与路德宗相比,加尔文主义者缺乏和善的态度——他们不是好人。韦伯说你能从他们的脸上看到这点。这是一种新的历史方法,是关于如何使精神成为一个适合在经济分析中使用的术语。如果说,对韦伯来说偏见就是明证,我想这是不公平的。他没有对资本主义本身提出任何普遍性的批评——资本主义是剥削性的,它容易引发危机,它造成了极端的财富和贫困。韦伯的批评呈现出"现代"的形式，主要是指责那些从中受益的人并不享受他们的繁荣。对如下情况，他十分清楚并加以说明：加尔文没有鼓励财富的积累且坚持认为"教会"——从这个意义上说，也就是被选之人民——在这个世界上不该发达。韦伯和阿克顿所做的是类似之事。他们都认为，他们所定义的一个社会群体，即那些坚持某一神学或被某一神学所驯服的具有普遍性和世界性的人，都倾向以与该神学的教义完全相反的方式行事。对于这种倾向，俩人用不同的修饰语修饰，阿克顿的用语是：宽容地（尽管他永远不会承认，实际上，相对不迫害的人也有同样的宽容）；而韦伯的用语是：具有强烈占有欲地，试图通过工作来获得拯救的方式——这正是加尔文极力阻止的。对阿克顿来说，所谓的神学精神使加尔文主义者在世间的实际行为变得无足轻重。对于韦伯来说，他们在世间行事过程中所尊奉的精神使得神学毫无价值。当然，我们有理由怀疑，这其中是否有比个人态度更重要的东西——如果有的话，那应该就是在饱尝苦涩滋味的20世纪之初，西方世界的许多国家都偏爱的历史方法。

我知道：长久以来，韦伯的书已得到广泛尊敬。尽管我愿尝试接受，但我似乎找不到任何理由来支持这一观点。（据说他和阿克顿一样，有着惊人的学问。他分析了儒教、道教、印度教、佛教徒和古代犹太教的伦理和社会形态。但是，如果他使用的是一种更恰当的方法，他可能会发现这原本是更为轻松的工作。）对于韦伯比较公平的说法是：他认为他在《新教伦理和资本主义精神》中的结论只是暂时的，当"比较种族神经学和心理学超越了当前的水平，在许多方面呈现繁荣之势"时，他可能会被推翻。

在这些文章中，我考虑的往往是那些影响我们对历史、现时和未来的思考方式或被我们的思维方式所影响的问题。犬儒主义有其证明文本。现在在我们中间非常流行的一个重要的历史"证据"是：托马斯·杰斐逊写《独立宣言》时没有意识到奴隶制在他的平等的土地上存在所具有的讽刺意味。然而，如果基于这样的认识就判断杰斐逊为无赖或傻瓜，这种认识显然荒谬。略为一丝的好奇心和求知欲就足以推动人们去纠正那种愚蠢的判断。杰斐逊在《独立宣言》第一稿中曾抨击奴隶制是一种可怕的罪行，他在其中提到英国国王：

> 他对人性本身发动了残酷的战争，侵犯了从未冒犯过他的远方的

人的其最神圣的生命和自由权利。在另一个半球俘虏他们并把他们变成奴隶，或让他们在运输过程中遭受悲惨的死亡结局。这是一场掠夺性战争，是对异教势力的羞辱，是基督教大不列颠国王发起的战事。他决心要开放一个买卖人口的市场，他压制立法机关禁止或限制这种可恶的商业行为的每一次努力，在此过程中将自己的负面言论化为乌有。

在《独立宣言》颁布之前，这段文字被删掉了。杰斐逊在他的《自传》中发表了这段文字，并对删除这段文字进行说明：怕得罪英国朋友，国会露怯了。如果那些对杰斐逊思想感兴趣的人有足够的兴趣来看看他写的东西，他们会发现他的《弗吉尼亚笔记》以及其他更多类似的地方都对奴隶制进行了有力的抨击。鉴于考查这个问题面临的极大难度，我们需要牢记：杰斐逊在《独立宣言》中明确主张被奴役人民作为他们人性面的"生命和自由的神圣权利"。现在，他和他的时代正经历激进的重新解释，理由是他们缺乏这种洞察力，这是对我们曾经发现的令人感动和有用的理想的蔑视。所有这一切的发生基于对重要和可理解的事实普遍的无知，这种无知滋生了伪学术。面对将杰斐逊塑造成盲目和伪善之人的读物，我们将以什么姿态去阅读？带着敌意或屈尊，或者什么特殊的感觉都没有。更确切地说，依然不予理会，我们仍可能以不求甚解的纡尊之势看待他，而不是带着传统的尊重来看待他。这一变化显而易见且后果明显。那就是：对我们来说，一个光荣的理想现在听起来很明显是在自欺欺人，如同洋洋自得的压迫语言。

当然，我们有必要问一下，究竟是什么利益使得有缺陷的信息在辩论中得以使用。它的特点是粗语的大量使用，譬如在美国历史的公众讨论中，它的语气是一种道德优越感，这种优越感如此明显，以至于使其他任何的观点都变得荒谬——比如梭罗的母亲洗过他的衬衫。一种复杂的历史观必然会将可信和值得称道的事情重新纳入其中，原因很简单，因为历史记录证明了这些事情，也证明了卑鄙、虚伪和庸俗。显然，轻蔑反应和荣耀冲动两者与严谨的探究均不相容，把含糊与腐败等同的想法是自负且刻板的表现。

几千年来，人们把人像画在罐子上，刻进城市的大门，雕在柱子和壁柱上，编入挂毯里，画入穹顶中，人的形象表现为或者在窗边俯身看书遐想,或者在河岸上悠闲自得。人的形象装饰着灯台、汤锅和书脊。现在,人体肖像似乎从来没有被用作装饰,因为它本身就令人愉悦。广告利用它们让我们掏腰包,暗示我们应该将自己和命运与与这些别有用心的形象向我们展示的理应获得幸福的状态进行比较。他们是推销员或乞讨者,以他们微妙的方式,希望能踏进这扇门。我们克制自己不受身体形象对我们的诱惑,就像如果他们是血肉之躯,我们会对他们恳切的注视和坚定的握手进行抵制或感到不快。

在我看来,当我们失去了将人类形象作为一件被观察和思考的事物的审美乐趣时,我们也不再享受人类的行为和姿态。然而,史诗、悲剧和小说都反复验证:包括悲伤和痛苦的人类姿态都是人类文明迄今发现的最为美好的东西。现在,当我们读历史的时候,我们越来越多地把它看作是一种玩世不恭和操纵的记录。我们假定任何事物都不似表面的样子,只要涉及到曾值得尊重的价值观念,就会假定它要么没那么好要么情况变糟。我们习惯性地排除了酌减其不良价值的证明文献。也就是说,我们如此相信我们的判断是正确的,以至于会忽略掉所有不能证实我们判断的证据。事实上,通过这种方法我们得不到任何可值得称之为真理的东西。从这个意义上讲,极有可能真理在任何情况下都不存在,那么,我们只能以谦卑和敬畏来证实自我。

麦格菲和废奴主义者

作为一种语言,英语可以为我们提供一种方法,来区分我们统一称之为"历史"、内含却多样庞杂的东西——时间的过往,作为文化继承的过往,被记录的过去以及被阐释的过去。真实的历史被隐藏在神秘性中,它在某种程度上存在。在我们所接受的范围内,它很容易被记录为一种无需研究就假定存在的基本假设;或者是必须被合理化、被篡改、被抑制的痛苦记忆。它很容易被重构,以便为目前的罪恶或失败承担责任;或被简化和野蛮化,以获得一种相对进步的感觉。当然,记录偏向有文化的人和官员。就记录的方法、环境,保存方式和可访问性而言,记录必须始终被假定是有缺陷的。被阐释的历史包含了以上所有这些障碍,并增加了由阐释者的动机、热情、情感、才能和顾虑所滋生的曲解。就废奴主义者的历史书写而言，这一人群有着深刻的自我意识而且非常坚决，不仅想载入史册，还想塑造历史。在处理像废奴主义者这种群体时，所有的问题都变得复杂起来。

感兴趣的观察者注意到美国人使用美国历史的某些反常之处。这里有一个例子。《新英格兰入门》（*New England Primer*）不可避免地被称为新英格兰思想的重要特征和形成性表达。以我的经验来看，没有人会对以下事实提出质疑：这本书由一位曾在波士顿暂居的英国印刷商完成，他将一些完全是关于英国的材料拼凑成书；19世纪，这本书在英格兰和苏格兰均有销售和使用。换句话说，这本入门书被视为新英格兰文化特殊性和孤立性的一个例证，而事实上它却证明了新英格兰在文化和宗教上与英国有着非常密切的联系。这本入门书包括威斯敏斯特教义问答，这部分细致编排的材料长期以来饱受争议。我们的惯例是将这本入门书置于我们历史的开端，而从不提及它所背的历史包袱以及新英格兰定居者对这段历史所具有的深刻认识。我不想说每个历史学家都是这样做的，只是我自己在阅读的过程中没有发现例外。在这里，感兴趣的非专业人士必须细细思考如下两者间的差异：易于获取但让人放弃行动的信息和类似于会影响思考和写作的信息。"已经做完了某些工作"相当于"已经到过南极点了"。那是另一种对人类勤奋工作的致敬：接下来谈其他事情吧。

我承认每个领域的工作量都比人们希望承担的要多，但我怀疑真正的问题出在别处，而这个问题更陌生，但也更容易补救。在我发现提及《新英格兰入门》的地方，我从来没有找到作者读过这本书的证据，因为除了不可避免的"在亚当的堕落中/我们都犯了罪"之外，没有任何引用或典故。这本书可以在90分钟的时间里读两遍，再认真仔细地思考，由于人们普遍认为它是最具影响力的美国文化中的精神萌芽，人们可能会期望学者们出于简单的好奇心去研究它。我敢说，作为一种文化，我们在某种程度上摒弃了单纯的好奇心，而我们所书写、暗示、重复和假设的历史，却被这种疏漏深深地制约着。如果说某一文本对于美国文化或意识的发展是必不可少的，那就好像在说：不要费心去阅读它。你知道你需要知道的一切。这本书是粗制滥造的，并且让人很伤脑筋，在任何情况下，它都经常被总结成一些陈词滥调或是谣传。

一代又一代的新英格兰人在他们的《入门》一书中读到：

不要欺骗你雇佣来
为你做苦力的人；
你应该毫不犹豫地付钱给他
为他的辛苦劳动；
即便遭人反对
你也应该继续下去，
如果他们需要帮助的话
你也应该如此做。
把你的肉和钱分给那些穷人，
把你所吃的东西送给那些虚弱不堪的人。

这是对《圣经》经文的释义，例如《申命记》第 24 章 14—15 节写到，"困苦穷乏的雇工，无论是你的弟兄，或是在你城里寄居的，你不可欺负他。要当日给他工价，不可等到日落，因为他穷苦，把心放在工价上，恐怕他因你求告耶和华，罪便归你了。"或者是《约伯记》第 31 章 17 节，约伯说他从来没有"独自吃过一点食物，孤儿没有与我同吃"。《入门》一书中的打油诗是用一百年后人们在威廉·布莱克诗作中所发现的社会意识语言书写而成。熟悉英国社会历史的人会把它看作是早期左派的语言。

今天，《旧约》已是无人问津的经典，然而，关于《旧约》的现代假设使得它成为经济和社会理想主义的不可信的思想来源。事实上，在支持穷人和被压迫者方面，它比马克思更加坚定。人们认为它使新英格兰人变得更加严厉，而乔纳森·爱德华兹（1703—1758）被认为是严厉的化身，他鼓吹帮助穷人是一种绝对要履行的义务，而且要在他们的需要变得迫切之前，在他们被迫寻求帮助之前予以帮助。然而，这种救助行为对于被救助者的自身价值或亲属和其他人的责任方面不免造成困惑。除了从城镇得到的支援外，他们还会得到援助，因为"不容置疑的是：事实上有人如此穷困，除了城镇所为之外，我们的救助本身就是一种慈善行为。"《申命记》第 15 章中的一段经文写道，"原来那地上的穷人永不断绝，所以，我吩咐你说'总要向你地上困苦穷乏的弟兄松开手。'"爱德华兹说，"在这种情况下，上帝指引我们该如何给予，即，要慷慨地，心甘情愿地给予……我们也可以观察到，这项义务在这里被强制执行，而且它被坚持了多少。它被一遍又一遍地重复着，并且以最强烈的条款被执行……警告非常严厉。上帝不仅要说，你不要真的拒绝给他，而且还会说，要注意，你没有反对他的想法，这是从落后到自由的结果。神警告我们，不要在心中存有不做慈善的念头，不要有克制给予的倾向……不知感谢的人和邪恶的人尤其需要我们善待，并且要效法我们天父的事迹，他使太阳照在善恶上，又使雨降在义人和不义人身上。"毫无疑问，相对于我们"不愿慷慨"的态度，爱德华兹当前对穷人的态度的确激烈，这种态度以假定传统价值观的回归为基础。但他的听众本该知道以赛亚的话："自由人谋自由事，因自由事业而永存。"①

或者考虑下另一本鲜为人知的经典著作中的这些话：

> 无论你遇到谁需要你的帮助，你都没有理由拒绝帮助他。你可以说"他是个陌生人"，但主给了他一个记号，这个记号是你们熟悉的，因为主禁止你们轻看自己的肉体。你可以说"他是卑贱无用的"，他蒙耶和华降世，为要将自己美丽的面容赐给他，这是主所显明的。你可以说你不欠他一分钱；但神既然将他安置在他自己的地方，好叫你们在他身上，得着神所赐的许多大恩惠。你说他不值得你为他付出哪怕最小的努力；但他所具有的神的形象，值得你把你自己和所有的财产赐给他。现在，如果他不仅不配得到你的好处，而且还以不正当的行为和诅咒激怒了你，甚至这也不是你停止用爱拥抱他、代他履行爱的职责的正当理由。你会说，"他应该得到与我截然不同的东西。"然而，耶和华配得什么呢？当神吩咐你赦免这个人对你所犯的一切罪的时候，他一定要把这些罪加在自己身上。毫无疑问，只有一种方法可以实现那些不仅困难而且完全违背人性的目的：爱那些恨我们的人，用利益回报他们的恶行，以祝福回应责备。我们不是要记住人的恶意，而是要把他们看作神的形象，这样才能洗净他们的罪。这种方式中所蕴含的美丽和尊贵的品质吸引我们去爱他们、拥抱他们。

---

① 《以赛亚书》32：8 原文为 "But those who are noble plan noble things, and by noble things they stand." 罗宾逊借此句式，将 noble 改写为 liberal。

这是来自《基督教要义》（1559）的一段文字，这本书是约翰·加尔文的主要神学作品。约翰·加尔文不是一个因慷慨的精神而被我们熟知的人。我们并未出于对于他以及世世代代沉溺于他的思想中的人们的礼貌而阅读他的作品。我们迫不及待地根据自以为是和轻蔑的假设来解释他们的作品和想法。任何读《要义》一书的人都一定会被它的道德视野中的伟大和勇敢所打动，而他的神学中所坚定地包含悲伤和黑暗的一面则更不免让人动容。再说一次，如果我们看看加尔文，我们也许能理解长久以来他为什么如此专注于我们的文化，我们甚至有理由对我们的传统有一个新的理解。

我提出这些问题是因为它们很重要，而且相对易懂。《新英格兰入门》是否是新英格兰文明的产物和表现？约翰·加尔文是否鼓励过贪婪、世俗、偏执、蔑视人类、坚忍等？由政府和个人为穷人提供的粮食是否是早期美国伦理和实践的一个特征。大量误导性事件已被叙述和认定，关于那些非常容易被查核的人物，人们说了很多误导性的话并做了很多错误的假设，其实这些人的声誉将因为稍微关注一下就会受益匪浅；同样的命运也落在那些易于获得却未被查阅的文本上面。

所有这些都是为讨论某些其他文本做准备的，这些文本通常被描述为美国文化发展的中心，很少被阅读，也很少被思考——麦格菲读本。对于那些没有研究过他们的人来说，也许有必要知道，正如《新英格兰入门》一样，那些研究过它们的人并不一定是孩子。第四、第五和第六级本应在高中或大学里使用，在某一版本第四级中出现的课程在另一版本的第二级中出现。读者遇到的各种情况反映了教育的不规则性和文化普及的不均衡传播，以及书籍的严重匮乏。就像对加尔文和《新英格兰入门》一样，我们对麦格菲了解似乎如此之多，以至于我们根本不需要了解它们。但事实上，它们是引人注目的文件，而不仅仅是因为它们是中西部早期有影响的文化产物，中西部是一个非常独特和关键的地区，通常人们认为这个地区既没有文化也没有历史。

我在这里追踪一个世系。麦格菲是加尔文《基督教要义》和《新英格兰入门》的文化后裔，活跃的长老会牧师，古代语言和道德哲学教授。他没有逃脱历史的诅咒。人们认为他创造或编纂了一种常见的美国文化，并在这样做的同时，为几代儿童灌输了诚实和勤奋的价值观——道德、开朗、节俭、无恶意——只要这些特征与无害性相一致。他的文本据说表达和宣传了美国中产阶级的世界观。历史学家亨利·斯蒂尔·康马格编辑了1879年"第五版"的重印版,他在导言中说,"因为它关注的都是宗教,所以读者的道德是物质且世俗的。它教给了人们一个简单的奖惩制度……没有任何东西留给想象力,没有任何东西留给机会,也没有什么,人们想说的,留给良心……这是中产阶级传统、平等的道德……。勤劳、清醒、节俭、得体、谦虚、守时、从容——这些都是基本的美德,那些习惯这些美德的人肯定会成功。对于所有被忽略的道德光辉,成功显然是物质的。"他神秘地总结道,"如果(读者)自己没有提供文化和道德的东西,那么他们本身就是把这些东西编织到美国生活中的主要工具之一。"康马格只讨论了威廉·霍姆斯·麦格菲,没有提到第五和第六版读物是由他的兄弟亚历山大·汉密尔顿·麦格菲一人编辑。

我读了其中的几本,我相信一定发生了其他的事情。所以我研究了一下这件事,我发现威廉·麦格菲与新辛那提的一个激进团体有关联,他收集和出版的大部分是匿名的摘录,是他通过这个激进改革派圈子认识的作家作品,或者是同情他们的作家作品。根据康马格的说法,"麦格菲及其合作者和继任者生活在我们历史上最伟大的改革时代……,但读物并没有显现出这种激荡的思想,没有承认存在挑战现有制度的诱惑,也没有显示出扩大社会或政治责任概念的倾向。"但请考虑以下第四版读物贡献者的部分列表,以及使他们与之相关的原因。如果说,让他们参与的改革现在看起来并不激进,那是因为他们成功了。女性在麦格菲摘录的作家中占比很高——比那个时代的其他读物群体中要高得多——这是女性在改革圈中的突出表现。

麦格菲的岳父丹尼尔·德雷克博士(Daniel Drake)是一位支持普及义务教育的早期公共卫生和医疗教育家。玛丽亚·埃奇沃思(Maria Edgeworth)是一位倡导女性教育的英裔爱尔兰作家。安·泰勒(Ann Taylor)是一位英国作家,她支持主日学校运动,这个运动是大众教育早期的重大进步。雅各布·阿博特(Jacob Abbott)创办了弗农山学校(Mount Vernon School),这是一所女子学校,提供与男孩一样严格的教育,完全由学生管理。詹姆斯·托马斯·菲尔兹(James Thomas Fields)是波士顿的废奴主义出版商和编辑。伊利胡·布里特(Elihu Burritt)是美国废奴主义者和和平主义者,他在伦敦建立了国际人类兄弟会联盟。美国早期反奴隶制作家莎拉(Sarah)和演讲家安吉丽娜·格里姆克（Angelina Grimké）的兄长托马斯·格里姆克（Thomas Grimké）是美国和平协会的创始人，该协会主张完全不抵抗暴力。亨利·沃德·比彻（Henry Ward Beecher）和哈里特·比彻·斯托（Harriet Beecher Stowe）的父亲莱曼·比彻（Lyman Beecher）牧师是一位至关重要的早期反奴隶制活动家。塞缪尔·刘易斯（Samuel Lewis）牧师与麦格菲合作，在俄亥俄州创建了普通学校，并与他一起创建了西部教师学院，这是一个旨在支持教学标准的专业组织。他也是反奴隶制政党候选人，参与州参议院、国会和州长的竞选。萨拉·约瑟夫·黑尔（Sarah Josepha Hale）是一位早期的妇女权益活动家，创办了第一本妇女杂志。1836 年，牧师威廉·埃勒里·钱宁（William Ellery Channing）给辛辛那提的废奴主义印刷商詹姆斯·G. 伯尼（James G. Birney）写了一封公开的慰问信。尽管亨利·沃德·比彻努力保护这家印刷厂，但它还是被一群暴徒摧毁了。1837 年，钱宁参加了在波士顿举行的一次公开会议，以纪念在伊利诺伊州的奥尔顿被谋杀的印刷商、废奴主义者埃利亚·洛夫乔伊牧师（Rev. Elijah Lovejoy），爱德华·比彻牧师曾试图保护他，但失败了。钱宁成为一个积极的废奴主义者，弥合了单一神论派（Unitarianism）和神学传统主义者（如该派反对者莱曼·比彻）之间的分歧。与威廉·劳埃德·加里森有着紧密联系的约翰·格林利夫·惠蒂埃（John Greenleaf Whittier），是费城废奴协会的秘书。1839 年，他的《宾夕法尼亚自由人》期刊办公室被一群暴徒洗劫并焚烧。从 1847 年到 1859 年，他是《国家时代》的编辑，这是最早发表《汤姆叔叔的小屋》的反奴隶制期刊。卡罗琳·诺顿（Caroline Norton）是一位关注女性地位的英国作家。詹姆斯·罗素·洛厄尔（James Russell Lowell）与《反奴隶制标准》有关，该标准由早期伟大的废奴主义作家莉迪亚·玛丽亚·希尔德（Lydia Maria Child）编撰。贺拉斯·格里利（Horace Greeley）是一位废奴主义者、劳动法改革倡导者和社会主义者。哈里特·马蒂诺（Harriet Martineau）是一位关注奴隶制和社会改革的英国作家，她写了一本名叫《美国烈士时代》（*The Martyr Age in the United States*, 1839）的小书，书中详细介绍了当时以辛辛那提为中心的废奴主义社区。这一标题反映了这样一个事实：他们支持的改革——首先废除奴隶制——不受欢迎。应该指出的是，反奴隶制作家有些在早期就参与了，如钱宁；有些从他们的职业生涯开始的，如洛厄尔；还有些两者兼而有之，如惠蒂埃。鲁弗斯·格里斯沃尔德（Rufus Griswold）的

《美国诗人和诗歌》中也包括南方作家,并且他们的数量足以使麦格菲注意。当然,值得注意的是,包括文学作家在内,他们都有积极废奴的经历。

150年前对废奴主义提出的批评似乎在某种程度上败坏了它的声誉,这种影响持续至今。据说废奴思想源于新英格兰人的热情,他们对奴隶制没有直接的经验,在经济上也不依赖奴隶制。据说废奴主义者夸大了该制度的恐怖,并简化了结束该制度的问题和后果。废奴运动中存在一种夸大地区差异的倾向——1827年纽约释放了最后一批奴隶。的确,新英格兰早就宣布奴隶制为非法,但是这一事实并不意味着新英格兰人缺乏对奴隶制本质的了解。北方在没有奴隶制的情况下繁荣昌盛。从早期就有许多证据表明:奴隶制实际上抑制了南方的发展。也就是说,南方陷入了奴隶制的泥潭,尽管严格来说,南方也不依赖奴隶制。无论如何,这些批评忽视了废奴主义对整个社会改革的预见程度,而不仅仅是对南方各州奴隶制的压制。因此,这一运动的影响被低估了。还必须说,保护南方奴隶制度所采取的措施,尤其是《逃亡奴隶法》所导致的北方黑人和白人权利的削弱,使许多北方人深切意识到允许奴隶制继续存在的后果。然而,与此同时,公众对东部反奴隶制活动的恶意反应似乎是废奴主义者向中西部部署资源的原因。

我在这里提到的废奴运动主要涉及新英格兰人和纽约人,他们在文化和血统上都是清教徒,从19世纪30年代他们开始将废奴运动视为对美国17世纪清教徒定居点的重新激活,实际上是对美国清教徒定居点的维护。其中声名卓著的参与者包括莱曼·比彻牧师、乔西亚·格林内尔(Josiah Grinnell)牧师和约翰·布朗(John Brown)。他们的活动带来系列结果,首先是以爱荷华州为中心的新英格兰公理主义的复兴;其二是在整个中西部地区建立了学校和学院,这极大地影响了该地区的文化发展;其三,活动间接地导致了"麦格菲读物"的出版,这是W.B.史密斯的项目。史密斯是一位出版商,他从纽黑文来到辛辛那提,也是莱曼·比彻教会的会众成员。

废奴主义者对中西部的文化殖民是第二次大觉醒的直接结果。1821年,在纽约州北部,一位名叫乔治·华盛顿·盖尔(George Washington Gale)的长老会牧师(用当时的说法)接受了一位年轻律师的皈依,并对其进行教导,这位律师名叫查尔斯·格兰迪森·芬尼(Charles

Grandison Finney)。作为一名复兴主义者,极富天赋的芬尼在整个东北部激起了一股宗教热情,并聚集了一群具有特殊天赋和奉献精神的信徒,其中许多人成为了充满激情的废奴主义者。亚瑟·塔潘(Arthur Tappan)是他的皈依者之一,他是纽约的一位纺织商人和慈善家,他凭借纯粹的开放性,在反奴隶制运动早期年间庇护和指导了反奴隶制运动的发展。塔潘是马萨诸塞州北安普敦一位公理会牧师的儿子,他通过从英国进口纺织品(主要是丝绸)赚了一大笔钱,这个工业体系接受美国奴隶制下的劳动产品。他把这些财富倾注到反奴隶制的事业中。他过于慷慨,以至于使自己一度破产,并导致南方人对他进行悬赏捉拿。他遭到了围攻,成为美国风口浪尖上的人物。

乔治·华盛顿·盖尔建立了一所名为奥尼达的实验性学院(Oneida Institute)(千万不要与奥尼达社区混淆),学院根据手工劳动制度建构,这一制度是在他的影响下建立的系列学校的基本特色,另外还有位于伊利诺瓦州的诺克斯学院(Knox College)和位于马萨诸塞州的霍利约克山学院(Mount Holyoke College)。在这一制度下,学生和教职员工完成学院要求的工作,如:喂养猪、种植蔬菜,或运行印刷机。该制度旨在通过鼓励和强制学生以工作方式支付费用,提高受教育者的健康和效用,并消除教育中的经济障碍和阶级差异。学院为神学院培养了众多像芬尼那样的皈依者。它的学生团体是种族融合的,并致力于废除奴隶制。亚瑟·塔潘给予学校以经济上的支持,并把他的儿子送到了那里。

当奥尼达第一班的学生准备上神学院时,塔潘承诺为他们提供一个神学院。他派了一个名叫西奥多·韦尔德(Theodore Weld)的学生,在中西部找一处适合建立神学院的地方。韦尔德选择了辛辛那提,在那里长老会已经开办了莱恩神学院(Lane Theological Seminary)。塔潘承诺,如果莱曼·比彻(Lyman Beecher)去俄亥俄担任校长,他将资助这所学校。他还答应支付比彻的工资。1832年,比彻将他的家人从康涅狄格州搬到辛辛那提,他们在那里生活了18年。用哈里特·比彻·斯托的话来说,"莱恩神学院被大约二十名精力充沛、激进的年轻人占领,作为反奴隶制的堡垒,由那位才华横溢、古怪的天才西奥多·D. 韦尔德领导;表面上他作为比彻博士和斯托教授的神学专业的学生来到那里,实际上他们将神学院变为一座反奴隶制的堡垒。"

这些卓越的人物是如何互动的还不是很清楚。可以预见的是:同一时代下的伟大知识分子比彻和民粹主义者芬尼之间定然存在着一种紧张关系（尽管这种差异很容易被夸大——比彻是耶鲁大学的毕业生，他是铁匠的儿子，也是一个复兴主义者。芬尼则是一名律师，他没有接受过神职人员的正规培训，但他的著作在英国和德国出版并得到研究。）在与芬尼取得联系后，比彻同意离开东部（这意味着放弃他在东部积累的显赫声誉），转而通过中西部的神学院指导芬尼的皈依者。在这一事件中，大多数学生离开了莱恩神学院，以抗议受托人（trustees）禁止废奴主义活动和讨论的行为。韦尔德和奥奈达的毕业生们用芬尼的复兴主义方法，把他们所有的同学都变成了反奴隶制的人，他们专注为辛辛那提的黑人建立学校并在其中教书，他们印刷小册子并邮寄到南部，他们把马借给来自肯塔基州的逃亡者，最极端的是，他们只和当地的黑人家庭社交。辛辛那提已经是一个大城市，有着痛楚的种族主义历史和暴民骚乱的倾向，神学院受到了威胁。比彻被指责没有进行干预以阻止受托人采取行动，但事实是局面很难控制。就在几年前，这座城市还试图将所有黑人驱逐到加拿大。像其他地方一样，人们通常会因为怨恨而寻找机会和目标。

比彻最终废除了受托规定，他的学校和圈子仍然是废奴主义的一个重要中心。所谓的莱恩起义者住在辛辛那提，互相教导，并在亚瑟·塔潘的支持下继续他们的反奴隶制活动，直到塔潘发现了那时还处于筹建阶段的奥伯林学院。他把学生转移到奥伯林，资助了学校，并把查尔斯·格兰迪森·芬尼请来担任神学教授。"在一片巨大的森林里，在一个泥坑里"，芬尼这样描述，学院可以使莱恩叛军的激进主义制度化，而不至于犯下无法忍受的罪行。奥伯林的学生，尤其是伟大的西奥多·韦尔德，在整个中西部地区教书和布道，为舆论转向反奴隶制做出巨大贡献。

乔治·华盛顿·盖尔牧师也来到了西部，并创办了诺克斯学院，这是一所清教气质的学校，它相当激进，甚至会忽略圣诞节，会庆祝英属西印度群岛解放周年。学院有着强烈宗教信仰和改革社会的议程，持类似理念的学院在中西部地区激增。少数知识社区实践了他们对教育妇女、禁止饮用酒精、加快逃亡者摆脱奴役、扩大宗教复兴影响的信仰。这些实践最终使知识分子与该地区分散而流动的人口密切接触，并使他们感到对国家政策负有的道德责任，历史正被他们扣动。

这些人到西部以殖民的方式去做他们在家乡不能做的事。亚瑟·塔潘曾在康涅狄格州的坎特伯雷尽力帮助年轻黑人女孩创办学校，在纽黑文为黑人男子开办学院，两次尝试都因触发民众暴力而告终。西奥多·韦尔德在俄亥俄州各地宣扬废除黑奴制度，承受了威胁和虐待，并皈依了宗教。但在纽约的特洛伊，群众对他造成了严重的伤害，以至于他再也没有恢复健康。东部的主流机构鼓吹反对废奴，但是在中西部，废奴主义者的教育和制度建设，他们的布道、出版和宣传，都做到了无人比及，事实上他们所得到的呼应大多来自暴徒，只是，这回他们学会了利用暴徒的过度行为来激发公众的同情。当莱曼的儿子亨利·沃德·比彻（Henry Ward Beecher）回到纽约布鲁克林布道时，他讲述了俄亥俄州废奴主义者的经历，讲授了政治福音传道的技巧。他曾佩戴枪支保护一家反奴隶制出版商，后者在北部教堂筹集资金为堪萨斯州的新英格兰殖民地提供武装。和他一样，他的妹妹哈里特清楚地知道福音传道的技巧。他们两人都致力于塑造公众观念，通过解读当前和集体经验在某种程度上构建历史。无论如何，他们都成功了。

于是，我终于到达了我的起点，威廉·霍姆斯·麦格菲和他的读者们。对麦格菲做深度理解并不容易。参照时间来看，1800年出生在宾夕法尼亚州西部的麦格菲应该属于西部人。童年时代，他被一位仁慈的校长从贫困中解救出来，14岁时他自己成为一名教师。后来，他成为一名大学教授，再然后成为一名长老会牧师，几十年来他一直在讲课和布道。然而，他既没有留下讲稿，也没有留下讲道文章，因为他没有把它们写下来。他从俄亥俄州的牛津市迈阿密大学来到辛辛那提，担任了几年辛辛那提学院院长。他所创造的公立学校体系在俄亥俄州具有深远影响，事实上，这一体系在全国范围也是首创。

威廉·B.史密斯找到了经营女子学校的凯瑟琳·比彻，向她提出了一系列关于读者的计划。她拒绝了，但向对方建议麦格菲。凯瑟琳可能是莱曼·比彻众多孩子中最保守的一个。然而，就像她的父亲（也是史密斯的牧师）一样，她也是一个废奴主义者。据我所知，除了致力于建立和加强公共教育之外，没有实际证据表明麦格菲和比彻圈子之间存在密切关系。凯瑟琳·比彻接着成立了全国大众教育委员会，向西部地区派遣女教师，这是对麦格菲工作的补充。哈里特·比彻的丈夫加尔文·斯托（Calvin Stowe）也是莱恩神学院的教授。为了帮助麦格菲为俄亥俄州设计一个教育系统，他前往普鲁士调研并就那里的教育情况进行了汇报。显然，这个圈子并没有明确讲道、教育和改革的分工，他们把教育视作一项有远见的政治事业，旨在建立新的思想和行为准则。那些禁止对奴隶进行教育的法律反过来有力证明了教育所有的巨大的解放力量。

麦格菲最显著的成就在于他编写了一系列无论是在在内战前、内战期间和战后都非常受欢迎的教材，这些教材流行于美国的中西部和南部。当战争切断书籍的供应时，南方印刷了盗版书。这一时期几乎没有文化共识。19世纪30年代初，当麦格菲读本首次出现时，人们根本不清楚中西部将发展何种经济。当时，尽管伊利诺伊州宣称是自由州，但奴隶制以各种形式合法存在。在堪萨斯州和中西部南部地区发生的冲突就是一场关于哪一种经济将在那里占上风的斗争。哈里特·比彻·斯托写道："本质上来说，辛辛那提在很大程度上是一个蓄奴制城市。因为这个城市的产业掌握在蓄奴州手里。黑人被视作可流通货币，他们是当时辛辛那提的新兴阶层与毗邻蓄奴州的种植园主签订的合同的附属抵押，这种情况占到合同总量的一半。"内战前的论战是以对经文的阐释进行的，这导致了教会的分裂，甚至利益同盟、信仰同盟和地域同盟间的纽带也趋紧张或被切断了。在这种情况下，麦格菲读物毫无疑问是一部相当机智的作品。

然而，它们可以用那个时期的有争议的术语来解释。公平地说，麦格菲读物确立了以适度的幸福感为准则的生活标准，将自身功能定位于普及读写和学校教育上。显然，麦格菲读本所宣扬的价值观与为奴隶制辩护的价值观相反，读本将财富和地位描绘为个人努力和品格的奖励，而奴隶制的辩护者在所谓的贵族文化和封建主义的先例中寻找规范。美国人对经济术语的使用非常不精确，也许是因为旧式的论争已经超过了他们所处情境。因此，他们认为麦格菲的小农共和国是早期的资本主义，而南方的殖民经济（这里包含关于工人的征用的事例，这种劳力征用方式为英国和美国的工业系统提供原材料）是更富有诗意的东西。麦格菲读本被认为是对微小志向最甜蜜的书写，但却没有人对此有进一步的思考。

无论如何，书中强调节俭和勤劳等的程度很容易被夸大。在一定程度上，这些美德的叙述语境由大量鼓励仁慈和慷慨的警示构建。在一篇题为《模拟》（第四级读本，1866）的故事中，一个有钱的男孩和一个穷男孩在学校里争夺第一名。当穷孩子买不起书时，富有的男孩给他买书，然后输掉竞争。这个故事只有一个道德标准，那就是慷慨是值得钦佩的。故事并没有提出由虔诚、仁爱、再或愿景所启发的关乎世俗美德或自身利益的一种道德制度，所有的警示是相当虚幻的。在频繁地诉诸死亡主题和

《圣经》的过程中，读本对慷慨和仁慈的坚持得到佐证，《圣经》用一首诗的话说，"教我如何活着/教我如何死"。换句话说，在麦格菲读本中，世界的纷繁复杂被遮蔽在文本所推崇的原教旨性的说教中——这并不奇怪，因为他是一位活跃在虔诚的福音文化中的牧师，在这种文化中，虔诚和福音经常与教育联系在一起。然而，读本以其固有方式而赢得现代美誉着实令人惊讶。

除了一篇题为《威尔伯福斯的品格》（"The Character of Wilberforce"）的随笔之外，系列读本从未提及美国黑人在在奴隶制期间和之后的社会地位这一重大问题，可以说，读本对非裔美国人或奴隶制本身均未着笔。那篇唯一涉及该主题的文章出现在 1837 年版中，在 1844 年版中被删除。英国的解放主义者威尔伯福斯是美国反奴隶制运动的英雄。读本也注意到了非欧裔人群的存在。印第安人被频繁提及、赋予极大的同情。在他们被剥夺和毁灭的历史正在上演的同时，读本对此段历史进行哀悼。如果说读本既没有反映也没有形成这一时期历史上所表现出来的舆论，那么，这只会加强这样一种观点：读本是一种特殊的社会思潮的产物，相对坦率人道的叙述充满了道德感和批判性。

无论在内战前还是内战后，麦格菲读本对战争一贯鄙夷。我们眼中对爆炸性问题的逃避和摇摆处理，对麦格菲来说，似乎是和解方式或是权宜之计。这与威廉·劳埃德·加里森及其追随者所持的非暴力信仰一致，同时与激进废奴主义也不矛盾。在 W. B. 史密斯支付了 25 美元并同意创办读本后，麦格菲再也没有收到一分钱，尽管期间他多次参与监督修订文本。显然，正是对战争的沉默态度使得这些文本在南部和中西部都得到了认可。

我之前已经注意到，在废奴主义者长期以来在中西部出版、布道和机构建设方面进行突进式努力时，令人奇怪的是，在这种情况下，南方甚至没有一家图书出版商做出类似的努力。像麦格菲和他在辛辛那提的圈子这样有教育头脑的人，很可能会考虑如何填补这样一个真空的状态。对他们来说，教育既是改革的方法，也是改革的实质。然而，在中西部和南方，教育必须考虑到社会对反奴隶制运动的强烈敌意。

让我们考虑一下除了奴隶制之外，麦格菲读本还缺少了什么，这是件很有趣的事情。工厂和城市是首先想到的，对于生活在西部的伦敦，被称为波克波利斯①（Porkopolis）的人来说，这是一个有趣的疏忽。外国，特别是德国，被给予足够多的关注，但关注对象似乎并不包括移民——尽管德国人口在美国中西部移民规模越来越大。这些书被分发到了在变动不居的边疆区域，读者们是那里的暂居者。正如斯托夫人所写的，"那个时代的西部小村庄没有新英格兰乡村生活的吸引力。它们更像是一座伟大城市的落后郊区，街道两边的房子没有院子或花园，大部分都是以一种廉价而脆弱的方式呈现，整个社会深刻地标识着无根性的氛围，人们只是为了赚钱而在此短暂逗留。"事实上，读本世界暗示着新英格兰乡村地区对自身的美好记忆。造成这一结果的原因是：在对自身西部特征的掩饰下，麦格菲出版了新英格兰作家的作品，对于他们而言，原始的新英格兰是他们的规范或理想。

对于奴隶制这一概念未在任何建国文件中被提及这一事实，废奴主义者非常重视。因为，对他们来说，这意味着建国伊始人们就预见到了奴隶制的结束，并拒绝使用这一概念，以避免概念使用所带来的接受性和持久性。麦格菲读本既不认可奴隶制，也不认可工厂制度，它试图教导一种与这两种制度对立的伦理观念，这种观念成为读本选题的标准，如：关于19世纪社会的生活，读本选择了《瓦尔登湖》，此外，读本对于布鲁克农场和奥伯林学院格外重视。正如书中的人物故事旨在塑造榜样一样，系列读本的存在本身也具有典范作用。

多年来，关于我们的文化起源的推理似乎是这样的：我们是一个资本主义文明，因此塑造我们的诸多影响性力量一定是鼓励资本主义的，由此得出的结论可能是：要正确理解这些影响，必须将其视为原始资本主义。撇开可疑的语言不谈，这种简单的历史处理方法是干巴巴的、野蛮的和有倾向性的。我们从结论出发，把那些不支持这一结论的东西视作不正常或微不足道，包括那些经常被援引和从未引用过的形成性影响，而巧合的是，这些影响并不拘泥于这种阅读。这里，我无意提出任何可以替代旧结论的新结论，我想提示的是：在未下任何定论的情况下，历史是陌生、美丽和具有启发性的。我在这里提到的改革运动集中在那些在神学上保守的人，即使是在他们的时代，他们中的许多人从乔纳森·爱德华兹那里捡拾点滴。莱曼·比彻在莱恩执教期间，曾因异端

---

① 即"辛辛那提"。

邪说而受审，部分原因是他教导学生爱德华兹神学是唯一值得注意的神学。正是这一力量滋养了宗教复兴运动，在艾米丽·狄金森的时代，这一运动席卷整个霍利约克山学院（Mount Holyoke College），可以说，正是这种文化运动催生了霍利约克山学院，并触发了奥伯林学院对妇女和黑人的无偏见录取。在这场复兴运动中，中西部学校激增。这是一场旨在推动和规范系列改革的思想运动。

所有这些都与预期背道而驰。然而，如果我们像这些改革者一样阅读加尔文、《新英格兰入门》和爱德华兹，这一切似乎都合乎逻辑。我们的史学编撰背负了太多期待，这种期待在实际工作中会演变为偏见、党派主义、漠不关心和自我保护。过程中的期待演变并不重要，因为它们本质上是粗糙的。真希望我们不必背负那么重的期待，这样，我们就可以更自由地思考问题：诸如：听众或读者来自哪里？什么样的智慧、耐心和人性教导并促成了亚伯拉罕·林肯特有的演讲风格？为什么在内战危机期间，林肯、格兰特、谢尔曼和众多国家领导人都从中西部崛起？中西部在哪里获得了它特有的智慧主义和民选传统、道德感和文化进步主义？

麦格菲读本试图纠正美国边疆地区发音所带来的地方习气，纠正记录逐渐成为那个时代和地区的方言摘要，如："不要把 gathers 说成 gethuz；不要把 unheard 说成 unheerd"。实际上，读本似乎至少同样关注教导使用者如何说话，就像关注他们如何阅读一样。1834 年，丹尼尔·德雷克（Daniel Drake）在俄亥俄州迈阿密大学发表了一篇轰动一时的演讲，题为"关于西方历史、特征和前景的论述"（"A Discourse on the History, Character and the Prospects of the West"），演讲者以比彻家族和其他改革者的共有风格和方法介绍了读本的内容与其对口语的高度重视之间的关系。德雷克问："自由民族的文学作品难道不应该慷慨激昂吗？难道它不应该具有生动劝诫的功能吗？如果是冷冰冰的，字面的，没有激情的，它怎么能充当改革的助手呢？……在专制统治中，唤醒人们的感情或者温暖人们的想象是没有什么用处的，然而，此刻，情感和想象的兴奋状态对于那些推动社会进步的大众运动来说是不可或缺的。你能唤醒人们在伟大的公共事物上自愿行动吗？你必须使他们的想象和感情在你的演讲中焕发光芒；你不能承袭他们的理性，而要发扬他们的愿望和意志……每当一个新国家的文学失去了它的隐喻和雄辩，那些依赖公众情绪建立起的习俗就会衰落。"这篇演讲是 W. B. 史密斯于 1835 年在辛辛那提发表的，也就是他开始出版读本的前一年。

面对如此多的抨击，我们现在无疑会担心煽动者和暴民统治。对于当代人来说，宗教复兴就像集体歇斯底里一般，这场运动对那些陷入其中的人、对宗教本身以及对整个民主结构都是危险的。然而，这些热情推动了美国历史上最伟大的改革。改革或许有效，毫无疑问改革是令人向往的，可见的是：广大人民在向往之心的驱动下转变成这种慷慨而极富希望的狂热分子。他们希望得到什么呢？从读本的角度来看，他们渴望的应该是普及识字、适度繁荣，以及民主态度和方式的正常化，这些在当时的语境下是全然的新鲜事物。我们自己没有达到这些目标，也没有对达到这些目标抱有期望。

民主是高度协作的。它暗含着社群概念。在我看来，我们已经几乎停止了从积极意义上使用这个词，而更喜欢"资本主义"。"资本主义"绝不意味着社区，而且，据我所知，我们的祖先并未发现"资本主义"一词的用途。我们可以想象，在一个民主受到重视和渴望的社会中，可以存在一种合理的假设，即人们希望真诚地彼此对待，如他们过去所说的那样，希望促进公共福利。毫无疑问，这将有助于确保集体热情。我们的新伦理观被追溯到过去，追溯到可怜的麦格菲牧师的读本。就像麦格菲的另一个伟大的项目——公立学校系统的创建一样，他们本身就是一个包容的、民主化的作品。在我们已然将滋养习俗的精神文化抹杀掉的时候，我们无法期望习俗延续存活。但历史宽宏大量，我们只需要把那些之前视为圭臬的部分放在一边，它就会再次开启和我们对话。

参考文献

中文文献

[英] 阿尔弗雷德·怀特海，2002，《自然的概念》，张桂权译，中国城市出版社。

"爱奥尼亚学派"，百度百科，https：//baike.baidu.com/item/爱奥尼亚学派？fromModule=lemma_ search-box。

[美] 艾伦·布林克利，2009，《美国史》，邵旭东译，海南出版社。

[美] 安娜·埃莉诺·罗斯福，1935，《这时代的女人》，陈维姜、刘良模译，长城书局。

白云晓编译，2001，《圣经地名词典》，中央编译出版社。

[俄] 布宁，2000，《托尔斯泰的解脱》，陈馥译，辽宁教育出版社。

蔡利，2021，《玛丽莲·罗宾逊小说的女性主义叙事研究》，西华师范大学硕士论文。

陈海容，2019，《雷蒙德·安德鲁斯作品对黑人受害叙事传统的现代反思》，浙江大学博士论文。

陈后亮、马可，2020，《白人性研究：族裔文学研究新视角》，《当代外国文学》第1期。

"大觉醒运动"，2015，维基百科，https：//.zh.wikipedia.org/wiki/大覺醒運動。

段德智，2006，《西方死亡哲学》，北京大学出版社。

段薇，2019，《玛丽莲·罗宾逊小说〈莱拉〉中的宗教原型书写研究》，南京师范大学硕士论文。

[德] 费尔巴哈，1984，《基督教的本质》，荣震华译，商务印书馆。

冯江，2019，《〈基列家书〉的修辞叙事研究》，山西大学硕士论文。

高方、樊艳梅，2013，《勒克莱齐奥作品中自然空间的构建》，《外国文学研究》第 4 期。

高新民、束海波，2019，《中国心灵哲学的规范性维度及其意义》，《福建论坛》（人文社会科学版）第 6 期。

"贵格会"，2021，百度百科，https：//baike. baidu. com/item/%E8%B4%B5%E6%A0%BC%E4%BC%9A/6489631？fr=aladdin。

郝素玲，2013，《"孤独"书写者：玛丽莲·罗宾逊》，《燕山大学学报》第 2 期。

何冠岐、郭露，2022，《政治心灵哲学：心灵哲学交叉走向的新尝试》，《系统科学学报》第 3 期。

洪满意，2007，《小说〈基列〉的主题探索》，《安徽文学》（下半月）第 8 期。

胡碧媛，2019，《〈管家〉中的个体与共同体》，《外国文学研究》第 6 期。

［德］胡塞尔，1996，《纯粹现象学通论》，李幼蒸译，商务印书馆。

黄清平、王晓俊，1999，《略论 Landscape 一词释义与翻译》，《世界林业研究》第 1 期。

［法］加斯东·巴什拉，2005a，《火的精神分析》，杜小真译，岳麓书社。

——，2005b，《水与梦——论物质的想象》，顾嘉琛译，岳麓书社。

——，2009，《空间的诗学》，张逸婧译，上海译文出版社。

［美］杰拉德·普林斯，2011，《叙述学词典》，乔国强、李孝弟译，上海译文出版社。

［美］杰瑞·M. 伯格，2000，《人格心理学》，陈会昌译，中国轻工业出版社。

金莉，2012，《20 世纪末期（1980—2000）的美国小说：回顾与展望》，《外国文学研究》第 4 期。

［美］凯特·米利特，2000，《性政治》，宋文伟译，江苏人民出版社。

［法］勒克莱齐奥，2009，《沙漠》，许钧、钱林森译，人民文学出版社。

李晶，2019，《从〈漂泊的荷兰人〉看瓦格纳歌剧中的"女性救赎"

主题》,《南京艺术学院学报》(音乐与表演)第 1 期。

李靓,2018,《论〈基列家书〉中的记忆书写与宗教认同》,《外国文学研究》第 1 期。

李明滨主编,2007,《世界文学简史》,北京大学出版社。

林广思,2006,《景观词义的演变与辨析(2)》,《中国园林》第 7 期。

刘意青编著,2010,《〈圣经〉文学阐释教程》,北京大学出版社。

刘颖洁,2021,《从哈布瓦赫到诺拉:历史书写中的集体记忆》,《史学月刊》第 3 期。

陆星群,2014,《信仰的精神历程——宗教世俗化语境下〈基列家书〉的解读》,中国矿业大学硕士论文。

[德]马丁·海德格尔,1987,《存在与时间》,陈嘉映、王庆节译,生活·读书·新知三联书店。

[美]玛丽莲·罗宾逊,2005,《管家》,李佳纯、林则良译,台北:麦田出版社。

——,2007,《基列家书》,李尧译,人民文学出版社。

——,2010,《家园》,应雁译,人民文学出版社。

——,2015,《管家》,张芸译,上海人民出版社。

——,2019,《莱拉》,李尧译,人民文学出版社。

[英]迈克·克朗,2005,《文化地理学》,杨淑华、宋慧敏译,南京大学出版社。

[荷]米克·巴尔,2003,《叙述学:叙事理论导论》,谭君强译,中国社会科学出版社。

[法]米歇尔·福柯,1997,《权力的眼睛——福柯访谈录》,严锋译,上海人民出版社。

苗力田主编,1995,《古希腊哲学》,中国人民大学出版社。

莫运平,2007,《基督教文化与西方文学》,中央编译出版社。

[加]诺思罗普·弗莱,2000,《批评的解剖》,陈慧、袁宪军、吴伟仁译,百花文艺出版社。

彭刚,2014,《历史记忆与历史书写——史学理论视野下的"记忆的转向"》,《史学史研究》第 2 期。

钱乘旦总主编,2009,李剑鸣策划,《世界现代化历程·北美卷》,

江苏人民出版社。

钱满素，1996，《爱默生和中国——对个人主义的反思》，生活·读书·新知三联书店。

乔娟，2016，《消融界限的百年求索——玛丽莲·罗宾逊〈基列家书〉种族史书写》，《当代外国文学》第 4 期。

——，2019，《玛丽莲·罗宾逊小说中的女性宗教气质书写》，《外国文学》第 2 期。

[美] 萨拉·M. 埃文斯，1995，《为自由而生——美国妇女历史》，杨俊峰译，辽宁人民出版社。

[英] 斯图亚特·霍尔，2000，《文化身份与族裔散居》，载罗钢、刘象愚主编《文化研究读本》，中国社会科学出版社，第 208—226 页。

唐东方，2016，《论〈管家〉中的生态女性主义意蕴》，郑州大学硕士论文。

唐伟胜，2011，《修辞、逻辑、认知：叙事阅读过程的三种理论取向辨析》，《解放军外国语学院学报》第 4 期。

万俊人，2011，《现代西方伦理学史》（下卷），中国人民大学出版社。

王才勇，2012，《现代性批评与救赎——本雅明思想研究》，学林出版社。

汪民安主编，2007，《文化研究关键词》，江苏人民出版社。

魏啸飞、陈月娥编，2011，《美国文明史》，北京大学出版社。

吴国盛，1996，《时间的观念》，中国社会科学出版社。

——，2010，《希腊空间概念》，中国人民大学出版社。

吴明霞、齐童、刘传安、马晓，2016，《景观地理学的演变及其学科发展》，《首都师范大学学报》（自然科学版）第 4 期。

[法] 西蒙娜·德·波伏瓦，2004，《第二性》，陶铁柱译，中国书籍出版社。

徐丽，2012，《玛丽莲·罗宾逊小说中的基督教思想》，郑州大学硕士论文。

严春友，2010，《"精神家园"综论》，《太原师范学院学报》（社会科学版）第 1 期。

杨金才，2014，《论新世纪美国小说的主题特征》，《深圳大学学报》

(人文社会科学版）第 2 期。

《圣经》简化字和合本，1989，中国基督教两会。

尹树广，2003，《宽恕的条件和界限——苦难意识、记忆理性和有限度的超越性》，《北京大学学报》（哲学社会科学版）第 5 期。

俞孔坚，2002，《景观的含义》，《时代建筑》第 1 期。

于倩，2014，《书写信仰：玛丽莲·罗宾逊小说中的宗教元素研究》，北京外国语大学博士论文。

——，2018，《文明的回归：玛丽莲·罗宾逊"对话经典"的文学主张与实践》，《外国文学动态研究》第 2 期。

袁洋，2019，《女性主义文体学视角下的〈管家〉解读》，《湖北科技学院学报》第 1 期。

"约翰·布朗"，百度百科，https://baike.baidu.com/item/%E7%BA%A6%E7%BF%B0%C2%B7%E5%B8%83%E6%9C%97/4753066？fr=aladdin。

［美］约翰·霍普·富兰克林，1988，《美国黑人史》，张冰姿、何田、段志诚、宋以敏译，商务印书馆。

曾林玉，2015，《玛丽莲·罗宾逊家园小说中的雌雄同体思想》，南京航空航天大学硕士论文。

［美］詹姆斯·费伦，2002，《作为修辞的叙事：技巧、读者、伦理、意识形态》，陈永国译，北京大学出版社。

张京媛，1992，《当代女性主义文学批评》，北京大学出版社。

张艳梅等，2007，《生态批评》，人民出版社。

赵一凡等编，2006，《西方文论关键词》，外语教学与研究出版社。

中国大百科全书出版社编辑部，1990，《中国大百科全书·地理学》，中国大百科全书出版社。

仲子，1984，《作家的成长》，《读书》第 11 期。

周莉萍，2008，《大萧条对美国妇女婚姻与家庭的影响》，《世界历史》第 6 期。

外文文献

Adams, James Truslow, 1931, *The Epic of America*, New York: Blue Ribbon Books.

Alison, Jack, 2018, "Barth's Reading of the Parable of the Prodigal Son in Marilynne Robinson's *Gilead*: Exploring Christlikeness and Homecoming in the Novel", *Literature & Theology*, Vol. 32, No. 1, pp. 100–116.

American Library Association, 2008, "*Home* – Marilynne Robinson", Booklist, Date Created: June 01, https://www.booklistonline.com/Home-Marilynne-Robinson/pid=2840428.

Anderson, Osborne Perry, 2014, "A Voice from Harper's Ferry. A Narrative of Events at Harper's Ferry; with incidents prior and subsequent to its capture by John Brown and his men", *Internet Archive*, Date Created: July 15, https://archive.org/details/ASPC0005194700/mode/2up? q=Phil.

Applebaum, Barbara, 2015, "Flipping the Script ··· and Still a Problem: Staying in the Anxiety of Being a Problem", in George Yancy, ed. *White Self-Criticality Beyond Anti-racism: How Does It Feel to Be a White Problem?* London and New York: Lexington Books, pp. 1–20.

Backman, Milton V., 1983, *Christian Churches of America*, New York: Scribner.

Bailey, Lisa M. Siefker, 2010, "Fraught with Fire: Race and Theology in Marilynne Robinson's 'Gilead.'", *Christianity & Literature*, Vol 59, No. 2, pp. 265–280.

Basler, Roy, ed. 1946, *Abraham Lincoln: His Speeches and Writings*, Cleveland: World Publishing.

Booker, M. Keith & Dubravka Juraga, 1995, *Bakhtin, Stalin, and Modern Russian Fiction: Carnival, Dialogism, and History*, Westport: Greenwood Press.

Bounds, Christopher T., 2011, "How are people saved? The major views of salvation with a focus on Wesleyan perspectives and their implications", *Wesley and Methodist Studies*, No. 3, pp. 31–54.

Brenton, Felix, 2008, "American Colonization Society (1816–1964)", Blackpast, Date Created: December 30, https://www.blackpast.org/african-american-history/american-colonization-society-1816-1964/.

Carter, B. A. R., 1970, "Perspective", in H. Osborne, ed. *The Oxford*

Companion to Art. Oxford: Oxford UP, pp. 840–861.

Cayton, Andrew R. and Susane Gray, eds. 2001, *The Identity of the American Midwest: Essays on Regional History*, Bloomington: Indiana UP.

Chafe, William Henry, 1972, *The American Woman, Her Changing Social, Economic, and Political Roles* 1920 – 1970, New York: Oxford UP, Inc.

——, 1977, *Women and Equality: Changing Patterns in American Culture*, New York: Oxford UP, Inc.

Chatman, Seymour, 1978, *Story and Discourse*, Ithaca: Cornell UP.

——, 1990, *Coming to Terms: The Rhetoric of Narrative in Fiction and Film*, Ithaca: Cornell UP.

Chowder, Ken, 2000, "The Father of American Terrorism", American Heritage, Vol. 51 (February/March), https://www.americanheritage.com/father-american-terrorism.

"Christian Abolitionist", *Wikipedia*, https://en.wikipedia.org/wiki/Christian_abolitionism.

Cohn, Dorrit, 1978, *Transparent Minds: Narrative Modes for Presenting Consciousness in Fiction*, Princeton: Princeton UP.

——, 1981, "The Encirclement of Narrative", *Poetics Today*, Vol. 2, No. 2, pp. 157–182.

Cronon, William, 1992, "A Place for Stories: Nature, History, and Narrative", *Journal of American History*, Vol. 78, No. 4, pp. 1347–1376.

Dewey, Joseph, 2010, "Marilynne Robinson", in Jay Parini, ed. *American Writers, Supplement XXI: A Collection of Literary Biographies*, Detroit: Charles Scribner's Sons.

Dirda, Michael, 2004, "Review of *Gilead* by Marilynne Robinson", *The Washington Post*, Date Created: November 21, https://www.washingtonpost.com/wp-dyn/articles/A61308-2004Nov18.html.

Dougals, Christopher, 2011, "Christian Multiculturalism and Unlearned History in Marilynne Robinson's *Gilead*", *Novel: A Forum on Fiction*, Vol. 44, No. 3, pp. 333–353.

Emerson, Ralph Waldo, 2007, "Ralph Waldo Emerson, on John

Brown", *The Liberator Files*, Date Created: May 12, https://www.theliberatorfiles.com/ralph-waldo-emerson-on-john-brown/.

Faragher, John, "Frederick Jackson Turner", Britannica, https://www.britannica.com/biography/Frederick-Jackson-Turner.

Finney, Charles G., 1876, *Memoirs*, New York: A. S. Barnes.

Finney, President, "Guilt modified by ignorance—anti-slavery duties", Gospel Truth Ministries, https://www.gospeltruth.net/1852OE/520818_guilt_ignorance.htm.

Florby, Gunilla, 1984, "Escaping this World: Marilynne Robinson's Variation on an Old American Motif", *Moderna Sprak*, Vol. 78, No. 3, pp. 211-216.

Flunderrik, Monika, 1996, *Towards a 'Natural' Narratology*, London: Routledge.

——, 2009, *An Introduction to Narratology*, London and New York: Routledge.

"Free-Soil Party, Political Party, United States", *Britannica*, https://www.britannica.com/topic/Free-Soil-Party.

Galehouse, Maggie, 2000, "Their Own Private Idaho: Transience in Marilynne Robinson's *Housekeeping*", *Contemporary Literature*, Vol. 41, No. 1. pp. 117-137.

Garland, John H., 1955, *The North American Midwest: A Regional Geography*, Hoboken: John Wiley & Sons.

Genette, Gerard, 1980, *Narrative Discourse*, Oxford: Blackwell Publishing.

George, Rosemary Marangoly, 1996, *The politics of Home*, Cambridge & New York: Cambridge University Press.

George, Timothy, 2019, "Marilynne Robinson and John Calvin", in Larsen, Timothy and Keith L. Johnson, eds. *Balm in Gilead: A Theological Dialogue with Marilynne Robinson*. Downers Grove: IVP Academic, pp. 44-65.

Geyh, Paula E., 1993, "Burning Down the House? Domestic Space and Feminine Subjectivity in Marilynne Robinson's *Housekeeping*", *Contemporary Literature*, Vol. 34, No. 1, pp. 103-122.

Greasley, Philip A., ed. 2001, *Dictionary of Midwestern Literature. Vol. 1: The Authors*, Bloomington: Indiana UP.

——, 2016, *Dictionary of Midwestern Literature. Vol. 2: Dimensions of the Midwestern Literary Imagination*, Bloomington: Indiana UP.

Halsted, Jody, 2021, "On the road along the Mississippi River", *Minitime*, Date Created: August 3, https://www.minitime.com/trip-tips/On-the-Road-Along-the-Mississippi-River-article.

Hartley, David, 1989, *Observations on Man: His Frame, His Duty, and His Expectations*, Montgomery: Classworks.

Heaney, Seamus, 1980, *Preoccupations: Selected Prose, 1968–1978*, New York: Faber, Straus and Giroux.

Henderson, K. A., 1994, "Perspectives on Analyzing Gender, Women and Leisure", *Journal of Leisure Research*, Vol. 26, No. 2, pp. 119-137.

Henderson, O. Kay, 2013, "Iowa's Marilynne Robinson is a National Humanities Medal Winner", Radioiowa, Date Created: July 11, https://www.radioiowa.com/2013/07/11/iowas-marilynne-robinson-is-a-national-humanities-medal-winner/.

Hephaestus Books, 2011, *Articles on Writers from Idaho, Including: Ezra Pound, Carol Ryrie Brink, Leonard J. Arrington, Richarffd McKenna, Marilynne Robinson, Steven Bach, Forrest Church, Heather Albert, Vardis Fisher, Sarah Palin, Beatrice Sparks, Jack O'Conner*, Richardson: Hephaestus Books.

Hobbs, June Hadden, 2010, "Burial, Baptism, and Baseball: Typology and Memorialization in Marilynne Robinson's *Gilead*", *Christianity & Literature*, Vol. 59, No. 2, pp. 241-262.

Horton, Ray, 2017, "'Rituals of the Ordinary': Marilynne Robinson's Aesthetics of Belief and Finitude", *PMLA*, Vol. 132, No. 1, pp. 119-134.

Hungerford, Amy, 2010, *Postmodern Belief: American Literature and Religion Since 1960*, Princeton and Oxford: Princeton UP.

Irigaray, Luce, 1993, *An Ethics of Sexual Difference*, trans. Carolyne Burke and Gillian C. Gill, London: The Athlone Press.

Jahn, Manfred, 1996, "Windows of Focalization: Deconstructing and

Reconstructing a Narratological Concept", *Style*, Vol. 30, No. 2, pp. 241–267.

James, David, 2012, "A Renaissance for the Crystalline Novel?" *Contemporary Literature*, Vol. 53, No. 4, pp. 845–874.

James, Henry, 1971, *Theory of Fiction: Henry James*, Lincoln: U of Nebraska P.

Kansas Historical Society, 2010, "Bleeding Kansas", *Kansapedia*, Date Created: April 2011, https://www.kshs.org/kansapedia/bleeding-kansas/15145.

——, 2011, "Exodusters", *Kansapedia*, November 11, Date Created: June 2011 https://www.kshs.org/kansapedia/exodusters/17162.

Kirkby, Joan, 1986, "'Is There Life after Art?' The Metaphysics of Marilynne Robinson's *Housekeeping*", *Tulsa Studies in Women's Literature*, Vol. 5, No. 1, pp. 91–109.

Kohn, Robert E., 2013, *Radiance and Secrecy in Marilynne Robinson's Gilead*, Edwardville: Createspace.

Kriner, Tiffany Eberle, 2019, "Space/Time/Doctrine: Marilynne Robinson's Gilead Novels", in Timothy Larsen and Keith L. Johnson, eds. *Balm in Gilead: A Theological Dialogue with Marilynne Robinson*, Downers Grove: IVP Academic, pp. 122–146.

LaMascus, R. Scott, 2010, "Toward a Dialogue on Marilynne Robinson's *Gilead* and *Home*", *Christianity and Literature*, Vol. 59, No. 2, pp. 197–201.

Larsen, Timothy and Keith L. Johnson, 2019, *Balm in Gilead: A Theological Dialogue with Marilynne Robinson*, Downers Grove: IVP Academic.

Lynd, Robert S. and Helen Merrel Lynd, 1929, *Middletown: A Study in Contemporary American Culture*, New York: Harcourt, Brace & Company.

Magagna, Anthony Rudolph, 2008, *Placing the West: Landscape Literature and Identity in the American West*, Ph.D. dissertation, University of California (Davis).

Maiese, Michelle and Robert Hanna, 2019, *The Mind–body Politic*, Switzerland: Springer.

"Marilynne Robinson", *Wikipedia*, https://en.wikipedia.org/wiki/

Marilynne_Robinson.

Marsh, Janet Z., 2009, "Marilynne Robinson", in Wanda H. Giles and James R. Giles, eds. *Twenty-First-Century American Novelists: Second Series*, Detroit: Gale.

Merleau-Ponty, Maurice, 1968, *The Visible and the Invisible*, Evanston: Northwestern UP.

Mill, J. S., 1993, *Three Essays on Religion*. Bristol: Thoemmes Press.

Miller, Cheryl, 2009, "Simple Gifts—A review of *Gilead: A Novel* and *Home: A Novel*, by Marilynne Robinson", *Claremont Review of Books*, Vol. IX, No. 4, (Fall), https://claremontreviewofbooks.com/simple-gifts/.

Mills, Charles, 2015, "Global White Ignorance", in M. Gross and L. McGoey, eds. *Routledge International Handbook of Ignorance Studies*, London: Routledge, pp. 217-227.

Morrissey, Katherine G., 1997, *Mental Territories: Mapping the Inland Empire*, Ithaca: Cornell UP.

Müftüoglu, Jana-Katharina, 2009, Feministische Aspekte in Marilynne Robinsons postmodernem Werk: Housekeeping, München: Grin Verlag.

NEH, 2012, "Marilynne Robinson", *NEH*, https://www.neh.gov/about/awards/national-humanities-medals/marilynne-robinson.

——, 2013, "President Obama Awards 2012 National Humanities Medals", *NEH*, Date Created: July 8, https://www.neh.gov/news/press-release/2013-07-08.

Nester, Nancy L., 1995, *Signs of Family: Images of Family Life in Contemporary American Literature*, Ph.D. dissertation, University of Rhode Islands.

Nicholson, Linda J., 1986, *Gender and History: The Limits of Social Theory in the Age of the Family*, New York: Columbia UP.

Niebuhr, Reinhold, 1941, *The Nature & Destiny of Man: A Christian Interpretation: I Human Nature*, New York: Charles Scribner's Sons.

——, 1943, *The Nature & Destiny of Man: A Christian Interpretation: II Human Destiny*, New York: Charles Scribner's Sons.

Niederhoff, Burkhard, 2009, "Perspective/Point of View", in Peter Hühn, John Pier, Wolf Schmid etc., eds. *Handbook of Narratology*, Berlin: De Gruyter, pp. 384-397.

Nünning, Ansgar, 2001, "On the Perspective Structure of Narrative Texts", in W. Van Peer and S. Chatman, eds. *New Perspectives on Narrative Perspective*, Albany: SUNY Press, pp. 207-223.

O'Rourke, Meghan, 2004, "A Moralist of the Midwest", New York Times (National edition), October 24, Section 6, p. 63.

Petit, Susan, 2010, "Finding Flannery O'Connor's 'Good Man' in Marilynne Robinson's *Gilead* and *Home*", *Christianity & Literature*, Vol. 59, No. 2, pp. 301-318.

Petty, Adam Fleming, 2014, "The Quantum Mechanics of the Lower Midwest: A Review of Marilynne Robinson's *Lila*", *The Gilead Society*, Date Created: September 23, https://gileadsociety.com/post/98230996768/the-quantum-mechanics-of-the-lower-midwest-a.

Pfister, Manfred, 1988, *The Theory and Analysis of Drama*, Cambridge: Cambridge UP.

Rabinowitz, Peter J., 1977, "Truth in fiction: 'A reexamination of audiences'", *Critical Inquiry*, Vol. 4, No. 1, pp. 121-141.

——, 1987, *Before Reading: Narrative Conventions and the Politics of Interpretation*, Ithaca and London: Cornell UP.

Relph, E., 1976, *Place and Placelessness*, London: Pion Limited.

Reynolds, David S., 2005, *John Brown, Abolitionist: The Man Who Killed Slavery, Sparked the Civil War, and Seeded Civil Rights*, New York: Alfred A. Knopf.

Robinson, Marilynne, 1980, *Housekeeping*. New York: Farrar, Straus and Giroux.

——, 1989, *Mother Country: Britain, the Welfare State and Nuclear Pollution*, New York: Farrar, Strauss and Giroux.

——, 1993, "My Western Roots", in BarBara Howard Meldrum, ed. *Old West New West: Centennial Essays*, Moscow: U of Idaho P, pp. 165-170.

——, 1998, *Death of Adam: Essays on Modern Thought*, New York: Picador.

——, 2004, *Gilead*, New York: Farrar, Straus and Giroux.

——, 2005, interview by Daniel, Missy, "Interview: Marilynne Robinson", *Religion and Ethics Newsweekly*, March 18, https://www.pbs.org/wnet/Religionandethics/2005/03/18/march-18-2005-interview-marilynne-robinson/4226/.

——, 2006, "Onward, Christian Liberals", *The American Scholar*, Vol. 75, No. 2 (Spring), https://theamericanscholar.org/onward-christian-liberals/.

——, 2008a, "Credo", *Harvard Divinity Bulletin*, Vol. 36, No. 2 (Spring), https://bulletin.hds.harvard.edu/credo/.

——, 2008b, *Home*, New York: Farrar, Straus and Giroux.

——, 2008c, interview bySara Fay, "Marilynne Robinson, The Art of Fiction No. 198", *The Paris Review*, (Fall), https://www.theparisreview.org/interviews/5863/the-art-of-fiction-no-198-marilynne-robinson.

——, 2009, interview by Emma, Brockes, "A Life in Writing: Marilynne Robinson", *The Guardian*, Date Created: May 30, https://www.theguardian.com/culture/2009/may/30/marilynne-robinson.

——, 2010, *Absence of Mind: The Dispelling of Inwardness from the Modern Myth of the Self*, New Haven: Yale UP.

——, 2012, *When I Was a Child I Read Books*, New York: Farrar, Straus and Giroux.

——, 2014a, interview byJonathan Lee, "Interview With Marilynne Robinson, 2014, National Book Award Finalist, Fiction", http://www.nationalbook.org/nba2014_f_robinson_interv.html.

——, 2014b, *Lila*, London: Virago Press.

——, 2015, *The Givenness of Things: Essays*, New York: Farrar, Straus and Gioux.

——, 2018a, *What Are We Doing Here? Essays*, New York: Farrar, Straus and Gioux.

——, 2018b, interview by Elie, Paul, "What Are We Doing Here?

Marilynne Robinson and Paul Elie In Conversation", *FSG Work in Progress*, Date Created: March 2, https://fsgworkinprogress.com/2018/03/02/what-are-we-doing-here-2/.

——, 2020, *Jack*, New York: Farrar, Straus and Giroux.

Roediger, David R., 1998, *Black on White: Black Writers on What It Means to Be White*, New York: Schocken.

Rubin, Merle, 2004, "Love, Dad", Los Angeles Times, December 12, https://www.latimes.com/archives/la-xpm-2004-dec-12-bk-rubin12-story.html.

Schapsmeier, Edward L and Frederick H. Schapsmeier, 1970, *Prophet in Politics: Henry A. Wallace and the War Years, 1940-1965*, Ames: Iowa State UP.

Schmid, Wolf, 2005, *Elemente Der Narratologie*, Berlin: De Gruyter.

Schmidt, D. W., 2014, "In the Name of the Father: Male Voice, Feminist Authorship, and the Reader in *Gilead*", *Renascence*, Vol. 66, No. 2, pp. 119-130.

Seamon, David and Jacob Sowers, 2008, "Place and Placelessness, Edward Relph", P. Hubbard, R. Kitchen and G. Vallentine, eds. *Key Texts in Human Geography*, London: Sage, pp. 43-51.

Shy, Todd, 2007, "Religion and Marilynne Robinson", *Salmagundi*, (summer), No. 155-56. pp. 251-64.

Smith, Ali, 2005, "The Damaged Heart of America", The Guardian, Date Created: April 16, https://www.theguardian.com/books/2005/apr/16/fiction.alismith.

Spackman, T. Benjamin, 2016, "The Israelite Roots of Atonement Terminology", *BYU Studies Quarterly*, Vol. 55, No. 1, pp. 39-64.

Stanzel, F. K., 1984, *A Theory of Narrative*, trans. Charlotte Goedsche, Cambridge: Cambridge UP.

Stout, Andrew C., 2014, "'A Little Willingness to See': Sacramental Vision in Marilynne Robinson's *Housekeeping* and *Gilead*", *Religion & the Arts*, Vol. 18, No. 4, pp. 571-590.

Sullivan, Shannon, 2003, "Remembering the Gift: W. E. B. Du Bois on the Unconscious and Economic Operations of Racism", *Transactions of the Charles S. Peirce Society*, Vol. 39, No. 2, pp. 205-225.

Sullivan, Shannon and Nancy Tuana, 2007, *Race and Epistemologies of Ignorance*, New York: State U of New York P.

Sykes, Rachel, 2017, "Reading for Quiet in Marilynne Robinson's Gilead Novels", *Critique: Studies in Contemporary Fiction*, Vol. 58, No. 2, pp. 108-120.

Tanner, Laura E., 2007, "'Looking Back from the Grave': Sensory Perception and the Anticipation of Absence in Marilynne Robinson's *Gilead*", *Contemporary Literature*, Vol. 48, No. 2, pp. 227-252.

Thompson, Evan, 2005, "Sensorimotor Subjectivity and the Enactive Approach to Experience", *Phenomenology and the Cognitive Sciences*, Vol. 4, No. 4, pp. 407-427.

Thoreau, H. D., "After the Death of John Brown", The Walden Woods Project, https://www.walden.org/what-we-do/library/thoreau/after-the-death-of-john-brown/.

Turner, Frederick Jackson, 1922, "Sections and Nation", *Yale Review* 12 (October): 2.

"Underground Railroad", *Wikipedia*, https://en.wikipedia.org/wiki/Underground_Railroad.

United States Census Bureau, 2010, "2010 Census Regions and divisions of the US", https://www.census.gov/geographies/reference-maps/2010/geo/2010-census-regions-and-divisions-of-the-united-states.html.

"U. S. Immigration Timeline", 2018, History, Date Created: December 21, http://www.history.com/topics/immigration/immigration-united-states-timeline.

Versluys, Kristiaan, ed. 1992, *Neo-Realism in Contemporary American Fiction*, Amsterdam: Rodopi.

Wallenstein, Peter, 2002, *Tell the Court I Love My Wife: Race, Marriage and Law-An American History*, New York: Palgrave Macmillan.

Ware, Susan, 1982, *Holding Their Own: American Women in the 1930s*, Boston: Twayne.

Weintraub, Aviva, 1986, "Freudian Imagery in Marilynne Robinson's Novel *Housekeeping*", *Journal of Evolutionary Psychology*, Vol. 7, No. 1-2, pp. 69-74.

Whicher, Stephen E., ed. 1960, *Selections from Ralph Waldo Emerson*, Boston: Houghton Mifflin Company.

Winthrop, John, "A Model of Christian Charity", Teaching American History, https://teachingamericanhistory.org/library/document/a-model-of-christian-charity-2/.

Wood, James, 2004, "Arts of Devotion", New York Times, November 28, https://www.nytimes.com/2004/11/28/books/arts/acts-of-devotion.html.

Zavala, Kristina Y., 2011, Looking For Adam: an Analysis of the Works of Marilynne Robinson, Ph. D. dissertation, The University of Texas.

Zelazko, Alicja, "Hall of Fame -- monument, New York City, New York, United States", Britannica, www.britannica.com/topic/Hall-of-Fame-for-Great-Americans.

Zhang, C Pam, 2020, "West x Midwest Presents: Marilynne Robinson and C Pam Zhang in Conversation", Believermag, Date Created: December 8, https://believermag.com/logger/west-x-midwest-presents-marilynne-robinson-and-c-pm-zhang-in-conversation/.